OEUVRES

CHOISIES

DE BALZAC.

(coll)

Z.

49832

ŒUVRES

CHOISIES

DE BALZAC,

DE L'ACADÉMIE FRANÇAISE;

PRÉCÉDÉES

D'UNE NOTICE.

TOME SECOND.

A PARIS,

CHEZ C.-J. TROUVÉ, IMPRIMEUR-LIBRAIRE,
RUE NEUVE-SAINT-AUGUSTIN, N. 17.

CHEZ PÉLICIER, LIBRAIRE, Place du Palais-Royal;
ET PONTHIEU, LIBRAIRE, Palais-Royal.

1822.

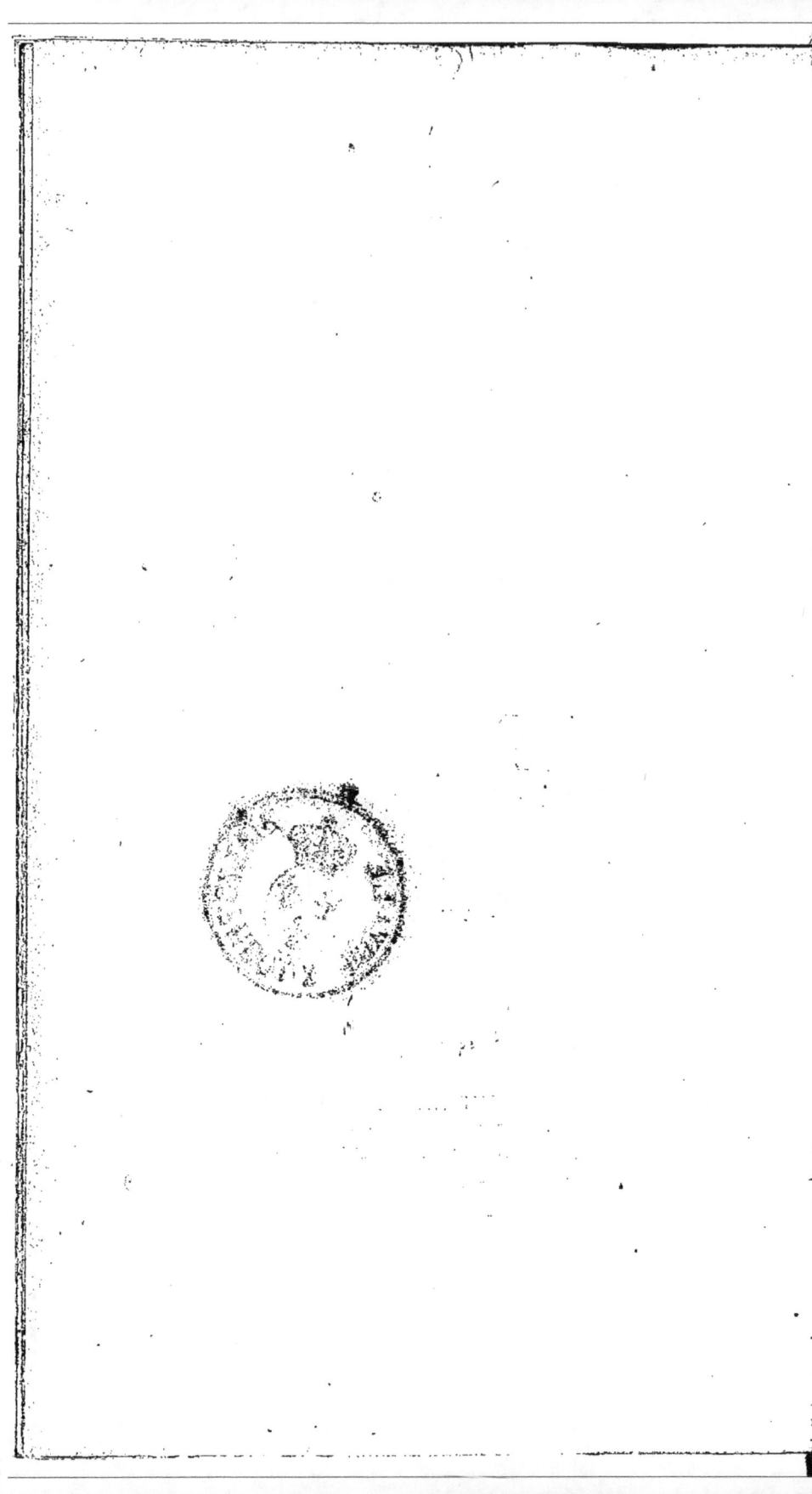

AVANT-PROPOS.

Le changement de la face de la Cour ne m'a point changé la volonté. Quoique les choses paroissent autres qu'elles n'étoient, vous êtes à mes yeux le même que vous étiez; ce n'étoit pas votre fortune qui m'attiroit à vous, et par conséquent je cherche encore votre personne : en quelque lieu qu'elle se soit retirée, elle y a porté l'objet de mon affection et de mon estime. La vertu et le bon esprit ne sont point des pièces de la faveur : ce ne sont point des biens qui se puissent perdre : on les conserve quand tout est perdu : ils ont suivi en exil les grands personnages, et leur ont tenu compagnie dans la prison. Puisque ces fondemens de notre société subsistent, il me semble, MONSEIGNEUR, que notre commerce ne doit pas cesser : il est vrai que j'appréhende qu'il sera plus difficile qu'il n'eût été en une saison plus calme. Le désordre commence de tous côtés, et les papiers que je croyois vous envoyer à Paris, par une voie assurée, je les recommande au hasard, pour vous les rendre je ne sçais où.

Si j'eusse été en état de vous aller faire ma cour, quand vous étiez en Guyenne, avec leurs Majestés, vous auriez été parrain de mon livre, et il porteroit le nom que vous lui auriez donné. A dire le vrai, j'ai

peur que celui de Socrate soit trop illustre pour lui.
Ce que je répondrai à ceux qui me chicaneront là-
dessus, c'est que cette imposition de nom n'a pas été
de mon choix. Quelques-uns l'ont voulu ainsi, et je
n'ai pas pu les contredire. On vous a dit ma mauvaise
honte, et le peu de force que j'ai contre mes amis : ils
m'ont remontré qu'il y avoit eu plusieurs Socrates ;
que le second n'offensa point le premier de prendre
son nom ; que tous les Socrates n'avoient pas été si
honnêtes gens que Socrate le philosophe. Témoin Socrate l'historien, qui fut suspect d'hérésie ; peu estimé
d'ailleurs pour son style, par Photius, patriarche de
Constantinople, et qui peut-être ne parloit pas mieux
grec, que mon Socrate parle français.

On m'a fait souvenir de plus, qu'en Italie, lorsque
j'y étois, les beaux noms étoient à très-bon marché.
En ce pays-là j'ai vu Annibal et Scipion, estaffiers d'un
même maître ; il y avoit des Pompées et des Césars,
qui servoient à l'écurie et à la cuisine. Mais pour m'approcher de plus près de la profession des lettres, et de
la matière présente, n'y a-t-il pas eu au royaume de
Naples un grammairien jurisconsulte, qui s'est fait
appeler *Alexander ab Alexandro ?* Et se peut-il rien
imaginer de plus magnifique et de plus superbe, que
d'être deux fois Alexandre ; que d'avoir Alexandre
pour son nom, et de l'avoir encore pour sa seigneurie ?
La vanité étrangère me fourniroit nombre de pareilles
pièces, si je m'en voulois servir ; mais j'ai de quoi défendre mon titre par d'autres titres, sans sortir de ce
royaume.

M. du Fay-l'Hôpital, qui fut chancelier de Navarre, composa un livre sur l'état des affaires de France ; et souffrit qu'il fût imprimé sous le titre *d'excellent dis- cours*. M. du Vair, quelque temps après, fit un autre livre, où il introduisoit Orphée et Musée, qui dis- couroient ensemble des mêmes affaires. Ce n'étoit pas mépriser son livre que de lui donner de l'excellence, ou de permettre qu'on lui en donnât. Ce n'étoit pas non plus avoir mauvaise opinion de ses paroles, que de les juger dignes de deux personnes divinement ins- pirées. Les prophètes sont quelque chose de plus que les philosophes, et puisque Orphée et Musée ont déjà parlé français, Socrate peut bien à son tour se faire entendre en la même langue.

Qu'on donne donc à mon livre le nom de *Socrate*, ou plutôt au livre d'un homme, duquel je ne suis que le copiste dans la plupart des choses que vous lirez. Il ne faut vous rien cacher : il me fâcheroit d'être pris pour un autre, quelque honneur que je reçusse de cette méprise. N'aspirant point à la gloire de la sa- gesse, je ne me veux point prévaloir d'un équivoque, qui me feroit estimer plus présomptueux, et non pas plus sage. Tout ce que je pense avoir de bon, c'est que j'estime en autrui la vertu que je n'ai pas : je suis du nombre des méchans, mais je suis du parti des gens de bien. Cela étant dit, mon éloge est fait. Passons à celui de l'homme qui n'est pas moi, mais qui étant mon docteur et mon ami, a voulu que je justifiasse sa mo- destie et la mienne, en rendant raison du nom que mes autres amis ont donné à notre livre.

Ce nouveau Socrate a des qualités qui lui sont communes avec l'ancien; il en a qui lui sont propres et particulières; aussi-bien que l'autre, il regarde le monde de haut en bas, et méprise les choses humaines : mais la tête ne lui tourne point pour s'être élevé au-dessus du monde, et il se compte le premier au nombre des choses qu'il méprise. Il ne parle pas toujours tout de bon, et presque jamais en termes affirmatifs. Parce qu'il se défie de son propre sens, il n'assure rien de ce qu'il dit; mais parce qu'il a soumis son esprit à l'obéissance de la foi, il ne doute de rien de ce que l'Église lui a dicté. Même en enseignant il fait profession d'ignorance. Mais au *je ne sçais rien* du philosophe d'Athènes, il ajoute le *je sçais Jésus-Christ crucifié* de l'apôtre des Gentils, et il croit que sçavoir cela c'est sçavoir tout.

Que sert-il de le dissimuler? je suis bien aise qu'il ne vous ait pas déplu en ses premiers entretiens, et que vous approuviez sa façon d'instruire sans dogmatiser. Cette bonne nouvelle qu'on m'a mandée de Paris remplit de gloire tout mon désert, et me donne de la force en me donnant du courage. Il faut que je vous le die encore une fois : c'est mon estime, c'est mon inclination qui m'attache à vous. Et, partant, comme je croirois m'être égaré du bon chemin, si je m'étois éloigné de vos sentimens, je vous avoue que je m'aime plus que je ne faisois, depuis que j'apprends que je fais des choses que vous aimez.

Cette adresse, avec laquelle on entre finement dans l'âme, sans y donner l'alarme par des argumens en

forme, n'est pas, comme vous sçavez, une invention de
ce siècle; elle a été pratiquée par nos chers amis de
l'antiquité. Ils n'épouvantoient pas ceux qu'ils vouloient prendre : ils sçavoient rire utilement, ils sçavoient apprivoiser la plus farouche philosophie; celle-
là même qui outrage la nature dans le portique de Zénon, chatouille l'esprit dans les livres de Sénèque. En
semblables lieux l'éclatant et l'agréable ne sont pas in-
compatibles avec le solide et le salutaire : dans une
même viande le plaisir du goût se peut trouver avec la
bonté de la nourriture. Mais souvenez-vous pourtant
que je plaide la cause de Sénèque, et non pas celle de
Lucien. Il y une certaine gaieté de style, éloignée en
égale distance de la bouffonnerie et de la tristesse.
Tous les excès mêmes ne sont pas également dangereux. Les passions échauffées ne produisent-elles pas
des fautes heureuses, voire des actions héroïques qui
sont des courses que fait l'âme, bien loin au-delà des
devoirs communs?

D'ailleurs, l'abondance ne sçauroit être pure ni
choisie partout : les herbes naissent parmi les blés,
et les bouillons jettent de l'écume. La variété non plus
n'a pas tant d'ordre que d'agrément; et c'est peut-être
cette multitude de vices aimables que Quintilien reproche à Sénèque. Mais il me semble que Quintilien
est en cela trop sévère, et qu'il prend les choses trop
à la rigueur : il fait trop le maître d'école et le réfor-
mateur de son siècle. Quel mal y avoit-il, je vous prie,
de vouloir guérir avec des remèdes délicieux? Étoit-ce
un vice de se servir de la volupté pour persuader la

vertu ? Au pis aller c'étoit user des charmes à bonne fin. C'étoit employer la débauche du style à corriger les défauts des mœurs.

Avant que Sénèque et que Plutarque fussent au monde, cette façon étoit en usage dans la plus sage république qui fût jamais. Ainsi tâchoient-ils de gagner les âmes, parce qu'ils sçavoient bien qu'elles ne veulent pas être forcées, parce qu'ils connoissoient la noblesse de leur naturel, qui est impatient du joug et de la contrainte, qui a horreur de la raison toute crue, et du genre purement dogmatique. Quelque prudens et sages qu'ils fussent, ils prenoient des masques et des habillemens de théâtre, et n'en étoient pas moins sages ni moins prudens. Ils se déguisoient en poëtes comiques et satiriques. Les sénateurs romains ont paru de cette sorte quand ils ont voulu instruire le monde ; ils se sont dépouillés de leur robe longue pour se vêtir d'une simarre étrangère ; ils ont inventé un certain jargon (dont il nous reste quelques débris) demi-grec et demi-latin, moitié en prose et moitié en vers ; et, avec ce jargon, qui se moque de l'uniformité du style et des préceptes de l'art, ils ont débité toute la sagesse divine et humaine ; ils ont composé des ouvrages que les maîtres de l'art ont admirés comme merveilleux, bien qu'ils ne les aient pas approuvés comme réguliers.

O beaux esprits qui faites des livres, et qui jugez des livres qu'on fait, que vous connoissez peu le mérite de cette façon d'écrire ! Qu'une si noble et si délicate manière me dégoûte de votre vulgaire et de votre insipide sérieux ! Qu'elle me fait haïr cette immobile gravité dans laquelle vous vous roidissez toujours, comme si vous aviez fait vœu de ne la quitter jamais ! Les mêmes beautés et les mêmes figures ennuient. Les douceurs fades font mal au cœur; et j'aime bien mieux un grain de sel de nos amis de l'antiquité, un morceau de leurs ragoûts, que vos rivières de lait et de miel, que vos montagnes de cassonade et toutes vos citrouilles confites.

Pardonnez ce petit emportement à un homme qui se venge, après avoir été obligé, par une puissance supérieure, à lire un gros volume de panégyriques italiens. Le souvenir de cette violence qui me fut faite excite de temps en temps mon chagrin contre les panégyriques; et, pour ne rien dire de pis de ceux-ci, il est certain qu'ils me donnèrent beaucoup plus de peine que celui de Pline ne m'avoit autrefois donné de plaisir.

Toutes les paroles néanmoins en étoient de soie, et telles que la reine Parisatis les demandoit pour les oreilles des rois. Ce n'étoient que fleurs et que parfums, et encore des fleurs sans épines et des parfums épurés; tant le panégyriste avoit eu soin de choisir ses flatteries et d'en ôter la lie et le marc. Quoi davantage? L'art, observé jusqu'à la superstition, ne souffroit pas à l'esprit le moindre mouvement de liberté. Une clarté, au reste, une netteté incomparable, ou certes qui ne peut être comparée qu'à la sérénité de ces beaux jours, quand il n'y a pas un nuage dans le ciel, ni une haleine de vent sur la terre.

Le calme pourtant qui languissoit dans tous les endroits du gros volume, me faisoit languir avec lui, et me tenoit en cet état incommode où l'on ne peut veiller ni dormir, où l'on ne fait que s'étendre et que bâiller. Quoique les panégyriques fussent éloquens, jamais lecture ne me dura plus que celle-là : je ne me repentis jamais davantage que de m'y être embarqué par complaisance. Une si continuelle bonace me sembla plus importune que la tempête.

Louer toujours, admirer toujours, et employer à cela des périodes d'une lieue de long et des exclamations qui vont jusqu'au ciel, cela fait dépit à ceux même que l'on loue et que l'on admire. Les victorieux s'en sont plains au milieu de leurs triomphes; et je sçais de bonne part que le feu Roi, se regardant un jour au miroir, étonné du grand nombre de ses cheveux gris, en accusa les complimenteurs de son royaume et leurs longues périodes. Il dit à celui de qui je le sçais ces paroles remarquables : J'ai opinion que ce sont les harangues qu'on m'a faites depuis mon avénement à la couronne, et particulièrement celles de M. le **, qui m'ont blanchi la tête de si bonne heure.

Voilà un étrange effet des harangues, et un harangueur bien malheureux, après s'être distillé l'esprit et avoir épuisé le genre démonstratif à louer le Roi ! Dieu nous garde d'être cause de la mauvaise humeur des bons princes, et beaucoup moins de leur vieillesse précipitée. Ce seroit un crime d'État, quelque innocente que fût l'intention du criminel. Notre fin doit être de profiter et d'instruire; mais si, par notre défaut ou par le défaut d'autrui, nous ne pouvons parvenir à notre fin, encore vaut-il mieux amuser le peuple que d'importuner les rois; et c'est même servir les rois que d'amuser le peuple agréablement, comme vous avez vu au cinquante-quatrième livre des histoires de Dion, sur le sujet de Pilade et de Batillus. Pourquoi voulons-nous déplaire avec pompe et apparat; pourquoi lassons-nous la patience de nos maîtres, en offensant leur pudeur? Ne leur faisons point maudire nos bénédictions; ayons soin de leur repos et du nôtre; ne prenons point de la peine à leur en donner.

Que si notre zèle ne peut s'arrêter dans notre cœur, qu'il en sorte, à la bonne heure; mais qu'il se retranche dans le style de Lacédémone, pour le moins dans l'atticisme; au pis aller qu'il ne se déborde pas par ces harangues asiatiques où il faut prendre trois fois haleine pour arriver à la fin d'une période. La justice de Dieu demandera raison aux hommes de la moindre parole oisive; c'est un dogme de la doctrine chrétienne; et s'il est ainsi, quel compte auront à rendre les faiseurs de livres que vous et moi connoissons, qui remplissent le monde de leurs synonymes, qui ne disent rien dans leurs livres, et redisent sans cesse ce qu'ils ont dit!

Nos amis de Grèce et d'Italie l'entendoient bien mieux. Comme la gaillardise de leur style n'en diminuoit point la dignité, l'étendue de leurs discours n'énervoit point la vigueur de leurs pensées; ces corps n'étoient pas lâches pour être longs. Les redites, s'il y en avoit en leurs discours, étoient concluantes et nécessaires, couronnoient la beauté de la chose, ajoutoient la perfection à la fin. Leurs paroles étoient des actions, mais des actions animées de force et de courage; et ce courage se communiquoit à ceux qui lisoient leurs livres jusqu'à leur faire désirer et chercher la mort, après avoir lu ou un traité des maux de la vie, ou un dialogue de l'immortalité de l'âme.

Les Romains particulièrement ont été puissans en persuasion comme en tout le reste. Leur âme étoit éloquente avant que d'être rhétoricienne, et ils étoient éloquens à cause qu'ils étoient sages. Quand ils écrivoient, *ils trempoient leur plume dans le sens.* Vous vous souvenez de cet ancien mot: Quand ils avoient écrit, on ne comptoit pas leurs volumes, on pesoit leurs lignes. Et s'il m'étoit permis de juger du livre que Brutus composa de la vertu, par deux ou trois lettres que j'ai vues de lui, je soutiendrois que ce livre étoit tout esprit et nerfs, sans aucun mélange de matière, ni aucune superfluité de chair. Ce livre n'avoit point d'endroit foible, point de partie inutile, point de répétition qui ne fît effet, qui n'appuyât la chose établie, qui ne prouvât ou n'achevât de prouver.

De cette sorte sont bonnes les répétitions. Et peut-on trouver mauvaise une recharge qui assure la victoire, et qui ôte au vaincu tout moyen et toute espérance de se révolter? Cela s'appelle donner le dernier coup de la mort; c'est enfoncer son épée jusques aux gardes dans un corps qui souffle encore pour résister: en pareils combats Brutus et Cicéron ont été de redoutables gladiateurs; leur force étoit égale, mais leur vertu étoit différente. Il ne se pouvoit rien retrancher de l'éloquence de Brutus, ni rien ajouter à celle de Cicéron; et je m'imagine souvent un genre d'écrire formé sur l'idée que j'ai conçue de l'éloquence de ces deux hommes.

Un Grec qui vivoit sous les empereurs romains, compare les discours de Démosthène à plusieurs éclairs qui surprennent et qui éblouissent, et ceux de Cicéron à un grand feu qui s'épand de tous côtés, et fait une lumière qui dure. Figurez-vous en l'un la tempête qui est décrite au premier livre de l'*Énéide*, et en l'autre l'embrasement de Troie, qui est représenté au second.

Je n'examine point si la comparaison est bien juste et ne veux rien dire pour cette fois de l'éloquence de Démosthène. Je dis seulement que celle des attiques de Rome, qui contrefaisoient Brutus et n'imitoient pas Cicéron, tenoit bien plus de ces éclairs continuels que de ce grand feu. Cette sorte de lumière fait subitement ce qu'elle doit faire; vous diriez que, frappant les yeux, elle perce les hommes jusques au cœur. Mais semblables impressions ne sont pas toujours bien profondes, et il est difficile que la chaleur se communique de cette façon. Il me semble, au contraire, pour enchérir sur la pensée du critique grec, que le soleil n'a pas plus de force sur le corps que Cicéron en a sur les âmes. Il ne paroît pas couronné de plus de rayons; il ne fait pas naître plus de fleurs, plus d'or et plus de pierreries; il n'émeut et ne résout pas plus de vapeurs;

il n'échauffe, il n'amollit, il ne durcit pas davantage les matières sur lesquelles il exerce différemment sa vertu.

De souhaiter que notre *Socrate* fît la même chose, ce seroit un souhait trop ambitieux et qui ne s'accompliroit pas aisément en ce temps-ci. Je connois le monde présent ; je sçais ses dégoûts et ses aversions pour nos écritures. L'éloquence n'a point tant de force que les hommes ont de dureté ; tous les syllogismes, tous les enthymêmes, toutes les figures rebouchent aujourd'hui contre leur esprit ; ils ne sont presque plus capables de persuasion ; les petits enfans se moquent de ce que leurs grands pères admiroient. Les discours philosophiques étoient des oracles sous le règne de François Ier ; maintenant ce sont des visions : art, science, prose et vers sont différentes espèces d'un même genre, et ce genre se nomme *bagatelles*, en la langue de la Cour.

Mais ce n'est pas ici le lieu de se plaindre de la rudesse du siècle de fer et du retour de la barbarie. De parler aussi plus long-temps de philosophie et d'éloquence, de Brutus et de Cicéron, je ne le puis pas de bonne grâce, après m'être déclaré si hautement contre la longueur. Elle n'est pas meilleure dans les préfaces que dans les harangues ; et d'ajouter à ce que je vous ai dit de mon *Socrate*, ce que j'aurois à vous dire de mes *Nouvelles Remarques* et de mes *Vieilles Apologies*, cette longueur ne seroit pas approuvée du sage Hébreu qui conseille aux Français aussi-bien qu'aux Juifs de *réserver leur esprit pour le lendemain*. Je veux suivre son avis et garder de l'étoffe et des ornemens à une autre fois. Puisque mes présens vous sont agréables, il faut que je tâche de vous en faire souvent, et que je ne fasse pas mentir l'excellent M. Costar, qui vous a promis plus d'une préface et plus d'un livre de ma façon. Cependant, MONSEIGNEUR, si les gens d'affaires vous accusent d'aimer trop les livres, ce sera à vous à justifier vos innocentes amours, et à défendre nos muses en défendant votre jugement.

TABLE DES MATIERES,

CONTENUES

DANS LE TOME SECOND DE BALZAC.

SOCRATE CHRÉTIEN.

DE JÉSUS-CHRIST,

ET

DE SA DOCTRINE.

DISCOURS PREMIER.

Dans le cabinet, où nous ouïmes Socrate la première fois, il y avoit un tableau de la Nativité de Notre-Seigneur, qui lui donna lieu de nous faire ce discours.

Il seroit difficile de regarder une si sainte peinture, sans être surpris de quelque pensée de piété. Mais faisons davantage en cette surprise; rendons-nous volontairement et de bonne foi à la pensée qui nous a surpris : suivons-la, quand elle nous meneroit plus loin que nous n'avions résolu d'aller aujourd'hui.

Une étable, une crèche, un bœuf et un âne. Quel palais, bon Dieu, et quel équipage! Cela ne s'appelle pas naître dans la pourpre, et il n'y a rien ici qui sente la grandeur de l'empire de

Constantinople. Ces princes, qu'on nommoit *Porphyrogénètes*, celui qui fut roi avant que d'être homme, le ventre de la reine sa mère ayant été couronné par les suffrages des ordres de son royaume, les Ptolomées, les Alexandres et les Césars, faisoient bien plus de bruit en venant au monde. De l'autre côté, il y a eu des princes qui ont été exposés; il y a eu des conquérans qui ont été nourris et élevés par des bêtes. Il y a une force retenue et dissimulée; la vertu est quelquefois en repos; la grandeur est quelquefois à l'étroit; la pompe n'accompagne pas toujours la puissance.

Ne soyons point honteux de l'objet de notre adoration: nous adorons un enfant; mais cet enfant est plus ancien que le temps. Il se trouva à la naissance des choses: il eut part à la structure de l'univers; et rien ne fut fait sans lui, depuis le premier trait de l'ébauchement d'un si grand dessein, jusqu'à la dernière pièce de sa fabrique.

Cet enfant fit taire les oracles avant qu'il commençât à parler. Il ferma la bouche aux démons, étant encore entre les bras de sa mère. Son berceau a été fatal aux temples et aux autels, a ébranlé les fondemens de l'idolâtrie, a renversé le trône du prince de ce monde. Cet homme promis à la nature, demandé par les prophètes, attendu des nations, cet homme, enfin, descendu du ciel, a chassé, a exterminé les dieux de la terre.

Quelle entreprise à cet homme enfant, à cet homme nu, d'avoir attaqué un monde qui s'étoit fortifié plus de trois mille ans contre la puissance de la vérité! Il est pourtant venu à bout de son entreprise, sans armes, sans machines, sans violence. Et qu'est-ce, à votre avis, d'avoir amolli d'abord et par sa seule présence un si opiniâtre endurcissement, d'avoir arraché des erreurs confirmées par la vieillesse; qui avoient pris racine dans les esprits, qui s'étoient naturalisées avec eux? Qu'est-ce que d'avoir délivré ces pauvres esprits d'une infinité de monstres qui les ravageoient? Monstres de différentes espèces et sous différentes formes; monstres agréables ou désagréables aux yeux, selon l'humeur de la superstition, qui les embellissoit ou les barbouilloit à sa fantaisie. Les uns se faisoient aimer, les autres se faisoient craindre; les uns demandoient des sacrifices cruels, et étoient altérés de sang humain; les autres avoient des appétits moins sauvages et moins déréglés, et se contentoient du sang des bêtes.

L'homme que nous adorons a nétoyé la terre de cette multitude de monstres que les hommes adoroient. Mais il n'en est pas demeuré là.

Il ne s'est pas contenté de ruiner l'idolâtrie

I..

et d'imposer silence aux démons, il a de plus
confondu la sagesse humaine; il a ôté la parole
aux philosophes. Leurs sectes ont fait place à
son Église, et leurs dogmes à ses commandemens; toute l'éloquence d'Athènes lui a cédé.
C'est lui qui a humilié l'orgueil du Portique;
qui a décrédité le Lycée et les autres écoles de
Grèce. Il a fait voir qu'il y avoit de l'imposture
partout, qu'il y avoit des fables dans la philosophie, et que les philosophes n'étoient pas moins
extravagans que les poëtes; mais que leur extravagance étoit plus grave et plus composée. Il a
fait avouer aux spéculatifs, qu'ils avoient rêvé
lorsqu'ils avoient voulu méditer. Il leur a montré
que de cent cinquante et tant d'opinions, qui vi-
soient au souverain bien, il n'y en avoit pas une
qui eût touché au but : vous pouvez voir et
compter ces opinions, dans les livres de la cité
de Dieu de saint Augustin. Jésus-Christ a ainsi
traité les sages du monde : de cette sorte il a pa-
cifié leurs querelles et leurs guerres. En les ré-
futant tous, il les a tous accordés.

Avant lui on se doutoit bien de quelque chose.
On donnoit de légères atteintes à la vérité; on
avoit quelques soupçons et quelques conjectures
de ce qui est. Mais les plus intelligens étoient
les plus retenus et les plus timides à se faire entendre; ils n'osoient se déclarer sur quoi que ce

soit; ils ne parloient qu'en tremblant et en hé-
sitant, des affaires de l'autre vie; ils consultoient
et délibéroient toujours, sans jamais se résoudre
ni prendre parti.

Je ne m'en étonne pas néanmoins; car comment eussent-ils pu trouver la vérité qu'ils cherchoient, puisqu'elle n'étoit pas encore née? Il
falloit que la vérité se fît chair, afin de se rendre
sensible, afin de devenir familière aux hommes,
afin de se faire voir et toucher.

Cette vérité n'est autre que Jésus-Christ : et
c'est ce Jésus-Christ qui a fait cesser les doutes
et les irrésolutions de l'académie, qui a même
assuré le pyrrhonisme. Il est venu arrêter les
pensées vagues de l'esprit humain, et fixer ses
raisonnemens en l'air. Après plusieurs siècles d'a-
gitation et de trouble, il est venu faire prendre
terre à la philosophie, et donner des ancres et
des ports à une mer qui n'avoit ni fond ni rive.

Par son moyen, nous sçavons ce qu'Aristote,
ce que le maître d'Aristote, ce que les disciples
d'Aristote ont ignoré. Ils avoient les yeux bons,
mais ils cheminoient de nuit, et la subtilité de
leur vue n'étoit point comparable à la pureté de
notre lumière. Assidus, mais malheureux courtisans de la nature, ils ont vieilli dans la basse-
cour; et nous, favoris de Dieu, quoique indignes

favoris, dès le premier jour nous avons été reçus dans le cabinet.

Ou le monde est éternel, ou il a eu commencement; ou l'âme de l'homme meurt avec le corps, ou il y a une seconde vie pour elle, après celle-ci. Voilà toute la satisfaction que vous donneront les sçavans de Grèce et les habiles de Rome. Ne leur en demandez pas davantage. L'inconstance de leur esprit, l'incertitude de leurs opinions est une chose à faire pitié. Ils ne vous paieront que d'ambiguités et que d'équivoques; ils ne vous conseilleront que de suspendre votre jugement, que de retenir votre détermination, que de balancer entre cela est, et cela n'est pas.

Le seul Jésus-Christ a pouvoir de conclure et de prononcer, et sa seule doctrine nous peut mettre l'esprit en repos. Elle définit, elle décide, elle juge souverainement; elle tranche les difficultés; elle coupe les nœuds, et ne s'amuse pas à les démêler; elle nous assure en termes formels, *que les choses visibles ont commencé, et que les substances spirituelles ne finiront point.*

Depuis la publication de cette doctrine, nous disons hautement et affirmativement que le monde ne s'est pas bâti soi-même, mais qu'il y a je ne sçais quoi de plus vieux et de plus ancien qui a travaillé à une si admirable architecture. Nous disons que le soleil n'est pas la source, mais le réservoir de la lumière ; qu'il a été allumé avant que de luire ; que les astres ont été faits par une main qui en pourroit faire de plus beaux.

Nous disons que l'âme de l'homme est un feu inextinguible et perpétuel ; qu'elle est originaire du ciel ; que c'est une partie de Dieu même, et par conséquent qu'il y a bien plus d'apparence qu'elle se ressente de la noblesse de sa race que de la contagion de sa demeure ; qu'il est bien plus à croire qu'elle dure, pour se réunir à son principe, pour acquérir la perfection de son être, pour devenir raison toute pure, qu'il n'est à croire qu'elle finisse, pour tenir compagnie à la matière, pour s'éloigner de sa véritable fin, pour courir la fortune de ce qui est son contraire plutôt que son associé.

La même doctrine nous découvre les autres secrets du ciel, avec la même certitude ; mais ce sont les secrets importans et qui contribuent à notre salut, et non pas les secrets inutiles, et qui ne font que donner de l'exercice à notre curiosité. Cette doctrine nous enseigne tout ce qu'il est nécessaire que nous apprenions.

DE L'EGO SUM

DE JÉSUS-CHRIST.

DISCOURS DEUXIÈME.

MAIS votre voisin le délicat voudroit que cette doctrine eût été débitée avec plus de grâce, et que l'Évangile fût plus fleuri et plus attrayant. Nous lui ferons raison là-dessus une autre fois, et peut-être contenterons-nous sa délicatesse. Cependant, me dit-il, je m'adresse à vous, qui ne manquez pas de fleurs et d'attraits, de couleurs et d'ornemens, et qui néanmoins n'estimez pas ces bagatelles plus qu'elles ne valent. Vous plaidâtes il y a quelques années, pour *l'autorité*, contre *l'éloquence*; et si ma mémoire ne me trompe, il me semble que vous gagnâtes la cause de *l'autorité*. J'ai vu un grand commentaire sur le *Quirites* de Jules César; ne verrai-je point une petite réflexion sur l'*Ego sum* de Jésus-Christ?

Cet admirable *Ego sum*, que nous ouïmes

chanter à la Passion il y a quinze jours, est rapporté dans l'évangile de saint Jean, et commence le premier acte de la tragédie de Notre-Seigneur. Ces trois syllabes, sorties de sa bouche, épouvantèrent ses ennemis, mirent en désordre des auditeurs qui étoient en armes, firent tomber à la renverse une compagnie de gens de pied : et je ne doute point que cette chûte n'eût été mortelle à ceux qui tombèrent, si la même force qui les abbattit ne les eût aidés à se relever.

On parle des éclairs et des tonnerres d'un homme d'Athènes, qui mêloit le ciel avec la terre, sur la tribune aux harangues. Mais outre que c'étoient des orages en peinture, et qui ne faisoient tomber personne, considérez, s'il vous plaît, de quelle sorte il les excitoit. C'étoit en criant à pleine tête, en se tourmentant et en s'agitant comme une personne possédée, en faisant mille grimaces de son visage, et mille tours de souplesse de son corps. Il employoit pour cela les fréquentes exclamations, les enthimêmes en foule, les paroles qui faisoient le plus de bruit, les plus vives et les plus violentes figures. Et tout cela néanmoins n'étoit cause d'aucun mouvement forcé, en la posture des assistans, d'un seul faux pas au plus foible de la compagnie. Toute cette violence n'eût pas été capable de remuer une paille, ni de donner le branle aux feuilles d'un arbre.

Comment est-ce donc que l'*Ego sum* de Jésus-Christ, sorti de sa bouche sans effort, sans qu'il élève seulement le ton de sa voix, porte par terre des hommes fermes et vigoureux, met à ses pieds une troupe de soldats qui étoient venus se saisir de lui ? Il n'est rien en apparence de si doux et de si tranquille que cet *Ego sum.* Deux paroles le composent, paroles courtes, simples et vulgaires, qui n'ont rien d'éclatant et de figuré, rien qui étonne et qui menace les gens, rien qui présage et qui signifie le coup qu'elles vont frapper:

C'est-à-dire qu'il faut que ces deux paroles ne soient que la couverture et que l'enveloppe de quelque chose d'extraordinaire qui est caché dessous. Il faut sans doute que ce soit une étincelle tombée du plus haut des cieux, un rayon de véritable divinité qui se mêle dans ces deux paroles, qui leur communique une vertu étrangère, et qu'elles n'avoient pas naturellement. Ces paroles ne sont point foudroyantes de leur propre feu ; il faut nécessairement que celui qui les profère soit le maître des foudres et de la tempête.

Il y a des âmes dont la dureté est invincible, et contre lesquelles rebrousseroient les plus pathétiques périodes de nos orateurs ; mais il n'y a point d'âmes, fussent-elles de fer ou de bronze, qui soient à l'épreuve des paroles de notre législateur, qui puissent tenir bon contre les moindres syllabes de Jésus-Christ. Que votre voisin le délicat allègue tant qu'il voudra son Nestor, son Ménélas, son Ulysse, et les propose comme les trois fondateurs des trois styles différens. Qu'il conte merveilles à ceux qui l'écoutent, de l'éloquence attique, de l'asiatique, de la rhodienne. Sur ma parole, méprisez en ceci tout ce qu'il admire, et réservez toute votre admiration pour le laconisme de Jésus-Christ.

Le *oui* et le *non* de Jésus-Christ peuvent faire et défaire, peuvent bâtir et détruire avec une égale facilité; son silence même et son repos, ses foiblesses et ses infirmités sont choses fortes, agissantes, efficaces, sont capables d'opérer des miracles, parce qu'elles ne sont jamais abandonnées de la puissance nécessaire à l'opération des miracles, parce que la grandeur de ses actions ne dépend point de la grandeur de ses instrumens et de ses moyens. Son *Ego sum*, animé de cette secrète et souveraine puissance, eût pu mettre en fuite une légion aussi aisément qu'une escouade.

———

J'AI fait à peu près le discours que je vous avois convié de faire. Mais, après tant de paroles, oublierons-nous la conséquence qui en résulte?

conséquence qui se tire sans art et sans peine, qui sort d'elle-même de l'*Ego sum* de Jésus-Christ. Dites-moi, je vous prie, si son abaissement sur la terre est si redoutable, combien sera terrible son élévation dans les nuéés? Si son humilité captive accable les hommes, qui pourra soutenir sa majesté triomphante? Si ayant à être jugé, sa première réponse fait tant d'éclat, de quel ton prononcera-t-il le dernier arrêt, quand il viendra lui-même pour être le juge?

J'ai assez de cette réponse pour répondre à toutes les demandes de votre voisin; pour réfuter toutes les objections de mes sens et de ma raison. Sans rhétorique, sans dialectique, ces trois syllabes me suffisent pour me persuader la divinité de cet homme que j'adore. Et après l'effet étrange de ces trois syllabes, et tant d'autres étranges effets, si bien et si nettement vérifiés, quand il s'élèvera en mon âme quelque petit mouvement de rebellion contre la foi, à l'heure même je m'adresserai au Dieu de la foi, et prendrai la liberté de lui tenir le langage que lui tenoient les anciens fidèles.

Si nous nous sommes égarés, mon Dieu, ç'a été en vous suivant; si nous n'avons pas écouté notre raison, vos miracles en sont cause; si nous avons adoré un homme, vous vous êtes entendu avec cet homme pour nous faire croire qu'il étoit Dieu. *Vous lui avez prêté votre puissance pour nous obliger à lui rendre notre culte. Nous sommes excusables, mon Dieu, d'avoir reconnu celui qui ne sçauroit être que vous, si vous ne venez vous-même nous déclarer qu'il est un autre que vous.*

~~~~~~

DE LA RELIGION CHRÉTIENNE,

ET

DE SES PREMIERS COMMENCEMENS.

———

DISCOURS TROISIÈME.

———

LES dernières paroles de Socrate l'avoient comme ravi en extase; mais étant revenu de son transport, il ne demeura pas long-temps dans le calme. La première émotion ne fut qu'un passage à la seconde; et reprenant la matière qu'il avoit laissée, il nous parla à peu près en cette sorte.

IL ne paroît rien ici de l'homme, rien qui porte sa marque, et qui soit de sa façon. Je ne vois rien qui ne me semble plus que naturel, dans la naissance et dans le progrès de cette doctrine. Les ignorans l'ont persuadée aux philosophes. De pauvres pêcheurs ont été érigés en docteurs des rois et des nations; en professeurs de la science du ciel. Ils ont pris dans leurs filets les orateurs et les poëtes, les jurisconsultes et les mathématiciens.

Cette république naissante s'est multipliée par la chasteté et par la mort; bien que ce soit deux choses stériles, et contraires au dessein de multiplier. Ce peuple choisi s'est accru par les pertes et par les défaites : Il a combattu, il a vaincu étant désarmé. Le monde en apparence avoit ruiné l'église : mais elle a accablé le monde sous ses ruines. La force des tyrans s'est rendue au courage des condamnés. La patience de nos pères a lassé toutes les mains, toutes les machines, toutes les inventions de la cruauté.

Chose étrange, et digne d'une longue considération ! reprochons-la plus d'une fois à la lâcheté de notre foi et à la tiédeur de notre zèle. En ce temps-là il y avoit de la presse à se faire déchirer, à se faire brûler pour Jésus-Christ. L'extrême douleur et la dernière infamie attiroient les hommes au christianisme : C'étoient les appâts et les promesses de cette nouvelle secte. Ceux qui la suivoient, et qui avoient faveur à la cour, avoient peur d'être oubliés dans la commune persécution : ils alloient s'accuser eux-mêmes, s'ils manquoient de délateurs. Le lieu où les feux étoient allumés et les bêtes déchaînées, s'appeloit en la langue de la primitive église, *la place où l'on donne les couronnes.*

Voila le style de ces grandes âmes, qui méprisoient la mort, comme si elles eussent eu des corps de louage, et une vie empruntée. Bien davantage, et toujours dans la rigueur de l'histoire, sans rien donner à la licence de la rhétorique, si c'eût été le sang d'autrui, et non pas le leur, ils n'en eussent pas fait si bon marché, car la charité les eût retenus, et l'amour-propre les avoit abandonnés.

C'étoit donc dans les joies et dans les plaisirs, qu'ils disoient à Dieu *c'est assez*, et qu'ils lui demandoient des trèves et du relâche, et non pas dans les supplices et dans les tourmens. Ô mon âme, que d'honneur et de gloire ! Ô mon imagination, que de délices et de douceurs, s'écrioient-ils au milieu des flammes ! En cet état-là, pour parler encore le langage de la primitive église, ils étoient pleins, ils étoient possédés de Jésus-Christ. Jésus-Christ avoit pris la place de leur esprit et de leur raison : Ils n'étoient plus animés que de Jésus-Christ : ils ne songeoient plus qu'à lui ; ils ne se souvenoient plus que de lui ; il leur tenoit lieu de toutes choses. Ce n'étoit plus amour ni constance ; c'étoit une aliénation de sens, une maladie surnaturelle, une sainte, une divine fureur.

Aussi les payens s'en étonnoient-ils, et en faisoient des proverbes. Vous le pouvez voir dans les propos d'Épictète, recueillis par Arrien. Ils parloient des chrétiens, comme de personnes travaillées d'une mélancolie incurable ; personnes tentées par le désespoir, ennemies du jour et de la lumière. A leur dire, c'étoient des gens qui vouloient périr, qui s'ennuyoient en ce monde, (ce sont les différens termes dont ils se servoient), qui se dévouoient, qui se précipitoient à la mort.

Nous sommes descendus de ces gens-là, quoique apparemment ils ne dussent point laisser de postérité; quoique ils fissent tout ce qu'il faut faire pour ne pas durer. De leurs cendres et de leurs ruines s'est élevée la grandeur et la souveraineté de notre église. Le corps s'est trouvé entier dans la dissipation de ses membres.

Je ne m'étonne point que les Césars aient régné, et que le parti qui a été le victorieux ait été le maître. Mais si c'eût été le vaincu à qui l'avantage fût demeuré; si les déroutes eussent fortifié Pompée, et rétabli sa fortune; si les proscriptions eussent grossi le parti d'un mort, et lui eussent fait naître des partisans; si un mort lui-même, si une tête coupée eût donné des loix à toute la terre; véritablement, il y auroit de quoi s'étonner d'un succès si éloigné du cours ordinaire des choses humaines. Je trouverois étrange

II.   2

qu'après la bataille de Pharsale, et plusieurs autres batailles, décisives de l'empire, les amis de
Pompée eussent été empereurs de Rome, à d'ex-
clusion des héritiers de César. J'aurois de la peine
à croire, quand le plus véritable et le plus religieux historien de Rome me le diroit, que des
gens eussent triomphé autant de fois qu'ils furent battus; qu'une cause si souvent perdue, eût
toujours été suivie. Au moins me semble-t-il que
ce n'est pas bien le droit chemin pour arriver à
l'empire, et que d'ordinaire on se sert de tout autre moyen pour obtenir le triomphe. Ce n'est
pas la coutume des choses du monde, que les
bons succès ne servent de rien; que la victoire
soit décréditée, et que le gain aille au malheureux.

Nous voyons pourtant ici cet événement irré-
gulier, et directement opposé à la coutume des
choses du monde. Le sang des martyrs a été fertile, et la persécution a peuplé le monde de chrétiens. Les premiers persécuteurs voulant éteindre
la lumière qui naissoit, et étouffer l'église au berceau, ont été contraints d'avouer leur foiblesse,
après avoir épuisé leurs forces Les autres qui l'at-
taquèrent depuis, ne réussirent pas mieux en leur
entreprise. Et bien qu'il y ait encore en la nature
des choses, des inscriptions qu'ils ont laissées,
pour avoir purgé la terre de la nation des Chré-

tiens , pour avoir aboli le nom chrétien en toutes les parties de l'empire , l'expérience nous fait voir qu'ils ont triomphé à faux , et leurs marbres ont été menteurs. Ces superbes inscriptions sont aujourd'hui les monumens de leur vanité , et non pas de leur victoire. L'ouvrage de Dieu n'a pu être défait par la main des hommes. Et disons hardiment à la gloire de notre Jésus-Christ, et à la honte de leur Dioclétien , *les tyrans passent , mais la vérité demeure.*

~~~~~~

SUITE DU MÊME SUJET.

——

DISCOURS QUATRIÈME.

——

J'ai lu l'original des inscriptions dont je vous parle. Elles se conservent en une ville d'Espagne, et sont gravées en gros caractères, sur une colonne parfaitement belle. L'allemand Gruterus ne les a pas oubliées dans son gros volume. Mais sans vous donner la peine de visiter les bibliothèques d'Angoulême, et d'aller lire les inscriptions à une lieue et demie d'ici; puisque vous en voudriez sçavoir les paroles, et qu'il m'en souvient, il ne faut pas vous faire languir davantage : Tout présentement votre curiosité sera satisfaite.

Diocletianus Jovius et Maximianus Herculeus, Cæsares, Augusti, amplificato per Orientem et Occidentem imperio romano, et nomine christianorum deleto qui rempublicam evertebant, etc.

Diocletianus, Cæsar, Augustus, Galerio in Oriente, adoptato, superstitione christianorum ubique deletâ et cultu deorum propagato, etc.

Vous voyez par là le mécompte des persécuteurs; vous voyez l'imposture de Rome payenne, et la fausseté de ses victoires. Cette superstition abolie est maintenant la religion dominante. Non seulement elle a survécu à ses bourreaux, mais elle régne sur le trône de ses ennemis, et *la ville éternelle* obéit aux successeurs de Saint-Pierre, et non pas à ceux de Jules-César. Dioclétien et Maximien ne sont plus de grands et de redoutables princes : ce sont de fabuleux et de ridicules histrions ; ce sont des fanfarons sur du marbre. Nos pères ont méprisé leurs édits et leurs arrêts; moquons-nous de leurs bravades et de leurs romans. Ainsi pouvons-nous appeler ces inscriptions menteuses, consacrées à leur mémoire par leur propre vanité.

Mais il n'y aura point de mal d'ajouter encore un mot à l'histoire du christianisme, sous l'empire de Dioclétien. Cet ennemi du peuple de Dieu, ce Pharaon de son siècle n'employa pas toujours le fer et le feu contre les fidèles, non plus que le premier Pharaon. Il s'avisa de faire périr d'une autre façon les chrétiens de Rome : il les traita comme des bêtes de charge qu'on tue à force de les faire travailler; il voulut qu'ils mourussent, mais de telle sorte qu'ils se sentissent mourir, et qu'il pût tirer du service de leur mort. Pour cet effet, vous sçavez qu'il en consuma une multitude infinie à la structure de certaines étuves, dont la place se nomme encore aujourd'hui les *Thermes Dioclétiennes*, et dont les ruines sont si grandes qu'elles étonnent la vue, et font peur à l'imagination de ceux qui les considèrent.

Dioclétien se fût-il jamais imaginé que ces ruines dussent être un jour sanctifiées, par la Religion qu'il persécutoit; qu'elles dussent être dédiées au culte du Dieu qu'il avoit proscrit; de ce Dieu dont il haïssoit si fort le nom, la doctrine et les partisans? Eût-il cru que dans les Thermes Dioclétiennes on eût chanté jour et nuit des hymnes à Jésus-Christ; qu'on lui eût rendu des vœux, qu'on lui eût présenté des sacrifices jusqu'à la fin du monde? il ne l'eût pas cru, non pas même sur la parole de tous ses devins.

Quand il faisoit travailler les pauvres chrétiens à ses étuves, ce n'étoit pas son dessein de bâtir des églises à leurs successeurs. Il ne pensoit pas être fondateur comme il l'a été, d'un monastère de pères Chartreux, et d'un autre de pères Feuillans. Car, à prendre la chose dans son principe, c'est lui qui a jeté les fondemens de ces deux maisons religieuses, et qui a fourni les matériaux dont on s'est servi pour leur fabrique. C'est aux dépens de Dioclétien, de ses pierres et de son ciment qu'on a fait des autels et des chapelles à Jésus-Christ, des dortoirs et des réfectoires à ses serviteurs. La Providence de Dieu se joue de cette sorte des pensées des hommes, et les événemens sont bien éloignés des intentions, quand la Terre a un dessein et le Ciel un autre.

~~~~~~

DE

LA TROP GRANDE SUBTILITÉ

DANS LES CHOSES DE LA RELIGION.

DISCOURS CINQUIÈME.

Ces quatre discours, recueillis de la bouche de Socrate, donnèrent réputation au séjour qu'il faisoit en notre province : et cette réputation attiroit tous les jours chez son hôte quantité d'honnêtes curieux : entre autres, il y vint de bons pères de l'ordre de Saint*** nouvellement arrivés d'Espagne, et chargés d'une somme de théologie, qui eût été capable d'assommer, je n'oserois dire le reste. Après un long entretien, que Socrate eut avec eux, nous entrâmes dans le cabinet, où il les avoit menés, et le trouvâmes sur la fin de la conférence qu'il avoit eue. Mais pour l'amour de nous, et à la prière même des bons pères, il nous fit un abrégé des choses qu'il venoit de leur dire : il fit encore plus que cela; il nous annonça la venue d'un homme qui nous en devoit dire plus que lui, et avec cette belle manière qui ôtoit tout air de pédanterie à l'autorité de maître, qu'il s'étoit acquise de longue-main.

Est-il bien vrai, dit-il aux bons pères, que votre docteur espagnol soit déjà au vingt-cinquième de ses volumes, et qu'il en promette encore autant? Ce ne sont pas des promesses, ce sont des menaces qu'il nous fait. Mais l'Église est trop bonne pour nous obliger à lire tout ce que les docteurs écriront. Si elle imposoit ce joug aux fidèles, elle donneroit matière de schisme, et il seroit à craindre que le nombre des fidèles se diminuât. Dieu nous garde d'un si grand malheur, et tout ensemble d'une si pesante obligation. Ces montagnes d'écritures accablent les têtes, et n'édifient point les esprits. Ces volumes se forment d'un débordement d'humeurs corrompues, se grossissent des superfluités et des excrémens de l'esprit humain. Les monosyllabes des sages valent bien mieux que tant de chapitres et de paragraphes, que tant de distinctions, tant de divisions et de subdivisions.

Personne ne doute que les plus courtes folies ne soient les meilleures. Et s'il est de notre prudence de choisir entre les maux ceux qui sont plus petits, j'aime encore mieux les libelles qui courent en France, et qui se mettent dans la po-

chette, que les tomes qui viennent d'Espagne par
charroi; qui sont les fardeaux et les empêchemens des bibliothèques. Parlons-en néanmoins
sans passion, et que nos jugemens particuliers
ne se sentent point de l'animosité de la guerre
générale.

Vous ne me démentirez pas, vous qui avez
voyagé du côté du Nord (un des Pères à qui Socrate parloit, avoit été en Pologne), il y a de
grands pays dans le monde qui sont de grandes
solitudes. Pour y avoir une maison, il y faut
faire plusieurs journées. On pourroit dire le semblable de vos gros volumes. Que de sables, que
de landes, que de terres vagues dans cette étendue, dans ces espaces immenses! A la bonne
heure, pourtant si ce n'étoient que simples déserts; s'il n'y avoit qu'une longue et ennuyeuse
stérilité à y remarquer. Le mal est que ces déserts sont souvent fertiles en mauvaises choses.
Ils produisent des bêtes sauvages; on y rencontre quelquefois de farouches et de mons-
trueuses opinions.

Mais quand les opinions de vos docteurs se
contiendroient dans une innocente extravagance,
et qu'elles ne feroient ni bien, ni mal; quand
même elles partiroient d'une bonne et pieuse intention, il y auroit toujours de la témérité en
ces extravagances bien intentionnées.

Les auteurs grecs ont fait des fautes grossières, parlant des affaires des Romains. Les historiens latins se sont rendus ridicules, sur le
sujet de l'histoire des Hébreux. Ceux qui ont
traduit d'une langue en une autre, avec le plus
de réputation, ont pris des rivières pour des
montagnes, et des hommes pour des villes. Les
méprises de vos docteurs ne doivent rien à celles-
là. La raison humaine fait, s'il se peut, de plus
étranges équivoques, quand elle traite des choses
divines. Étant foible et courte, comme elle est,
elle devroit s'épargner et se mesurer : Elle devroit être plus discrète et plus retenue.

Il peut y avoir de l'intempérance au desir d'apprendre et de s'enquérir. C'est un vice que de
sçavoir trop de nouvelles, l'ancienne morale l'a
condamné : les caractères de Théophraste ne
l'oublient pas. Et s'il est vrai ce qu'on a dit autrefois, *qu'il ne faut pas être curieux dans la
république d'autrui*, quelle audace est-ce, je vous
prie, quel attentat à un citoyen du bas monde,
à un habitant de la terre, de se mêler si avant
des choses supérieures, et des affaires du Ciel?
En quel pays est-il plus étranger qu'en celui-là?
Y a-t-il de république qui lui soit plus inconnue?
Y a-t-il un autrui dont il soit plus éloigné; avec
lequel il ait moins de société et moins de commerce?

Nous devons ce respect à cette majesté qui se cache, de ne vouloir pas la découvrir; de ne la chercher pas avec tant de diligence et d'empressement. Arrêtons-nous à ses dehors et à ses remparts, sans la poursuivre jusques dans son fort et dans ses retranchemens. Adorons les voiles et les nuages qui sont entre nous et elle. Puisqu'elle habite une lumière inaccessible, ne faisons point de dessein sur le lieu de sa demeure: n'essayons point de le surprendre par la subtilité de nos questions; de le forcer par la violence de nos argumens. Si nous avons soin de la conservation de nos yeux; si notre vie nous est chère, fuyons cette présence redoutable, cette fatale lumière, cette lumière qui éblouit les anges et qui tue les hommes.

Vous avez ouï parler d'un royaume, où c'est crime de lèze-majesté de regarder le roi au visage. Il n'est permis aux peintres que de peindre ses épaules: Mille barrières, mille grilles et mille rideaux le séparent de ceux mêmes qui viennent traiter avec lui. Il me semble que Dieu mériteroit bien autant de cérémonie. Des devoirs aussi scrupuleux et aussi craintifs ne le seroient pas trop en cette occasion. Est-il plus petit monarque que celui-là ? au contraire, à proprement parler, il n'est point de pure monarchie que la sienne, ni de véritable monarque que lui.

Il gouverne tout seul toutes choses. Dans la direction de l'avenir, dans la jouissance de ses pensées, dans la possession de soi-même, il ne souffre ni compagnons, ni arbitres, ni témoins.

Et néanmoins, éloignés que nous sommes de lui, d'une distance qui ne se peut mesurer, et confinés au plus bas étage du monde qu'il a bâti, nous voulons monter sur son trône et toucher à sa couronne; nous aspirons à sa plus étroite confidence et à sa dernière familiarité. Au moins prétendons-nous le voir avec des yeux de chair, le comprendre avec un esprit noyé dans le sang et enseveli dans la matière. Nous entreprenons de discourir de sa nature et de son essence, de faire des relations de sa conduite et de ses desseins, avec le jargon de la philosophie d'Aristote. Pour ne rien dire de plus rude, nos prétentions sont trop hautes; nos entreprises sont trop disproportionnées à notre force.

J'avoue pourtant que ce Dieu caché, ce Dieu incompréhensible, est bon jusques à l'excès. Il aime quelquefois les hommes, jusqu'à leur apprêter des délices, et à leur fournir des passetemps. Et suivant cette inclination bienfaisante, il a voulu les favoriser encore en ceci, et donner quelque chose à leur naturelle subtilité. Il nous a permis de nous divertir et de nous ébattre dans les écoles, je ne le nie pas; mais je soutiens que c'est sous certaines conditions, qui sont prescrites à nos divertissemens et à nos ébats. Nous pouvons nous jouer tant qu'il nous plaira; Dieu nous en donne la permission, pourvu que nos jeux soient innocents et modestes; pourvu qu'il y ait des bornes marquées, au-delà desquelles nous ne portions point la liberté que son indulgence nous accorde.

Hors même de son paradis terrestre, il y a des fruits auxquels il nous défend de toucher; et sa défense n'est pas un effet de sa jalousie; c'est une marque de son amour : parce que ces fruits ne se peuvent cueillir sans hasard; parce qu'ils sont mêlés parmi les poisons; parce qu'ils croissent dans les précipices. Dieu ne trouve pas bon que nous fassions voir notre adresse en des lieux si dangereux; que nous capriolions où il est difficile de cheminer; que nous soyons ingénieux et hardis où nous devons être simples et timides. Ce sont des endroits de la science, fameux par les chutes des savans, et dont les habiles ne s'approchent que de loin. Mais il s'en trouve de si malheureusement habiles, qu'ils se creusent des abîmes, et se font des précipices par tout : Ils tombent avec art et avec dessein; et dans les chemins les plus beaux et les plus unis.

L'ignorance toute pure est beaucoup meilleure

que cette science de faillir; que la science de ce téméraire Grec, qui voulut faire un christianisme de sa façon, et coudre des fables à la vérité, en mêlant ses pensées dans celles de Dieu : il ne se contenta pas des anciennes richesses de la théologie; il en chercha de nouvelles par des distillations curieuses; il souffla aussi malheureusement que ces pauvres Alchimistes, qui courent après des trésors, et n'attrapent que de la fumée. L'esprit qui le devoit vivifier, fut celui qui le tua, et il fut fou par trop de raison.

Que lui servit la lumière qu'à le rendre aveugle ? Que gagna-t-il de sortir de la région des ténèbres, et de quitter les erreurs du paganisme ? C'étoit quitter une idolatrie pour une autre ; c'étoit renoncer au culte des dieux, pour se faire des dieux de ses inventions ; pour adorer son propre sens et ses propres fantaisies. Il faut que la philosophie serve et obéisse dans l'Église, et non pas qu'elle y règne et qu'elle y commande. Aristote, Platon et les autres philosophes sont des captifs et des prisonniers de Jésus-Christ. Ils doivent recevoir la loi de lui, et non pas la lui donner. Ils ne sont pas dans le siège du victorieux ; ils suivent le charriot de son triomphe ; ils sont de son train et de son bagage.

Les premiers fidèles n'ont point donné d'autre rang au philosophe. Ils ont usé de la philosophie

de cette façon; et les premiers docteurs mêmes
n'en ont pas abusé, comme quelques-uns ont fait
depuis. Aussi bien que nous, ils ont avoué qu'il
y avoit des connoissances réservées pour la vie
future; qu'il y avoit des vérités closes et scel-
lées; qui ne se décacheteront, qui ne s'explique-
ront, que dans le ciel; que Dieu lui-même en
garde le chiffre; qu'elles feront partie de la récompense de ses élus,

A tout le moins qu'on se tienne dans les termes
de ces premiers, et que la modestie des anciens
soit une leçon pour les modernes. Qu'à leur exemple on se guérisse du désir de la nouveauté; nouveauté presque toujours ou mauvaise, ou péril-
leuse, ou suspecte. Qu'on se défasse de l'ambition
de pénétrer plus avant qu'eux, dans un pays qu'ils
ont connu, et qu'ils ont appréhendé. Ils ont fait
toutes les découvertes; ils ont achevé toutes les
conquêtes: il ne faut plus songer à découvrir ni
à conquérir.

Il vaut mieux vivre de ses rentes, et jouir à son
aise de leurs peines, en leur rendant l'honneur
qu'ils ont mérité, et la reconnoissance qui leur est
due. Car il se peut faire que ces docteurs subtils
étoient nécessaires au monde, je dis au monde
curieux, au monde disputeur, au monde contre-
disant. Peut-être qu'ils sont entrés dans le dessein de la providence de Dieu, pour l'accomplis-

sement du royaume de son fils, pour la dernière perfection de l'économie de son église.

Vous sçavez que le fils de Dieu a envoyé divers apôtres à divers peuples. Vous sçavez que toutes les missions qu'il a ordonnées, n'ont pas été faites en même temps, et par les douze premiers envoyés. Il n'a jamais manqué, et ne manquera jamais de pareils ambassadeurs : Il en a toujours de tout prêts à recevoir ses ordres, à à exécuter ses commandemens, à partir pour les occasions de son service. Il a plus d'un saint Pierre et plus d'un saint Paul, nous n'en devons pas douter : Il a aussi plus d'un saint Thomas. Et, à votre avis, n'auroit-il point envoyé le saint Thomas des derniers temps, aux successeurs d'Aristote, afin de les traiter selon leur humeur, et de les convertir à leur mode; afin de les gagner par leurs syllogismes et par leur dialectique? Ce saint Thomas de l'école n'auroit-il point été choisi pour être l'apôtre de la nation des Péripatéticiens, qui n'étoit pas encore bien assujétie et bien domptée? Nation présomptueuse et mutine; qui défère si peu à l'autorité; qui se fonde toujours en raison; qui demande toujours pourquoi cela est; qui est si impatiente de repos, si ennemie de la paix, si disposée aux choses nouvelles.

Il me semble que cette dernière mission n'a pas été inutile, et il y a quelque apparence à ce

II.   3

que je dis. Mais il en faudra dire davantage quand l'excellent homme dont je vous ai tant parlé, nous aura communiqué les belles choses qu'il a nouvellement méditées. Il m'a promis de les apporter ici, et je ne doute point que ces belles choses ne pèsent pour le moins autant qu'elles brillent ; ne soient aussi fortes et solides qu'elles sont subtiles et déliées. Je l'ai ouï prêcher ; je l'ai vu en conversation, et mon témoignage ne vous doit pas être suspect.

C'est un homme qui n'a point de visions, et qui ne croit point avoir de lumières ; sa spéculation s'accommode le plus qu'il peut avec le sens commun ; il suit Aristote sans être son esclave, et le quitte sans être son ennemi. Ce n'est point un factieux dans la théologie ; il ne se veut point faire remarquer par la singularité de ses opinions. Il défère beaucoup à la piété et à la doctrine des Pères , mais il avoue aussi qu'il doit beaucoup à l'ordre et à la méthode des scolastiques. Son équité et sa modération se conservent parmi les aigreurs et les animosités des partis ; il s'éloigne en égale distance de l'une et de l'autre extrémité : Je vous le redis, et vous le vérifierez quand vous l'aurez vu. Son esprit ne tient rien de la lie et de l'impureté de la terre : mais ce n'est pas pourtant de l'air que débite son esprit ; ses subtilités ont racine et fondement : celles de la plupart de vos docteurs espagnols n'ont que des feuilles et de la montre, ne sont que des apparences et des couleurs qui amusent et qui trompent, comme celles des nuées et de l'arc-en-ciel.

Ils croient pourtant, vos docteurs, que leurs subtilités sont aussi solides et aussi fermes *que les gonds sur lesquels roulent les globes des cieux, que les pilotis sur lesquels Dieu a bâti le monde.* Ce sont les termes magnifiques dont un d'eux se servit une fois me parlant de lui et de sa raison. Et le bon est qu'en vertu de cette souveraine raison, ainsi leur plaît-il de l'appeler, ils prétendent régner par tout, juger de tout, être les arbitres de toutes choses : Ils veulent conserver dans la conversation et dans les affaires d'État, l'autorité qu'ils ont usurpée à l'école et aux actes de philosophie. Il faut que je vous le fasse voir avant que nous nous séparions et que je prenne congé de la compagnie. Ce sera par un exemple de fraîche mémoire, et qui ne vient pas de loin d'ici, quoiqu'il méritât de venir de Cordoüe ou de Salamanque. Cet exemple vous montrera jusqu'où peut aller la confiance et la présomption d'un docteur.

J'étois il y a quelque temps à la Rochelle, au logis de monsieur le grand Prieur de France, où

3..

arriva un gentilhomme de Saintonge, qui lui dit pour nouvelles, que monsieur le duc d'Épernon était de retour d'Angleterre depuis deux jours. Le père*** fameux et redoutable dialecticien, qui se trouva là, ne donna pas le loisir à monsieur le grand Prieur de parler, et de dire ce qui lui sembloit de cette nouvelle. Mais se levant de sa chaire, avec sa mine et sa démarche de philosophe gladiateur : cela ne sçauroit être, s'écria-t-il, s'adressant au gentilhomme saintongeois, par quatre raisons indisputables, et je m'en vais vous prouver qu'il faut de nécessité que monsieur d'Épernon soit encore à Londres. Je l'ai pourtant vu à Plassac, répondit le gentilhomme. N'importe, répliqua le père, il est plus à croire que les yeux se trompent que la raison : c'est un fantôme que vous avez vu, et c'est là vérité que je sçais. Je pense que vous êtes homme d'honneur et que vous ne voudriez pas en faire accroire à personne, mais je soutiens que les sens sont des imposteurs; que l'homme extérieur est sujet aux illusions; que la nouvelle dont il s'agit, implique contradiction morale, et peut-être contradiction physique, etc.

Après cet exemple, fions-nous à la souveraine raison; faisons conscience de douter de l'infaillibilité d'un maître ès-arts; ne faisons point de différence entre les visions de nos docteurs, et

les oracles de notre doctrine. Recevons les nouvelles du monde à venir, sur la parole de ces
gens-là qui jugent si bien des nouvelles du monde
présent. Bon Dieu, qu'Aristote et sa dialectique
ont gâté de têtes! qu'il y a dans le monde de fous
sérieux, de fous qui se fondent en raison, de fous
qui sont déguisés en sages! O mon Dieu, que
le silence du sanctuaire est bien meilleur que le
babil des académies, et qu'il vaut bien mieux
marcher dans la simplicité de vos voies, que de
s'égarer dans les labyrinthes d'Aristote!

~~~~~~

DE LA LANGUE DE L'ÉGLISE,

ET DU LATIN DE LA MESSE.

DISCOURS SIXIÈME.

Ainsi se passa la conférence où Socrate traita un peu mal la trop fine et trop curieuse subtilité. Quelques jours après il nous vint voir un homme du pays Latin; homme plein de grands desseins et qui méditoit plusieurs ouvrages, dont les moindres étoient des poëmes épiques, et des histoires. Il travailloit alors à la continuation de celle de monsieur de Thou, et avoit pour cela, à ce qu'il disoit, des magasins de choses et de paroles. Nous sçumes de lui qu'il avoit fait ses études en Italie. Mais ayant harangué deux ou trois fois dans l'Académie des Humoristes, il pensoit que la renommée nous le devoit avoir appris, et que les acclamations qu'il avoit reçues aux rives du Tibre, eussent été ouïes jusques sur les bords de la Charente.

Cet homme ne parloit que de la pureté de la diction, et de la noblesse du style. Il ne connoîssoit de véritable Rome que celle de l'ancienne république, et n'avouoit pour légitimes romains, que Térence, Cicéron et deux ou trois autres. Tout le reste lui sembloit barbare; et, à son avis, la barbarie avoit commencé dès les premières années de l'empire des premiers Césars. Sénèque étoit une de ses grandes aversions; le latin de Pline lui faisoit mal au cœur, celui de Tacite lui donnoit la migraine. Il n'avoit donc garde de goûter celui du Missel et du Bréviaire? S'étant échappé là-dessus, avec peu de révérence pour les choses saintes, Socrate l'arrêta sans le quereller, et l'interrompant doucement, l'empêcha d'achever de perdre le respect qu'un chrétien doit à sa religion.

Ce n'est pas d'aujourd'hui, lui dit-il, qu'on attaque le christianisme par cet endroit qui vous semble foible. La simplicité, la rudesse, l'impureté même du langage a été reprochée aux premiers fidèles. Ils ont été renvoyés à l'école aussi bien que nous; et ce nous est de l'honneur qu'on nous menace des mêmes verges, dont on a battu la sainteté de nos pères.

Je demeure d'accord avec vous, que si Cicéron revenoit au monde, et qu'il entrât dans une de nos églises, il auroit bien de la peine à entendre ce qu'on y récite et ce qu'on y chante. Il seroit surpris d'une étrange sorte des mesures de nos vers, de nos rimes en prose, de notre *alleluia,* de notre *amen*, de notre *Deus Sabaoth*, de notre *Hosanna in excelsis*. Peu s'en faudroit que le latin de la messe ne lui fût une langue inconnue, et qu'il n'eût besoin de guide et de truchement en pays où il a régné par la puissance de la parole. Mais néanmoins ayant toujours été extrêmement raisonnable, je m'assure que nous le rendrions capable de nos raisons, et qu'après nous avoir ouïs il ne s'étonneroit pas si fort que ce petit changement fût arrivé dans la grande et universelle révolution des choses du monde.

Pour vous, qui n'êtes pas Cicéron, pardonnez-moi si je vous dis qu'étant des nôtres, vous avez tort de faire l'étranger parmi nous. Il me semble qu'en matière de latin vous ne devriez pas être plus délicat que le cardinal Sadolet et que le jésuite Maffei. Ils ont été tous deux de l'une et de l'autre Rome. Comme ils ont écrit des histoires et des traités de morale, ils ont dit aussi la messe et le bréviaire. Mais l'importance est qu'ils ont dit la messe et le Bréviaire sérieusement, et tout de bon : ils étoient persuadés de ce qu'ils disoient. Leur singulière piété qui fut en si bonne odeur à l'église de leur temps, nous oblige de le croire; et nous sçavons qu'il y a encore aujourd'hui à Rome de ces sortes de Romains. Il y a de nos prêtres et de nos prélats qui trouveroient leur place dans l'ancienne république; qui auroient rang parmi les chevaliers et les sénateurs ; qui seroient du nombre des pères conscripts. Mais ces vrais et légitimes Romains sçavent distinguer les temps et les choses; ils font leur devoir à l'autel et suivent leur fantaisie dans le cabinet : quand ils prient et quand ils sacrifient, leur éloquence ne vient point troubler leur dévotion. Ils ne sont point détournés de l'attention des sacrés mystères, par la rencontre du mauvais latin.

Je l'appelle ainsi, pour m'accommoder à votre mode. Mais présupposez que le latin qui vous choque ne soit pas latin. Si vous en avez tant de dégoût, prenez-le comme une médecine, et avalez-le sans le goûter. Prenez-le pour une langue nouvelle que la religion a consacrée, et dont l'usage a été reçu dans le royaume de Jésus-Christ. Vous n'ignorez pas, que parmi les profanes mêmes il y a toujours une langue sainte, et que les vers des Saliens n'étoient pas du style de Virgile, ni la prose des pontifes, de celui de Cicéron.

Mais si vous ne trouvez pas belle la nouvelle langue dont il s'agit, parce que le son vous en déplaît, pénétrez plus avant dans sa signification, et ne la condamnez pas sur le simple témoignage de vos oreilles. Nos trésors ne laissent pas d'être trésors, pour être dans des vaisseaux de terre. Dieu qui s'est déguisé à l'autel, qui s'y est comme dégradé soi-même, sous de viles et chétives apparences, justifie et approuve par ce choix, toute autre sorte d'abaissement et de pauvreté, du côté de l'homme.

Ce dehors qui vous offense, cette écorce qui vous paroît si vilaine et si raboteuse, enferme des biens et des richesses sans nombre. L'accomplissement des plus hautes résolutions qui ont été prises dans le Ciel; le chef-d'œuvre de celui qui a fait le ciel et la terre; la magnificence de sa grâce, la profusion de son amour, les excès d'une puissance qui n'a point de bornes, et qui ne connoît point de mesure; tout cela est caché sous le fer de ces paroles; tout cela est couvert de cette poussière, de cette rouille du mauvais temps. Ne vous mettez point en peine pour l'intérêt de la religion : n'ayez point de peur que la dignité des mystères soit violée. La rudesse des termes ne gâte rien dans la religion. L'ignorance des ministres n'est point contagieuse aux mystères : en certains cas même elle a du mérite, et fait partie de la piété.

Je veux vous communiquer une histoire que j'ai trouvée en bon lieu, et qui a été oubliée par Dion et par Suétone. Il y eut autrefois un homme d'une petite ville d'Italie, qui, en pleine assemblée du peuple romain, remercia l'empereur Auguste, *de ce qu'il lui avoit fait une injustice,* ayant dessein de le remercier d'une grâce qu'il lui avoit faite. Le peuple qui étoit assemblé, voulut mettre en pièces ce pauvre homme, se figurant qu'il avoit offensé l'empereur ; mais ce sage prince arrêta la fougue du peuple irrité, et blâma le zèle indiscret de ceux qui l'aimoient sans jugement. Il dit que cette sorte de remercîment ne lui étoit pas désagréable, parce qu'il ne regardoit pas tant à la parole qu'à l'intention. Pensez-vous que Dieu soit de plus fâcheuse humeur que les hommes, et plus difficile à contenter que cet empereur ? Vous imaginez-vous que sa justice vindicative s'étende jusques sur cette espèce de coupables, et que les fautes contre la grammaire soient crimes de lèze-majesté divine, soient péchés contre le saint-Esprit ? Je vois bien que vous n'êtes pas assez informé des choses de l'autre monde.

Je vous déclare de la part de Dieu, qu'il ne demande point de harangues étudiées ; qu'il se contente de l'éloquence de nos cœurs et de nos soupirs ; que les barbarismes des gens de bien le persuadent mieux que les figures des hypocrites. Il est de ces pères, qui prennent plaisir au jargon et au bégayement de leurs enfans, qui se délectent de leurs équivoques et de leurs méprises. Il entend le silence de ceux qui l'adorent, et par conséquent il exauce leurs signes et leurs

pensées. Devant lui, les muets même sont orateurs. A plus forte raison ceux qui n'ont que la
langue empêchée, et qui sont de Balbut en Bal-
butie, comme disoit de soi-même le bonhomme
M. de Malherbe : à plus forte raison ceux qui
manquent seulement d'éloquence , et qui n'ont
point appris des institutions de Quintilien à parler régulièrement et avec art. N'en déplaise à
l'art et aux artisans, Dieu écoute plus volontiers
ces gens-là , que les beaux parleurs , que les faiseurs de suasoires et de controverses; il ne les
exclut point de sa communication , quoiqu'ils
soient excommuniés de vos académies d'Italie.

Mais pour vous montrer, par un exemple au-
thentique , que Dieu reçoit en bonne part les
incongruités qui partent d'une bonne âme, je
vous ferai voir, quand il vous plaira , dans une
relation approuvée, qu'il a fait faire de grands
miracles , avec trois mots de mauvais latin. Celui
qui les prononçoit ne les entendoit pas ; il les disoit même à contre-sens; il prenoit la négative
pour l'affirmative ; il maudissoit au lieu de bénir.
Mais ces malédictions étoient rectifiées par son
innocence et par sa bonté , et Dieu répondoit au
cœur de l'homme de bien, et non pas aux paroles
de l'ignorant.

Après cela, scandalisez-vous de l'ignorance
des prêtres, qui ne sçavent pas lire, et sçavent

encore moins parler. Je l'ai déjà dit une fois : l'ignorance du ministre ne gâte point le ministère, la pureté de la chose se conserve parmi les mots impropres, et les locutions vicieuses. La religion demeure saine et entière dans tout ce désordre de grammaire, dans tout ce renversement de règles et de préceptes. Tous ces défauts sont soutenus par l'excellence de la piété : toutes ces bassesses sont relevées par la hauteur du christianisme. Une vertu supérieure se mêle dans tout cela, qui le change, qui le réforme, qui le perfectionne. Une force invisible anime ces foiblesses apparentes. Cette ignorance, en humiliant l'homme, donne gloire à Dieu, et fait voir qu'il n'y a point de petits instrumens entre ses mains.

Ou disons plutôt que Dieu choisit tout exprès les petits et les foibles instrumens, pour confondre la grandeur humaine, pour mépriser les forces de la nature, pour se moquer de notre industrie, de nos travaux et de nos machines. Il veut souvent que dans les plus sublimes et les plus parfaites actions qu'il fait faire à l'homme, l'homme n'y contribue de sa part, que de la misère et de la bassesse, que de l'infirmité et de l'imperfection.

Ce discours étonna l'homme du pays latin,

jusqu'à lui donner de l'effroi : il fut contraint de le confesser. Il avoua que nos mystères avoient non-seulement en soi, je ne sçais quoi de terrible et de redoutable, mais aussi dans la bouche de ceux qui n'en parloient pas indignement. Il reconnut que la barbarie du christianisme ne diminuoit rien de sa dignité et de sa grandeur ; mais la conclusion du discours ne lui sembla pas moins étrange et moins étonnante qu'avoit fait le reste. Il sentit des aiguillons dans son âme, qui ne laissoient point ses opinions en repos. Il s'écria ; il fit des exclamations ; malgré qu'il en eût, il ne put s'empêcher d'admirer les choses qui le fâchoient.

Je conclus (ajouta Socrate, après avoir allégué un passage de Théodoret, qui faisoit à son propos, et où il est fait mention de la langue des Romains), je conclus que les hymnes et les offrandes ne déplaisent point à Dieu, mais qu'il n'a pas pourtant besoin de nos hymnes ni de nos offrandes : car que lui pouvons-nous présenter qui ne soit à lui ? que lui pouvons-nous dire qui lui soit nouveau, et qu'il ne sçache mieux que nous ? Il n'a que faire de notre rapport, pour être instruit de l'état des choses inférieures. Il se peut passer fort aisément de notre rhétorique et de notre genre démonstratif, de la force et de la subtilité de notre esprit, des ornemens et de la pompe de nos paroles. Bien davantage, il desire quelquefois la défaillance et la privation de tout cela, afin que par ce volontaire anéantissement, nous rendions hommage à la souveraineté de son être; afin que ne paroissant en sa présence que cendre et poussière, sa gloire soit établie sur les ruines de notre mérite.

Ce ne sont pas les dorures de l'offrande; ce ne sont pas ses guirlandes et ses fleurs qui sont de l'essence du sacrifice; c'est la mort ou la destruction de la victime. Mais, je vous prie, quelle plus noble victime qu'un esprit dompté et assujéti? Quel plus agréable sacrifice à Dieu que celui que l'homme lui fait de sa raison, de cette partie altière et présomptueuse, de cet animal fier et superbe, né au commandement et à la supériorité, qui veut toujours monter et ne jamais descendre, qui ne songe qu'à la victoire, au triomphe, à la couronne; bien loin de se résoudre au joug, à la captivité, à la mort?

Sacrifier ainsi sa raison est quelque chose de plus que de sacrifier son fils unique, et Isaac n'étoit point si cher à Abraham que nous sont chères nos opinions. Il n'y a point d'enfans que nous aimions davantage que ceux qui naissent de notre esprit, et desquels nous sommes père et mère tout ensemble. Ce sont pourtant ces chers et ces bien-aimés qu'il faut immoler : il y a de

l'innocence, il y a de la vertu en ce parricide. La
violence est bonne, qui arrache tout ce qui empêche, tout ce qui embarrasse dans le chemin du
salut. Étouffer la nature quand elle s'oppose à la
grâce; chasser de l'âme le bien naturel, pour
faire place à un meilleur bien, c'est une cruauté
héroïque qui vaut mieux que la justice morale.

Plus nous sommes vides de nous-mêmes,
plus nous avons de disposition à être remplis de
Dieu. D'ordinaire il observe ce silence de notre
raison, pour s'entretenir avec nous, sans être
interrompu par le babil et par les questions de
cette importune. Quand l'âme se trouve dans ces
pesanteurs et dans ces assoupissemens, il prend
plaisir à la réveiller et à s'apparoître à elle. Il lui
envoie en cet état-là des songes qui sont des
leçons, des songes qui l'avertissent et qui l'ins-
truisent, des songes sages et mystérieux. Il choisit l'heure de nos éclipses, pour nous communiquer ses lumières.

Et partant, s'il étoit permis d'opter, j'aimerois bien mieux cette raison prisonnière de la
foi, et sacrifiée par l'humilité; cette raison abattue et endormie, voire même morte et enter-
rée au pied des autels, que cette autre raison
juge de la foi, animée d'orgueil et de vanité, si
vive et si remuante dans les écoles, qui fait tant
la maîtresse et la souveraine, qui ne parle que

de régner et de vaincre partout où elle est. On trouve Dieu bien plus aisément dans le calme et dans la douceur de la piété, que dans le bruit et dans les contentions de la théologie. Le travail des sçavans n'a garde d'aller ni si vîte ni si loin que l'oisiveté des humbles.

C'est donc le monde visible que Dieu a abandonné aux argumens et aux disputes des philosophes, et non pas le monde caché : c'est la face extérieure de la nature, et non pas les secrets de la religion. La connoissance de ces secrets n'a point été exposée à la curiosité des beaux esprits. Il en est comme de cette rivière merveilleuse, de laquelle quelques anciens ont parlé : elle est basse aux petits et aux modestes, et profonde aux grands et aux superbes : les brebis y passent à gué, et les éléphans s'y noient.

DE QUELQUES
PARAPHRASES NOUVELLES.

DISCOURS SEPTIÈME.

Socrate se connoissoit en vers comme en tout
le reste des choses honnêtes ; mais il n'avoit plus
de passion que pour les muses chastes et chrétiennes. Encore vouloit-il qu'elles fussent tristes
et sévères ; qu'elles armassent la chasteté de rigueur (d'ordinaire il se servoit de ces termes) ;
que leur simplicité et leur modestie les distin-
guassent de leurs autres sœurs, qui sont plus
mondaines et plus enjouées. Il vouloit que les
vers, conçus et nés dans l'Église, se sentissent
du lieu de leur extraction et de l'avantage de
leur naissance ; que les ouvrages chrétiens portassent la marque du christianisme ; qu'ils fussent
chrétiens, tant en la forme qu'en la matière. Vous
le verrez par le jugement qu'il fit de la paraphrase d'un pseaume, qui m'avoit été envoyée
de Languedoc : elle étoit de la façon d'un des

beaux esprits de ce pays-là, et on me mandoit que ce bel esprit y avoit travaillé de toute sa force; que douze stances étoient le travail de douze mois, et qu'encore ne croyoit-il pas en être accouché à terme, tant il avoit de peine à se contenter. Socrate garda quelques jours cette paraphrase sur la table de sa chambre, et ayant été pressé de nous en dire ce qu'il en pensoit, son avis fut celui-ci, qui fut la règle du nôtre.

Il falloit suivre M. l'évêque de Grasse, et ne pas faire effort pour passer devant. En matière de paraphrases il a porté les choses où elles doivent s'arrêter. L'éloquence qui entreprend d'aller plus loin, est à mon avis trop ambitieuse. La poésie qui cherche un autre chemin, court fortune de trouver un précipice. Vouloir enchérir sur un si grand maître, ne me semble pas être de la modestie d'un apprenti. Celui-ci ose tout et hasarde tout. Un poëte si prodigue d'abord n'est pas assuré de pouvoir continuer; il doit devenir pauvre par sa première débauche.

Mais d'ailleurs, subtiliser davantage et quintessencier les textes sacrés, n'est pas une entreprise bien judicieuse, ni qui puisse mieux réussir à notre langue, qu'à son aînée la langue latine. C'est faire le contraire de ce qu'ils prétendent. Ce n'est ni faciliter ni éclaircir la sainte Écriture;

c'est l'embarrasser et la barbouiller. Au lieu de raffiner l'or de ses paroles et de faire hausser les choses de prix, ils en altèrent la substance, ils en corrompent la pureté.

Le prophète qu'on m'a fait voir, dans la paraphrase qu'on m'a montrée, m'a fait compassion en l'état où je l'ai vu. J'ai eu pitié de l'extravagance de son équipage, de sa ridicule galanterie, de son air de cour, et tout ensemble de ses marques de collége. Les fleurs de rhétorique, la broderie du style figuré, l'ostentation et la pompe de l'école, pourroient être bien en un autre lieu; mais ici elles ne sont pas en leur place. Celui que j'ai vu est un chercheur de pointes et un faiseur d'antithèses. C'est un sophiste, c'est un déclamateur, c'est tout autre chose qu'un prophète.

Puisque vous voudriez sçavoir là-dessus les sentimens des sages que j'ai pratiqués; cela s'appelle, en la langue de la raison, friser et parfumer les prophètes. Quelle hardiesse et quelle licence, ou plutôt quelle effronterie et quelle profanation de se jouer tantôt d'un prophète, tantôt d'un apôtre, en les travestissant de la sorte! de donner des habillemens de théâtre à des personnes si graves et si sérieuses, de les énerver, de les efféminer, et, si j'ose le dire, de les faire

changer de sexe ! Car que prétend autre chose
la foiblesse étudiée de ce langage forcé, cette violente expression qui met les auteurs à la torture,
pour ne produire que de la mollesse et de l'afféterie, pour donner un spectacle de nos mystères
et de nos saints à des cavaliers et à des dames;
pour leur faire voir une beauté artificielle, appliquée par le dehors, contraire à la véritable forme,
soit du prophète, soit de l'apôtre ?

Le travail et la sueur du paraphraste se lisent
avec ses pointes et ses antithèses. L'inquiétude
et le tourment qu'il se donne me font de la peine,
quoique je n'en veuille point prendre. Les ciseaux, les marteaux et les tenailles, les disloca-
tions et les ruptures, se voient et se sentent dans
chaque vers. Il n'y en a pas un qui ne gémisse
et ne semble crier miséricorde pour les divers
coups qu'il a reçus. Le prophète persuadoit sans
rhétorique ; le paraphraste est rhétoricien sans
persuader; tant a d'avantage la liberté de l'éloquence en sa source, sur la contrainte de l'art de
parler; le bien tout pur et tout simple, sur le
bien mêlé et falsifié; la perfection de l'idée sur
les défauts du maître, de la leçon et de l'écolier!
tant il est vrai que Dieu est inimitable à l'homme,
et la majesté à l'industrie ! Mais il faut le prendre
d'un ton plus bas.

Je vous parlois dernièrement de ce beau por-

trait de Thésée, qu'avoit fait le peintre Parrhasius.
Il étoit beau, mais il ne ressembloit pas à Thésée. Il fut dit par quelqu'un de ce temps là, que
le véritable Thésée avoit été nourri de chair de
bœuf, et que celui de Parrhasius n'avoit mangé
que des roses. On pourroit se servir du même
mot, sur le sujet des paraphrases si peintes et si
fleuries. Ce sont de belles images, mais elles n'ont
pas été tirées d'après le naturel; mais elles n'ont
pas été faites pour ressembler; mais ce qu'elles
représentent n'y est pas reconnoissable. Pareilles
pièces sentent Paris, la cour et l'Académie; mais
elles n'ont rien de Jérusalem et de Sion; rien
du tabernacle et du sanctuaire.

N'est-ce pas se moquer de *l'ancien des jours*,
de le vouloir faire parler à la mode; de lui apprendre le jargon des cercles et des cabinets; de
lui faire dire, quand il nous plaît, notre *ajuster*,
notre *éplucher*, notre *se piquer de parfait*, et *se
piquer de perfection*, notre *de belle hauteur* et
de haut en bas? Nous voudrions qu'il se servît
aussi souvent que nous, *de nos lumières et de
nos vues*, que nous employons à toutes occasions et à tous usages. Nous voudrions que le
terrible, le *très-haut* et le *très-fort*, que le *dieu
des armées* et le *souverain des souverains* s'ac-
commodât comme nous à la coutume du lieu et
au goût du temps; qu'il se rendît complaisant à

toutes les fantaisies des cavaliers et des dames,
qu'il prît aussitôt que nous les nouveautés qu'on
nous apporte de la cour, et qui distinguent dans
les provinces les honnêtes gens d'avec le peuple.

Pour ne rien dire de pis, ce seroit traiter bien
familièrement dans le commerce du langage, celui qui d'une parole a fait le Ciel et la Terre ; celui
qui de tout temps a instruit et a dépêché les anges,
comme ses courriers et ses messagers, pour faire
sçavoir au monde sa volonté. Mais quand il ne
seroit que celui qui a enseigné les patriarches,
et qui a parlé par les prophètes, il me semble
qu'il n'y a point d'apparence de ramener à l'école
de la grammaire le plus vieux de tous les docteurs; de vouloir polir et civiliser le Saint-Esprit;
d'entreprendre de réformer son style et sa manière d'écrire. Quand on n'auroit point de considération pour une telle grandeur que celle de
Dieu, il en faudroit avoir pour une telle vieillesse que celle de sa parole; et reconnoître le
mérite des choses anciennes, quand on ne pourroit pas comprendre la dignité des choses divines.

On doit certes plus de respect à cette sainte
antiquité que de la déguiser, que de la masquer
ainsi tous les jours, que de lui faire porter toutes
les marques de l'inconstance et de la légèreté de
la France. Les rides et la terre de son visage

plaisent davantage aux yeux des sages, que notre fard, et que nos couleurs. La bassesse de son expression vaut mieux que la magnificence de nos figures.

O rhétoricien! ô dialecticien! qui faites des paraphrases, si c'est votre humeur que de changer à toute heure, qui vous a dit que les prophètes et les apôtres soient de votre humeur? Ils sont ennemis des nouveautés et des modes dont vous êtes amateurs. Et ne pensez pas leur faire plaisir de leur prêter si libéralement, et sans qu'ils en aient besoin, vos épithètes et vos métaphores; de les charger de votre Alchimie, et de vos diamans de verre, ou, si vous voulez que j'en parle plus noblement, de votre bon or et de vos perles orientales. Ces ornemens les déshonorent; ces faveurs les désobligent. Vous pensez les parer pour la cour et pour les jours de cérémonie, et vous les cachez comme des mariées de village, sous vos affiquets et sous vos bijoux : vous les accablez de la multitude de vos richesses, ou fausses ou véritables. Vous voulez leur rendre le visage plus agréable, et vous leur ôtez le cœur. Par l'addition de l'étranger et du superflu, vous effacez souvent le propre et l'essentiel.

Écoutez un oracle, sorti de la bouche du cardinal du Perron, que nous allions consulter à Bagnolet les dernières années de sa vie. Deux

choses, disoit-il, qui sont séparées par tout ailleurs, se rencontrent et s'unissent dans la Sainte-
Écriture, *la simplicité et la majesté.* Il n'y a qu'elle
seule qui sçache accorder deux caractères si différens, mais ces caractères si différens, cette simplicité et cette majesté se conservent dans les
originaux et non pas dans les copies. On ne les
trouve que dans la langue maternelle de l'écriture, ou pour le moins dans des traductions si
fidèles (la politesse de ce siècle aura de la peine
à souffrir ceci), dans des traductions, dis-je, si
fidèles, si littérales, et qui approchent de si près
du texte hébreu, que ce soit encore de l'hébreu,
en latin ou en françois. Les huiles vierges sont
les véritables huiles. Le baume n'est baume que
tel qu'il coule de l'arbre qui le produit : ce qui
passe par les mains des distillateurs, par l'alam-
bic des apothicaires, est quelque autre chose. Ce
n'est plus cette première et précieuse liqueur,
ce sont des drogues sophistiquées : ce n'est plus
l'ouvrage de la nature, ce sont les inventions et
les changemens de l'art.

MAIS si faut-il adoucir ce qui est rude; éclaircir ce qui est obscur; démêler ce qui est entor-
tillé; donner quelque liaison aux paroles pour
faciliter le sens. Voilà les prétextes de messieurs
les paraphrastes, qui feroient bien mieux d'em-

ployer sur un autre fonds les soins et la culture
qui ne réussissent pas en celui-ci. L'Écriture-
Sainte se contente de sa solidité et de sa force :
qu'ils aillent porter ailleurs leur délicatesse et
leur douceur, leur proportion et leur régularité.

Il n'y a rien de commun entre la musique et
le tonnerre. Ce n'est pas dans ce bruit épouvantable qu'on remarque des accords et des mesures :
ce n'est pas aussi dans les mouvemens d'une âme
agitée de Dieu qu'il faut chercher de l'art et de
la méthode. Cet ordre et cette suite si scrupuleuse sont peu dignes de la liberté de l'esprit de
Dieu, sont des marques de contrainte et de servitude, sont des chaînes et des fers, que brise
et met en pièces, du premier coup, cet esprit dominant et souverain : il ne s'enferme pas dans
des bornes si étroites que sont celles de notre
manière de concevoir et de dire : il n'est pas captif
des règles et des préceptes. La poésie des pseau-
mes et des cantiques n'est pas un cours paisible,
doux et naturel; il est rapide et impétueux. Ce
sont des débordemens et des excès. L'effort et
la violence, le désordre même et le tumulte appartiennent à cette voix qui arrache les cèdres,
et qui ébranle les fondemens des montagnes.

Mais ne pensez pas que je sois tout seul de cet
avis, et que je veuille faire passer mon chagrin

dans la république des lettres, pour une loi fon-
damentale de la même république. Ne vous imaginez pas que j'aie dessein de donner cours à une
nouvelle opinion, au désavantage de la nouveauté, et au préjudice des paraphrases : mon
opinion a été publiée cinquante ans avant que
je fusse né, et je vous la veux montrer dans ce
livre. C'étoit un livre écrit à la main, d'un des
grands hommes du dernier siècle, et peut-être
son propre original, qu'on avoit apporté sur la
table du cabinet, pour le conférer avec les édi-
tions imprimées. Il y chercha ce passage qu'il
nous lut.

*Piget illorum operæ qui David psalmos suis
calamistris inustos, sperarunt efficere plausibilio-
res. Mihi spiritus divinus ejusmodi placet quo se
ipsum ingessit à patre, non quemadmodum ab
hominibus distortus est. Neque David illa cantica
admirabilia sunt mihi, nisi quibus legibus ab illo
dicta sint, hauriantur.*

Hors même de l'enceinte des choses saintes,
et dans l'étendue des lettres profanes, ce même
grand homme, que nos amis de Hollande traitent
quelquefois de prince et quelquefois de héros,
a été peu favorable aux traductions si éloquentes.
Et quoique Muret l'appelât son père ; quoiqu'il
eût défendu l'éloquence de Cicéron contre la malignité d'Erasme, il n'étoit pas néanmoins d'avis

qu'on traduisit les livres d'Aristote du style de Cicéron. Voici à peu près ce qu'il en a écrit dans une préface qui a été sauvée du naufrage de ses autres œuvres, par un homme de ma connoissance; je pense que je me pourrai souvenir des termes.

Nolim ego Aristotelem Ciceronianum. Naturæ enim imitator philosophus nihilo superfluo fædare debet orationem; rerum quippe imago est oratio. Catoni statuæ diadema imponas aut crepidas subdas, Græcam aut Persicam putes. Probi ergo interpretes castigent superbum et exultans illud atque adeo confidens genus orationis. Repræsentent auctorem, non ipse condant. Interpres ille est qui inter prædes duos sequester intervenit, cujus fides si fluxa sit, nomen amittit suum. Nam et mentitur sciens, et plerumque auctorem mendacem facit.

CONSIDÉRATIONS

SUR

QUELQUES PAROLES

DES ANNALES DE TACITE.

DISCOURS HUITIÈME.

Le lendemain de la journée des paraphrases,
ainsi fut-elle appelée par un galant homme qui
s'y trouva, Socrate reçut de Paris une nouvelle
traduction des Annales de Tacite ; elle lui plut
extrêmement ; il en parla comme d'un chef-
d'œuvre en notre langue ; il nous en lut à diverses fois des feuilles entières : et un jour s'étant
arrêté à l'ouverture du livre, sur un endroit qui
lui sembla digne de considération, voici à peu
près le discours qu'il fit, en présence du provincial, gâté de la cour, idolâtre de la faveur et des
favoris, grand faiseur de panégyriques et d'é-
loges.

C'est le moyen de faire souvent injustice que de juger toujours du mérite des conseils, par la bonne fortune des événemens. Croyez-moi, et ne vous laissez pas éblouir à l'éclat des choses qui réussissent. Ce que les Grecs, ce que les Romains, ce que nous avons appelé une prudence admirable, c'étoit une heureuse témérité. Il y a eu des hommes dont la vie a été pleine de miracles, quoi qu'il ne fussent pas saints, et qu'ils n'eussent point dessein de l'être : le ciel bénissoit toutes leurs fautes ; le ciel couronnoit toutes leurs folies.

Il devoit périr, cet homme fatal (nous le considérâmes il y a quelques jours dans l'histoire de l'Empire d'Orient), il devoit périr, dès le premier jour de sa conduite, par une telle ou une telle entreprise ; mais Dieu se vouloit servir de lui pour punir le genre humain et pour tourmenter le monde ; la justice de Dieu se vouloit venger, et avoit choisi cet homme pour être le ministre de ses vengeances. Il falloit donc qu'il fît, quelque malade, quelque moribond qu'il fût, ce que Dieu avoit résolu qu'il feroit avant sa mort. La raison concluoit qu'il tombât d'abord par les maximes qu'il a tenues ; mais il est demeuré long-temps debout par une raison plus haute qui l'a soutenu : il a été affermi dans son pouvoir, par une force étrangère, et qui n'étoit pas de lui, une force qui appuie la foiblesse, qui anime la lâ-

cheté, qui arrête les chûtes de ceux qui se pré-
cipitent, qui n'a que faire des bonnes maximes
pour produire les bons succès. Cet homme a duré
pour travailler au dessein de la Providence : il
pensoit exercer ses passions, et il exécutoit les
arrêts du ciel. Avant que de se perdre, il a eu
loisir de perdre les peuples et les États; de mettre
le feu aux quatre coins de la terre, de gâter le
présent et l'avenir, par les maux qu'il a faits et
par les exemples qu'il a laissés.

Ces exemples sont contagieux, et leur venin
passe jusqu'à la postérité. Notre ami de Hollande
l'a remarqué devant nous. Le dictateur a été le
pédagogue des triumvirs, bien qu'il y ait eu
quarante-six ans entre lui et eux. La première
proscription a été la tablature de la seconde.
Sylla l'a bien pu, pourquoi ne le pourrai-je pas?

Voilà la politique des mauvais princes qui
réussit admirablement, pourvu qu'elle ne trouve
point d'opposition, et que l'audace du palais
agisse sur la timidité du peuple. *Un peu d'esprit
et beaucoup d'autorité*, c'est ce qui a presque
toujours gouverné le monde; quelquefois avec
succès, et quelquefois non, selon l'humeur du
siècle, plus ou moins porté à endurer, selon la
disposition des esprits plus farouches ou plus ap-
privoisés.

Mais il faut toujours en venir là : il est très-vrai qu'il y a quelque chose de divin; disons davantage, il n'y a rien que de divin dans les maladies qui travaillent les États. Ces dispositions et ces humeurs, dont nous venons de parler; cette fièvre chaude de rebellion, cette léthargie de servitude viennent de plus haut qu'on ne s'imagine. Dieu est le poëte, et les hommes ne sont que les acteurs : ces grandes pièces qui se jouent sur la terre ont été composées dans le ciel, et c'est souvent un faquin qui en doit être l'Atrée ou l'Agamemnon. Quand la Providence a quelque dessein, il ne lui importe guère de quels instrumens et de quels moyens elle se serve. Entre ses mains tout est foudre, tout est tempête, tout est déluge, tout est Alexandre, tout est César : elle peut faire par un enfant, par un nain, par un eunuque, ce qu'elle a fait par les géans et par les héros, par les hommes extraordinaires.

Dieu dit lui-même de ces gens-là, *qu'il les envoie en sa colère, et qu'ils sont les verges de sa fureur.* Mais ne prenez pas ici l'un pour l'autre. Les verges ne piquent ni ne mordent d'elles-mêmes; ne frappent ni ne blessent toutes seules. C'est l'envoi, c'est la colère, c'est la fureur qui rendent les verges terribles et redoutables. Cette main invisible, ce bras qui ne paroît pas, donnent les coups que le monde sent. Il y a bien je ne sçais quelle hardiesse,

qui menace de la part de l'homme, mais la
force qui accable, est toute de Dieu.

Le Provincial, faiseur de panégyriques, fût
surpris d'ouïr parler de la sorte ce vieux docteur, qui expliquoit l'histoire romaine d'une
si nouvelle façon; qui s'éloignoit si fort du style
ordinaire de la cour; qui non seulement rendoit si ridicule le sérieux des panégyriques, mais
qui faisoit voir si petite la grandeur des rois.

Il est certain que jamais homme ne vit les choses du monde avec de meilleurs yeux; ne fut
mieux guéri des opinions populaires; ne fut
moins flatteur ni moins admirateur que Socrate.
Comme il méprisoit extrêmement les bassesses de l'âme des courtisans, il n'estimoit guères
les élévations des fortunes de la Cour : cette
hauteur lui sembloit être une proche disposition à la chute. Bien loin de porter envie à
la condition des favoris, il avoit pitié de celle
des princes.

Regardez, nous disoit-il, s'étant arrêté sur
un autre passage des annales de Tacite, regardez au delà de ces balustres d'argent, ces
grands lits de drap d'or, en broderie de perles. Il vous semble qu'on n'y sçauroit être malade; vous vous imaginez qu'on n'y devroit
faire que de beaux songes. Néanmoins c'est-

II.   5

là dedans où les plus vilaines des maladies et les plus sales des animaux ont attaqué les rois et les dictateurs ; ont triomphé de l'orgueil des sceptres et de la vanité des couronnes. C'est-là dedans où les nuits sont pleines de spectres et de fantômes ; où un pauvre prince s'éveille en sursaut , et crie qu'on le tue ; où les remords du passé viennent agiter une conscience effrayée , et faire des plaintes et des reproches à celui qui n'a ouï tout le jour que des acclamations et des louanges.

Les jeux , les divertissemens , les plaisirs ne guérissent point les âmes qui souffrent. Ce ne sont point de véritables remèdes ; ce sont de simples amusemens de la douleur ; ils ne chassent point , ils n'emportent point le mal ; ils trompent , ils endorment le malade : ils ne produisent que des intervalles de relâche , que des momens de tranquillité. Les joies qui sont artificielles durent peu : pour être longues et assurées , il faut qu'elles viennent de source , et que la nature soit contente. Il faut que le contentement ait sa racine dans le cœur ; autrement ce n'est que du fard sur le visage. Le moindre accident l'efface , et l'apparence tombe au premier rayon de la vérité. Aussi votre Virgile a mis en enfer ces sortes de joies , et les appelle de *mauvaises joies.* Pensez-vous que celles de la cour soient beaucoup meilleures?

Représentez-vous, je vous prie, le cruel Théodoric, après la mort du sage Symmaque. Il est assis à une table d'or et d'ivoire, chargée des tributs de plusieurs provinces, des dépouilles de la terre et de la mer. Ce n'est pas tout que cela. Outre les moissons de fleurs (et ce fut peut-être en hiver que cette fête fut célébrée), outre les fruits étrangers et ceux du pays, outre la rareté et l'abondance en un même lieu, il y a quelque chose de plus délicat et de moins matériel, qui entre dans le festin, et qui va chatouiller l'esprit par le passage des sens. Les douces fumées des parfums, les charmes ravissans de la musique, la compagnie des femmes libres et desireuses de plaire, les bouffons et les flatteurs ne manquent point à Théodoric pour la perfection de la bonne chère. Il croit pouvoir se réjouir avec ce grand appareil de joie; mais tout d'un coup on sert devant lui la tête d'un gros poisson ; et il s'imagine d'abord, et il s'écrie immédiatement après, que c'est la tête de Symmaque, qu'on lui apporte de l'autre monde ; que c'est Symmaque, qui sort du tombeau, et qui s'apparoît à lui, avec sa tête sanglante.

5..

Cette tête qne Théodoric a fait couper, ne lui donne ni paix ni trève : ce sang innocent, qui a été versé par ses ordres et par l'arrêt de ses commissaires, le poursuit jusques dans les lieux privilégiés, jusques dans l'asile de la volupté et du secret, jusques dans le sein de ses maîtresses et entre les bras de ses favoris. Il a toujours en présence un objet qu'il veut toujours fuir. Il se souvient sans cesse de ce qu'il veut sans cesse oublier. Il trouve par tout des images de son crime : et les plus mal peintes, comme celle-ci, ne laissent pas de blesser son imagination ; de faire douleur à sa mémoire ; de corrompre les plaisirs qui lui ont été préparés ; d'empoisonner les viandes qu'on lui a servies.

Mais puisque vous le trouvez bon, éloignons-nous encore davantage du temps présent, et montons plus haut dans l'antiquité ; ne sortons point de notre nouvelle traduction. Entrons dans la vieille Rome, où ceux qui croyent que tous les sermons parlent contre eux et contre leur race, ne trouveront ni parens ni amis, ne trouveront pas même un seul homme qui soit de leur connoissance. Ne nous amusons point aux petits, aux médiocres tyrans : quittons Théodoric pour considérer Tibère.

Cette longue suite de condamnés, de laquelle

il fut dit : *qu'il avoit fait un peuple de morts*, se
présente à ses yeux le jour et la nuit. Il voudroit
bien les pouvoir tuer encore une fois; mais ils
ne sont plus en sa puissance ; ils ont été les martyrs de sa cruauté ; ils sont maintenant les bourreaux de son esprit. Ce sont les fantômes dont je
parlois, ce sont ces spectres hideux, qui forcent
les avenues de son île; qui assiègent son palais,
qui volent autour de son lit et de sa chaire;
qui lui montrent leur sang et leurs plaies,
qui lui reprochent ses crimes et sa tyrannie.

Ainsi les hommes et les élémens lui obéissent ;
mais les ombres et l'enfer le viennent persécu-
ter de leurs visions. Il a donné la paix à toute la
terre, et n'a pu se la donner à soi-même. Il a besoin de consolation dans les fêtes et dans les
triomphes; ou, si vous aimez mieux que ce soit
un poëte qui vous le dise, il a beau être grand
et victorieux:

> L'idole de son crime, amenant la terreur,
> De feux et de serpens épouvante son cœur;
> Et le triste remords, même après la victoire,
> Est un autre ennemi logé dans sa mémoire.
> Ses plus beaux jours sont teints d'une noire vapeur :
> Il a tout offensé, tout aussi lui fait peur,
> Et son trône devient, ô misère du vice !
> Le public échafaud de son secret supplice.

Ces vers plùrent à la compagnie, et, à la ré-

serve du dernier , ils furent généralement approuvés. Un certain homme du bas Poitou , qui
avoit ouï parler de l'académie de Paris , s'imagina qu'il y avoit quelque dureté au *public écha-*
faud de son secret supplice ; à cause que les mots
du vers ne finissent pas par des voyelles , qui , à
son avis , sont plus douces que les consonnantes.
Socrate reconnut le dégoût de cet homme , à la
mine qu'il faisoit , et crut être obligé de lui dire :
Je vois bien que votre politesse ne peut rien souffrir de raboteux : la vue même des cailloux vous
fait de la peine ; non seulement la rudesse et la
dureté , mais l'ombre de la rudesse et le soupçon
de la dureté vous choque. Si cela est , je ne vous
conseille pas d'aller voir Monsieur le***, de peur
qu'il ne vous assomme des vers qu'il fait à coups
de marteau, et du plus vilain fer qui se tire de
nos mines. Mais comment vous pouvez-vous accommoder avec les muses du cardinal du Perron,
qui sont si ennemies de la mollesse des sons,
et de la musique efféminée, qui sont si austères
et si difficiles? Il y a de l'apparence que vous
avez bien fait des grimaces , quand vous avez lu
dans ses poëmes.

Des règnes et des rois au nom du Christ rebelles,

et

Des Maures d'occident détestable spectacle.

Mais nous parlerons une autre fois de l'harmonie et de la justesse des mesures. Je veux croire cependant, pour l'honneur de l'excellent poëte dont j'ai allégué les vers, que leur substance et leur sens vous ont contenté l'esprit, quand leur écorce et leur son vous auroient égratigné les oreilles. Au moins m'avouerez-vous que tous vers qu'ils sont, ils ne sont point fabuleux, et qu'ils se contiennent dans la fidélité de la prose.

Il est certain que les historiens ne démentent point en ceci les poëtes : aussi bien qu'eux, ils nous font voir le tyran, qui tremble au milieu de je ne sçais combien de légions ; qui a des armées et des citadelles, et n'a point d'assurance ni de sûreté ; qui n'est pas moins timide que redoutable. Ils parlent aussi tragiquement qu'eux, des frayeurs et des mauvaises nuits de Tibère, de ses misères secrètes, de ses supplices intérieurs, des serpens et des tigres de sa conscience. Que ne disent-ils point de cette troupe de bêtes farouches ? car à leur dire ce ne sont plus de simples passions et de simples vices ; ce sont des animaux sauvages et furieux, à qui l'âme des tyrans est donnée en proie, ce sont des dents et des griffes, qui déchirent, et qui mettent en pièces l'âme de Tibère.

Tiberium non fortuna, non solitudines protegebant, quin tormenta pectoris suasque ipse

pœnas fateretur. Quippe si recludantur tyran-
norum mentes, posset aspici laniatus et ictus,
et ce qui s'ensuit. Il faudra voir une autre fois,
si la traduction a bien réussi en cet endroit.

~~~~~~

SUITE

DU MÊME SUJET.

———◦◦◦———

DISCOURS NEUVIÈME.

———

Aprés une petite pause , Socrate continua ainsi son discours. Ces paroles de Tacite sont tragiques et pompeuses ; elles ne laissent pas pourtant d'être historiques et véritables , et les mauvais princes sont encore plus malheureux que l'histoire ne le dit , et que le monde ne le croit. Mais voici une proposition d'éternelle vérité , qui explique l'intention de l'histoire, et celle du monde ; qui confirme notre discours, et y ajoute un article essentiel.

Que les princes se glorifient tant qu'il leur plaîra , de ne voir rien que le ciel qui soit plus élevé que leur trône ; qu'ils parlent tant qu'ils voudront , de l'indépendance de leurs couronnes ; il y a deux tribunaux , dont ils ne peuvent décliner la juridiction , et devant lesquels il faut tôt ou tard . qu'ils se représentent : c'est au dehors le tribunal de la *re-nommée* , et celui de la *conscience* au dedans. Quoi qu'ils fassent , quoi qu'ils disent , ils sont du ressort de ces deux juges ; ils ne sçau-roient s'empêcher de comparoître devant l'un et l'autre tribunal , et d'y rendre compte de leurs actions.

Tibère a humilié toutes les âmes ; il a dompté tous les courages ; il a mis sous ses pieds toutes les têtes : il s'est élevé au dessus de la raison , de la justice et des loix. Il pense avoir ôté à Rome jusqu'à la liberté de la voix et de la respiration : ou les pauvres Romains sont muets , ou ils n'ouvrent la bouche que pour flatter le tyran. Mais un homme possédera-t-il sans trouble la gloire d'être plus craint que les dieux ? (on parloit ainsi en ce temps-là.) Goûtera-t-il sans contradiction , le fruit de cette victoire inhumaine , qu'il a rempor-tée sur les esprits ? Jouira-t-il paisiblement des avantages de sa cruauté , de la peur et du silence de ses sujets , de la lâcheté et des men-songes de ses courtisans ? La vérité qu'on re-tient captive , ne sortira-t-elle point par quel-que endroit ? Ne paroîtra-t-elle point en quel-que lieu , à la honte et à la confusion de Ti-bère ? Oui certes , et d'une étrange sorte.

Des extrémités de l'orient il lui vient une

grande lettre, qui délivre la vérité opprimée ; qui la venge des espions et des délateurs ; qui efface les odes et les panégyriques de la flatterie. Cette lettre injurieuse est écrite de la main du roi des Parthes, et il n'y a pas moyen de la supprimer. Ce n'est point un cartel d'ennemi à ennemi ; c'est une satire ; c'est un pasquin ; c'est quelque chose de pis : ou plutôt ce sont les premieres pièces d'un procès criminel, intenté par le genre humain, que les vices de Tibère avoient offensé. Au nom de toute la terre, un roi se déclare partie, et prend la parole contre un empereur.

Après lui avoir reproché sa mauvaise haleine, sa tête pelée, son visage pétri de boue et de sang, les monstres et les prodiges de ses débauches, en un mot les plus visibles défauts de sa personne et les crimes les plus connus de sa vie ; cette grande lettre, cette lettre injurieuse lui conseille pour conclusion, *de mettre fin par une mort volontaire, à tant de maux qu'il souffre et qu'il fait souffrir ; l'exhorte de donner par là à toute la terre, la seule satisfaction qu'elle pouvoit recevoir de lui.*

Vous voyez comme la renommée condamne Tibère, par la bouche des étrangers ; mais la conscience souscrit à cet arrêt, par le propre témoignage de Tibère ; car environ ce temps-là il écrit lui même une autre lettre au Sénat, dans laquelle il maudit sa malheureuse grandeur, avec des paroles de désespoir. Il découvre à nu les inquiétudes et les peines d'une âme ennuyée de tout, et mal satisfaite de soi-même ; abandonnée de Dieu et des hommes ; qui a perdu jusqu'à ses propres desirs, qui ne peut ni vivre ni mourir. Il semble qu'il veuille faire pitié à ceux à qui il faisoit encore peur.

Quid scribam vobis, patres conscripti, aut quomodo scribam, aut quid omnino non scribam hoc tempore ? Dii me deæ que pejus perdant quàm perire quotidie sentio, si scio. l'histoire ajoute, *adeò facinora, atque flagitia sua ipsi quoque in supplicium verterant.*

Les saintes écritures, et les saints Pères qui les expliquent, sont partout de l'opinion de l'histoire, et ne trouvent point de pareil supplice à celui de la conscience. Si nous les en croyons, la mauvaise chose que c'est, quand le bourreau est la même personne que le criminel ! La justice divine paroît quelquefois avec éclat, et fait des exemples, qui sont vus de tout le monde : quelquefois aussi elle s'exerce secrètement, et abandonne les méchans à leurs propres cœurs et à leurs propres pensées.

Cette impunité apparente n'est ni grâce ni faveur. L'entrée du palais ne montre rien de funeste, et tout rit par le déhors : mais le lieu du supplice, c'est le cabinet, c'est l'intérieur de l'homme, c'est le plus profond de l'âme. Et là dedans il y a une solitude affreuse et terrible, qui est plus à craindre que les spectateurs et que l'échafaud, parce qu'elle n'a ni qui la console ni qui la plaigne. Sans parler de ce qui se doit faire en l'autre monde, Dieu a divers moyens de se venger de ses ennemis en celui-ci : mais il ne sçauroit mieux les punir, qu'en laissant leur peine à leur discrétion.

~~~~~~

REMARQUES
SUR DES SERMONS
ET
SUR DES TRAITÉS DE CONTROVERSE.

DISCOURS DIXIÈME.

Celui qui avoit apporté à Socrate la traduction des annales de Tacite, lui fit présent de trois ou quatre sermons, et de quelques traités de controverse, imprimés à Lyon, l'année mil six cent vingt-trois, et reliés ensemble en un même livre. Nous étant trouvés au rendez-vous, une demi-heure après souper, à cause des continuelles visites de l'après-dinée, nous vîmes ces sermons et ces traités sur la table du cabinet. Ils étoient marqués de la main de Socrate et de son crayon : mais il falloit deviner son chiffre, et nous crûmes avoir plutôt fait d'en demander et d'en recevoir l'éclaircissement, que de le chercher et de le trouver.

En ceci, il se fit un peu plus prier qu'à l'accoutumée. La révérence qu'il portoit à la parole de Dieu, par quelque organe qu'elle sortît, l'empêchoit de juger des prédicateurs avec liberté : il supportoit beaucoup de choses qu'il n'approuvoit pas, et comme il ne refusoit jamais ses louanges au mérite, il donnoit volontiers son silence à ce qui ne méritoit pas d'être loué. Il eût bien voulu demeurer dans les mêmes termes : mais il fallut contenter la compagnie, et les violentes interrogations que nous lui fimes à diverses fois, tirèrent de sa bouche ces réponses que je mis par ordre le lendemain. Elles peuvent tenir lieu de commentaire sur quelques endroits du livre, assez remarquables et assez beaux : mais outre cela, elles peuvent servir d'adresse à quiconque veut aller droit dans la lecture des autres livres, et apprendre à juger finement de la valeur des choses et des paroles.

Je ne touche point à la doctrine du prédicateur : elle est sainte et catholique : elle vient des anciennes sources, et n'a pas été prise dans les nouvelles citernes. Mais ce n'est pas tout que la doctrine ; ce n'est pas assez de sçavoir la théologie, pour écrire de la théologie, il faut encore sçavoir écrire, qui est une seconde science. Il faut que l'art des paroles serve de guide et de truchement à la connoissance des choses : cette connoissance découvre les grandes vérités, et cet art les met à la portée des petits esprits.

L'auteur des traités s'y est trompé; il s'est arrêté à la moitié de ce qu'il devoit; il s'est contenté d'avoir acquis, et de jouir à sa mode, et n'a pas considéré que la possession n'étoit pas l'usage. Il a cru qu'entendre les mystères et les faire entendre aux autres dépendoit d'une même intelligence. Ainsi, faute d'art et de méthode, des vérités extrêmement hautes sont peu heureusement expliquées. Les oracles deviennent galimathias, par la mauvaise disposition de l'organe qui les rend. Ils perdent l'opinion de leur première divinité, et n'acquièrent point les grâces de l'éloquence humaine. La doctrine du prédicateur paroît moins que quand elle n'étoit pas découverte; son silence la cachoit, et ses paroles la gâtent. Le défaut de la grammaire déshonore toute sa théologie.

Qu'il y a de différence entre ces sortes d'écrits et ceux d'un homme qui sçait écrire; entre ces traités de controverse, et les actes de la conférence de Fontainebleau, dont vous avez lu les endroits que je vous ai marqués. Dans ces actes, les raisons sont en bataille, et combattent l'adversaire : ici elles sont en foule et s'empêchent elles-mêmes. Voilà ce que cause le défaut de la

discipline et le manquement de l'art. Pour produire un ouvrage régulier, il falloit débrouiller
la masse et partager la matière ; sçavoir soustraire
et diminuer. Il falloit d'une période en faire plusieurs, et songer plus à l'ordre qu'à l'abondance.
Nous aurions besoin de cette hache fameuse, dont
parlent les Grecs, qui retranchoit les superfluités
de leur style. Nous écririons moins si nous mé-
ditions davantage. Si nous nous conseillions avec
le temps, il réduiroit nos excès à la médiocrité,
outre les autres bons offices qu'il nous rendroit.
Cet homme, disoit-on à Paris, lorsque j'y étois,
*a fait un grand livre, parce qu'il n'a pas eu le
loisir d'en faire un petit.*

Dans les traités et dans les sermons, il y a
des termes qui me sont suspects, et sur lesquels
je veux encore délibérer. Un juge moins indul-
gent que moi, les condamneroit absolument. Il
y a d'autres termes qui sont tout-à-fait insoute-
nables, et la plus grande indulgence du monde
les doit abandonner à la rigueur des grammairiens ; l'auteur ne feroit pas mal de s'en défaire :
mais je vois qu'il y a de l'attache, et que c'est
par inclination et par choix que ces termes lui
sont plus familiers que ceux dont il pourroit user
sans scrupule. Je n'ai pas dessein d'éplucher tout
le livre par le menu : je veux seulement suivre

II.   6

mon crayon, et vous déchiffrer les marques que monsieur le Vicaire pourroit prendre pour des caractères de magie.

Le mot de *religionnaire* n'est pas français. Il vient du même pays que celui de *doctrinaire*, et ce fut sans doute un prédicateur gascon, qui le débita le premier dans les chaires de Paris. De diré aussi *calviniste*, il me semble que ce seroit faire trop d'honneur à Calvin. Ce seroit faire injure aux Rohans et aux Colignis, et à tant d'autres grands seigneurs, de leur faire porter le nom d'un petit sophiste, qui ne pouvoit prétendre qu'à la qualité de leur aumônier, s'ils fussent demeurés fermes comme ils devoient, dans la Religion de leurs pères.

Mais d'ailleurs *hérétique, schismatique, ennemi de l'Église, déserteur et rebelle de l'Église,* sont des termes qui font peur : ils effarouchent ceux qu'on veut apprivoiser. La passion de la cause paroît à découvert en semblables termes : et cette passion, quoique je la trouve bonne et légitime, ne seroit pas approuvée par le critique Castelvétro. Il trouve mauvais que Tite-Live parlant des Carthaginois, les appelle *les ennemis*, à cause que l'histoire qui, à son avis, doit être neutre, se déclare partiale, en se servant de semblables termes.

Il faut aussi avouer qu'il seroit bien long et bien ennuyeux d'obéir toujours régulièrement aux édits du roi, et de dire *ceux de la Religion prétendue réformée*, ayant à les nommer souvent, soit dans une narration continue, soit dans un discours de controverse, où la répétition de leur nom pourroit être une pièce essentielle de la matière. De l'autre côté, d'accourcir ce nom composé de trois, et de réduire *ceux de la Religion prétendue réformée à ceux de la Religion*, je ne pense pas que cet abrégé fût agréable à l'Église catholique, particulièrement dans un acte public, et hors de la conversation privée.

Mais pourquoi, sans avoir recours à des termes odieux, ou à des locutions figurées, ne dira-t-on pas les *Huguenots* aussi bien que *les Guelphes et les Gibelins?* Pourquoi, parlant en public, nous abstiendrons-nous d'un mot qui est dans la bouche de tout le monde; que les étrangers ont emprunté des François; qui a cours deçà et delà les monts? L'histoire de Davila en est semée d'un bout jusqu'à l'autre : il se lit en grosses lettres, à la tête des relations du cardinal Bentivoglio, *relazione*, si je ne me trompe, *de gli Ugnotti di Francia.*

Je ne voudrois dire ni *les gueux*, comme on faisoit aux Pays-Bas, au commencement des troubles de la religion, ni les *Parpaillaux*, comme

on dit en France, dans nos dernières guerres civiles, et durant le siége de Montauban. Ces deux
mots ont été de courte vie, et leur destin n'a
pas voulu qu'ils durassent; outre qu'ils me semblent un peu trop comiques et trop populaires.
Mais encore me déplaisent-ils moins que *religionnaire*, qui n'est ni latin ni françois, ni plaisant ni sérieux; qui ne signifie point ce qu'ils
veulent qu'il signifie. Le mot de *religieux* vient
de Religion, par la voie légitime et naturelle;
celui de *religionnaire*, en vient aussi, mais par
une licence vicieuse. Il est bâtard et monstrueux.
Pour le moins il n'est pas françois, comme je l'ai
dit d'abord, et n'a garde d'être si bon que *séc-
taire*, duquel néanmoins on ne se sert pas. La
meilleure partie du peuple ne l'entend point; le
bon usage ne l'a point reçu; il a été fabriqué
dans un coin du Quercy ou du Périgord; et par
conséquent il doit être condamné comme barbare, et renvoyé à Sarlat ou à Cadenac, d'où il
est venu.

Si j'avois une si violente aversion pour les
mots vulgaires, et si j'étois absolument résolu
de ne parler pas en France, comme on parle en
France, je voudrois suivre l'exemple de l'église
grecque, qui employoit en pareilles occasions,
un terme extrêmement doux : elle ne disoit point
d'injures à ceux qui s'étoient séparés d'elle, et

ne leur donnoit point de noms odieux : elle se contentoit de les appeler *les gens de l'autre opinion*, sans dire de la mauvaise, comme si c'eût été pour les distinguer, plutôt que pour les offenser, n'y ayant rien de formellement ennemi entre orthodoxe et hétérodoxe.

Cette façon m'a semblé digne de la civilité de la Grèce, et il me souvient d'avoir lu je ne sçais quoi de semblable dans les dépêches de M. de Foix, ambassadeur pour le Roi près du pape Grégoire treizième. *Sire*(c'est dans une relation qu'il envoie au roi son maître) *je fis entendre à notre Saint-Père, comment ceux de la nouvelle opinion demandoient à votre Majesté*, etc.

Ainsi parloit-on à Rome, et devant le Pape, de la cause de Calvin, en un temps où elle venoit d'être condamnée, et où sa première nouveauté la rendoit encore plus odieuse qu'elle n'est aujourd'hui, à une puissance, dont elle avoit l'audace de disputer la souveraineté, après en avoir secoué le joug. Ce M. de Foix étoit un personnage de grande naissance, de rare vertu, et d'éminente doctrine. Hors des fonctions de l'ambassade, et aux heures de divertissement, il s'entretenoit avec les bons livres, et notre Muret étoit un de ses lecteurs. Ayant, comme il avoit, particulière connoissance des lettres grecques, son françois pouvoit bien quelquefois viser au grec.

Maîs je vous prie , quelle délicatesse de piété,
ou quelle afféterie de langage, dans les sermons
du prédicateur et dans ceux des autres, d'opposer toujours *démon à Dieu* , et de n'oser jamais
dire ni le *Diable* , ni *Satan* : ont-ils peur d'offenser le Diable, quand ils l'appellent par son
nom propre ? Au moins est-ce un nom que lui a
donné notre Seigneur ; et voudroient-ils réformer ces redoutables paroles, rapportées par saint
Mathieu , et sorties de la bouche qui ne peut faillir, *Allez, maudits, au feu éternel , qui a été préparé au Diable et à ses anges ?* Voudroient-ils
corriger Jésus-Christ , et changer Diable en Démon, dans ce passage de l'Évangile , et en tant
d'autres passages , soit de l'Écriture Sainte , soit
des Saints-Pères ?

Ce seroit une belle chose, s'ils avoient dessein
de flatter le Diable , en lui choisissant un nom
qu'ils estiment plus doux et plus agréable que
le sien ; quoique je ne voie pas ce qu'ils trouvent
de si rude et de si fâcheux en ce nom , dans lequel la plus délicate de toutes les langues modernes a trouvé quelque chose qui lui a plû. Car
vous sçavez que souvent elle se sert *della casa
del Diavolo* , et qu'elle ne prend pas en mauvaise part , *una casa diavolica, una memoria
diavolica* , etc. Il me souvient qu'il y a un personnage dans les comédies de Plaute , et un per-

sonnage amoureux, si ma mémoire ne me trompe, qui se nomme *Diabolus*, comme Phamphilus ou Phœdria. Comme si à la comédie italienne il y avoit un *signor Diavolo*, aussi bien qu'un signor Lelio, ou un signor Tancredi.

La licence et l'audace sont à blâmer : mais il y a des scrupules qui ne se peuvent souffrir : et je vous avoue que j'ai lu avec dépit, dans les lettres latines du cicéronien Longolius, *que les Indiens avoient partagé le gouvernement du monde entre la déesse et la furie*, pour dire entre Dieu et le Diable : où vous voyez que contre la foi de l'histoire, et par une témérité encore plus grande que son scrupule, à cause que furie est du genre féminin, il a mis déesse au lieu de Dieu, afin que l'opposition fût plus juste.

Ce sont des superstitions ridicules, et une affectation impertinente, de laquelle les cicéroniens ne seroient pas avoués par leur Cicéron.

L'ancien usage reconnoît de bons et de mauvais démons, de bons et de mauvais anges ; de bons et de mauvais génies. Pourquoi désobéira-t-on à l'autorité de cet usage ? et si démon se prend toujours en mauvaise part, n'y a-t-il pas un notable inconvénient à appréhender ? Car en effet, garre l'équivoque pour les jeunes allemands, qui commencent à apprendre notre langue, et qui disent quelquefois des bottes *équi-*

tables pour des bottes *justes*. Croyant sur la parole des esprits doux, que Diable et Démon ne sont qu'une même chose, et, par exemple, ayant ouï dire que la peine et la récompense sont les deux démons qui gouvernent les choses humaines, qu'Aristote est le démon de la nature, que le favori est le démon de l'Etat, etc.; ils rediront innocemment, et sans craindre de parler mal françois, que la peine et la récompense sont les deux diables qui gouvernent les choses humaines, qu'Aristote est le diable de la nature, que le favori est le diable de l'État, etc.

Le *Dominus regnavit* du psaume 95, ne me semble pas traduit comme il faut. Prendre possession de son règne, est italien, et non pas françois. Il faut dire, prendre possession de son royaume, et c'est une faute dans laquelle notre défunt maître est tombé deux fois en moins de deux lignes,

Et vrai roi très-chrétien son règne agrandira,
Des règnes et des rois au nom de Christ rebelles.

Royaume est le pays où règne le prince, *règne* est le temps que règne le prince; et la locution ne seroit pas plus impropre de dire la première et la seconde année de son royaume, que la première et la seconde ville de son règne. Autrefois à la cour ceux qui italianisoient en françois, appeloient les coursiers de Naples, les chevaux du *règne*, parce qu'en Italie le règne est le royaume de Naples. En ce pays-là, le règne est encore pris pour une autre chose, et on donne ce nom à la triple couronne du Pape. Je vis mettre le *règne* sur la tête de Paul V, quand je le vis couronner à Rome.

LES éminences ont été reçues en ce royaume; mais les éminentissimes, les excellentissimes, etc. n'ont point encore passé les monts. Lorsque M. le cardinal du Perron revint de Rome, après la négociation de Venise, il en apporta *l'illustrissime cardinal, et la seigneurie illustrissime*, mais personne n'en voulut. Il fut leur introducteur à la cour : il leur donna place à la tête de ses dépêches, et dans ses autres écrits : il les imprima dans ses livres. Tout cela inutilement ; il n'eut pas assez de crédit pour faire naturaliser ces nouveaux venus, et les faveurs particulières qu'il leur faisoit, ne purent leur acquérir celle du public. En ceci, comme au reste, M. le cardinal de Richelieu a été plus heureux que ses compagnons. Rien ne lui a été impossible. Ayant entrepris avec succès des choses auxquelles tout le monde s'étoit manqué, la grammaire ne pouvoit pas seule déscœur, dans la générale soumission. Il falloit que notre langue subît le joug, aussi bien que nos esprits et que nos courages. Sans se mettre en peine de la fortune des autres superlatifs, qu'il n'a pas jugés dignes de lui, il a employé son autorité pour faire réussir le plus important de tous, celui de *généralissime*, l'indépendant et le tout-puissant *généralissime*. Et à dire vrai, il a mis en usage ce superlatif d'une admirable manière, depuis le grand et ample pouvoir qu'il reçut du Roi, allant commander les armées de France en Italie. Vous sçavez que feu M. le duc d'Épernon disoit de ce grand pouvoir, que le Roi ne s'étoit rien réservé, que la vertu de guérir les écrouelles.

Généralissime est donc notre unique superlatif, et nous sommes obligés de l'honorer en la personne de M. le cardinal de Richelieu. La langue Françoise, qui a rejetté tous les autres, n'a pas osé s'opposer à celui-ci, pour le respect qu'elle porte à un si puissant et si redoutable instituteur. Hors de là elle ne connoît point de superlatifs, et c'est un défaut que lui reprochent les Italiens. Ils croyent qu'elle manque de ce moyen pour porter les choses par la vertu d'un seul mot, jusque dans la dernière extrémité du blâme et de la louange. Ils croyent de plus que pour réparer ce défaut en quelque façon, nous appellons à notre aide, le *Ter* des Latins (car ainsi expliquent-ils notre Très) qui signifie bien nombre et multitude, mais qui est étranger, auxiliaire et venu de loin, mais qui est plutôt une attache jointe à un corps, qu'un membre qui lui soit naturel. Ainsi discourt l'Italie au désavantage de la France. Et en effet elle a raison de nous reprocher notre pauvreté, elle qui est si heureuse et si riche, particulièrement en superlatifs. Elle fait des excès les jours mêmes qui ne sont pas de débauche : Elle est prodigue jusqu'à donner du *vostrissimo et du suisceratissimo servitore* dans ses complimens et dans ses civilités ordinaires. La licence des siècles gothiques n'a pas été si avant, et ceux qui ont dit *pientissimus*, *præglorissimus*, *victoriossimus*, n'ont pas osé dire *tuissimus* et *vestrissimus*.

J'AI été effrayé du *prodige de dévotion*, et immédiatement après de la *prodigieuse piété.* Sans quelque tempérament et quelque précaution de grammaire, *prodigieux* ne peut être pris en bonne part. *Merveilleux*, *admirable*, *extraordinaire* sont les termes reçus et approuvés. Ils contentent suffisamment la pensée de l'écrivain et l'attente du lecteur. Ils ne laissent point de remords aux esprits qui se hasardent le moins et qui appréhendent le plus de faillir.

Pensez-vous qu'on puisse dire un orateur et un poëte *prodigieux*, une harangue et une élégie *prodigieuse*, quand on a dessein de louer les

orateurs et les poëtes, les harangues et les élégies? Pour moi je ne le pense pas, et il me semble que *prodige* et *prodigieux*, ne sont guères
plus obligeans ni plus propres à louer que
monstre et que *monstrueux*. Les statues qui sortoient de la main de Phidias étoient admirables,
mais celles que Stésicrate concevoit en son esprit eussent été prodigieuses. Les héros sont de
belle taille, mais la stature des géans est prodigieuse. Moïse faisoit des miracles, et les ma-
giciens de Pharaon faisoient des prodiges. Dans
le langage figuré, on peut dire les prodiges de la
vie de Néron, mais il faut dire les merveilles de
la vie d'Auguste.

Pródigiale rubens se dit d'une comète, dont
la chevelure menace la terre; et ne se peut pas
dire du soleil, dont les rayons mûrissent les fruits
quand même le soleil seroit plus rouge que la
comète; quand il seroit entré dans le signe de la
canicule, et qu'il verseroit sur la terre plus de
feu que de lumière. Une femme acouchée d'un
serpent, un corps né avec deux têtes, une pluie
de pierres ou de sang, sont des prodiges qu'on
expioit par des actes de religion, comme des
marques de la colère des dieux. Et vous sçavez
qu'il y avoit autrefois à Rome un *Jupiter prodi-
gialis*, non pas qui fît des prodiges, mais à qui

on faisoit des sacrifices, pour détourner le mauvais effet de ces mauvais signes.

Cicéron ayant dit en quelque lieu, que les actions de Pompée étoient *semblables à des prodiges*, a témoigné par là qu'il n'osoit dire qu'elles fussent *prodigieuses*. Il a fait voir qu'en telle rencontre il redoutoit le mot de *prodige*, puisqu'il s'est contenté de s'en approcher, et n'a pas voulu aller jusqu'à lui. Par des actions semblables à des prodiges, il entendoit qu'elles étoient d'aussi dure et d'aussi difficile créance que les choses qui arrivent contre le cours ordinaire de la nature ; mais par des actions prodigieuses on pouvoit entendre qu'elles étoient contraires aux loix et à la raison, et qu'elles porteroient malheur à la république. Lorsque Claudien élève Stilicon jusqu'au ciel, il parle des miracles de ses actions. Mais quand il fait descendre Eutropius plus bas, s'il se peut, que les enfers, il dit, que toutes les actions étoient des prodiges, *prodigium est quodcumque gerit.*

Enfin il faudroit une figure extrêmement violente, pour faire changer de place au mot de *monstre* et à celui de *prodige;* et sans être accompagné de quelque épithète bien particulière et bien efficace, et ils ne peuvent passer de leur signification, qui est mauvaise, en une autre signification qui soit ou bonne ou indifférente. Pour le moins il ne me souvient point de l'avoir vu, si ce n'est à la vérité dans les livres du Père***, qui sont tous pleins de *prodiges*, aussi bien que d'*augures* et d'*auspices*, d'*orages* et de *tempêtes*. Il ne se dépouille jamais, dans ses livres, de cette pompe de langage, et de ses termes illustres (ainsi les appeloit-il); on les y trouve sans les y chercher : et c'est ce qui obligea un grand prince à dire de lui, que pour un prêtre de la religion chrétienne, il usoit un peu trop souvent d'*auspices* et de *prodiges*; et que dans ses œuvres il n'y avoit guères moins d'*orages* que sur la mer. Mais orages, auspices et augures à une autre fois. Contentons-nous aujourd'hui de dire qu'en la langue du Père***, Salomon est un *prodige* de sagesse; qu'un autre est un *prodige* de sainteté; qu'il y a des *prodiges* de beauté, et des beautés *prodigieuses*. Sans doute s'il eût été poëte, il eût chanté dans ses vers *un jeune prodige*, comme Malherbe a chanté *une jeune merveille*,

Cela n'empêche pas que ce bon Père ne fût un bon théologien, et une des lumières de notre Église : mais il n'étoit pas pour cela la règle de notre langue. Et il ne faut pas plus le suivre, quand il dit, une prodigieuse piété, que quand il dit de l'impératrice Livie, *cette habile courtisanne*, et quand il parle des *onguens* de Sainte-Marie

Madeleine. En quoi pourtant le prédicateur a voulu encore l'imiter, et mal, si je ne me trompe. Car il est certain qu'il y a grande différence entre une courtisanne, et une femme de Cour, entre des onguens et des parfums. Outre que ceux-là offensent les sens, et font bondir le cœur à ceux qui ont l'imagination délicate. Se servir d'onguens au lieu de parfums, c'est parler latin en françois; c'est prendre une invention de la volupté pour une composition de la médecine.

J'avois oublié que le mot de prodige, et même celui de monstre pourroient être employés en bonne part dans les occasions de la guerre, où il entre non-seulement du désordre et de la confusion, mais aussi de la cruauté et de la fureur; toutes choses mauvaises en elles-mêmes, mais qui sont louées du monde quand elles servent à la victoire.

> *Poi ch'eccitò della vittoria il gusto*
> *Lippe tito del sangue è delle morti*
> *Nel fiero vincitore; egli fè cose*
> *Incredibili, horrende è monstruose.*

A mon avis on ne parleroit pas ainsi des actions de bonté, de modération et de prudence, de ce qui se seroit passé à l'hôtel-de-ville ou dans le sénat, pour conclure un traité de paix, une alliance entre deux couronnes, etc. Réussir *pro-*

digieusement, monstrueusement dans les conseils, dans les négociations, quel prodige, bon Dieu, et quel monstre de langage ! J'aimerois mieux dire *faire un excès de modération, être furieusement sage, être grandement petit*, comme parle d'ordinaire une bonne dame que je connois.

Notre homme parfume d'ambre gris les habillemens de la reine dans le psaume 44e, quoique la traduction de la Vulgate porte *myrrha*, et *gutta* et *casia*, et que pas un de ces trois mots ne puisse signifier l'ambre gris, quelque mot des trois qu'on veuille choisir pour cela. Cette précieuse odeur n'a point été connue de l'antiquité, non pas même de l'antiquité romaine, qui est inférieure à celle des Juifs. Et j'avoue bien que, dans les cabinets d'ivoire, chantés par le psaume 44e; que dans la garde-robe du roi David et dans celle du roi Salomon, il pouvoit y avoir des parfums très-rares et très-exquis ; mais je soutiens qu'on ne parloit pas plus d'ambre gris en ce temps-là, que des peaux d'ambrette et de gants de frangipane.

Ce n'est pas que l'ambre gris ne fût au nombre des choses; mais il n'étoit pas dans le commerce des hommes. C'étoit un enfant de la nature, qu'elle a caché long-temps dans son sein avant que d'en manifester la naissance, et de l'exposer sur le rivage de la mer, comme ont été exposés ces enfans illustres, dont l'histoire a tant parlé. Cette bonne mère a fait un secret de ce cher enfant, durant je ne sçais combien de siècles, pour le faire paroître tout d'un coup dans le cabinet des rois, avec avantage sur ses aînés, les autres parfums connus de l'antiquité; car il est certain, je le dis pour la seconde fois, que c'est une pièce qui a manqué au luxe de Rome et à l'élégance de la Grèce. Et qu'ainsi ne soit, ni l'une ni l'autre n'ont point de terme de leur crû, pour exprimer ce qu'elles ne connoissoient pas, un trésor non encore découvert, des délices réservées à la postérité, le dernier présent que peut-être la nature vouloit faire au monde. *Ambar* ou *ambara* est un mot originaire d'Arabie, et ne se trouve que dans les livres des nouveaux Grecs: et c'est encore une des méprises de notre faiseur d'onguens, le bon Père*** lorsqu'il parle de son histoire romaine, des bains de l'empereur Héliogabale. Il assure qu'ils étoient parfumés d'ambre gris, qui est un pur don qu'il fait à ce siècle-là, et une marque de sa libéralité que nous pourrions appeler prodigieuse.

De cette sorte les historiens, ou pour mieux dire les traducteurs de l'histoire se permettent d'embellir la vérité: ils oruent ainsi et enjolivent les

II.   7

choses de l'antiquité, quand elles leur semblent trop rudes et trop grossières. Parce que l'ambre est plus estimé que la *casia*, que quelques-uns pensent être la canelle, le prédicateur croit bien faire de parfumer d'ambre le psaume 44ᵉ. Et par la même raison, où il y aura du *miel* dans un autre psaume, un autre prédicateur changera ce miel en sucre, à cause que le sucre sera plus à son goût, et qu'il est plus nouveau et en plus grande réputation.

A LA page 103, il fait son idole de son sujet, et tombe dans l'intempérance de ces orateurs violens qui vont toujours plus loin que leur but, et ne croient jamais en dire assez s'ils n'en disent trop. Chose étrange, qu'ils ne puissent estimer un saint, sans mépriser tous les autres saints. Quelquefois même, dans la chaleur de leur éloquence, il leur échappe quelque mot peu avantageux au Saint des Saints, et qui blesseroit la gloire du Dieu jaloux, si l'innocence de l'intention n'excusoit l'imprudence du mot. Ce n'est pas un vice de notre siècle. J'ai remarqué le même déréglement dans le chœur d'une ancienne tragédie, où un dévot invoquant Hercule, reçu depuis peu au nombre des dieux, *ô Hercule, lui dit-il, à cette heure que tu habites le Ciel, tu lanceras la foudre avec plus de force que Jupiter*

Ainsi le dévot se laisse emporter à la violence de son zèle, et offense le père pour louer le fils.

Je vois que vous avez pris garde au coup d'ongle que j'ai donné sur les *Gaulois de la déesse Cybèle*. Il est vrai qu'en cet endroit le prédicateur s'est mépris, et a fait un équivoque. Mais s'il a failli, sa faute n'est pas sans consolation, ayant failli après saint Jérôme, qui s'est équivoqué le premier. *Galli Cybeles* ou *famuli Cybeles* se doivent rendre en françois par les prêtres ou les ministres de la déesse Cybèle. Et on ne les appeloit pas *Galli* pour être nés dans la province des Gaules, mais à cause d'un fleuve de la Phrygie nommé *Gallus*, dont l'eau mettoit en fureur ceux qui en buvoient, et sur le rivage duquel ces prêtres furieux vaquoient au service de leur déesse.

Vous voyez l'équivoque causé par la ressemblance du mot. Mais combien en voyons-nous de même nature? Nous sommes en une saison si fertile en équivoques, que nouvellement le premier homme de notre siècle a pris le grammairien Terentianus Maurus pour un personnage des comédies de Térence, et l'a appelé *le Maure de Térence*. Un autre a cru, tant il est bien versé en l'histoire ecclésiastique, que saint Epiphane et l'Epiphanie avoient été le frère et la sœur.

7..

Un autre, excellent géographe, comme vous pouvez penser, s'est imaginé que Sodome étoit la ville capitale de Bulgarie.

Mais pour revenir à saint Jérôme, son opinion me semble remarquable par sa singularité, et je ne crois pas que personne ait dit devant lui que les Romains, se voulant venger de la prise de Rome contre les Gaulois, prissent des gens de cette nation pour les faire prêtres de Cybèle, après les avoir fait eunuques. Une opinion si particulière se trouve dans son commentaire sur le quatrième chapitre du prophète Osée; et le passage mérite que vous le lisiez. Socrate fit apporter le cinquième tome des œuvres de saint Jérôme, et nous donna à lire ce qui s'en suit.

Quoniam ipsi cum meretricibus conversabantur, et cum effœminatis sacrificabant. Hi sunt quos hodie Romæ, matri non deorum, sed dæmoniorum servientes Gallos vocant. Eò quod de hác gente Romani truncatos libidine in honorem Atys (quem eunuchum dea meretrix fecerat), Sacerdotes illius manciparint. Propterea autem Gallorum Gentis homines effœminantur, ut qui urbem Romam ceperant, hác feriantur ignominiá.

Saint Jérôme, ajouta Socrate, n'eût pas débité cette histoire s'il se fût souvenu de ces vers,

Cur igitur Gallos, qui se excidere vocamus,
Cum tantùm à Phrygia gallica distet humus ?

Inter, ait, viridem Cybelen aliasque Celenas,
   Amnis in insana, nomine Gallus, aqua:
 Qui bibit inde, furit, procul hinc discedite queis est
 Cura bonœ mentis, qui bibit inde, furit.

Vous diriez qu'Ovide, par un esprit de divi-
nation, et prévoyant que saint Jérôme prendroit
l'un pour l'autre, a fait ces vers tout exprès, pour
empêcher qu'il ne se méprît. Néanmoins, comme
vous voyez, il s'est égaré en beau chemin, et
quoi qu'il ne manquât pas de guide. Tirons de
l'instruction de cette remarque, et n'en prenons
point de vanité. Reconnoissons avec beaucoup
de respect pour la personne de saint Jérôme qu'il
n'y a point de force qui ne soit accompagnée de
foiblesse, point de science qui ne soit mêlée d'erreur. Consolons-nous en cette rencontre, mais
ne triomphons point de cet exemple. Une faute
de mémoire ou d'attention, un peu trop de crédulité, ou trop de déférence au témoignage d'autrui, n'effacent pas la gloire de tant de gros volumes d'excellentes choses, ne ruinent pas le
mérite d'un jugement exquis et d'une doctrine
extraordinaire. Pour une légère bévue, pour un
petit équivoque, saint Jérôme ne doit point perdre son rang parmi ceux qui ont vu plus clair
que les autres; il n'en est pas ni moins grand saint
ni moins grand docteur. Les hommes ne sont
pas les mêmes hommes à toutes les heures dit

jour : comme les fous ont quelquefois de bons
intervalles, les sages en ont quelquefois de mauvais.

(O GOUFFRES! *ô abîmes de l'amour de Dieu!*
jetons-nous dedans sans appréhender; il y a du
plaisir à s'y perdre.)

Je suis de l'avis du prédicateur, et ne blâme
point cette belle fougue de dévotion. Les abîmes
de l'amour de Dieu sont les seuls abîmes où il
y a du plaisir à se perdre, parce qu'une telle perte
est avantageuse, et qu'on se retrouve en se perdant. Quand un mouvement extraordinaire de
piété pousse les âmes hors de leur assiette naturelle, elles changent de place pour être en un
meilleur lieu. Les chutes sont heureuses quand
on tombe de la terre dans le ciel. Il n'y a point
d'élévation qui soit si haute que pareilles chutes, et ce n'est pas de la même sorte qu'Agrip-
pine *fit descendre son mari dans le ciel.*

Un jour nous pourrons dire quelque chose de
cette descente que vous avez vue dans les Sa-
tyres de Juvenal. Disons maintenant que c'est
un désespoir héroïque, que c'est une divine fureur de se précipiter dans la souveraine félicité.
Disons que l'infinité de ce bonheur ne sçauroit
être mieux représentée que par la vaste étendue
de l'Océan, que par la profondeur de ses gouf-

fres et de ses abîmes. Les choses de l'autre
monde sont si grandes , qu'il n'y a point d'excès qui ne devienne médiocrité , lors qu'il es'
question de les faire entendre à ce monde-ci. Il
n'en est pas de même des choses inférieures ,
qui ont leurs proportions et leurs mesures ,
selon lesquelles il en faut parler. Rien n'est si
voisin du haut style que le galimatias : le ridicule est une des extrémités du subtil. Et je ne
puis approuver ce poëte italien qui , après avoir
loué toutes les beautés d'une rivière , pour couronner toutes ses louanges par une subtilité
merveilleuse , conclut *que l'eau en est si belle ,
qu'il y auroit de la volupté à s'y noyer.* Un autre
italien , parlant de la mort de Marule qui fut
emporté par le courant d'une autre rivière , la
voulant passer à gué ; *il méritoit ,* dit-il *de se
noyer dans la rivière des muses.*

Aonio mergi flumine debuerat.

Comme si on se noyoit plus doucement et plus
agréablement en une rivière qu'en une autre.
Comme si mourir en Grèce étoit plus de la dignité d'un grand personnage , que de mourir
en Barbarie.

Je recevrois mal ces sortes de subtilités , quand
elles me viendroient de Rome et du Vatican. Et
je n'ai garde de trouver bon qu'on redise en
France , *se noyer dans un fleuve de délices ,* quoi

que celui qui l'a dit la première fois, soit un de
mes chers amis : ne lui en déplaise, ce n'est pas
penser à ce qu'on dit. Se noyer est une mauvaise
chose, fut-ce dans une pipe de Malvoisie qu'on se
noyât : vous sçavez l'exemple de l'histoire d'Angleterre. Le terme de se noyer ne peut exprimer la
possession d'un bien, la jouissance d'un plaisir,
un état où l'on se trouve à son aise. L'image d'un
homme qui se noye, en quelque lieu que ce soit,
en quelque liqueur que ce puisse être, ne peut
jamais être que funeste : elle offense toujours
les yeux et l'esprit. Elle n'est guère plus agréable que celle d'un homme qui se pend ; quand
il se pendroit avec une corde d'or et de soie ;
quand ce seroit avec un collier de diamans ou
de perles, et qu'il choisiroit pour cela le plus
beau cèdre du mont Liban.

*Le peu de respect que les ministres portent aux
Pères en les alléguant, etc.*

Ils commencent pourtant à être un peu plus
honnêtes, et à les traiter plus civilement. Depuis
quelque temps ils s'accoûtument à saint Jérôme, à saint Augustin, et à saint Ambroise.
De dire comme ils disoient autrefois, Jérôme,
Augustin, et Ambroise, il me semble que c'est
dégrader les Pères en les alléguant. Mais non
seulement c'est les dégrader, et leur ôter une

qualité que l'église et le consentement des peuples leur a donnée, c'est de plus leur dérober une partie de leur nom ; c'est en retrancher la première et la plus importante syllabe. *Saint* est tellement joint et lié, tellement collé et incorporé à Ambroise, à Jérôme, et à Augustin, qu'il en fait comme un membre essentiel : il en fait même la tête, et le reste n'est plus que son tronc. Ce seroit donc les décapiter que de leur ravir ce titre, sans lequel ils ne sont pas reconnoissables au monde chrétien. A mon gré ils ne seroient pas plus défigurés, si on les appeloit *Broise, Rôme, et Gustin*, que si on les appeloit simplement Ambroise, Jérôme, et Augustin.

Mais avouons la vérité toute entière. Comme c'est être trop Huguenot, que de nommer ainsi les saints Pères, aussi c'étoit faire trop le catholique et vouloir être trop opposé aux Huguenots, que d'ajouter le nom de *monsieur* à celui de *saint*, et d'appeller monsieur saint Ambroise, monsieur saint Jérôme, et monsieur saint Augustin. Dans la lumière de la gloire qui les environne et qui les pénètre de tous côtés, dans la souveraine grandeur, dont ils sont en possession, ils sont élevés d'une distance infinie, au dessus de nos qualités et de nos titres ; au dessus de notre monsieur, de notre monseigneur, et même de notre Sire. Néanmoins au temps

de nos pères, les églises de Paris retentissoient
de pareils messieurs : le barreau suivoit l'exemple des chaires, et l'avocat général de la sainte
Ligue, le celèbre Louis d'Orléans, n'alléguoit
jamais les Pères d'une autre façon : ce ligueur
zèlé pensoit par là faire honneur aux saints, et
faire dépit aux Huguenots.

C'est la beauté de l'église et la gloire de l'hu-
milité, de voir les rois prosternés devant les prê-
tres ; de les voir descendre de leur Trône pour
se soumettre au Tribunal de la confession.

Cela s'appelle parler noblement des affaires
de l'Église et des choses de la Religion. J'approuve bien plus ce langage que celui du Père
que nous avons vu à la cour, et qui, après en être
sorti, avoit accoutumé de parler de cette sorte, *du*
temps que j'avois l'honneur de servir le Roi en sa
conscience, pour dire *du temps que j'étois con-*
fesseur du Roi. La phrase me semble bien délicate. En cette occasion le mot de *servir* est inférieur à la chose qu'il signifie : il avilit la noblesse
de l'action et la dignité du ministère ; il est trop
courtisan, et sent trop la milice palatine. Le con-
fesseur du feu roi d'Espagne connoissoit bien
mieux la grandeur de sa charge, et la souveraineté de la juridiction qu'il exerçoit. Un jour le
duc de Lerme le voulut traiter de petit compagnon, et lui parler avec mépris. A qui pensez-

vous avoir affaire, lui répondit-il : votre faveur
est bien moindre que la mienne. *Sçachez que vous
vous attaquez à un homme, qui a tous les jours
Dieu entre les mains, et une fois la semaine le Roi
a ses pieds.* Nous apprenons de là le style du con-
fesseur, dans la brouillerie qu'il eut avec le favori, et la dévotion du Roi, qui se confessoit
toutes les semaines.

*En ce temps-là la providence divine étoit accu-
sée par les hommes, de la longue prospérité d'un
si mauvais prince.*

Il est vrai qu'on parloit ainsi, avant que la religion chrétienne eût reformé le langage. On ac-
cusoit les dieux de tout le mal que faisoient les
hommes. La providence divine étoit prise tous
les jours à partie, par quelqu'un qui se plaignoit
que les choses du monde n'alloient pas comme
il eût voulu. *Ce tyran heureux porte témoignage
contre Dieu.* C'est un ancien mot allégué par votre
Cicéron; et il n'est rien de si vulgaire dans les
vers des poëtes payens, que le crime de leurs
dieux et de leur destin : *crimen deorum, fato-
rum crimen*, etc. Cynthia est malade, et si elle
meurt de sa maladie, dit le poëte amoureux de
Cynthia, *une si belle morte sera le crime du dieu
de la médecine.*

Tam formosa tuum mortua crimen erit.

Depuis Constantin même, et sous les enfans de Théodose, il y a des exemples de ces blasphêmes poétiques, et de cette profane liberté. Si Rufin n'eût été puni de ses crimes, on alloit appeler les dieux en justice, comme fauteurs et complices de Rufin :

Abstulit hunc tandem Rufini pæna timorem,
Absolvitque Deos.

Un de nos poëtes a dit je ne sçais quoi de semblable ; mais en vérité d'une excellente manière, et sa copie passe tous ses originaux. Je vous la propose comme un chef-d'œuvre, dans cette ode qu'on peut opposer aux plus belles et aux plus achevées de l'antiquité. Le Dieu de la Seine parle à un favori, qui passoit sur le Pont-Neuf.

Va-t'en à la mal'heure, excrément de la terre,
Monstre qui dans la paix fais les maux de la guerre,
Et dont l'orgueil ne connaît point de lois ;
En quelque haut dessein que ton esprit s'égare,
Tes jours sont à leur fin, ta chute se prépare,
Regarde-moi pour la dernière fois.
C'est assez que cinq ans ton audace effrontée,
Sur des ailes de cire aux étoiles montée,
Princes et rois ait osé défier ;
La fortune t'appelle au rang de ses victimes,
Et le ciel, accusé de soutenir tes crimes,
Est résolu de se justifier.

En tout le poème il n'y a qu'un mot qui ne me plaît pas, et que je voudrois avoir changé pour un autre.

Excrément de la terre me semble trop bas pour un tyran, c'est-à-dire pour un criminel illustre, né pour la ruine de la patrie, altéré du sang des citoyens, et partant plus haï que méprisé. *Engeance de la terre* seroit peut-être mieux, parce qu'il feroit allusion à la naissance des géans, que la fable apelle enfans de la terre. Le mot *d'excrément* est d'ailleurs assez vilain, et d'assez mauvaise odeur : en sa plus honnête signification, il ne peut signifier que les rats, les mouches, les vermisseaux, et autres créatures imparfaites, qui se forment de la corruption de la terre.

Si *Alexandre n'eût pas été Alexandre, il eût voulu être Diogène. Tant la pauvreté vertueuse se fait estimer par la royauté même et par la grandeur.*

Pour moi, en cette occasion je ne sçaurois être complaisant à la royauté même et à la grandeur. Celui que toutes les nations, et que tous les siècles ont loué, n'aura point ici de mes louanges. *Si je n'étois Alexandre, je voudrois être Diogène:* Le prédicateur a trouvé ce mot extrêmement bon, et moi je le trouve extrêmement mauvais. Car à votre avis, et dans la vérité de la chose, qu'est-ce que d'être Diogène ? Je vais vous le dire, en traduisant seulement le texte grec, sans aucune addition de ma part.

Être Diogène, c'est violer les coutumes éta-

blies et les lois reçues ; c'est n'avoir ni pudeur
ni honnêteté ; c'est ne connoître ni parent, ni
hôte, ni ami ; c'est ou japper ou mordre toujours ;
c'est manger en plein marché une sole crue ou
de la viande toute sanglante ; c'est offenser les
yeux du peuple par des actions encore plus sales
et plus vilaines ; des actions pour lesquelles il ne
doit point y avoir d'assez grand secret ni d'assez
profonde solitude. Voilà ce que c'est que d'être
Diogène, et ce qu'Alexandre vouloit être, s'il
n'eût été Alexandre.

Il ne pouvoit pas sortir un plus mauvais mot de
la bouche du disciple d'Aristote, et le prédicateur ne pouvoit pas désobliger davantage ceux
qu'il avoit dessein de louer, qu'en se servant d'une
comparaison si odieuse, pour le moins, à quiconque n'est pas étranger dans les bons livres. La
modeste pauvreté des philosophes chrétiens n'a
rien de commun avec la gueuserie effrontée des
philosophes cyniques. Ces philosophes extravagans faisoient profession d'orgueil, d'impudence
et d'impureté : ils haïssoient les hommes, sous
prétexte de haïr les vices ; ils vouloient que leur
barbe, que leur misère, que leurs ordures fussent adorées. Tout ce que je viens de dire est
bien éloigné de la douceur, de la chasteté, de
l'humilité du christianisme : nos philosophes sont
les antipodes de ceux-là.

CHOSE *déplorable! Ils nient celui qu'ils ne peuvent ignorer. La cour, les villes, et la campagne sont pleines de ces gens-là. Autrefois, l'impiété n'alloit que de nuit et ne parloit qu'à l'oreille : aujourd'hui elle triomphe en plein jour, etc.*

Je ne puis lui accorder ce qu'il dit. Son exagération est trop injurieuse à la France et au temps présent. Il n'est point de siècle, je le sçais bien, qui ne soit remarquable par quelque monstre; mais le bon est que les monstres ne font point d'espèce, et qu'ils finissent sans multiplier. Quand même ils ne seroient pas stériles, et que la corruption des mœurs les voudroit faire durer dans le monde, la police de France pourvoit à cet inconvénient, et les parlemens châtient ceux qui sont échappés à l'inquisition.

Je vous dirai à ce propos que j'ai été spectateur de l'horrible tragédie dont vous avez été auditeurs plus d'une fois, puisque vous avez vu souvent le chevalier de l'Escale. Je parle de la mort de Lucillio, à laquelle je ne songe jamais qu'il ne me ressouvienne de celle de Capanée. Cette fable devant Thèbes est devenue histoire à Tholose; et vous ne serez pas fâché, je connois votre curiosité, que je vous fasse la comparaison de deux spectacles qui ont tant de rapport l'un à l'autre.

Considérez, dans le sixième livre de la Thébaïde, cet ennemi de la religion reçue et des lois de son pays. Il fait profession de n'adorer que son bras et que son épée. Ce sont les seules divinités qu'il reconnoît et qu'il invoque allant au combat. Voyez comme il défie Jupiter et son tonnerre; comme il se moque d'Apollon et de son oracle; comme il ne sçauroit ouvrir la bouche sans braver les puissances supérieures. A la fin, une si haute insolence ne pouvant plus être supportée, et le ciel étant las d'être outragé par un enfant de la terre, il fallut lui faire sentir la foudre qu'il méprisoit, et le punir de la peine des géans. Capanée est donc abattu, à la vue de Thèbes et de l'armée, par un coup qui fait trembler les assiégés et les assiégeans. Mais il est tout en feu, et il blasphème encore en cet état-là. N'ayant plus ni parole ni voix, ni murmure et souffle contre le Ciel, il voudroit tonner aussi bien que lui. Il lui fâche que Jupiter ait le dernier mot; et pour conclure avec le poëte, qui a représenté une extravagance si furieuse,

> Si le premier éclat ne l'avoit mis en poudre;
> Il alloit mériter une seconde foudre.

L'original latin porte :

> *Et si jam tardiùs artus*
> *Cessissent, poterat fulmen meruisse secundum.*

Après avoir lu dans les traductions d'Amyot,

> Elle produit drogues médicinales
> Tout pêle-mêle, autant bonnes que males.

Et

Cetuy, malgré Phébus, a semé des enfans.

Je me suis hasardé de traduire aussi à ma mode les vers des anciens, et de dire en rime : *que les tourmens ne convertirent point le coupable.*

Mais pour venir à la seconde pièce de notre comparaison, Capanée n'a-t-il pas été la figure de Lucillio, et Lucillio n'a-t-il pas joué tout de bon le Capanée de son siècle? N'a-t-il pas fini par la même catastrophe? Il est certain qu'il conserva ses abominables opinions jusque dans la mort et dans les supplices. N'ayant plus de langue sur l'échafaud (car elle lui fut coupée dès la prison), il faisoit des signes d'impiété. Son obstination et sa dureté ne purent être vaincues, ni par la sévérité des juges, ni par la doctrine des théologiens, ni par la présence du feu, ni par le voisinage de l'enfer. Cet homme, visiblement réprouvé, a noirci son siècle par sa naissance, a souillé par sa vie et par sa mort notre pays et le sien ; mais, quoi qu'il en soit, ce n'étoit qu'un homme, et cet homme n'a laissé ni race ni secte.

On ne peut donc pas dire que la cour, les villes et la campagne soient pleines de ces gens-là : beaucoup moins que l'impiété triomphe en France, puisque les impies y sont brûlés tout vifs quand on les défère à la justice, comme Lu-

cillio à Tholose, et qu'ils sont traînés à la voirie
après leur mort, quand leur mort prévient leur
condamnation, comme Côme Roger à Paris. Vous
verrez à loisir cette autre tragédie dans les livres
de la vie de M. de Thou. Mais avouez-moi cependant que voilà un triomphe bien triste et bien
funeste au triomphateur. Et remarquez de plus,
s'il vous plaît, qu'outre que ces exemples sont
rares en ce royaume, ils sont de deux hommes
venus de de-là les monts. L'un étoit de Florence,
et l'autre de Naples; et j'aime beaucoup mieux
encore que le troisième exemple que j'ai à vous
alléguer, et que je vous promis il y a quelques
jours, soit d'un prince étranger, que s'il étoit
d'un prince François.

Une heure avant que ce prince rendît l'esprit,
le théologien protestant qui prêchoit d'ordinaire
devant lui, l'étoit venu visiter, accompagné de
deux ou trois autres de la même communion.
S'approchant de son lit avec une profonde révérence, il le conjura, au nom de toute leur Église,
de vouloir rendre quelque témoignage de la religion qu'il professoit, et de faire une espèce de
confession de foi qui pût être recueillie de la
compagnie; afin, disoit-il, que les dernières paroles d'un si grand personnage se conservassent
dans la mémoire des hommes, et donnassent de
l'autorité à l'opinion qu'il avoit suivie. A cette

demande le Prince se mit un peu à sourire, et lui répondit incontinent après : *Monsieur mon ami, j'ai bien du déplaisir de ne vous pouvoir donner le contentement que vous désirez de moi; mais vous voyez que je ne suis pas en état de faire de longs discours, ni de vous rendre compte de ma créance par le menu. Je vous dirai seulement en peu de mots, que je crois que deux et deux font quatre, et que quatre et quatre font huit : M. Tel*, montrant du doigt un mathématicien qui étoit là présent, *vous pourra éclaircir des autres points de notre créance.*

Cette histoire, connue de peu de personnes, est un secret domestique, que je tiens d'un gentilhomme d'honneur et bien informé. Je ne vous nomme point le Prince qui avoit une si belle religion : il me suffit de vous dire qu'il ne manquoit pas des vertus morales; il ne juroit que *certes* et ne buvoit que de la tisanne. Il étoit extrêmement réglé en tout ce qui paorissoit de lui au dehors. Et c'est de quoi je m'étonnerois extrêmement, si je n'avois un peu étudié le monde. C'est ce qui m'oblige d'avouer, à la honte de la nature humaine, que l'homme est un animal bien divers et bien bigarré; que les centaures et les chimères ne l'étoient pas davantage; que non-seulement il est composé

8..

de pièces différentes, mais quelquefois aussi de pièces contraires.

Je ne trouve point étrange que la santé s'é-chappe de la sujétion des lois ; que la débauche soit oublieuse de son devoir, que le vice engendre l'impiété. Mais de voir, au milieu de la mort, une froide et tranquille mécréance ; mais de dire qu'on puisse être furieux sans émotion ; que la douceur et la modestie se rencontrent avec les derniers effets de la rage et du désespoir, avec le renversement des temples et des autels ; c'est en vérité ce que je ne puis pas bien comprendre. Sera-ce un sobre et un continent qui viendra ébranler les fondemens de l'état du monde, qui se déclarera ennemi de l'ordre et des réglemens de la grande république ? Ces derniers impies sont encore plus rares que les premiers, et à Dieu ne plaise qu'il y ait multitude des uns ni des autres. Je ne sçaurois le croire pour l'honneur de notre siècle.

Sur la fin du dernier sermon, il y auroit bien de la matière à remuer pour une humeur reprenante, et pour un grammairien pointilleux. Mais ne soyons ni trop sévères, ni trop indulgens. Arrêtons-nous à quelque terme douteux, et qui vaille la peine d'être examiné ; passons sur les autres, qui sont absolument bons, ou absolument mauvais. Mais je vous demande premièrement du nombre desquels vous croyez que soient ceux-ci : *la superbe* pour l'orgueil, *emperière* pour impératrice, *affectueusement* pour passionnément, etc. Toute la compagnie trouva qu'ils n'étoient pas absolument bons. Il n'y eut que le vicaire de la paroisse qui s'opposa à ce jugement; et là-dessus, ayant allégué des auteurs dont personne que lui ne reconnoissoit l'autorité, Socrate se contenta de lui répondre par un signe de tête, et continua son examen.

A VOTRE avis est-il permis à un orateur et même à un poëte de dire que *Godefroy de Bouillon*, *et tant d'autres héros chrétiens ont été planter leurs lauriers jusque sur les rives de l'Euphrate.*

Planter des lauriers n'est autre chose, ce me semble, en sa plus noble signification, que de faire des allées ou des palissades, et cette action appartient à l'agriculture, et non pas à l'art de la guerre. Les jardiniers plantent les lauriers, et on en couronne les victorieux. C'est à quoi peu de nos gens ont pris garde; et ces belles phrases sont imprimées dans les plus beaux ouvrages que nous ayons. Ne croyez-vous pas que, pour bien parler, il faudroit parler plus correctement? César a mérité mille lauriers et mille statues : il y a pourtant grande différence entre César et un planteur de lauriers, entre un conquérant et un faiseur de statues. Les jardiniers et les bouquetiers, les sculpteurs et les doreurs fournissent l'étoffe et les ornemens du triomphe, travaillent à la décoration des théâtres et au reste de la cérémonie qui doit honorer les actions militaires. Mais ceux qui ont fait ces actions, et qui doivent triompher, ne se mêlent point de ce travail.

SAINTE PAULE, *cette brave veuve, cette héroïne de saint Jérôme.*

C'est l'opinion d'un de nos amis, que l'épithète de *brave* ne se peut donner à une femme qui ne va point à la guerre et, par conséquent, qu'il n'appartient de droit qu'à Henthésilée, reine des Amazones, qu'à Tomyris, reine des Scythes, qu'à Zénobie, reine des Palmyréniens, etc. Au deçà de la rivière de Loire, on dit *un brave avocat* et *un brave prédicateur.* Et peut-être qu'en quelque lieu plus éloigné de Paris, et plus voisin des monts Pyrénées, on dit un vaillant avocat et un vaillant prédicateur. Nous avons vu à la cour un auteur de ce pays-là, qui se vantoit de tailler sa plume avec son épée : n'étoit-ce pas un vaillant auteur ? Un prélat du même pays, député de l'assemblée des États-généraux tenue à Paris, répondit à un autre député, qui lui contestoit quelque chose dans l'assemblée ; *hors d'ici, vous n'o-*

seriez me le soutenir l'épée à la main. Ce prélat n'étoit-il pas un vaillant prélat ?

Puisqu'il se sert de *reliques* où il devroit se servir de *restes*, je m'imagine qu'en quelque autre lieu, il prend les *restes* pour les *reliques*. Comme il dit ici les reliques de la guerre, recueillir les reliques de son naufrage, sauver les reliques de sa fortune, il y a de l'apparence qu'il dit ailleurs, les restes de saint Pierre et de saint Paul, honorer les restes des martyrs, aller à l'adoration des restes, le jour du jeudi absolu. Il y a certains mots consacrés à la religion et aux choses saintes : il ne faut pas les profaner en les employant à un autre usage, et il me semble que le mot de *reliques* est un de ceux-là.

Saint Paul *avoit fort bonne grâce quand il disoit.*)

Ou je me trompe, ou la bonne grâce n'est pas plus ici en sa place que la beauté. J'aimerois autant qu'il dît, saint Paul étoit bien joli de dire, ou, saint Paul ne fut jamais plus agréable que quand il disoit.

Mais la nuit est déjà bien avancée, et dix heures viennent de sonner. Laissons un examen si peu important, pour songer à celui de notre con-

science. Pour vaquer à la chose, qui est seule nécessaire, quittons les autres choses qui sont
toutes inutiles. Ce que nous allons faire dans la
chapelle, vaut bien mieux que ce que nous venons de faire dans le cabinet.

Vous vous souvenez du vieux pédagogue de
la cour, et qu'on appeloit autrefois le tyran des
mots et des syllabes; et qui s'appeloit lui-même,
lorsqu'il étoit en belle humeur, le grammairien
à lunettes et en cheveux gris. N'ayons point dessein d'imiter ce que l'on conte de ridicule de ce
vieux docteur. Notre ambition se doit proposer
de meilleurs exemples. J'ai pitié d'un homme
qui fait de si grandes différences entre *pas* et
point; qui traite l'affaire *des gérondifs* et *des par-
ticipes*, comme si c'étoit celle de deux peuples
voisins l'un de l'autre, et jaloux de leurs fron-
tières. Ce docteur, en langue vulgaire, avoit accoutumé de dire, que depuis tant d'années, il travailloit à dégasconner la cour, et qu'il n'en pouvoit venir à bout. La mort l'attrapa sur l'arron-
dissement d'une période, et l'an climatérique l'a-
voit surpris, délibérant si *erreur* et *doute* étoient
masculins ou féminins. Avec quelle attention
vouloit-il qu'on l'écoutât, quand il dogmatisoit
de l'usage et de la vertu des particules ?

Croyons-en les anciens pères, et si vous le
voulez, croyons-en même les pères modernes.

Suivons le conseil que le père Léonard Lessius donnoit à son ami Juste Lipse. *C'est assez faire l'enfant, et s'amuser à ce jeu de mots et de syllabes; il faut vieillir plus sérieusement, et dans de plus graves et de plus importantes pensées.* La propriété, la régularité, la beauté même du langage ne doit pas être la fin de l'homme. Il ne faut pas songer aux roses et aux violettes, quand la saison de la récolte est venue.

DE LA LECTURE
DES SAINTES ECRITURES,
ET DES SAINTS-PÈRES.

DISCOURS ONZIÈME.

Au de-là du cabinet, où nous avions accoutumé de nous assembler, il y a une petite galerie, qui regarde sur la rivière, et qui est détachée du reste de la maison. On y monte par un escalier dérobé, et le maître du logis la pourroit appeler sa bibliothèque, s'il vouloit donner au choix le nom qui se donne à la multitude. Il n'y a que de bons et de saints livres en cette galerie, et Socrate n'ayant plus de commerce qu'avec ces derniers, les visitoit d'ordinaire le matin, après avoir fait ses prières dans une chapelle proche de-là.

Durant ce temps privilégié, dont il ne faisoit part à personne, il s'entretenoit avec les prophètes et les apôtres, avec les pères grecs et latins. Il s'adressoit tantôt à l'un et tantôt à l'autre;

étant tous ouverts sur de grands pupitres de sapin, vernis d'un verd extrêmement vif, la plupart à trois et quatre faces. Un jour qu'il nous tardoit à venir, et à que l'heure de sa sortie approchoit, quelqu'un de la troupe, plus libre et plus hardi que les autres, nous conseilla de monter dans la galerie. Nous le trouvâmes auprès d'un de ces pupitres; le vieux testament, les œuvres de saint Denis, et un tome des homélies de saint Chrisostôme devant lui. Il ne fut pas fâché de nous voir, encore qu'il ne nous attendît pas : et après quelques civilités qui durèrent peu, il nous fit ce discours, pour nous rendre compte de ce qu'il faisoit.

Donnons pour le moins ce qui nous reste à celui à qui nous devions avoir tout donné. Nous avons vécu avec Hérodote et avec Homère, mourons avec Moïse et avec Job. Je cherche ici de quoi me rendre plus homme de bien, et non pas plus éloquent, quoique l'éloquence se trouve ici aussi bien que la vertu; quoique la critique payenne ait remarqué son genre sublime dans le style de Moïse. Mais cette sublimité de style n'est pas aujourd'hui l'objet de ma passion; je vise à une plus haute sublimité; j'ai besoin de quelqu'autre chose pour être heureux. Je suis en quête de la vérité, mais de l'importante et de la nécessaire vérité. Il faut apprendre la langue du

Ciel, où nous avons à trafiquer, où doit être
notre commerce, où sont nos véritables affaires.
Il faut étudier en la science des saints, dont
nous voulons augmenter le nombre.

Que s'il se rencontre des difficultés aux avenues de cette science, ce n'est pas une excuse
qui puisse justifier la paresse et la lâcheté des
ignorans. Si la parole de Dieu est quelquefois
raboteuse, si elle heurte le sens et fait peine à
la raison, ne nous rebutons point pour ses pierres et pour ses épines. Au lieu de les éplucher et
de les compter, je les laisse là et tâche de passer
outre ; je saute aux endroits où je ne puis pas
cheminer facilement. Je veux suivre Moïse, à
quelque prix que ce soit ; et, dans le dessein que
j'ai de le suivre, je ne désespère point du succès
de mon voyage. Je ne perds point cœur pour
voir de la fumée, des nuages et des brouillards qui
environnent le lieu où Dieu parle. Il a toujours
pris plaisir à parler de cette sorte ; et en ceci la
sainte montagne a figuré la sainte Écriture. J'a-
dore la lumière de cette Écriture, mais j'en adore
aussi les ténèbres. Ce que j'ai entendu, je l'ai admiré ; ce que je n'entends pas, je l'admire encore
davantage. Quelqu'un a dit autrefois cela de la
physique d'un philosophe payen ; ne me sera-t-il
pas permis de le dire de la métaphysique chrétienne ?

La parole de Dieu sera toujours difficile, sera toujours obscure, après mille et mille expositions, après des montagnes de commentaires et des légions de commentateurs. En voulez-vous sçavoir la raison? C'est afin que Dieu enseigne toujours, et que l'homme étudie toujours sous lui! c'est afin que Dieu soit toujours le maître, et que l'homme soit toujours l'écolier.

Il est certain que pour réussir en une lecture si difficile, il n'y faut pas apporter des yeux purement humains et un esprit ordinaire; beaucoup moins des yeux de grammairien et un esprit de sophiste. Là-dedans on ne voit rien par sa propre vue; on ne discerne rien sans une lumière qui vient d'en haut, qui ne se communique pas à toute sorte de regardans, qui choisit les yeux et les lecteurs. Cette lumière éclaire la simplicité et la soumission du cœur; mais elle aveugle la vanité et l'élévation de l'esprit; et non-seulement la voix de Dieu crie : *Hors d'ici, profanes ;* mais aussi *hors d'ici, présomptueux.* Dans l'explication des lettres saintes, les petits enfans de l'Église, les simples catéchumènes ont de l'avantage sur les géans de l'école, sur les vieux rabins, sur ceux qui croient être assis dans la chaire de Moïse. La science du ciel, aussi-bien que le royaume du ciel, est le partage des pauvres d'esprit de l'Évangile; et, pour en avoir une parfaite intelligence, il s'en faut approcher avec une extrême humilité.

Mais cette vertu d'humilité ne se trouve point dans les Éthiques à Nicomachus; elle n'a point été connue d'Aristote. Aussi sa connoïssance, quelque relevée qu'elle ait été, n'est pas montée plus haut que le globe de la lune; et comme il n'a presque rien ignoré des choses inférieures, il n'a presque rien sçu de celles du ciel. Pour aller là, il étoit trop régulier et trop méthodique. En matière de religion, on ne sçauroit s'élever qu'en se faisant plus petit qu'on n'est, qu'en s'abaissant au-dessous de soi-même et de sa raison; que par des moyens qui semblent contraires à leur fin et qui eussent paru absurdes à Aristote.

Disons-le donc, et redisons-le à la honte de l'académie et du lycée. L'humilité des chrétiens est appelée dans le sanctuaire, parce qu'elle s'arrête sur les premiers degrés du portique; et là confiance des philosophes est repoussée de ce lieu sacré, parce qu'elle y veut aller d'elle-même, et entrer sans passe-port. On fait bien plus de progrès dans la connoissance de Dieu, par l'exercice de la prière et par l'étude de la théologie. Et comme à la cour des rois une heure de faveur vaut mieux que dix années d'assiduité; il en arrive ici tout de même. Il s'en faut bien que le

travail des curieux ne pénètre aussi avant que la
patience des humbles, et que l'homme ne puisse
autant acquérir que Dieu peut donner.

C'est de pareils dons et de parcilles largesses
que se sont enrichis les premiers fidèles, avant
que Charlemagne eût fondé des universités, avant
qu'il y eût d'écoles de théologie, et de sommes
de théologie; avant que les Écossois fussent venus
crier à Paris au milieu des rues : *Latin et science
à vendre*. C'est en cette source qu'ont puisé les
apôtres, et les anciens pères grecs et latins, saint
Denis que voilà sur mon pupitre.

La compagnie eût bien voulu découvrir le
sentiment de Socrate sur le sujet de saint Denis, et sçavoir ce qu'il croyoit au vrai de la
naissance de ce sublime écrivain, du mérite de
ses écrits, du temps où il a écrit. Mais Socrate
ne se fit entendre là-dessus qu'avec réserve, et
sans prendre part aux divers procès qui se sont
mûs entre les sçavans du dernier siècle.

A quoi bon, dit-il, s'agiter si fort, et combattre avec tant de chaleur sur des questions si peu
importantes? De là ne dépendent pas les destinées de l'Église, le salut des fidèles et la félicité
que je cherche. Pourquoi former des partis et
des factions dans la république des lettres, soit
pour maintenir ou pour disputer à saint Denis

la qualité d'aréopagite ; soit, comme dernièrement en une compagnie où je me trouvai, pour
ôter ou pour conserver aux mages qui vinrent
adorer Jésus-Christ, les couronnes que les peintres mettent sur leurs têtes? Je ne prononce point
là-dessus, quoique l'occasion m'y convie, et que
vos yeux et votre visage m'en sollicitent. Je ne
veux condamner ni l'un ni l'autre parti ; mais il
me semble que la qualité de saint est bien plus
noble et bien plus illustre que celle d'aréopagite ;
et quand tous les rois de la terre le devroient
trouver mauvais, j'estime beaucoup plus la sagesse que la royauté.

Le tribunal de l'aréopage est trop peu de chose
pour relever la dignité du nom chrétien. Le christianisme donne de l'éclat et de la noblesse à qui
que ce soit, et n'en reçoit de personne. Il n'y
avoit point de chrétien, en ces temps héroïques
de la primitive Église, qui ne valût plus que
tout l'aréopage d'Athènes, que tous les éphores
de Lacédémone, que tous les pères conscrits et
tout le sénat de Rome.

De l'autre côté, faut-il remuer ciel et terre, et
faire la guerre à outrance contre des gens qui aiment si fort les beaux noms et les beaux offices ;
qui ont tant de passion pour les dignités et pour les
emplois de la république? Ils pensent, avec la plupart des gens de Paris, que c'est un grand mal-

heur que de n'être pas officier; et pour quelque
considération secrète, l'intérêt de saint Denis leur
étant aussi cher que le leur propre, ils veulent
lui conserver une charge qui lui a été donnée,
ou par son siècle ou par la postérité. Ce qu'ils
disent, ils le sçavent peut-être de bonne part,
comme disoit un honnête homme de ma connoissance. Ils ne l'assureroient pas si affirmativement aux autres, s'ils n'en étoient eux-mêmes
bien assurés; et sans parler de révélations que
de plus hardis allégueroient sur ce sujet, ils ont
peut-être quelque titre de foi irréprochable, quelque manuscrit de vénérable vieillesse, outre les
premières pièces qu'ils ont produites.

Mais d'ailleurs tous les écrits du volume qui
porte le nom de saint Denis sont-ils de la même
main et du même esprit? Une partie ne peut-elle
pas être de saint Denis l'aréopagite, et une partie
de quelque autre auteur? Ce qui est rapporté
contre la foi de l'histoire, et qui ne s'accorde pas
bien au siècle de l'aréopagite, ne peut-il pas être
d'un étranger qui s'est introduit dans la possession d'autrui, et qui a pris un autre nom que le
sien?

Pour moi, bien loin de disputer à saint Denis
la qualité d'aréopagite, je ne m'oppose pas même
au cardinalat de saint Jérôme; et quand il ne
tiendroit son chapeau rouge que de la faveur des

II.   9

peintres, et de la crédulité du peuple, je ne
veux point lui faire un procès sur les ornemens
de son portrait. Je ne touche point à une pièce
que l'Eglise ne propose pas comme un article
de foi, mais qu'elle souffre comme une fantaisie de piété. Ces marques d'honneur et de respect, ces faveurs et ces grâces faites à des morts,
c'est-à-dire à des gens qui ne sont plus en état de
s'en revancher, viennent d'une cause très-hon-
nête, partent d'un principe de courtoisie et de
libéralité, mais de courtoisie désintéressée et de
libéralité toute pure. Pour le moins ce sont des
excès louables d'une inclination bienfaisante,
portée à donner et à obliger; et je n'ai garde de
prendre à partie des personnes si bonnes et si
officieuses.

Il y a des docteurs plus fins et plus pénétrans
que ceux-ci dans les choses grecques et romaines;
mais il n'y en a point de plus soumis à l'autorité
de Rome, ni de mieux intentionnés. Ils ont cru
que la vérité étoit quelquefois trop courte et
trop maigre, et qu'en ce cas-là il n'y avoit point
de mal de l'allonger ou de la grossir par leurs
inventions. Sur ce fondement, ils ont été encore
les médiateurs de cette belle amitié contractée
entre saint Paul et Sénèque quelque temps après
leur mort; ils se sont imaginé qu'ils faisoient une
bonne œuvre, de mettre bien ensemble deux

hommes si vertueux, et que ces deux hommes,
vivant en même temps et dans une même ville,
s'ils n'ont été amis, ils le doivent être. Il n'y a rien
en cela qui offense la vraisemblance ni qui choque
la chronologie. Vos gens de l'antiquité profane
sont bien plus licencieux et plus téméraires. Votre
Virgile a bien marié un homme et une femme,
qui non-seulement ne se sont jamais vus en toute
leur vie, mais qui ont été éloignés l'un de l'autre
de plus de cent ans. Je ne dis rien pour cette
fois du régent Pythagore et de l'écolier Numa.

Oui, mais les épîtres qu'on a débitées sous le
nom de Sénèque et de saint Paul ne sont ni de
Sénèque ni de saint Paul. Je n'oserois pas vous
nier ce que vous assurez si fortement; mais il se
trouvera un docteur aussi assuré que vous, et
qui vous soutiendra avec une force pareille à la
vôtre (j'ai vu autrefois ce docteur), que si ces
lettres ne sont ni de Sénèque ni de saint Paul,
elles sont de quelques-uns de leurs amis; elles
peuvent être de leurs secrétaires, quoiqu'à mon
avis ils les aient écrites sans commandement,
et sans en avoir eu ordre de leurs maîtres. Des
choses si peu importantes ne devroient point se-
mer de querelles parmi les citoyens d'une même
république, ne devroient point déchirer en partis et en factions les sçavantes assemblées. Pour
cela, il ne faut battre personne, ni sauter aux

9..

yeux de ses amis; il ne faut pas faire des affaires
d'État de tous nos petits différens, ni traiter de
criminel de lèze-majesté, comme fait quelquefois Scaliger, des personnes qui ne sont coupables que de leur innocence, que de leur bonté,
que de leur facilité à croire.

Tout le monde se trompe, de façon ou d'autre.
Tout homme se sent de l'infirmité humaine; et
les Hébreux disent que Jacob, leur père, a été
boiteux. Scaliger lui-même a fait des faux pas; il
a fait des jugemens téméraires. Que feront donc
les demi-sçavans, les docteurs du second et du
troisième ordre, des gens qui ont étudié tard,
qui étudient peu, qui vivent dans la province,
parmi la contagion des mauvais exemples, à six
vingts lieues de la bibliothèque de M. de Thou,
et de la conversation de MM. Dupuy? Bien que
la lumière de ce siècle nous ait éclaircis de beaucoup de choses dont nos pères ont douté, il
reste toujours quelque petit nuage de l'ancienne
barbarie. En certains lieux il n'est pas encore bien
jour : cette épaisse obscurité, venue sur le déclin de l'empire, des dernières parties du septentrion, couvre encore une partie de la terre. Les
Vandales et les Goths ont corrompu toutes les
belles et bonnes choses. Ils ont mis la peste dans
le monde raisonnable; et il y a beaucoup d'en-

droits de ce monde qui ne sont pas encore bien purifiés.

Mais c'est assez, et peut-être trop de ces opinions contestées. En pareilles rencontres je n'opine point, je me contente de rapporter les avis des autres. Je vous dirai seulement de moi une chose assez particulière, et de laquelle quelqu'un pourra s'étonner. Pour voir cet homme extraordinaire, ce saint Denis dont on m'avoit tant parlé, sans partir de France, je fis autrefois un voyage en Grèce, je veux dire que j'appris exprès la langue grecque, pour avoir plus d'accès auprès de lui. Je vis donc et considérai cet homme, que les uns croient être d'Athènes, les autres d'Alexandrie, et les autres de Corinthe. C'est un homme qui vole plus haut que les aigles. Il n'apporte rien sur la terre qu'il n'ait été prendre dans le ciel. Je le vis, mais je le perdis aussi tôt de vue

Après ces paroles, Socrate se tut quelque temps et prit le troisième volume, qui étoit sur son pupitre. Jusque-là, s'étant peu ouvert, et ayant parlé avec retenue, ce fut ensuite, et sur le sujet de saint Chrisostôme, dont il avoit les Homélies entre les mains, qu'il se déclara et qu'il s'épandit; que son esprit et que ses paroles se débordèrent; et certes, d'une si étrange sorte, qu'on peut dire qu'il commença son discours par une espèce d'enthousiasme, et qu'il passa de la prose à la poésie, comme fait quelquefois l'autre Socrate dans les Dialogues de Platon.

C'est cet homme, nous dit-il, qui vole encore bien haut; mais son vol est si réglé et si juste, qu'il y a toujours plaisir à le voir voler : on peut le suivre des yeux et de la pensée; il fend les airs, sans se perdre dans les nues : car vous sçavez que les esprits font une espèce dans le genre des oiseaux, et que ç'a été l'opinion des sages Hébreux. Celui-ci a de grandes ailes toutes peintes et toutes dorées. Il chasse devant lui les nuages, la nuit et l'obscurité. Il fait naître le jour en se montrant, et par sa seule présence, Il crie, il gronde agréablement. Ses plaintes et ses colères sont belles. En blâmant le vice, il plaît aux pécheurs. Il n'est pas moins citoyen du ciel ni moins compagnon des anges que le premier; mais il s'accommode mieux à l'usage du bas monde, et s'apprivoise davantage avec les hommes. Les Grecs l'ont appelé Chrisostôme, et les barbares l'appellent comme les Grecs.

Voulez-vous que nous disions encore quelque chose de cet homme? Expliquons pour le moins ce que nous venons d'en dire. Ayant acquis les plus rares connoissances, par la force de la méditation, il en rend capables les plus vulgaires esprits, par la facilité du discours. Où il scait abaisser la vérité jusqu'à nous, ou il sçait nous élever jusqu'à elle; ou il a la vertu d'éclairer et de subtiliser les âmes, ou il a le don d'éclaircir et de démêler la doctrine.

O l'excellente et l'admirable manière d'instruire les âmes et de débiter la doctrine! Ces animaux de gloire, ces ennemis de la foi, ces superbes enfans d'Aristote, trouveroient le christianisme raisonnable, en l'état que saint Chrisostôme le fait voir à la raison : leur philosophie s'humilieroit devant nos mystères, si nos mystères leur étoient découverts de cette manière. Pour moi je les adorois avec frayeur dans leur naturelle obscurité, et je les regarde maintenant avec plaisir dans la lumière de ses paroles : J'avois du respect pour des choses que je n'entendois point, et il m'a donné de l'amour pour ces mêmes choses, en me les rendant intelligibles.

J'ai trouvé dans ses homélies mille grâces et mille beautés, mais toutes chastes et toutes viriles; une infinité d'ornemens, mais que la gravité souffre et que la bienséance conseille. Ce sont des ornemens très-honnêtes et très-dignes de celle qui les porte, de la vraie, de l'ancienne, de la vénérable théologie. Ils ne sont pas du théâtre, ils sont de l'autel; ils ne font point de la reine

des sciences une baladine des places publiques,
une comédienne de la cour.

Ma matière croît entre mes mains, et j'ai quelque opinion que le saint m'inspire en parlant
de lui. Je vous l'avoue, c'est un de mes saints,
et je suis un de ses dévots. Je l'invoque, je m'a-
dresse à lui ; et peut-être qu'il me fera la même
faveur que quelques-uns ont cru que lui fit saint
Paul : peut-être qu'il me communiquera ses secrets, qu'il m'allumera de son feu, qu'il remplira
mon esprit de l'abondance du sien. Mais en attendant une si chère faveur, ne laissons pas d'en
parler à notre mode, et d'en dire encore quelque
chose.

Sans tomber dans l'excès que cherche le luxe,
son éloquence a toute la grandeur que peut permettre la modestie. On ne connoît point en ses
écrits la corruption de la langue de son siècle,
la foiblesse de l'expression humaine, la misère et
l'infirmité de l'esprit de l'homme. Il ne se vit jamais tant d'ordre dans la multitude, plus de force
avec plus de subtilité, plus d'économie avec plus
de pompe : jamais Jésus-Christ ne fut servi avec
une telle magnificence ; et si cet ancien profane
qui pilloit l'Église eût vécu quelque temps plus
qu'il ne fit, s'il eût vu l'éclat et les richesses, l'or
et les pierreries qui m'ont ébloui, il se fût écrié
encore une fois, quoiqu'en un autre sens que la

première : *Q que les vases sont précieux dans lesquels on sert le fils de Marie !*

Voilà le jugement que Socrate fit dans la galerie, de l'esprit et de l'éloquence de saint Chrisostôme. Surtout il en estimoit la douceur et la netteté, et prenoit plaisir à nous les faire considérer sous différentes figures ; il avoit toujours des images agréables, pour nous représenter le mérite de cette bienheureuse facilité. Il est clair, disoit-il, fût-ce dans la religion des ténèbres, et au pays des Cimmériens : il est aisé, dans l'embarras même de sa matière, dans les détours, dans les labyrinthes des plus difficiles questions de la théologie. Avec un commentaire de deux syllabes, avec un petit mot, qui tempère la rigueur des choses, avec une particule de charité, qui adoucit les menaces de la justice, il défriche les plus dures et les plus sauvages expressions. Il console et rassure les esprits que le texte de saint Paul avoit effrayés. Partout où il passe, il laisse des traces de blancheur et une impression de lumière qui change la nature des lieux où il a passé. Auparavant, c'étoient des précipices, c'étoient des cachots ; après lui ce sont des jardins de fleurs, ce sont des cabinets de cristal.

Il se trouva un homme en la compagnie, venu

de Paris depuis peu de jours, qui, ayant écouté
Socrate avec beaucoup d'attention, nous surprit
tous par ce langage qu'il lui tint. Je n'ai point fait
comme vous de voyage en Grèce ; mais je suis
fort trompé, ou j'ai vu nouvellement au lieu d'où
je viens, celui dont vous nous contez de si grandes choses. Je ne connois point votre saint Jean
Chrisostôme ; mais vous ne dites rien de lui qui
ne se vérifie en notre M. l'abbé de Rais : l'éloquence avec laquelle il explique les mystères du
christianisme, n'est point inférieure à celle que
vous nous avez figurée : elle n'instruit pas moins
et ne plaît pas moins. On y remarque la même
beauté, la même douceur, la même force ; car
il tonne et il foudroie quelquefois ; mais les orages de ses figures ne gâtent point la pureté de
sa diction dans ses sermons ; le calme subsiste
avec la tempête, aussi bien que dans les homélies
de saint Chrisostôme. Ainsi, vous ne pensiez faire
qu'un éloge, et vous en avez fait deux. Ce sont
des coups de Socrate : en louant l'antiquité, vous
avez obligé notre siècle ; et s'il se trouve quelque
Platon qui publie un jour vos entretiens, la
France vous remerciera de tout ce que vous avez
dit à la gloire de la Grèce.

SUITE DU MÊME SUJET,

OU IL EST PARLÉ

DE L'INVOCATION DES SAINTS.

———

DISCOURS DOUZIÈME.

———

Outre l'homme venu de Paris, un vieux hu-
güenot de nos voisins s'étoit trouvé à notre dernière conférence, de laquelle il fût demeuré entièrement satisfait, sans cette invocation qu'il ne
put goûter, et ces vœux adressés à saint Chrisostôme. Comme il avoit été en sa jeunesse grand
tireur d'éclaircissemens, il n'oublia pas son ancienne coutume en cette rencontre ; et dès le jour
même, ayant tiré Socrate à part, il lui parla assez
long-temps seul à seul.

Du lieu où j'étois, je les aperçus au bout de
la salle ; ayant remarqué de l'agitation sur leur
visage, et quelques gestes un peu violens, je
voulus sçavoir ce que c'étoit. Je m'approchai
donc d'eux, ou pour les séparer, s'ils venoient
aux mains, ou pour m'offrir à mon ami, s'il avoit

lié quelque partie, comme on parle en semblables occasions. Mais à vous dire le vrai, je trouvai qu'il n'avoit pas besoin de second. Le vieux
huguenot étoit déjà hors de combat, et Socrate
qui ne vouloit jamais de triomphe, après l'avoir
vaincu, essayoit de le persuader. S'étant servi
avec succès des armes du cardinal du Perron,
sous la discipline duquel il avoit été nourri, il
employoit d'autres moyens plus populaires, et
d'autres armes toutes à lui, pour achever ce qu'il
avoit fait.

En me voyant il s'échauffa de nouveau. Il étala
les choses qu'il avoit seulement dépliées; il les
porta plus avant par des interrogations oratoires
et pressantes. Et adressant sa parole de rechef au
gentilhomme vaincu, qui avoit remué la question de l'invocation des saints : Le cardinal du
Perron vous a satisfait par ma bouche, lui dit-il,
et il me semble qu'il ne se peut rien ajouter aux
preuves et aux argumens de ce grand docteur.
Comme je vous l'ai déjà déclaré, je ne fais point
de fondement sur l'allégorie : Laissons-là les esprits qui montent, et qui descendent : ne leur de-
mandons point ce qu'ils font et ce qu'ils représentent dans cette échelle mystérieuse. Pour la chaîne
d'Homère, je trouve bon qu'on la casse, et tout le
profane attirail de la théologie des payens, dont
l'auteur moderne s'est voulu servir. Avouons

néanmoins qu'il y a des vieilles fables, qui sont fondées dans l'ancienne vérité, et que les Grecs ont été les larrons des Hébreux.

Quoi que puissent dire vos ministres, il y a toujours eu liaison, il y a toujours eu attache de la terre au ciel. Pourquoi veulent-ils rompre le commerce entre les deux églises; entre l'église qui combat et l'église qui triomphe; les misérables vivans n'auront-ils aucune communication avec les morts bienheureux ; avec les morts qui vivent de la véritable vie, et de la meilleure partie d'eux-mêmes, de celle qui peut soulager les misères, et consoler les afflictions des vivans, qui languissent plutôt qu'ils ne vivent ?

Pense-t-on que les saints de Jésus-Christ mènent une vie pareille à celle des dieux d'Épicure; aussi oisive, aussi endormie, aussi paresseuse, aussi négligente des choses du monde ? est-il à croire que ceux qui ont été en perpétuelle action, et qui ont pris par force le paradis, y jouissent maintenant d'une molle, d'une stupide, d'une languissante félicité ? ont-ils perdu là-haut le crédit qu'ils avoient ici bas ? pour être résidens à la cour, sont-ils moins gratifiés du Prince ? leur assiduité et leur sujétion peuvent-elles moins que ne faisoient leur éloignement et leur absence? ont-ils moins de faveur ou moins de charité qu'ils n'avoient ? étant à la source du bien, l'abondance les rend-elle pauvres ? Se fait-on avare dans le ciel ? Devient-on envieux dans la plénitude de la gloire ?

Il n'y a point d'apparence que cela soit. Je ne scaurois m'imaginer que le secours de ces véritables amis nous manque au besoin : je ne puis croire que leur protection finisse, que leurs prières cessent, à cette heure qu'elles peuvent agir plus fortement, et être plus puissantes et plus efficaces. Ils sont unis à Dieu, mais ils ne sont pas pour cela séparés des hommes : et Dieu qui a pardonné à tout un peuple, à la recommandation de Moïse, de Moïse mortel et sujet aux infirmités humaines, fera bien quelque chose, à mon avis, pour un autre Moïse, beaucoup meilleur et beaucoup plus parfait que le premier; pour une infinité de Moïses, qui vivent en sa présence, qui sont proches de sa personne, et qui le regardent face à face.

S'il n'y avoit point de commerce établi entre le ciel et la terre, point de correspondance entre l'une et l'autre église, que voudroient dire les exhortations que nous font les saints Pères, *de faire amitié avec les anges;* de confirmer par nos prières celle qui est déjà faite; d'entrer d'avance, et par esprit, dans la céleste Jérusalem; de prendre place, dès cette vie, dans cette divine république, aux droits et aux priviléges de laquelle nous prétendons après notre mort ?

Que signifieroit cette société, cette alliance, ces entretiens, ces conférences avec les patriarches et les prophètes, avec les apôtres et les martyrs; toutes personnes étrangères sur la terre, invisibles à nos yeux, éloignées du lieu où s'assemblent les fidèles, d'une distance presque infinie, tous gens de l'autre monde, et non pas de celui-ci ? cette brigue de leurs suffrages qui nous est conseillée, qui nous est ordonnée en termes exprès, dans les anciennes homélies, seroit-ce un travail inutile et une peine perdue, après laquelle on prendroit plaisir d'amuser notre zèle et de lasser notre dévotion ? Seroit-ce pour néant qu'on auroit crié si souvent, et il y a si long-temps, dans la métropolitaine de l'univers, sur le trône des apôtres, dans la chaire de S.-Pierre, *ambite, ambite illorum suffragia, ut cum quibus vobis fuerit consortium devotionis, sit et communio dignitatis.*

Mon bon gentilhomme, poursuivit Socrate, en finissant ce discours, rendez-vous à ce latin; il ne vous doit pas être suspect : il est des premiers siècles de l'Église; il est de Rome véritablement orthodoxe, de votre Rome, aussi bien que de la nôtre. Prenez le conseil que vous donne un pape, que les ministres même ne sçauroient s'empêcher d'appeler saint, qui parut devant Attila avec une forme plus qu'humaine, armé de vertu, de religion et de sainteté, du visage duquel ce redoutable barbare vit sortir des éclairs qui lui firent peur.

Il n'est point d'oracle plus certain que celui du Vatican de ce temps-là; et sur le sujet dont il s'agit, cet oracle ne s'est point expliqué douteusement, n'a point voulu tromper le monde par des termes ambigus et captieux. Il n'a point entendu une société impossible, des voix en l'air et jetées au vent, des paroles adressées à des sourds, un commerce en des lieux inaccessibles, une amitié stérile, impuissante, défectueuse, une portion et une moitié d'amitié, une amitié toute d'un côté, sans revanche ni rétribution de l'autre.

Mais nous avons tort de nous échauffer là-dessus, et vos ministres se moquent de s'arrêter à si peu de chose; il ne faudroit pas seulement leur laisser ouvrir la bouche en cette rencontre; nous devrions les traiter de ridicules, après les avances qu'ils ont faites et les réserves qu'ils veulent faire. Puisqu'ils nous ont accordé le plus, nous sçauroient-ils refuser le moins? Nous ayant donné le mystère de la trinité et celui de l'incarnation, ils ne se sont rien réservé après cela. Par la concession de ces deux grandes, étranges, étonnantes vérités, ils ont rénoncé à la liberté de leur esprit; et cette liberté est une chose qui ne peut ni se perdre ni se conserver que tout entière. La même autorité qui les assure de la certitude du symbole des apôtres, les assure de la validité de toutes les autres pièces de la religion, et ils ne sont pas mieux fondés de la contester ici que là.

L'autorité étant infaillible, elle est infaillible partout, elle est également infaillible. Le chrétien étant captif de la foi, et non pas juge de la doctrine, doit obéir à la voix qui parle, sans délibérer sur les paroles, parce que les paroles ne le persuaderont pas, si la voix ne l'a déjà persuadé. On n'a plus de droit de rentrer dans les termes de la première franchise de l'homme, quand on a subi le joug de Dieu dominant et victorieux. Il n'est pas temps de vouloir se servir de la raison, après l'avoir soumise à la foi. Quel jeu, je vous prie, seroit celui-là, de quitter tantôt sa raison, et tantôt de la reprendre; de choisir dans le christianisme certains endroits qui plaisent, et de rejeter les autres qui ne plaisent pas ; d'être demi-incrédule et demi-croyant? Ce seroit capituler avec Jésus-Christ, et faire des conditions avec l'Église. Ce seroit faire quelque chose de pis, et passer de la complaisance au démenti, en lui avouant une partie de ce qu'elle nous propose à croire, et lui soutenant que le reste est faux.

Disons-le encore une fois, pour ne plus rien dire à vos ministres, et pour couper la gorge à nos procès, on ne se défend plus dans une place rendue. Lorsqu'on a mis les armes bas, et qu'on a prêté le serment de fidélité, ce n'est pas être brave et bon citoyen que d'insister sur ses priviléges et de songer à sa première liberté; c'est être rebelle et mauvais sujet; ce n'est pas guerre, c'est sédition. Les philosophes payens et les autres étrangers du royaume de Jésus-Christ sont nos vrais et nos légitimes ennemis : les chrétiens qui ne sont pas catholiques, sont nos mutins et nos soulevés. Ce qu'ils font n'est pas acte d'hostilité, c'est crime de félonie; c'est une espèce de parricide. Car en effet, oseraient-ils nier que ce ne soit de notre Église qu'ils ont reçu la vie et l'être spirituel; qu'ils ont tiré leur première nourriture et leur premier lait? C'est sous son empire qu'ils sont nés, et dans l'étendue de sa juridiction qu'ils font leurs courses et leurs ravages; c'est en son nom et avec ses livrées qu'ils lui ont commencé, et qu'ils lui continuent la guerre. Ainsi, en attaquant notre Église, ils font la guerre en même-temps, et contre une même personne, à leur mère et à leur nourrice, à leur

souveraine et à leur maîtresse. Combien de crimes en un seul crime !

SOCRATE, achevant ces paroles, reçut une
dépêche dont il fut surpris, et à laquelle nous
donnâmes bien des malédictions, parce qu'elle
l'obligeoit à partir le lendemain pour s'en re-
tourner en son pays. Il nous avoit fait espérer un
plus long séjour, qui nous eût fourni matière d'un
plus gros volume; mais l'intérêt d'autrui le ravit
à son propre contentement; car il est vrai qu'il
ne se déplaisoit pas ici; et outre l'inclination
qu'il avoit pour nous, notre vallée rioit à ses
yeux. Il en fut rappelé par la nécessité des affaires de sa maison, dont il apprit d'assez mauvaises nouvelles : et s'il n'eût prévenu en diligence
les désordres qui la menaçoient, elle étoit sur
le point de se brouiller davantage, par la division
que l'artifice des valets avoit fait naître parmi les
frères. Quoique l'étude de la sagesse le détachât du
soin des choses humaines, pour le renfermer en
lui-même presque toujours, il en sortoit toutes
les fois que le monde avoit besoin de lui. Quelque grand philosophe qu'il fût, il ne laissoit pas
d'être bon parent et de donner beaucoup aux
devoirs du sang et de la nature. Jamais solitaire
ne fut plus sociable que lui, ni plus capable des

vertus civiles, ni plus sensible aux belles et honnêtes passions.

Nous nous séparâmes donc avec tendresse et douleur. Les coutumes de l'ancienne hospitalité furent observées de part et d'autre, par les petits présens qu'on se fit. Le maître du logis régala Socrate du tableau de la Nativité de Notre-Seigneur, s'imaginant qu'il en avoit eu envie dès la première fois qu'il le vit; et d'ailleurs, il lui sembloit que ce devoit être le prix des discours qui avoient été faits, comme ç'en avoit été l'occasion. Socrate reçut avec joie cette rare pièce; mais il ne voulut pas se laisser vaincre de libéralité. Pour un tableau il en rendit deux, l'un et l'autre tirés du même sujet que celui qu'il emporta. Ces deux peintures parlantes sont de la main de deux ouvriers dont la France connoît le nom et ne méprise pas les ouvrages : elles s'adressent *à Jésus-Christ né*, et peuvent être jointes aux douze Conversations, soit pour la ressemblance de la matière, puisque Socrate ne parloit jamais sans quelque sorte d'inspiration, soit pour la conformité de la chose, dont la fin aura du rapport au commencement.

DISCOURS

A

LA REINE RÉGENTE,

PRÉSENTÉ A SA MAJESTÉ,

LE 7 NOVEMBRE 1643.

A

LA REINE.

MADAME,

Nous ne désespérons plus du salut de notre état ; nous ne croyons plus que les maux de notre siècle soient incurables. Le premier jour de la régence de Votre Majesté nous a promis un avenir bienheureux; et si le peuple chrétien, châtié si long-temps et si exemplairement par la justice du Ciel, doit enfin avoir sa grâce de Dieu irrité, vraisemblablement il la recevra par des mains si pures et si innocentes que les vôtres.

La plupart des princes se prennent pour celui qui les a faits, et rapportent à leur bonne conduite la bonne fortune de leurs États. Ils pensent être la cause, et ne sont que les moyens, et encore des moyens si foibles, que Dieu s'en sert par bienséance plus que par nécessité, pouvant, s'il vouloit, gouverner le monde sans empereurs, sans rois et sans républiques.

Votre Majesté, Madame, est très-éloignée de ces sentimens des princes superbes. Elle a en horreur la mémoire de ces serviteurs qui ont excité la jalousie de leur maître, ayant voulu usurper sa gloire; elle se prosterne au pied des autels, sur lesquels ils ont monté. Et nous ne craignons point de l'offenser, quand nous lui disons qu'elle n'est pas assez puissante pour donner la paix à la chrétienté, mais qu'elle est assez bonne pour l'obtenir du Dieu des chrétiens; que ce ne sera pas de son trône et en commandant, qu'elle fera pleuvoir cette bénédiction sur la terre, mais que ce sera dans son oratoire et en priant qu'elle l'attirera d'une région plus élevée.

Cependant, Madame, le monde inférieur se promet tout le reste de votre sage conduite, et la regarde comme celle qui a été choisie pour contribuer à l'œuvre du Ciel. Il croit être assuré de tout le bien qui est en votre puissance, et qui se peut faire humainement, par la voie naturelle de la vertu. Où la réformation des désordres est une affaire impossible, ou ce sera vous qui terminerez cette affaire : ou notre misère doit être éternelle, ou vous la devez finir.

Ce qui a pu être donné dans un temps si pau-

vre et si stérile que celui-ci, la France l'a déjà reçu.
Elle a été plainte ; elle sera une autre fois sou-
lagée. Pour le moins, Madame, de votre grâce,
elle a des pensées moins tristes et moins funestes
qu'elle n'avoit. Elle est capable de consolation,
elle espère, elle attend ; elle jouit en esprit du
bienheureux avenir dont la promesse lui fut faite,
et l'image lui fut montrée lorsque votre Majesté
fut au parlement.

Que ne fit point ce premier rayon de votre
régence ? Il fit refleurir ce qu'il y avoit de plus
languissant et de plus sec dans l'âme de vos sujets. Il perça ce long espace de terre qui nous sépare du siége de votre empire, et vint éclairer
jusqu'à l'obscurité de nos ombres et de nos ca-
vernes ; il entra même dans les lieux de douleur
et de désespoir, et fut cause du bon intervalle
qui arrêta la vie sur les lèvres de ceux qui mou-
roient.

Après une si salutaire apparition, nous ne vîmes plus de suite dans notre perte ; nous pleurâ-
mes un grand roi, mais nous ne trouvâmes point
à dire son gouvernement ; le soleil ne se coucha
que pour se lever ; les fantômes du raisonnement
humain disparurent, et la fausse prudence se cacha ; les cœurs effrayés osèrent se rassurer ; le
peuple commença à prendre courage ; je parle,
Madame, du courage que vous lui donnâtes.

Sans doute le progrès répondra au commencement. La lumière nous amènera la chaleur; les espérances mûriront, et le courage deviendra force. Mais on va par degrés et par âges à la perfection de la force. La maturité des choses a besoin de la patience des hommes; et le relèvement de tant de pièces renversées n'est pas l'ouvrage d'un jour, ni le coup d'essai d'un artisan.

Que sert-il de le dissimuler? La félicité publique est encore l'objet de nos vœux et de nos soupirs; elle n'est pas encore arrivée; on ne passe pas si vite d'un contraire à l'autre; mais elle doit arriver; mais elle ne sera pas longue à venir, ou toutes les belles apparences sont menteuses, et tous les bons présages sont faux.

Nos bons présages, Madame, nous les prenons de vos bonnes intentions, dans lesquelles il n'y a point de si malicieux aveugle, qui ne voie une proche disposition à un meilleur temps, et le dessein formé de notre salut; intentions ardentes et laborieuses, qui veillent et agissent sans cesse; non pas oisives et immobiles, qui ne font que songer et que souhaiter.

Le doux changement, Madame, à des yeux lassés de spectacles hideux et terribles, de considérer aujourd'hui ces présages et ces signes favorables! Ils promettent, après tant d'autres signes qui ont menacé; ils consolent les âmes qui

ne sont pas encore assez hardies pour se réjouir ;
ils annoncent à la chrétienté le repos, la sûreté,
l'abondance, les biens qu'elle envie à l'empire
du Turc et aux royaumes barbares.

Ces signes n'ont rien de commun avec la superstition payenne, ne se lisent point dans les
étoiles, ne se fouillent point dans les entrailles
des bêtes, ne sortent point du bec d'un oiseau
qui a parlé et qui a dit, *tout ira bien*. Ils sont
épurés de la vanité des fables, des faux sermens de la Grèce, de la saleté de la flatterie; ils
paroissent, et nous les remarquons, Madame,
dans la vie religieuse de Votre Majesté, dans ses
continuelles dévotions, qui ne sont pas seulement en vénération aux peuples qui pourroient
nous faire la guerre, mais qui sollicitent et qui
pressent pour nous le donneur de paix et le
bienfaiteur des souverains. Il n'y a point de signes plus visibles et plus éclatans, plus certains
et plus infaillibles que ceux-là. Au moins il n'y
en a point de plus raisonnables ni de plus justes,
puisqu'ils méritent la chose qu'ils signifient, et
qu'ils la procurent en la marquant.

Dieu nous permet, Madame, de deviner de
la sorte; il approuve et ratifie cette espèce de di-
vination; et s'il ne se fâche d'être bien et fidèlement servi (c'est un inconvénient qu'il ne faut
pas craindre); si la pureté des mœurs et l'inno-

cence de l'âme ne lui déplaisent; si les sacrifices du cœur des princes, et les majestés humiliées devant la sienne ne lui sont désagréables, il ne vous refusera pas une grâce que vous lui demandez si pieusement, et avec de si dignes et de si efficaces préparations.

Mais de plus, Madame, compteroit-il pour rien ces bontés versées à pleines mains, cette justice obligeante et libérale qui a fait raison à tant de personnes intéressées, qui a réconcilié tant de particuliers avec l'État; ces trésors de miséricorde et de clémence, par l'ouverture desquels Votre Majesté a signalé l'entrée de son administration? De si grandes avances de charité, je dis, de charité héroïque, ne seroient-elles point considérées par celui qui paie un verre d'eau, de la dernière félicité, et à qui les hommes prêtent à usure tout le bien qu'ils font?

Seroit-ce en vain, Madame, qu'après avoir pris soin des innocens affligés, vous n'auriez point voulu chercher de coupables dans la mémoire du siècle passé? Seroit-ce en vain que vous auriez pu dire ces paroles, que Rome a lues autrefois avec des larmes de joie, et que l'histoire a gravées en lettres d'or. *Qu'on épargne les vies les moins précieuses; qu'on ménage le bon et le mauvais sang; que les prisonniers aient liberté; que*

ceux qui sont fugitifs reviennent; et plût à Dieu
pouvoir faire revivre ceux qui sont morts!

Non, Madame, il n'est pas à croire que tant
de mérite soit perdu pour nous, et qu'une telle
bonté n'ait point de crédit en l'autre monde,
puisque c'est le monde juste et reconnoissant.
Il n'y a point d'apparence qu'un autre ange que
vous nous apporte ce que Dieu nous doit envoyer, et que ce ne soit pas la personne la plus
voisine du Ciel, tant par sa piété que par sa naissance, qui soit la médiatrice si désirée entre le
Ciel et la terre.

Pour l'œuvre qui doit embellir et suivre la
paix, et à quoi le Ciel entend que vous travail-
liez, les mêmes présages et les mêmes apparences
nous en répondent. L'inclination bienfaisante de
Votre Majesté, n'est pas une fougue de vertu qui
produit des actions aveugles et fortuites : vous
êtes bonne, Madame, et avez dessein de l'être
partout et toujours. Le débordement de grâces
que nous avons vu, coule d'une source qui jette
beaucoup et qui ne tarit jamais. Il y en a pour
les nations et pour les siècles : la postérité en pui-
sera aussi-bien que nous; et vous obligerez le public, après avoir obligé les particuliers.

Vous ne vous contenterez pas, Madame, d'avoir
rompu les chaînes de quelques-uns de vos sujets,
et d'avoir rendu à quelques autres leur pays,

leur fortune et leur honneur ; il faut délivrer de plus grands captifs et sauver de plus nobles malheureux ; il faut que les Rois et les États soient vos affranchis et vos créatures ; il faut que toute l'Europe se sente de votre protection ; vous préférerez, je m'assure, le nom de *mère de la patrie* *à celui de mère des armées.*

Ce dernier nom me semble avoir quelque chose de farouche, et être peu convenable à un sexe, dans lequel les Amazones sont considérées par la morale comme des monstres de la police ; l'autre nom, Madame, est plus digne de l'ambition de Votre Majesté, et s'accorde mieux avec la modestie d'une bonne reine.

La femme d'Auguste, néanmoins, la sage et vertueuse Livie, a pris l'un et l'autre nom, ou, pour mieux parler, elle les a reçus tous deux de la faveur de son siècle. Il se voit même encore aujourd'hui des médailles d'argent avec sa figure, qui disent quelque chose de plus, et qui l'appellent *la mère du monde*; la mère, dis-je, qui a porté le monde dans ses entrailles, et de laquelle il est né ; car la force du mot des médailles va jusque-là.

Ce beau nom ne vous fait-il point d'envie ? Ne voudriez-vous point disputer de la gloire, de la bonté, avec la femme d'Auguste ? Vous pouvez être, Madame, encore mieux qu'elle, la mère du monde, si vous voulez être sa tutrice, et si vous l'adoptez par vos bienfaits. Il semble que vous soyez prédestinée pour cela, et le monde s'y attend; mais particulièrement la plus noble partie de ce monde, votre chère France, Madame, qui, toute victorieuse qu'elle est, n'est pas moins lasse que glorieuse de ses victoires, s'affoiblit et s'épuise par les grands efforts et par la continuelle action, a meilleure mine qu'elle n'a bonne santé.

Vous la soutiendrez, Madame, vous la fortifierez, personne n'en doute : vous la recevrez entre vos bras ; vous la mettrez dans votre sein : un chacun se le promet. Et certes, en l'état où elle est, débile et abattue à l'extrémité, elle ne doit pas être seulement aimée, elle doit être aimée avec indulgence. Elle ne demande pas votre simple protection , elle a besoin encore de vos caresses.

Il y a une certaine amour de pitié qui commence par la douleur, et qui s'allume des larmes et des maux d'autrui. Mais quand les maux nous touchent de près, et qu'en un même sujet nous rencontrons ce qui souffre, et ce qui est à nous, la nature, se sentant alors frappée par un second coup, redouble sa chaleur avec sa compassion; et d'ordinaire nous chérissons davantage nos enfans malades que nos enfans qui se portent bien.

Votre Majesté, Madame, connoît ce foible de la nature, sans lequel elle tiendroit plus du sauvage que de l'humain, et ces relâches de la vertu, qui ne s'opiniâtre pas toujours dans la fermeté. Elle sait que les pères sont quelquefois durs et rigoureux, et ne sont pas pourtant mauvais pères; mais que si les mères manquent de tendresse et de douceur, elles manquent des qualités qui leur appartiennent de droit naturel, et qu'elles ne peuvent perdre sans perdre le nom de bonnes mères.

Sur ce fondement nous appuyons nos conjectures et nos discours; et peu s'en faut que nous n'écrivions l'histoire des choses qui ne sont pas encore arrivées. Votre Majesté étant très-sensible aux afflictions de ses sujets, et souffrant le mal qu'elle voit souffrir, elle sera très-aise de s'ôter de devant les yeux des objets qui lui blessent également les yeux et le cœur; et son intérêt lui doit conseiller de faire cesser les misères que sa compassion lui approprie, qu'elle lui porte jusqu'au fond de l'âme; qu'elle lui rend communes, au milieu même de sa grandeur, avec les misérables qui les endurent.

Le peuple, Madame, est composé de ces misérables, et ne présente jour et nuit à votre vue ou à votre imagination que des infirmités et des plaies, que des gémissemens de la douleur; il ne

se nourrit point des grandes nouvelles qui viennent de vos armées, ni de la haute réputation
de vos généraux; ses appétits sont plus grossiers,
et ses pensées plus attachées à la terre. La gloire
est une passion qu'il ne connoît point, qui est
trop déliée et trop spirituelle pour lui : il voudroit plus de blé et moins de lauriers.

Il pleure souvent les victoires de ses princes;
et se morfond auprès de leurs feux de joie, parce
que les avantages de la guerre ne sont jamais
purs, ni les victoires entières; parce que le deuil,
les pertes et la pauvreté se trouvent souvent avec
les triomphes. Quelque heureux succès qui accompagne nos armes sur la frontière et hors du
royaume, cet éclat de dehors ne guérit point les
incommodités domestiques. Après avoir bravé
l'ennemi sur la frontière et hors du royaume,
chacun se trouve malheureux chez soi; et l'état
où nous sommes n'est pas une vraie prospérité;
c'est une misère que l'on loue, et qui est en bonne
réputation.

Mais, Madame, pour nous mieux préparer à
goûter les douceurs de l'avenir, qui seront les
fruits de votre régence, il me semble qu'il ne seroit pas mal de considérer de plus près les amer-
tumes présentes, qui sont les restes du siècle
passé. Votre Majesté me fera bien l'honneur de
voir en cet endroit un crayon de ma façon, et

II.   11

de souffrir que je lui figure une chose qui n'est supportable qu'en peinture. Elle ne sera pas fâchée que j'accuse la guerre de tout, et, s'il m'est possible, que je n'accuse personne de la guerre. Les hommes ne veulent point être blâmés; ne les blâmons point. Ayons quelque égard à la délicatesse de leur humeur, et attaquons une idole, qui ne sent pas plus le blâme que la louange.

Ce Mars, Madame, dont on se plaint chez le victorieux aussi-bien que chez le vaincu, est un démon bizarre et capricieux, qui n'a ni foi, ni constance, ni raison. Aujourd'hui il est déserteur de la cause de laquelle il étoit hier partisan, et ne sçait non plus pourquoi il la quitte, que pourquoi il la soutenoit. Il prend plaisir à faire recevoir des affronts à la prudence, après les mûres délibérations, et à déshonorer les bons conseils par les mauvais événemens. Il couronne la témérité, les fautes et les folies. Mais regardez la malice de son amitié; c'est afin d'attrapper quiconque se fie en lui; car presque toujours ses présens sont ses hameçons, et ses favoris sont ses victimes.

S'il n'emporte les braves du premier coup, à tout le moins il les erre, et s'en assure pour une autre fois. Nulle tête privilégiée, nulle vie exempte, quand il s'agit de prendre son droit. Le sort de Mars tombe sur le général de l'armée,

comme sur un des enfans perdus. Personne ne
lui échappe, non plus l'heureux que le malheureux, et à la fin les Gustaves n'en ont pas été
mieux traités que les Tillis.

Vous plaît-il que je dise encore quelque chose
à Votre Majesté de ce spectre malfaisant? Rome
et Athènes, Madame, mais Rome et Athènes
aussi vaillantes que sages, lui ont chanté publiquement des injures. Dans les cantiques qui se
récitoient aux grandes fêtes, on ne parloit point
de rappeler la félicité bannie et les vertus fugitives, qu'auparavant on ne parlât d'envoyer
Mars en exil, ou de le mettre à la chaîne. Il a été
maudit de ceux même qui l'ont adoré, à l'heure
même qu'ils l'adoroient; et entre autres beaux
noms que lui donne Orphée, au commencement
de l'hymne qu'il lui a faite, celui de *parricide*
n'est pas oublié. Furieux, impie et sacrilége sont
ailleurs ses épithètes perpétuelles. Et ainsi, vous
voyez, Madame, que dès ce temps-là il étoit ennemi de la Religion et des choses saintes : vous
voyez qu'il ne pardonnoit, ni à père, ni à mère,
ni à patrie ; qu'il mangeoit les siens, après avoir
dévoré les étrangers.

L'âge ne l'a pas rendu meilleur : il ne s'est
point converti de son ancienne impiété ; il viole
encore la Religion et profane les autels. Le désordre, la licence, l'impunité, marchent encore

à sa suite : il se moque encore de la justice et de
l'équité, des parentés et des alliances, et brise
d'abord les plus saintes chaînes qui lient les
hommes avec les autres hommes. Il ne fut jamais
plus impitoyable, ni plus cruel. Mais chose étrange, Madame, il est plus prodigue et plus affamé
qu'il ne fut jamais. Une nation de donneurs
d'avis travaille sans cesse aux inventions de lui
trouver de l'argent ; et il en demande toujours
davantage. Les richesses du vieux et du nouveau
monde ne suffisent pas à ses excès. Il détruit les
vaincus par les pertes, et ruine les victorieux
par la dépense. Il se montre contraire en un lieu,
il paroît favorable en l'autre, mais partout il est
mauvais.

Voilà bien des plaintes contre ce fantôme, et
bien véritables, et bien justes. Voilà bien de quoi
haïr ses faveurs, qui ne sont guères meilleures
que ses disgrâces. Si ne faut-il pas abandonner
tout d'un coup à la censure publique quinze ou
seize années de notre histoire, ni blâmer nous-
mêmes notre parti, ni décrier le mérite d'une
cause, qui ne laisse pas d'être la bonne, quoique
sa longueur et que ses épines nous ennuient.

Il ne seroit pas impossible, Madame, de pur-
ger les armes du Roi de la plupart des reproches que l'on fait à Mars. Pour le moins, il se
pourroit dire à leur justification, qu'elles n'ont

pas cherché l'ennemi, et que ce n'est point la France, à qui on doit imputer les misères de l'Europe. Il se pourroit dire même à la décharge de la conscience des rois, qui pensent être obligés de croire conseil, que celui qui leur conseilla de s'opposer à main armée au droit le plus clair qui fût jamais, et de faire assiéger Casal, sans aucune couleur de raison, doit être accusé de toutes les mauvaises suites qu'a produites ce mauvais commencement.

Mauvais, certes, et visiblement injurieux, plein d'injustice et de violence, devant quelque tribunal que se traite l'affaire de Mantoue. Car, si être né François n'est un vice qui rende un homme incapable de succession, n'est une tache qui efface les droits de la nature, les lois écrites et les coutumes reçues, personne ne sçauroit douter que la protection qu'a donnée la France au légitime héritier, n'ait été juste, et que l'oppression qui lui est venue d'ailleurs ne l'ait pas été.

Que si après cette action si peu soutenable et si universellement condamnée, une guerre a attiré plusieurs guerres; si la contagion d'une partie infectée a gagné tout le corps de la Chrétienté, et si tous les chrétiens sont devenus ennemis, comme s'il n'y avoit plus de Turcs, ni de Maures à haïr. Que dirai-je davantage? Si toute

l'Europe est noyée de sang, si tous ses États
sont languissans et malades à la mort, ce siege
fatal, Madame, a fait tout cela. Il a conçu, il a
enfanté toutes les miseres qui nous travaillent.
Cette premiere injustice est coupable de toutes
les injustices que nous avons vues.

*Grands Dieux! souvenez-vous de l'auteur de
tant de maux, et ne le laissez pas impuni!* s'écria
le plus homme de bien de Rome, après la bataille de Philippes, et étant prêt à rendre l'esprit; car, quoiqu'il fût naturellement vertueux,
néanmoins il avoit été forcé, par la violence du
temps et par la tempête des affaires, de s'éloigner
quelquefois de son naturel et de la vertu. Il n'a-
voit pu ôter à la guerre la licence ni la cruauté.
Mais par ces dernieres paroles il crut se pouvoir
décharger sur autrui de la faute des choses passées, et être assez innocent, puisqu'il n'avoit
pas été le premier coupable.

Celui donc qui a premierement abusé des
armes d'Espagne en Italie, celui qui nous a
ouvert la lice, et qui a mis aux mains les deux
nations, le conseiller de la guerre de Monferrat,
sera responsable des ruines et des embrasemens
de la Chrétienté, des blasphemes et des sacrile-
ges de nos armées, aussi-bien que de celles de
son maître. Il sera chargé de ses iniquités et des
nôtres; il portera la peine des crimes de l'un et

de l'autre parti ; il rendra compte à la justice
divine, non-seulement de tout le mal que les
Croates ont fait, mais aussi de tout celui que
peuvent faire les Suédois.

Ainsi à peu près, Madame, la France se pourroit justifier, et entreprendre elle-même la défense de sa cause. Mais parce que, si nous soute-
nions si affirmativement qu'un Espagnol qui est
hors de la cour a commencé la querelle, on nous
répartiroit, avec presque autant d'affirmation,
qu'un François qui n'est plus au monde ne l'a
pas voulu finir, et qu'ayant dessein de perpé-
tuer nos maux, pour rendre éternelle son autorité, il a toujours mêlé son ambition dans la
justice de la cause de la France, je ne suis pas
d'avis que nous examinions cette question avec
trop de curiosité. Puisque nous avons protesté
de n'accuser qui que ce soit, souvenons-nous de
notre protestation. Ne cherchons, ni qui a allumé
le feu, ni qui l'a nourri d'huile et de soufre, ni
la main qui a entamé le corps de la Chrétienté,
ni celle qui a empoisonné ses blessures. Res-
pectons l'asile de la mort, et laissons en repos
l'affliction. Ne faisons le procès à personne, en
un temps où Votre Majesté a témoigné qu'elle
vouloit faire grâce à tout le monde.

Il est encore mieux de courir après de nouveaux fantômes, et de s'égarer dans des pensées

vagues, que d'aller trop droit à la vérité. Il vaut
mieux souffrir, Madame, que les spéculatifs aillent prendre plus loin et plus haut la cause de
nos malheurs. Qu'ils disent que c'est, si bon
leur semble, ou une supercherie de la fortune,
ou une nécessité du destin, ou la conjonction de
plusieurs étoiles malfaisantes, ou la comète qui
vint menacer la terre, l'année mil six cent dix-
huit, et dont le venin a duré et la malignité
s'est fait sentir jusqu'à l'année mil six cent qua-
rante-trois.

Je ne les empêche point de parler de cette
sorte. Mais pour moi, qui ne suis pas spéculatif,
et qui suis chrétien, j'ai appris à parler une autre langue. Je monte encore plus haut que les
comètes et que les étoiles. Je dis que c'est Dieu,
déguisé en tant de façons par les profanes spéculatifs; que c'est Dieu, Madame, qui de temps
en temps châtie son peuple, et fait des exemples de ses enfans, à cause que son peuple ne
l'honore que des lèvres, et donne son cœur à
un autre Dieu; à cause que ses enfans sont des
rebelles et des ingrats, qui non-seulement n'usent
pas bien de ses grâces, mais qui les gâtent et les
corrompent, mais qui s'en veulent servir contre
lui.

Il ne faut point s'expliquer plus clairement,
ni étaler des vérités odieuses. Mais si les grands

du monde examinoient leur conscience sur cet article, ils verroient eux-mêmes de combien de miracles ils sont redevables à Dieu, et de quelle félonie ils se sont rendus coupables, à l'heure même que les miracles ont été faits ; en se les attribuant à faux, comme s'ils en eussent été les auteurs, quoiqu'ils n'en fussent que les témoins. Empereurs et rois, conseils et ministres, tous ont dérobé la gloire de Dieu.

Or, Madame, puisque sa justice n'a point en ce monde de plus rude supplice que la guerre, et qu'elle s'appelle le fléau de Dieu, vraisemblablement ce fléau est entre ses mains ; et non pas entre les nôtres. Nous ne pouvons pas être battus à notre discrétion, être affligés autant qu'il nous plaît, avoir la disposition de nos malheurs. On n'a point encore ouï parler qu'un criminel fût arbitre de sa propre peine, que les misères fussent en la puissance des misérables, que la fantaisie du malade réglât la longueur de ses accès.

Et par-là je conclus, Madame, de la même sorte que j'ai commencé. Je m'affermis sur les propositions que j'ai avancées d'abord. Je me fortifie dans ma première raison. Après avoir détesté la guerre avec tous les gens de bien, ne puis-je pas dire derechef à Votre Majesté, que la paix se propose sur la terre, mais qu'elle ne se fait que dans le Ciel ; que les assemblées arrêtées en Allemagne, les passe-ports en forme, et les plénipotentiaires des rois, sont de grands mots en la bouche de leurs peuples, paroissent de grandes machines, quand un conteur de nouvelles les remüe, mais ne sont que de petits jouets, quand la providence divine les veut renverser?

Ce que nous désirons aujourd'hui avec tant de chaleur et tant de besoin, vient immédiatement du crû de Dieu, est absolument de sa façon, se nomme par son église une chose impossible au monde. Et partant, je redis, Madame, que nous l'attendons beaucoup moins de votre puissance que de votre piété, et en le redisant, je ne crois rien dire de désavantageux à votre puissance, ni de rude à vos oreilles.

Vous ne voulez point être traitée de déesse, non pas même par des poëtes, qui font largesse de divinité. Vous n'exigez point de vos sujets, d'hymnes, ni de fêtes en votre nom. La vertu de Votre Majesté rejetteroit bien loin l'adoration de notre flatterie; et c'est sa vertu, de qui nous sommes partisans en cette occasion, et pour qui nous tenons contre sa puissance; c'est votre vertu Madame, de qui nous nous promettons plus que de vos armées, quoique toujours victorieuses; que de vos alliances, quoique puissantes, et en grand nombre; que de vos ambassadeurs, quoique très-sages et très-habiles. Toute leur politique peut être employée inutilement ; mais un de vos soupirs peut travailler avec succès.

Que ne peut la sainte douleur de la charité quand elle blesse le cœur d'une reine ? la grandeur, quand elle se fait petite devant les autels ? l'humilité, quand elle descend de si haut, et qu'elle met si bas les sceptres et les couronnes qu'elle en apporte ? Ce sera elle qui persuadera, qui forcera la bonté de Dieu, à qui Dieu se laissera gagner, se laissera vaincre, à qui la paix doit être accordée. Et certes, il y a bien de l'apparence que, par une particulière élection, cette personne ait été choisie pour recevoir la paix, qui la recevra dans des mains nettes de toute sorte d'injustice, avec un esprit vide de toute l'aigreur et de toute l'animosité des partis, pur et innocent de toute la violence des choses passées, qui n'a eu aucune part à aucun mauvais conseil.

La paix aime la bonté, et se plaît parmi les vertus humaines et sociables. Elle se laisse attirer par la douceur, par la clémence et par la pitié ; et bien qu'à présent elle soit éloignée de notre monde, d'une distance presque infinie ; bien qu'elle s'en soit fui au plus haut des cieux, comme parlent les personnes inspirées, ces attraits de clémence et de douceur peuvent pénétrer jusqu'au dernier ciel : ce sont les seuls charmes ; il n'en faut point chercher d'autres, qui sont capables d'évoquer la paix, et de la faire voir encore à la terre, après une si longue absence, et qui lui dure si fort, après de si fréquentes remises, qui nous font tant languir et tant soupirer.

Redisons donc, Madame, ce qui ne sçauroit être dit trop souvent. Tous les préparatifs et toutes les dispositions nécessaires pour la réception d'un si grand bien, se trouvant en Votre Majesté, elle doit espérer que non-seulement il viendra, mais après les avances qu'elle a faites, qu'il viendra encore pour l'amour d'elle. Elle obtiendra la grâce qu'elle demande, parce qu'elle la demande comme il faut; elle aura la paix, parce qu'elle la veut tout de bon; et s'il y a quelque François ambitieux qui désire le contraire, car quel Espagnol le peut désirer, s'il n'est tenté par le désespoir? je ne pense pas qu'il y ait de Scythe médiocrement raisonnable, qu'il y ait de sauvage tant soit peu apprivoisé, qui ne blâme le désir de ce François, et qui puisse trouver étrange votre bonne volonté pour la paix et votre aversion pour la guerre.

Mais, Madame, que cet ennemi de notre repos ne jette point d'irrésolution dans l'esprit de Votre Majesté. De quelque spécieuse apparence que ses paroles soient colorées, défiez-vous d'une rhétorique qui veut embellir les précipices et les abîmes, d'une rhétorique de feu et de sang,

conseillère de mort et de misère, ruineuse à votre
État, mal affectionnée à votre personne. Elle fait
sonner bien haut la réputation de vos armes, vos
avantages sur l'ennemi, et la dignité de votre
couronne. Mais ne l'écoutez-pas au préjudice de
la voix publique, qui vous assure que la vraie
dignité de la couronne, c'est le salut du royaume;
qui vous conjure de cesser de vaincre, de ne
faire plus de conquêtes, de mettre fin à vos bons
succès, puisqu'une victoire a toujours besoin
d'une autre victoire; puisque vous êtes obligée
de payer et de nourrir vos conquêtes; puisque
vos bons succès ne finissent point notre mauvaise fortune, et que le gain augmente la pauvreté.

Votre puissance, Madame, n'a que faire du
désordre pour se maintenir; il n'est bon qu'à ceux
qui doivent leur autorité au malheur du temps et à
la confusion des choses. Ce n'est point ici l'intérêt
d'un usurpateur, qui s'est emparé d'une tutelle,
contre la résistance des lois, et qui rapporte tout
à lui seul; qui ne cherche que de l'embarras et
ne veut donner que des procès à son pupille,
pour profiter avec les autres de la dissipation de
son bien. C'est la passion d'une mère, que les
lois et la nature autorisent, qui vit plus en son
fils qu'en elle-même; qui ne prend de la peine que
pour lui laisser du repos; qui ne songe qu'à lui

éclaircir ses affaires et à lui nettoyer sa maison.

Votre Majesté est sage ; ses pensées ne sont donc pas vastes et infinies. Elle est bonne, son cœur n'est donc pas d'acier ni de marbre. Étant sage, elle doit appréhender l'inconstance des choses humaines et la revanche des malheureux ; et quand il n'y auroit point d'ennemi à craindre, elle sçait que souvent on a levé des armées pour les donner en proie à la dissenterie et à la peste ; que quelquefois on a équipé des flottes pour les envoyer contre les rochers et contre les vents. Mais d'ailleurs, n'étant pas moins bonne que vous êtes sage, pouvez-vous, Madame, vous re-présenter sans horreur tant de sang chrétien et baptisé qui coule à torrens en une infinité d'en-droits de l'Europe, et l'épouvantable image de cette cruelle guerre, de cette guerre plus que ci-vile? Je ne dis pas au hasard plus que civile, vu qu'en effet nous sommes tous domestiques d'une même foi, et que les étrangers, avec desquels la Religion nous unit, nous sont plus proches en quelque façon que les François, desquels elle nous sépare. Je veut donner que les propos al-

La politique profane a beau déclamer sur le chapitre de la réputation et des avantages, elle a beau préférer un peu de bruit et un peu d'éclat à la solidité du bien public ; ce n'est point, Ma-dame, et ce ne peut point être votre dessein d'a-

charner les fidèles contre les fidèles, de donner un si agréable passe-temps aux peuples de
Mahomet et aux autres ennemis de l'Évangile,
de souffrir plus long-temps que la terre de Jésus-Christ soit leur amphithéâtre de gladiateurs.
Ce n'est point votre plaisir, nous le sçavons
bien, de nous sacrifier à votre ambition, de
consumer les nations et les âges, de lasser et
d'user dans vos querelles la meilleure partie du
genre humain.

Assurément vous avez pitié de ceux qui meurent, vous avez regret de ceux qui sont morts.
Et quand ce ne seroit que pour sauver ce qui nous
reste de têtes illustres, et pour empêcher cette
solitude d'hommes excellens, de laquelle nous
menace la continuation de la guerre; quand ce
ne seroit que pour conserver à la France une vie
qui lui est infiniment chère, et qui se hasarde
tous les jours, un héros de la race de nos dieux,
votre général de vingt et un ans; sans doute, Madame, sans doute vous désirez la fin de la guerre.
Vous devez craindre l'infidélité de Mars et le destin de Gustave, pour un Prince qui va au péril
comme il y alloit. Vous êtes obligée de n'exposer
pas davantage à la funeste adresse d'un carabin
tant de vertus naturelles et acquises, civiles et
militaires, et d'essayer de conduire en sûreté jusqu'à la majorité du Roi votre fils, un mérite qui

doit faire tant d'honneur à son règne, et être si
utile à son État,

Mais à plusieurs autres raisons de désirer un
autre temps que celui-ci, qui se présentent à vous
d'elles-mêmes, ajoutons, Madame, celle qui vous
presse le plus vivement, et qui donne le plus
d'inquiétude à votre bonté. Je parle de la passion
que vous avez pour la France, et du vœu que
vous avez fait de la rendre heureuse, qui ne peut
être accompli que la guerre ne soit terminée;
car de se figurer que la félicité précède la paix
au lieu de la suivre, c'est renverser l'ordre des
choses, et se figurer qu'une fille est plus vieille
que sa mère; c'est penser moissonner au mois de
mars; c'est vouloir loger en un palais dès le jour
que le plan en est dressé, et se fâcher que le dôme
ne soit pas plutôt fait que les fondemens

Voici une proposition d'éternelle vérité: *il ne
peut y avoir de félicité publique, sans une paix
générale.* Vous la méritez, Madame, de plus en
plus, par la continuation de vos bonnes œuvres;
vous la demandez incessamment dans la ferveur
de vos dévotions; vous faites entrer en cette sol-
licitation les saints et les saintes de l'une et de
l'autre Église, de celle qui triomphe et de celle
qui combat; vous employez des troupes entières
de vierges amantes de Jésus-Christ, pour lui re-
commander notre cause; vous employez la pu-

reté même, et la blancheur même, pour lui re-
commander la cause des lis. Comprenons tout
en fort peu de mots, vous nous donnez vos souhaits, votre mérite et votre crédit. Jusques ici
vous n'avez pas pu donner davantage : il faut
avoir de la patience pour le reste, et laisser faire
le Ciel et vous.

Je l'ai avoué, Madame, dès l'entrée de ce discours, et je ne crie autre chose à ceux que je
vois. Je crie de toute ma force qu'il faut que la
pauvreté soit humble et obéissante, et non pas
fière ni séditieuse; qu'elle invoque et non pas
qu'elle menace; qu'elle agisse auprès de Votre
Majesté par la modestie de sa douleur, et non
par les murmures de son chagrin. Il ne suffit
pas que le peuple ait la fidélité dans le cœur,
il la doit porter sur le visage; il doit éviter la
mine même et la ressemblance de la révolte; il
ne doit pas être extravagant dans sa mauvaise
fortune, ni demander l'embonpoint, premier que
la guérison.

Nous devons considérer, Madame, que d'autres
ont fait les maux, et que Votre Majesté les a
trouvés; que la guerre est cause de la dépense,
et que vous n'êtes point cause de la guerre; qu'il
n'y a point de moyen que les charges cessent,
tant que durera la nécessité. Nous devons considérer que cette nécessité est une chose violente

II.   12

et impérieuse; que ses conseils sont absolus et sans condition; qu'elle justifie ce qu'elle conseille; que non-seulement elle fait jeter dans la mer les lingots d'or et les caisses de pierreries, mais qu'elle fait fondre les vases sacrés pour battre de la monnoie quand on en manque; mais qu'en certain cas elle peut légitimement et sans scrupule mettre à l'encan tout le trésor de Lorette, toute la pompe et toute la magnificence de Rome.

Nous devons et nous ne sçaurions trop considérer la qualité du temps d'aujourd'hui: je veux dire un perpétuel ébranlement, causé par une perpétuelle action; une extrême foiblesse, après d'extrêmes efforts; les soins, les corvées, le faix des autres États sur la pauvre France; le péril toujours voisin de la sûreté; le but qui semble s'éloigner de nous, quand nous nous voulons approcher de lui; les difficultés, les labyrinthes et les ténèbres des choses présentes.

Quelqu'un s'est plaint autrefois de n'avoir à gouverner que le naufrage de sa république. Dieu nous garde d'être obligés de nous servir jamais de ce mot. Mais il est très-vrai que le vaisseau qui nous porte est étrangement fracassé, à force d'aller et de venir, et que s'il ne trouve bientôt le port, la navigation, voire très-heureuse, achèvera de le briser. Il est très-vrai, Madame, que vous avez pris le gouvernail en une fâcheuse saison, et que si Votre Majesté eût fait faire inventaire de la France, en l'état où elle l'a trouvée, le dénombrement de nos maux et de nos désordres eût épouvanté toute la prudence humaine, eût fait fuir tous les sages du lieu où l'on s'assemble pour délibérer de nos affaires.

Nous considérons tout cela, et ne laissons pas d'avoir bonne opinion du salut de notre État. Dans cette infinité de désordres et de maux, nous ne songeons point aux moyens et aux remèdes humains. Nous ne nous fions ni à la science ni à la pratique : nous nous assurons en quelque chose de divin qui accompagne votre personne, et qui porteroit bonheur à des affaires encore plus déplorées que les nôtres. Nous nous imaginons, Madame, que vous avez le secret de rendre les peuples heureux; que vous êtes née pour le rétablissement des États et pour la consolation de l'Europe; qu'être à vous et n'être pas à son aise, implique contradiction morale; et nous nous l'imaginons de telle sorte, que vous auriez bien de la peine à nous ôter une pensée à laquelle notre esprit s'attache si fort.

Quand Votre Majesté nous défendroit d'espérer par une déclaration expresse, nous désobéirions à l'expresse déclaration de Votre Majesté. Quand les mauvaises nouvelles arriveroient en foule

d'Allemagne, et qu'il naîtroit dans la négociation de la paix mille difficultés qui n'ont point
été prévues ; quand un démon de discorde entre-
roit dans l'esprit des députés pour rompre l'affaire sur le point de sa conclusion ; encore pis
que cela, ne nous rendroit pas l'affaire douteuse ;
nous nous persuaderions, Madame, que votre
bon ange seroit plus fort que le mauvais démon,
et qu'il rhabilleroit autant de choses que l'autre
en auroit voulu gâter.

Il n'est pas possible à la crainte, à la défiance,
et aux autres froides passions de trouver entrée
dans notre cœur, de nous partager tant soit peu
l'esprit, de nous donner seulement une fausse
alarme. Nous possédons déjà vos bienfaits par
la force de notre imagination, et notre espérance
nous en saisit. Pour le moins nous sommes gens
à signes et à présages, et avons appris à parler
de l'avenir comme du présent. Vous nous avez
enseigné une nouvelle sorte d'astronomie. Par
votre moyen, nous sommes judiciaires dans la
morale ; nous faisons, Madame, l'horoscope de
la paix.

Ce sera donc une paix solide et durable, pleine
d'honneur, de bienséance et de dignité ; car autrement elle ne seroit pas digne de vous, et ne
mériteroit pas d'être nommée la paix de Votre
Majesté. Ce sera une paix, Madame, qui d'abord

vous acquerra tous les esprits, et obligera toutes
les bouches à vous louer ; qui un jour bénira votre
mémoire par la gratitude de tous les siècles ; qui,
d'un consentement universel, et par la voix de
toutes les nations, appellera Anne d'Autriche la
mère de la commune patrie, la libératrice du
monde chrétien, la tutrice de la France.

Ce sera une paix, par conséquent, qui ne con-
tinuera pas les maux de la guerre, qui ne sera pas
souillée de nos larmes, ni noire de notre deuil ;
qui ne versera pas sur les échafauds le sang que
les batailles auront épargné ; ce sera une paix
qui ramènera dans le monde la douceur et l'hu-
manité, les vertus et les maximes chrétiennes ;
qui donnera de la respiration au peuple, après de si
longues défaillances ; qui rendra la sujétion aussi
bonne que la liberté, parce qu'elle fera régner
la loi aussi absolument que le Prince.

Cette paix, Madame, n'étonnera point le monde
par les excès et les déréglemens d'un pouvoir
aveugle, par des spectacles de grandeur énorme
plutôt que de véritable majesté. Elle ne formera
point de météores qui obscurcissent les astres et
qui cachent le soleil ; elle n'élèvera point de domestiques qui chassent les enfans de la maison,
ni de favoris qui choquent les princes ; elle ne
produira point de corps étranges, monstrueux et
tumultuaires, pour les opposer aux légitimes et

naturelles juridictions, aux corps immortels des compagnies souveraines.

Cette paix laissera la liberté aux oracles, et rendra au parlement son autorité, qui est la vôtre, Madame, et qui ne court point de fortune entre ses mains. Mais c'est une chose déjà faite, et que la France ne devra point à la paix. Ce parlement, qui plus d'une fois a sauvé l'État, qui, de la mémoire de nos pères, a été le fidèle gardien de la loi salique; qui nouvellement a témoigné tant de zèle et de dévotion à votre service, ayant reçu de Votre Majesté l'honneur qui lui avoit été ravi, a reçu le pouvoir de sauver encore l'État si l'orage le menaçoit encore, si les pirates s'en vouloient encore saisir, si la sûreté publique avoit encore besoin de sa résistance et de son courage.

Ce ne sera pas pourtant une paix si occupée à procurer le bien de plusieurs, qu'elle ne songe principalement à conserver les avantages d'un seul. Elle corrigera l'abus de l'autorité, comme un très-grand mal, mais elle en étouffera le mépris, comme le plus grand de tous les maux; elle n'oubliera rien à prévoir, ayant des lumières infaillibles qui la guideront; elle n'oubliera rien à entreprendre, étant animée de l'esprit de sage conseil, qui n'a garde de favoriser la confusion, puisqu'il est lui-même le premier effet de l'ordre que Votre Majesté nous vient d'apporter.

Ainsi, Madame, vous et votre paix nous apportant peu à peu de salutaires nouveautés et une sainte réformation, ce ne sera pas la France de dernièrement et d'aujourd'hui que nous regarderons avec pitié ; ce sera la France du temps de nos pères, la France purgée et rajeunie, que nous considérerons avec merveille. Le fort et le solide étant établis, les beautés et les ornemens viendront après la solidité ; car avec le temps ce sera une paix riche et libérale, inventive et spirituelle, florissante en arts et en connoissances, pompeuse et superbe par la magnificence publique, couronnée des mêmes rayons de gloire et de la même splendeur que la paix du roi Salomon, que celle de l'empereur Auguste, que celle de Henri-le-Grand, beau-père de Votre Majesté.

Il y a bien du chemin à faire pour en venir là. Mais cependant, Madame, cette paix, travaillant au plus aisé, qui n'est pas le moins nécessaire, renouvellera l'ancien culte de nos pères et la vieille dévotion françoise pour le sacré caractère du sang de France, tiendra en parfaite union la maison royale, sera soigneuse et jalouse de ses droits, la fera révérer par toutes les autres maisons souveraines. Elle sçaura distinguer les princes, et garder les bornes et les entre-deux qui les séparent; elle ne souffrira point de comparaison avec la race de saint Louis.

Elle tirera particulièrement hors du pair, et mettra au-dessus de toutes choses la personne de monseigneur le duc d'Orléans. Et en cet état-là, nous le pourrons voir à notre aise et à découvert; nous verrons, enfin, cet excellent prince, que les vapeurs et les nuages d'un temps contraire, pour ne pas dire les violences et les artifices d'une cour ennemie, nous empêchoient de voir tel qu'il est. N'ayant plus à combattre la résistance du cabinet, et ne rencontrant plus d'obstacle entre lui et le public (pareilles interpositions causent les éclipses), il y a de l'apparence qu'il va remplir le monde de sa lumière; il va agir si fortement, soit du cœur, soit de l'esprit, qu'on connoîtra bien que, sans autre droit que celui qu'a la haute vertu sur les entreprises difficiles, c'étoit à son grand mérite qu'étoient dûs les grands emplois; et que pour être le premier en estime, comme en dignité, il ne lui manquoit que d'être en sa place.

Vous sçavez, Madame, le tort qui lui a été fait; vous avez toujours été assurée de ses bonnes intentions : mais à présent personne n'en doute; et cette vérité obscurcie parut si nette et si pure le jour que Votre Majesté fut au parlement, qu'elle redoubla en quelque façon la clarté d'un si beau jour. Les paroles que dit son Altesse Royale en votre présence, pleines de feu et de passion pour le bien de sa patrie, et pour la grandeur de Vos Majestés, justifièrent glorieusement sa conduite et ses actions passées ; elles détrompèrent la crédulité ; elles fermèrent à jamais la bouche à la calomnie : et qui ne vit ce jour là, par le bon exemple qu'un prince si puissant et si regardé donna à toute la France, qu'il ne s'étoit éloigné de la cour à diverses fois que'pour se conserver à l'État, et qu'il faisoit même le service du feu roi lorsqu'il sembloit ne pas faire sa volonté ?

De quelque ardeur que son courage soit allumé, et quelque gloire que lui promette la guerre, Votre Majesté désirant la paix, il ne s'opposera pas à votre désir. Mais aussi cette paix, approuvée de ses avis et maintenue par ses soins, ne sera pas ingrate, quand il faudra rendre à sa fidélité les honneurs extraordinaires qu'il n'aura pas voulu devoir à son ambition; ne sera pas muette quand il faudra publier que le salut du royaume lui a été plus cher que sa propre gloire, et qu'il trouve bon que la renommée se taise de ses victoires, pour parler de votre paix.

Je ne finirois jamais si je voulois compter tous les avantages qui doivent naître de cette bienheureuse paix : il faut conclure par le plus grand et le plus considérable, c'est, Madame, qu'elle fourni-

ra à Votre Majesté des journées tranquilles et un
beau loisir, pour l'employer à la bonne nourriture
du Roi votre fils. Vos pensées, qui se divisent aujourd'hui en autant d'endroits que la chrétienté
a de besoins, et qui embrassent en même temps
plusieurs provinces et plusieurs royaumes, seront alors toutes recueillies et toutes arrêtées en
ce seul objet. Après nous avoir donné un prince,
Votre Majesté nous fera un second présent de ce
même prince; et, par une excellente institution,
elle nous le redonnera le meilleur et le plus vertueux de son siècle.

LE BARBON.

1659.

A

M. MÉNAGE.

<hr/>

Monsieur

L'histoire de *Mamurra* est digne de Rome triomphante et du siècle des premiers Césars. Je ne crois pas que les satires de Varron, qui fut nommé le plus docte de tous les Romains, fussent ni plus doctes ni plus romaines. Je crois, pour le moins, que depuis la mort de l'empereur Claude, de ridicule mémoire, on n'avoit point sçu rire en latin si bien et si agréablement que vous avez fait. En ce temps-là la philosophie de Sénèque voulut s'égayer, comme depuis peu la vôtre s'est réjouie. Mais l'importance est que vous avez communiqué votre joie aux plus graves de nos sénateurs, et aux plus vénérables de nos prélats. Vous avez déridé le front des sévères, et avez mis les tristes en belle humeur. Je dis davantage : quoique la matière que vous avez choisie soit moins de la cour que du collége, vous l'avez traitée de telle sorte, qu'elle a mérité la curiosité des cavaliers et des dames; et quelqu'un me mande de Paris qu'on ne sçauroit faire plus de plaisir à tout ce beau monde que de lui faire voir votre *Ma-*

murra en langue vulgaire. Mon *Barbon* seroit heureux
d'être de sa suite, et de grossir le train que vous lui
dressez; vous lui faites trop d'honneur de le désirer; et
vous l'auriez, il y a long-temps, si j'eusse pu vous l'envoyer en bon équipage.

Mais n'étant aujourd'hui qu'une partie de ce qu'il
a été autrefois, et à bien dire que les restes de la
poussière et des vers, qui l'ont à demi mangé, je ne
sçais si j'oserai vous le faire voir en cet état-là. Ne seroit-ce point un effet d'une amitié inciville de vouloir
partager avec vous jusques aux pertes et aux ruines
de mon cabinet? Il faut pourtant obéir à votre désir,
puisque vous parlez absolument, et ce n'est pas à moi
à régler vos passions. On vous présentera donc cet objet hideux et ce corps défiguré, mais défiguré par tant
de blessures, que sans miracle il n'y a point d'espérance de guérison. Il auroit besoin de la main de quelque dieu; et par malheur ma mémoire, qui au temps
passé eût pu entreprendre cette cure sans cette assistance extraordinaire, est presque aussi malade et aussi
usée que celui qu'elle voudroit guérir et renouveler. Je ne ferai point ici de préface, pour plaindre
ce qu'il a souffert, ni pour justifier ce que j'ai fait.
Il me suffit de vous dire, afin que vous le disiez
aux autres, que mon dessein n'a point été d'offenser
mon siècle ni ma patrie. L'idée que je m'étois proposée
est une chose vague et qui n'a nul objet défini. Elle ne
s'arrête en aucun lieu, parce qu'elle vise en mille endroits. Elle ne regarde pas moins le passé que le présent, pas moins l'étranger que le citoyen. C'étoit un

spectre et un fantôme de ma façon; un homme artificiel que j'avois fait et organisé. Et par conséquent n'é-
tant pas de même espèce que les autres hommes, et
n'ayant pas un seul parent dans le monde, personne ne
pouvoit prendre part à ses intérêts, ni se scandaliser
de son infamie. Mais ce n'est pas assez que pareilles
pièces soient innocentes, et qu'elles ne mordent personne; elles doivent être ingénieuses et chatouiller les
honnêtes gens. Je sçaurai de vous l'opinion que je dois
avoir de ce qui reste de celle-ci, quand vous aurez eu le
loisir d'examiner les fragmens que je vous envoye. Mais
ne les épargnez pas dans votre examen. Je ne vous demande point de grâce pour eux. Si vous jugez qu'au
lieu où vous êtes ils ne puissent pas plaire à tout le
monde, je vous prie qu'ils ne déplaisent qu'à un seul,
et par une prompte suppression arrêtez le cours d'un
mauvais destin. Il vaut mieux que la poussière et les
vers achèvent de manger le *Barbon*, que s'il finissoit
plus honteusement.

Je suis, Monsieur,

Votre très-humble et très-passionné serviteur,

BALZAC.

LE BARBON.

LA première chose qu'il fit étant de retour du collége, et ayant appris à faire des argumens, ce fut de donner des démentis en forme à son père et à sa mère, et de les contredire, quand même ils étoient de son opinion, de peur qu'on ne crût qu'il fût de la leur. Le consentement à quoi que ce soit ne lui sembla pas être de la dignité d'un philosophe, et il s'imagina que, surtout, il falloit s'éloigner du sens commun, parce qu'il ne faut rechercher que les choses rares. Le mot de *commun* le dégoûta si fort de celui de *sens*, que dès lors il se résolut de n'en point avoir, et de laisser cette qualité vulgaire aux personnes médiocres.

S'étant ainsi défait de la principale pièce de l'esprit humain, il prit dans la science le plus incroyable pour le plus beau. Les malades ne songent rien de si monstrueux qu'il n'assurât avec serment : il juroit par Jupiter, et par tous les dieux et toutes les déesses, que cela étoit. Les mauvais sophismes, qui sont les jouets des écoliers, étoient les armes de ce docteur. Il en attaquoit

II. 13

ses meilleurs amis, à table, en conversation, dans
l'église, et jusqu'au pied des autels. Les ridicules
subtilités étoient proposées par lui sérieusement
et avec une gravité de consul romain. Tantôt il
vouloit prouver que la neige étoit noire, quelquefois que le feu n'étoit pas chaud, et souvent
que son père avoit des cornes et que sa mère
avoit de la barbe. *Vous avez*, leur disoit-il, *ce
que vous n'avez pas perdu; vous n'avez pas perdu
des cornes ou de la barbe; vous en avez donc.*

Après avoir épouvanté de ces termes captieux
deux personnes simples, qui les prenoient pour
des enchantemens ou pour des prodiges, il fut
sur le point de changer de nom et de pays, et de
se faire descendre d'Aristote en ligne directe. Au
moins lui sembla-t-il qu'il méritoit de paroître
en un siècle plus habile que le nôtre, pour avoir
de plus dignes admirateurs, et qu'il devoit sortir
d'une race plus sçavante que la sienne, afin qu'on
vît que la nature n'avoit pu venir à lui que par
un long ordre de grands personnages.

Cette noblesse lui manquant, et mal satisfait
des incommodités domestiques, il se roidit, par
la force de son courage, contre l'injustice de
son destin. Il ne céda jamais à la mauvaise
fortune; et de quelque disgrâce que le monde
le mortifiât, il conserva toujours la fierté qu'il
avoit apportée de l'école. Dans le bouge où il

étoit logé, il ne parloit que *de l'empire naturel
du sage*, que *de la souveraineté de la raison*, que
de la toute-puissance du syllogisme. Avec tels et
semblables mots, qu'il proféroit d'un ton de
commandement, il reprocha souvent à son père
l'honneur qu'il lui faisoit d'être son fils. Il crut
avoir droit de mépriser toute la famille paternelle,
et dit en soupirant, *que la Macédoine étoit un
trop petit royaume pour Alexandre.*

Son pauvre esprit, que le latin gâta, et que le
grec acheva de perdre, ne se raccommoda pas,
comme vous voyez, dans la logique. Ce fut elle
qui le mit au nombre des incurables, et hors
d'espérance de tout salut. Elle entra dans sa tête
par la brèche, et la renversa du premier effort,
et de ses simples prolégomènes. Depuis ce temps-
là, il n'a employé l'art de raisonner qu'à défendre sa folie, et ne s'est servi de l'usage de la
parole que pour n'être entendu de personne.
En quoi il a si heureusement réussi, qu'aujour-
d'hui il n'est pas moins connu par la confusion
et les ténèbres de son esprit, que par l'éclat et
l'enluminure de son visage, que par un pied
de nez, et par une aune et demie de barbe.

Quelle confusion, bon Dieu, et quelles ténèbres! Vous avez ouï parler de cet amas rude et
indigeste qui précéda la disposition et la beauté
des choses que nous voyons : voilà l'image de

13..

l'esprit et de la doctrine du barbon. Il y a moins de différence entre le chaos et le monde, qu'entre la manière dont il sçait et celle dont il faut sçavoir. Il a de quoi alléguer mal à propos cinquante ans durant. Madame Desloges disoit de lui, que c'étoit *une bête qu'on avoit chargée de tout le bagage de l'antiquité.* Pour moi, qui ne lui veux pas dire des injures, si j'avois à faire sa définition, je dirois que c'est *une bibliothèque renversée et beaucoup plus en désordre que celle d'un homme qui déménage.*

La belle chose que ce seroit, si on avoit trépané cette grosse tête, et qu'on en pût découvrir les raretés par une seconde brèche; la première, à mon avis, devant être maintenant fermée! On y verroit une guerre intestine et perpétuelle, un tumulte et une sédition, qui n'est pas imaginable, de langues, de dialectes, d'arts, de sciences, etc. Là dedans le punique heurte le persan; l'hébreu choque l'arabique, pour ne point parler de la mauvaise intelligence du latin avec le grec. Là dedans les vers combattent la prose, la tradition s'oppose à l'histoire, les fables étouffent la vérité. Là dedans les rabins querellent les philosophes, les philosophes se brouillent ensemble, la physique incommode la morale; les autres connoissances se pressent et s'embarrassent : elles veulent toutes sortir à la fois.

Tout se souille, tout se corrompt dans cette tête : il appelle néanmoins cette tête *le Capitole de l'intelligence, et l'Acrocorinthe de la doctrine*, quoiqu'il fût mieux de l'appeler, en termes plus simples, *l'égoût de l'université, et le bourbier où tombent les livres.* Platon, Aristote et saint Augustin, aussi-bien que les autres, y sont chûs malheureusement, et ne sont pas reconnoissables quand il les en tire. Il ne leur reste rien de leur première figure. Ce lieu est si contagieux et si dangereusement infecté, que les saines opinions y deviennent hérésies, pour peu de séjour qu'elles y fassent.

Personne pourtant ne peut l'accuser d'être hérétique, parce que personne ne peut distinguer, en ce qu'il dit, l'affirmative d'avec la négative : elles sont si proches l'une de l'autre, et le *pour* est tellement mêlé avec le *contre*, qu'ils n'ont pu jusques à présent être séparés. Ainsi il n'y a rien qui n'ait son usage, et à quelque chose le mal est bon. Sa confusion défie la Sorbonne et les jésuites de le pouvoir convaincre d'erreur : elle est cause que ses mauvais dogmes ne craignent point les inquisiteurs de la foi, et qu'ils passent au-dessus du tribunal du saint office. Par là son esprit ne reconnoît de juridiction que celle du Ciel, et relève immédiatement de Dieu. Il ne sçauroit être jugé que par celui qui a débrouillé la masse première, et qui est le scrutateur des cœurs.

Il tire donc le même avantage du peu de clarté de son expression que du peu d'ordre de ses pensées. Il n'y a point de moyen d'attraper son intention dans ses discours. Qu'on les poursuive tant qu'on voudra, il est assuré de sa retraite; il se sauve parmi les ténèbres, il échappe à la faveur de la nuit.

Mais il faut bien s'empêcher de faire de comparaison. Que personne ne m'allègue le président qui a fait une langue pour son usage particulier, ni l'ambassadeur qui en a corrompu trois dans les harangues qu'il m'a montrées. Si homme du monde a le don d'obscurité, avouons que c'est celui-ci. Il dit lui-même de lui-même qu'il n'a ni de pareil ni de second, non plus que la ville éternelle, la déesse de l'univers, la Rome de Martial: et je dis, pour l'expliquer, que quoique le président et l'ambassadeur, en quelque autre lieu qu'on les puisse mettre, soient plus ténébreux que le Tartare, ils paroîtront plus lumineux que le Ciel, ils deviendront des soleils sitôt qu'on les approchera du barbon.

Que si de fortune il se trouvoit quelque autre barbon dans les colléges de France ou sur les théâtres d'Italie, il faudroit de nécessité qu'il eût eu communication avec le nôtre. Il seroit obligé,

s'il ne vouloit passer pour ingrat, de le reconnoître, et pour le chef de son ordre, et pour l'idée
de son éloquence. La gloire d'avoir commencé
ne lui peut être disputée par qui que ce soit. Il
est l'original du plus étrange jargon qu'on ait ouï
sur la terre depuis qu'il y a des langues et des
oreilles; il est le premier dans le monde qui a entrepris de parler en chiffre; et son françois même,
je dis celui de sa conversation ordinaire, ne sçauroit être entendu en France, sans être traduit et
commenté.

Qui le croira néanmoins? Après tout cela, il
écrit moins clairement qu'il ne parle; mais en
voici, ce me semble, la raison: c'est que le soin
ajoute toujours au naturel, et qu'il y a des degrés
pour arriver à la perfection des choses. Ne pouvant être clair que par hasard, et quand il n'a pas
loisir de se barbouiller, le temps qu'il prend pour
écrire, et l'art qu'il emploie en écrivant, ne lui
laissent pas cette liberté; son étude épaissit la fumée et les nuages de son esprit; la profonde méditation ne fait que lui creuser des abîmes dans
lesquels il se perd en composant, et de telle
sorte que, dès la première ligne, il n'est plus
possible de le trouver.

C'est ici son fort et l'endroit fatal où il prend
de nouveaux avantages sur **, où l'obscurité se
retranche pour la dernière fois, se moque de nos

vaines entreprises, regarde avec mépris l'industrie, le travail, la persévérance de l'esprit humain, qui la veut forcér. C'est ici où, plus particulièrement qu'ailleurs, et du commun consentement de tous les sçavans, il a mérité le nom
d'incompréhensible. Ici le texte est armé contre
la violence de toutes les gloses, et la pensée de
l'auteur est à l'épreuve de toutes les conjectures
des lecteurs. Notre incomparable *Saumaise*, qui
se joüe des gryphes et des énigmes, qui ne trouva
jamais de lieu difficile, en quelque part de la
république des lettres qu'il ait mis le pied, qui
a fait des chemins dans les précipices, qui a pé-
nétré partout, s'arrêteroit ici, sans espérance de
passer outre. Lui qui sçait les secrets de Lyco-
phron et de Perse, avoueroit que cet homme est
beaucoup plus couvert et plus dissimulé qu'eux;
qu'il n'y a point de gêne dans la critique qui lui
puisse faire dire ce qu'il pense; que pour deviner le galimathias de son livre, il faut des ma-
giciens et non pas des interprètes.

Toutefois, de quelque avis que soit là-dessus
notre incomparable, ne condamnons pas absolument la manière d'écrire du docteur. En ceci
il peut faillir avec raison, et se tromper sur de
bons principes. A cause que les embûches qui
paroissent ne font point d'effet, et que l'art défend de découvrir l'art, ne voudroit-il point le

cacher de telle façon qu'il n'y eût pas moyen de
l'apercevoir? Et parce que le noir, l'ombre et les
ténèbres ont je ne sçais quoi de vénérable qui
saisit les esprits d'une horreur religieuse et d'une
crainte de dévotion, n'auroit-il point choisi tout
exprès l'obscurité, pour être la dépositaire de
ses mystères?

Il croit peut-être que ce n'est pas assez à un
homme extraordinaire, comme il est, d'imiter les
anciens orateurs ou les anciens Pères; il monte
bien plus haut, et se propose bien une antiquité
plus éloignée. Il forme son style sur celui des
sybilles et des prophètes. C'est pourquoi, quand
il est impossible de tirer de sens littéral de ses
écrits, et quand le sens moral même ne s'y peut
accommoder et ne leur donne aucune lumière,
ayons recours à l'allégorie, qui ne manque jamais au besoin, et ne refuse son assistance à
personne; mais s'il est le seul qui soit abandonné d'une si charitable figure : en ce cas-là, le
dernier remède des mauvaises fables et de la poésie déplorée, lui étant inutilement appliqué, tout
ce que peuvent faire ses amis pour sauver l'honneur de ses paroles, c'est de prier le monde de
croire que son intention a été bonne, et que....

Il fit un jour un effort pour parler comme
les autres hommes. Il voulut s'accommoder à
notre commune intelligence, et bégayer, à ce

qu'il disoit, avec ses enfans. Ce fut dans une harangue qu'il composa pour le juge de la ville où il étoit, à l'entrée qu'y devoit faire le gouverneur de la province. La pièce se trouve de l'édition de Troye, jouxte la copie imprimée à Chaumont en Bassigni, et j'en ai choisi le plus raisonnable article pour contenter la curiosité des beaux esprits.

Après s'être égaré dès le premier pas, et avoir couru à travers champs d'un côté et d'autre, il se jette enfin à corps perdu sur les affaires d'État, dont il n'étoit point question dans la harangue de M. le juge. Il dit que « depuis que le temple » de Janus a été ouvert par le météore chevelu » qui menaça le genre humain l'année 1619, on » a vu des iliades de maux et des cataclysmes de » sang, non moins ès Gaules qu'en Germanie ; » que le grand Dapifer de sa majesté Césarée se » fût bien passé de remuer cette dangereuse ca- » marine de la couronne de Bohême ; que, sans » ce mauvais conseil qui lui fut donné par le doc- » teur des Ardennes, nos jours seroient encore » des jours halcyoniens, et les colombes niche- » roient encore dans les casques des gendarmes, » comme elles faisoient sous l'empire fortuné » de Henrimagne ; qu'il ne faut pas pourtant dé- » sespérer de la chose publique chrétienne, ni se » plaindre devant le temps, que notre Ilion ait

» été, et que nous fûmes Troyens ; que les so-
» leils de toutes les journées ne sont pas couchés;
» qu'il nous reste quelque rayon de bonne espé-
» rance, ou pour mieux dire quelque favorable
» regard de cette pitoyable déesse, qui demeura
» au fond de la boîte de Pandore ; qu'il sçait de
» bonne part, et qu'un interprète des dieux l'en
» a assuré, qu'il se va former dans le ciel une
» conjonction de certains astres benins, qui doi-
» vent mitiger la rigueur de toutes les étoiles
» malfaisantes et fléchir le cœur de tous les prin-
» ces irrités ; qu'à l'avenir les grandes puissances
» seront justes et les petites seront modestes ; et
» pour commencer par le Régule d'Austrasie et
» par le Tétrarque des Allobroges, qu'ils se con-
» tiendront dans les bornes de leurs États, au lieu
» de se perdre dans l'infinité de leurs pensées ;
» que l'un et l'autre ne se fiera plus aux pro-
» messes des généthliaques ; que l'un et l'autre
» doutera de l'omnipotence du roi catholique ;
» que l'un et l'autre observera *comiter* la majesté
» du roi très-chrétien....»

Il appelle cela descendre du ciel en terre,
paroître sous une forme humaine, s'apprivoiser
avec les pauvres mortels. Il parle ainsi quand il
veut parler populairement; et il est certain qu'il
ne s'est pu encore résoudre à dire *le duc* ni *la*
duchesse, beaucoup moins *la Lorraine* ni *la Sa-*

voie. Il sent en ces mots je ne sçais quelle amertume de nouveauté qu'il ne peut goûter, et que
les siècles n'ont pu corriger. L'usage ne les a
pas assez mûris pour la bouche du barbon.

Il n'y a point de nom propre connu, de ville,
de province, de peuple qu'il ne traite de la sorte.
Il ne sçauroit souffrir les Flamands ni les Hollan-
dois; il ne les reçoit dans son commerce que
sous la bannière de la vieille Rome, et en qualité de Belges et de Bataves. Il voudroit changer
de cette façon tous nos alliés et tous nos voisins;
Il s'opiniâtre même pour l'Hespérie contre l'Italie, et pour l'Albula contre le Tibre; il ne connoît ni la Sicile ni Constantinople. L'une est
toujours Trinacrie pour lui, et l'autre toujours
Bysance.

Je vous laisse à penser si un homme de cette
humeur date ses lettres du premier et du ving-
tième du mois, ou bien des calendes et des
ides. Peu s'en faut qu'en pareilles occasions il
ne renonce tout-à-fait au style chrétien, et que
dans les actes publics, si on lui en présente
quelqu'un à signer, il ne fasse mettre la fonda-
tion de la ville au lieu de l'enfantement de la
Vierge. Il compte son âge quelquefois par lus-
tres et quelquefois par olympiades. Il suppute
son argent tantôt par sesterces romains, tantôt
par drachmes, et tantôt par mines attiques; mais

tout cela en fort petit nombre , à cause du malheur du temps , ennemi juré de la vertu ; car si elle étoit reconnue comme aux siècles héroïques, il recevroit plus de talens de la justice des princes , qu'il ne tire de drachmes de la médiocrité de son revenu.

Cette maladie , qu'il prit au collége , et dans laquelle il a vieilli , n'altère pas seulement la pureté de sa langue naturelle ; elle passe plus avant, et se communique à ses autres actions. Il est si amateur de toute sorte d'antiquité, qu'il ne porte jamais d'habillement neuf ; il a sur sa robe de la graisse du dernier siècle , et des crottes du règne de François I⁰ʳ. On tient qu'elle fut autrefois à Laurens Valle , qui la légua par testament à Cœlius Rodiginus , et le barbon n'en est que le quatorzième possesseur : mais il n'a garde de la nettoyer jamais, de peur d'effacer ces titres et d'être injurieux à l'antiquité , dont il croit qu'il faut conserver religieusement les moindres monumens et les moindres marques.

La lampe du philosophe Epictète et le bâton du Peregrin de Lucien ne se trouvant plus dans la nature des choses, ne peuvent plus être l'objet de sa passion. Ce seroient aujourd'hui des souhaits perdus : il vaudroit autant chercher le nid du phénix ou la pierre philosophale ; mais que ne bailleroit-il des pantoufles de Turnèbe , des lunettes d'Érasme, du bonnet carré de Ramus, de l'écritoire de Lipse ; s'il y avoit moyen de trouver de si rares pièces dans le cabinet de quelque curieux, qui l'en voulût accommoder à prix raisonnable ?

L'histoire lui a appris que la femme de Cicéron parvint à une extrême vieillesse, et qu'un galant homme du siècle suivant fut amoureux de ses rides et lui offrit son service, s'imaginant qu'une si belle passion lui porteroit bonheur dans le dessein qu'il avoit d'être éloquent. Il n'est point de bonne fortune qu'il envie à l'égal de celle-là ; et combien de fois a-t-il soupiré pour une Terentia ou pour une Tullia ; mais bien davantage pour une Papyria ou pour une Scribonia, à cause du papier et de l'écriture ? Car, quoiqu'il aime l'éloquence et qu'il estime Cicéron, et la femme et la fille de Cicéron, il aime et estime encore plus les allusions et les étymologies.

Ayant recherché inutilement l'alliance des anciens Romains, dont le sang est si confondu avec celui des barbares, qu'il n'y auroit rien de si aisé que de se méprendre, en prenant une Gothe pour une Romaine, il se ravisa à la fin, et eut une autre pensée qui lui pouvoit plus facilement réussir. Il voulut....

Pour épouser donc cette célèbre, cette femme de réputation et connue de tout le peuple, il

se résolut de l'aller choisir au même lieu où Justinien et Bélisaire choisirent les leurs. S'il n'eût
lu nouvellement l'histoire médisante de Pro-
cope, le manuscrit de laquelle lui avoit été prêté
par le seigneur Allemani, je ne crois pas qu'il se
fût avisé de lui-même d'une si courageuse action. Mais n'ayant rien trouvé de mieux dans
toute l'histoire que ce grand exemple de ces
deux grands hommes, il le mit à part pour son
usage particulier. J'alléguerai, dit-il, les autres
passages du manuscrit ; mais je veux imiter celui-ci par la plus noble manière d'imitation, et
c'est ainsi qu'il faut lire les bons livres.

En cette rencontre, néanmoins, il ne reçut
pas de ses citoyens l'approbation et les applaudissemens qu'il en espéroit. Les premières journées de son mariage furent troublées par le bruit
des vaudevilles. Durant quelques nuits il se fit
grand désordre devant la porte de son logis ; on
y érigea des trophées de cornes ; et plus d'une
pasquinade qu'on attacha au derrière de sa robe,
lui reprocha l'expérience et la réputation de sa
femme. Cette disgrâce lui déplut un peu ; mais
à son ordinaire il se fortifia bientôt de constance contre les mauvais succès. Souffrant avec
la philosophie, qui étoit offensée en sa personne,
il se consola aussi avec elle. Parce que ce n'est
pas dire des injures à la mer et aux rivières, au

soleil et aux étoiles, de dire que ce sont des
biens communs et destinés à l'usage de tout le
monde, il crut d'abord que Xantippe pouvoit
être publique sans être déshonorée. Il crut ensuite que c'étoit quelque chose de plus mémo-
rable et plus digne de l'histoire de faire une
femme de bien que de la trouver ; qu'un coup
de hasard et un présent de la fortune étoient
beaucoup moins à estimer qu'un ouvrage de la
raison et une acquisition de la vertu ; il crut
enfin, s'étant confirmé en sa première opinion
par un long examen de la chose contestée, que
Justinien, Bélisaire et lui avoient fait une action
héroïque, et que d'avoir triomphé des Vandales
et des Goths, d'avoir traîné des rois captifs dans
les rues de Constantinople, n'étoit point une si
belle chose que d'avoir vaincu l'opinion du
monde, que de s'être élevé au-dessus de la coutume, que d'avoir mis sous les pieds la mauvaise
honte. De sorte que se comptant pour le troisième brave de cette nature, et glorieux d'une
si illustre société, il n'ordonna pas seulement
qu'on chanteroit à ses noces *Thalassio* et *Hymen,
ô Hymenæ!* pour ne pas perdre les bonnes coû-
tumes de la vieille Rome ; mais de plus, durant
la première année de son mariage, il ne coucha
jamais avec sa femme, qu'il ne fît crier par son
valet et qu'il ne criât lui-même, se mettant au

lit : *Io triumphe, io pæan, magno, pio, felici et triumphatori semper Augusto.*

De ce mariage sont venues deux filles, qui furent nommées au baptême Marthe et Geneviève. Mais en dépit de son curé et de leurs marraines, il leur a changé de nom. Marthe s'appelle présentement Corinna, et Geneviève s'appelle Sapho. Il ne trouva pas les deux premiers noms ni assez rares ni assez anciens pour la postérité de l'homme extraordinaire, de l'unique héritier de l'antiquité, de... Il répondit au curé, qui se scandalisoit de l'innovation, et aux marraines qui se plaignoient du mépris, que les productions des grands auteurs devoient être bien intitulées ; que.....

Il avoit eu quelque temps auparavant une semblable fantaisie pour le nom de sa femme Nicole, à qui il donna celui de Xantippe. Mais il changea encore celui-ci en changeant d'inclination, et quand il voulut passer de la philosophie morale à la philosophie naturelle. Les attraits, comme il disoit, de cette belle physique ayant charmé son esprit, il lui prit envie de pénétrer plus avant dans la nature, et de s'ériger en médecin. Et après avoir fait une revue générale de tous les beaux noms qui se trouvent dans les poëtes amoureux, pour en choisir un à la femme de celui qui seroit le ressusciteur des

II.   14

morts (c'eût été trop peu de dire le guérisseur
des malades), il crut qu'il se devoit arrêter à la
Délia de Tibulle ou à la *Cynthia* de Properce, à
cause du dieu de la médecine, dont il s'imagina
qu'elles étoient sœurs, ou pour le moins cou-
sines-germaines. Toutefois il fut encore incons-
tant en cette occasion : il lui vint une seconde
pensée qui corrigea la première. Tout bien considéré, le nom de Glycère lui sembla digne d'être
préféré aux autres noms. Il se persuada qu'il
lui étoit envoyé immédiatement du Ciel; qu'il
seroit heureux et de bon augure à sa nouvelle
profession ; qu'il enrichiroit sa pauvre famille;
qu'il... Mais pourquoi, à votre avis ? *parce qu'en
France Glycère rime à clystère*, et qu'il avoit observé que de tout temps en France la rime avoit
plus de crédit que la raison, etc.

Sa barbe est si large, si épaisse, et d'une longueur si démesurée, que si on y avoit mis le feu
cela s'appelleroit un embrasement, et celui qui
auroit fait le coup, se pourroit nommer un in-
cendiaire. C'est la chère et la bien-aimée partie
de son corps. Il se feroit plutôt couper une jambe
et aimeroit mieux être estropié que de souffrir
qu'on en rognât seulement les extrémités. S'il
manquoit de cette pièce, il ne croiroit pas être
homme achevé ; car toujours, dans la définition
de l'homme, il ajoute *barbu* à *raisonnable*. Il croi-

roit avoir changé de sexe s'il s'étoit accommodé
à la mode; et comme l'Atis de Catulle, après
qu'il se fut taillé pour plaire à la déesse Cybèle,
il se plaindroit par un galliambe (ce ne seroit
pas assez par une élégie), ou d'être devenu femme,
ou de n'être plus qu'une partie de soi-même.

Ego Mænas, ego mei pars, ego vir sterilis ero.

Il dit qu'il en est des barbes comme des oraisons de Démosthène, et que la plus longue est la
meilleure; que les *ænobarbi* de Rome, les *bar-
bari* de Venise et les *barbarini* de Florence, ont
été l'essai et l'apprentissage de la nature, avant
que d'entreprendre le *grand barbon*, avant que
de venir à ce chef-d'œuvre de.... Il dit encore
que ce n'est, ni par le clin de ses yeux, ni par le
mouvement de ses sourcils, mais par le branle
de sa seule barbe que Jupiter fait trembler l'O-
lympe, et donne de la peur aux dieux et aux demi-
dieux; qu'il n'est rien de plus certain que cela,
quand Homère, Virgile et les autres poëtes ne
le voudroient pas; qu'il a appris cette vérité historique d'une hymne d'Orphée et d'une ode de
Linus, comme c'est de la traduction d'un de ses
disciples que nous avons appris tout ce que nous
avons dit et tout ce que nous dirons d'intelligible
de lui. Il dit de plus, passant de l'histoire à la
morale, et toujours sur le sujet de sa bien-aimée,
qu'en la personne du sage la frugalité se sçait

14..

accorder avec la magnificence; et par conséquent que comme les festins qu'il fait doivent être de viandes non achetées, il faut aussi que les ornemens dont il se pare soient pris sur son propre fonds, sans qu'il y ait rien d'emprunté ni d'étranger, etc.

Ayant été convié à des fiançailles, après que le contrat fut passé et que les confitures furent présentées, il demanda audience à la compagnie, et entreprit un long discours à la louange de la virginité; mais il s'enfonça si avant dans ce discours, que de la recommandation du célibat, où l'on pensoit qu'il dût s'arrêter, il passa jusqu'à la condamnation du mariage. Il n'oublia rien de ce qu'Euripide a écrit contre les femmes mariées, et le prononça plus tragiquement que s'il eût voulu représenter Hippolyte. Il laissa bien loin derrière lui saint Jérôme et Tertullien, qui, à son avis, avoient flatté le parti de leurs adversaires, ne s'étoient pas assez échauffés dans la défense du leur, et avoient oublié la moitié de ce qu'il y avoit à dire, pour l'intérêt des anges et de l'esprit, contre les animaux et contre la chair.

Quelques-uns crurent que cette boutade avoit une cause domestique, et qu'il falloit, ou que Glycère lui eût fait quelque nouveau désordre, ou qu'il eût trouvé Corinna en quelque lieu suspect, ou que Sapho, qui rimoit souvent sur la barbe de son père et le menaçoit quelquefois de ses ciseaux et d'une métamorphose aussi célèbre que celle de Sylla et de Nisus, eût rimé ce jour-là plus injurieusement qu'à l'accoutumée. Mais ceux qui le connoissoient, ne cherchant point hors de lui-même la cause de son extravagance, assurèrent que les conjectures des autres étoient mal fondées, et que, par la même raison qu'il avoit blâmé le mariage à des fiançailles, il le loueroit une autre fois à la profession d'une religieuse.

On feroit un livre de semblables contre-temps qui se racontent de.... Dans la chambre de Jules César il eût révéré la mémoire de Caton; en présence d'Auguste et de Marc-Antoine, il eût fait l'oraison funèbre de Brutus et de Cassius, il eût dit qu'ils avoient été les derniers des Romains, et que la bataille de Philippes avoit été le dernier soupir de la liberté mourante. Et pour cela il n'eût cru rien dire qui pût offenser le gouvernement présent, ni qui dût déplaire à deux si terribles et si redoutables auditeurs.

Il ne fut pas deux fois vingt-quatre heures à la cour de France, n'ayant pu s'accommoder en ce pays-là avec un certain peuple qui ne croit jamais, et qui est ennemi naturel de la philosophie et des philosophes. Mais en ce peu de sé-

jour que ne fit-il point ? Il se fit mener au cercle,
pour y prouver que la solitude étoit sans comparaison meilleure que la société, et qu'un
moment de l'entretien du sage avec soi-même,
valoit mieux que tout ce qui se débiteroit à la
Cour jusques à la fin du monde. Il eut envie de
réciter au même lieu une suasoire qu'il avoit
composée autrefois au collége de Montaigu, pour
la consolation des pauvres Capetes, et qui avoit
été admirée de Petrus Valens et de Théodorus
Marcilius. Dans cette déclamation il conseilloit
à Alexandre-le-Grand de se défaire de sa grandeur, de troquer sa pourpre et ses couronnes
pour des haillons et une besace, et d'aller discourir de la vertu avec Diogène et les autres
philosophes gueux dans les places publiques de
Grèce.

Ce n'est pas tout, néanmoins, et il passoit bien
outre, s'il n'eût été retenu sur le point qu'il alloit
parler au Roi. Un bon et charitable seigneur, à
qui il communiqua son dessein, eut pitié de la
fortune que couroit sa barbe (dont il ne lui fût
pas resté un seul poil), et de plusieurs autres disgrâces qui lui étoient assurées, tombant, comme
il eût fait infailliblement, entre les mains des
pages et des laquais. Il vouloit soutenir devant
le Roi que l'État populaire étoit la plus parfaite
de toutes les formes de gouvernement ; que

Dieu avoit donné des princes aux peuples étant
en colère, et pressé par leur importunité ; et de
la même sorte qu'il leur avoit envoyé auparavant
des pestes et des stérilités pour se venger d'eux
et pour les punir ; que les lois devoient être
partout les reines des hommes, et que, dans
les monarchies, les hommes étoient les tyrans
des lois ; que.....

On ne lui permit pas de faire cette harangue
devant le Roi ; mais il n'y eut pas moyen de
l'empêcher d'aller chez M. le garde des sceaux,
crier de toute sa force contre le temps et contre
les mœurs, se plaindre que le droit divin et humain étoit violé, et lui demander raison du plus
grand désordre de l'État. Ce grand désordre,
dont lui-même, M. le garde des sceaux, étoit
le premier coupable, c'étoit de dire et d'écrire : *Lettres royaux* et *ordonnances royaux*, et
non pas *lettres royales et ordonnances royales*.
« Quelle honte ! (ce sont ses propres termes, de
» la traduction de son disciple) quelle vilainie que
» tout un grand peuple commette impunément
» tous les jours un si exécrable, un si abomi-
» nable solécisme, et que non-seulement il soit
» souffert par l'indulgence de l'autorité publique,
» mais que l'autorité publique l'approuve, mais
» qu'elle y prête la main, mais que les juges
» soient les criminels ? Il ne faut rien espérer

» de bon de l'avenir, si on laisse durer cet abus,
» si on souffre cette corruption dans la source
» même de la justice. La grammaire est le fon-
» dement du commerce et de la société, et si on
» sape le fondement, l'édifice peut-il demeurer
» debout? La politique peut-elle subsister sans
» la grammaire? Avant que les hommes puissent
» être heureux, ils doivent cesser d'être bar-
» bares, puisque Aristote, parlant des Barbares,
» a dit que les bêtes et les Barbares..... Il faut
» donc commencer par là la réformation de
» l'État. Il faut apprendre la France à parler,
» avant que de..... »

Il avoit entrepris d'écrire l'histoire des premiers troubles, et si, de bonne fortune, une
fluxion qui lui tomba sur la main droite n'eût
arrêté l'impétuosité de sa plume, il n'y eût pas
eu assez de papier en France pour continuer ce
qu'il avoit commencé. Il étoit déjà au quinzième
ou au seizième volume, et n'étoit pas encore à
la cinquième ou à la sixième année. Il employoit
les sept premiers livres en la seule conjuration
d'Amboise, et la moindre chose que faisoit la
Renaudie dans ses assemblées secrètes, étoit de
faire boire du sang humain à ses compagnons,
en jurant par les mânes de Catilina et de Cethe-
gus. Le colloque de Poissy emportoit la moitié
d'une décade, bien que le ministre Bèze s'excusât

de ce qu'il avoit parlé si peu, et que le cardinal de Lorraine remît la partie à une autre fois. La harangue du connétable de Montmorency en la plaine de Saint-Denis, duroit beaucoup plus que ne dura la bataille. Entre autres présages de sa mort, il racontoit que le matin de la fatale journée, voulant lire une dépêche, ses lunettes eurent de la peine à s'ajuster à son nez, et que le jour auparavant, dînant en festin, ils se trouvèrent treize à table, et qu'un plat fit verser une salière. Il ne se contentoit pas de dire qu'on lui fit de magnifiques obsèques, et une éloquente oraison funèbre; il étoit plus exact que le maître des cérémonies, et plus long que l'orateur qui parla. Il mesuroit et coupoit lui-même toutes les aunes de velours noir dont on tendit les parois de Notre-Dame. Il comptoit et allumoit tous les cierges de la chapelle ardente, et au lieu de faire l'abrégé de ce qui fut récité à la louange du grand connétable, ce qui fut récité n'est que l'abrégé de ce qu'il en écrivoit, etc.

Il salit généralement tout ce qu'il manie; c'est le corrupteur de toute sorte de bien; et, depuis peu encore, il a violé la poésie, comme le reste des connoissances honnêtes. Je ne sçais pourquoi les docteurs Heins, les pères Bourbons, les pères Baldes, les... ne se sont opposés à cet attentat; pourquoi ils souffrent qu'il aille ainsi troubler leurs fontaines et jeter de la boue sur leurs lauriers.

On n'a garde de prendre ses vers pour le langage des dieux. Il semble plutôt que ce soient des invocations de démons, ou des blasphêmes contre le Ciel. Le son en est si rude et si mal plaisant, voire si funeste et si effroyable, qu'il mettroit en fuite des auditeurs un peu délicats, et feroit peur à des âmes qui ne seroient pas extrêmement assurées. Ce n'est pas un des cignes de nos canaux, c'est une orfraye de nos cimetières. S'il y a quelque muse qui se mêle d'une si étrange espèce de poésie, elle est d'un ordre inférieur à celle qui compose ce qui se chante sur le Pont-Neuf. Elle n'est ni sœur ni parente des neuf autres, ou bien c'est le déshonneur et l'infamie de leur race; c'est celle indubitablement qui inspire les mauvais vielleurs, qui fait faire les faux tons dans la musique, qui met les meilleurs maîtres hors de cadence....

Il a fait un amas des mauvaises choses qui sont échappées aux bons poëtes, et ce sont les seules choses qu'il imite quand il compose des vers. Il a rempli tout un sac de leurs chevilles et il met ce sac sur sa table avec l'encre et le papier, avant que de mettre la main à la plume. J'ai trouvé dans son portefeuille un recueil très-exact et très-

curieux de leurs épithètes oisives et perpétuelles ;
de leurs comparaisons extravagantes et ridicules;
et il ne se sert que de celles-là, et de celles-ci, il
ne choisit que ce qui a été rejeté. A cause de
πόδας ὠκὺς Ἀχιλλεύς, il n'est point de grand capitaine qui, dans les poëmes du Barbon, ne soit
léger à la course et *vite de pied.* Sans excepter
Antoine de Leve, bien qu'il eût la goutte, et qu'il
se fît porter en litière quand il alloit à la guerre ;
sans excepter le vieux maréchal de Biron, qu'on
appeloit le boîteux, et les autres braves dont
nous avons ouï parler, qui, avec des jambes de
bois, n'ont pas laissé de commander des armées.
Par la même vicieuse imitation, il aime mieux
comparer les soldats acharnés sur l'ennemi, à
des mouches qu'à des oiseaux de proie; et l'i-
mage d'un âne dans un blé vert, lui plaît bien
davantage que celle d'un lion de Libye après un
troupeau du même pays.

Il tient que l'enthousiasme de la poésie françoise a cessé, depuis qu'on ne dit plus *la terre
portemoissons*, et *le ciel porteflambeaux*, depuis
qu'on n'use plus de *la floflottante mer* et de *la
cloclotante poule.* Il ne trouve rien de meilleur
dans les œuvres de Ronsard, que sa chère *En-
telechie*, quand il parle à sa maîtresse; que sa
déesse viergalement félonne, quand il parle de
la déesse Pallas; que son *amelete Ronsardelete*

quand il veut changer de caractère, et passer du grave au délicat.

A son avénement dans le monde, au lieu de votre excellence ou de votre seigneurie illustrissime, il se faisoit donner de *votre doctrine*, de *votre éloquence*, de *votre philosophie*, *etc.* ; et on a souvent ouï de la bouche de ses familiers : *sa doctrine étoit hier malade* ; *son éloquence est aujourd'hui enrhumée* ; *sa philosophie prendra demain médecine.* Mais sitôt qu'il lui eut pris envie de faire des vers, le soufle de la poésie lui ayant enflé le cœur de moitié, il eut de plus hautes prétentions, il aspira visiblement à la monarchie, quoiqu'il se fût déclaré contre elle dans l'antichambre du Roi et voulut être traité de sa *majesté de Parnasse*, par tous ceux qui traitoient avec lui.

Il est vrai que cette longue barbe qu'il nourrissoit avec tant de curiosité, lui donna un peu de peine dans son dessein, parce qu'elle ne convenoit pas bien au dieu Apollon. Mais pour remédier à cet inconvénient, il s'avisa que les Grecs et les Romains n'avoient connu Apollon qu'en sa première jeunesse, que maintenant il étoit devenu homme fait, et que sa voix s'étant grossie et fortifiée, il ne devoit pas manquer des autres marques extérieures de virilité. Qu'ainsi ne fût, pour ce qui est de la force de la voix, qu'on fit comparaison de ses carmes à ceux des anciens, dont il n'estimoit que l'antiquité, on verroit qu'il y a autant de différence entre sa poésie et la leur, qu'entre une trompette et un siflet.

Voilà donc un changement d'État dans le monde raisonnable, voilà toutes les belles choses sous la puissance d'un seul. Il ne faut plus dire, comme auparavant, la république des lettres ; il faut dire le royaume de la science. Dans les attestations et les témoignages qu'il donne à ceux qui sortent de sa discipline et qui veulent aller courir le monde, ses qualités remplissent toujours la première page, et j'ai lu en plus d'un parchemin : *Le Barbon, par la grâce de Dieu, grammairien, rhétoricien, philosophe, médecin, jurisconsulte, poëte couronné de la propre main de Jupiter, depuis le poème qu'il a composé de la Gigantomachie.* Et certes il exerce si souverainement cet empire doctoral . . . .

Toutefois, quoiqu'il ne propose rien qu'en termes affirmatifs, il a l'âme si querelleuse, qu'afin de pouvoir exercer sa mauvaise humeur, il n'est pas fâché quelquefois d'être contredit ; il désire que chacun lui cède, mais il est bien aise que ce devoir vienne après quelque sorte de résistance. Il aime la souveraineté, mais il aime encore plus la contention. Et bien qu'il ait dessein d'introduire dans le monde, pour toute raison, *le Barbon l'a dit*, et qu'il exige de tous les hommes une déférence aveugle à ses opinions, s'il y avoit moyen, il voudroit que cela se fît par la voie de la dispute, et que ce fût sa victoire qui établit son autorité.

Je le reconnus un jour à ma confusion; car m'imaginant qu'il ne falloit que battre des mains et approuver de la tête, ou que pour le plus c'étoit assez de répéter ses derniers mots en les admirant, et d'être l'écho de ses sottises, cette molle complaisance le fâcha, et haussant le ton de sa voix beaucoup plus qu'à l'ordinaire : *Par les dieux immortels*, s'écria-t-il, *je suis las de parler avec moi-même; niez-moi quelque chose, afin que nous soyons deux; défendez-vous, afin que je vainque et que je triomphe...!* Ainsi il veut régner, comme vous voyez; mais c'est en conquérant, et non pas en roi pacifique; c'est par la violence de son esprit et par le tonnerre de ses paroles, et non pas par la soumission de l'esprit d'autrui, ni par le silence de ceux qui l'écoutent, etc.

Qu'on lui présente un vieux manuscrit, il ne dira pas seulement s'il est du règne d'Auguste ou de celui de Tibère; mais il marquera précisément l'année, le mois, la semaine de sa conception, sans se méprendre d'un jour à la date. Il sçaura si l'auteur qui l'a composé étoit Italien

ou provincial, étoit de deçà ou de de-là le Pô, étoit
de Rome ou de ses faubourgs, du mont Palatin ou
de l'Aventin; car il assure qu'il y avoit des quartiers à Rome où l'on parloit plus romainement
qu'aux autres. Et comme encore aujourd'hui en
ce pays de subtilité l'opinion des hommes sépare
l'air d'une même rue, et trouve que celui de la
main droite est plus pur, et que celui de la main
gauche ne l'est pas tant; ainsi distingue-t-il les
styles et les langages, et voit le contraire et le
différent, où nous ne croyons voir que le même
et le semblable.

Ce sont des connoissances bien déliées, et c'est
juger des livres bien finement. Dans une même
pièce il connoît ce qu'un auteur a retouché, et
ce qui a trouvé d'abord sa perfection; il remarque les endroits où l'ouvrier a quitté sa besogne,
et ceux où il l'a reprise; il discerne les pensées
du matin d'avec celles du soir, et l'inspiration
des muses d'avec l'esprit du poëte. A son dire il
y a un vrai et un faux Virgile, un Horace courtisan d'Auguste et favori de Mécénas, et un Horace estropié par les copistes, entre les mains
desquels il tomba à la sortie de la cour d'Auguste et du palais de Mécénas. Dans le corps de
l'un et de l'autre poëte, il ne trouve que blessures et qu'emplâtres; il trouve presque autant
de vers supposés que de légitimes.

Pour Ovide, ce n'est que de l'eau toute claire : ses vers seroient trop chers à cent pour un sol ; ils ne valent rien qu'à faire l'amour aux chambrières ; il n'a écrit que pour la lie de Romulus et pour les crocheteurs du marché de Rome. Car en effet, dit-il, se mettant en fougue jusqu'à jeter de l'écume par la bouche et des flammes par les yeux : « A quoi bon cette basse et populaire » familiarité qui engendre le mépris, pour ne » rien dire de plus fâcheux ? Quel moyen qu'un » homme grave puisse souffrir une mollesse si ef- » féminée ; ne se rebute point de cette lâche fa- » cilité qui s'abandonne indifféremment à tout » le monde, qui est exposée à la première pensée » du lecteur, qui ne met point de différence en- » tre moi et le vulgaire ignorant ? »

Il s'est offert plusieurs fois à me montrer dans les histoires de Tite-Live la patavinité qu'Asinius Pollion y remarquoit, et à me faire sentir en certains lieux des tragédies de Sénèque cette graisse des poëtes de Cordoue, de laquelle parle Cicéron. Il m'a voulu faire voir dans les œuvres mêmes de Cicéron cette débilité et ce tour de reins, que son ami Brutus....

Il a copié douze fois d'un bout à l'autre les histoires de Thucydide, afin de l'emporter de quatre sur Démosthène, qui ne les avoit copiées que huit. Et ce qui est au-delà de la vraisem-

blance, non-seulement il a compté tous les vers
d'Homère, de Sophocle et d'Euripide ; mais encore tous les alpha et tous les oméga de l'*Iliade* ,
de l'*Odyssée* , de l'*Antigone* , des *Trachynies* , de
l'*OEdipe tyran* , de la *Médée* , de l'*Hippolyte* , de
l'*Iphigénie* , etc. Il en sçait le nombre jusques à
un, et trouve dans les nombres des mystères inconnus à Platon, et dont Pythagore ne s'étoit
point avisé. O la belle et l'admirable patience !
ô l'utile et l'agréable travail !

Voici quelques-unes de ces rares choses qu'il
a cherchées avec tant de curiosité, et qu'il étale
avec tant de pompe ; voici de quelle façon il est
sçavant. Il sçait combien il y avoit de nœuds à
la massue d'Hercule ; combien tenoit de pintes
la coupe du vieux Nestor ; à combien de points se
chaussoit le roi Priam ; il sçait les noms des cinquante princes, fils de ce monarque infortuné ;
il connoît toute la maison royale, depuis le cèdre
jusques à l'hysope (c'est ainsi qu'il a accoutumé
de parler), depuis Hector jusques à Troïle ; il
sçait de quelle couleur étoit la barbe d'Ajax ; de
quelle sorte étoit le bonnet ou la calotte d'Ulysse :
car il soutient qu'Ulysse ne portoit point de chapeau , et cite là-dessus l'*Etymologicum Magnum* ,
et une légion de scholiastes, dont le plus connu
s'appelle *Tzetzes*.

Faites-lui les questions que faisoit ce prince

II.   15

romain aux grammairiens de Grèce et d'ailleurs
qui le venoient voir en son île de Caprée, il vous
satisfera sur-le-champ, et sans consulter ses lieux
communs. Enquérez-vous de lui qui fut la mère
d'Hécube, la nourrice de Léda, la gouvernante
de Clytemnestre, l'écuyer d'Agamemnon et le
secrétaire de Ménélas, il vous le dira sans délibérer. Demandez-lui qu'est-ce que les syrènes
chantoient à ceux qui s'amusoient à les écouter :
si c'étoient des louanges ou des promesses, si
c'étoit le bien qu'elles disoient d'eux ou celui
qu'elles leur faisoient espérer auprès d'elles? Demandez-lui comment Achille s'appeloit lorsqu'il
étoit déguisé en fille, s'il s'appeloit ou Pyrrha, ou
Issa, ou Cercysera?

Voulez-vous sçavoir la généalogie des autres
héros; l'âge, la taille, les inclinations, les forces,
les alliances de ces princes qui ne furent jamais?
Vous apprendrez tout cela de lui. Il vous découvrira ce qu'il y a de plus secret et de plus exquis
dans l'histoire fabuleuse; il sçait si c'est à la main
gauche ou à la main droite que Vénus fut blessée
par Diomède; et si son fils Énée, prenant terre en
Italie, y mit le pied droit avant le pied gauche.
Palémon tenoit que ce fut le gauche; Orbilius
que ce fut le droit. Le barbon affirme que ce
ne fut ni l'un ni l'autre, parce qu'Énée tomba

de son long, et la tête la première, à la descente de son vaisseau.

Ici, comme ailleurs, son dessein est de se faire remarquer par la singularité. De deux opinions différentes, il n'embrasse pas la meilleure ni la plus suivie; il s'attache à la moins commune et à la plus délaissée : en quelque lieu qu'il aille, il ne veut jamais aller par le grand chemin. Il a cru autrefois, aussi-bien que nous, que Pénélope avoit été femme de bien : et je lui ai ouï réciter ces paroles d'un ancien en la langue de l'antiquité, qui peut-être ne déplairont pas en la langue vulgaire : *Les baisers de Pénélope à peine étoient-ils connus à Télémaque son fils, parce que son fils étoit un autre que son mari, à qui elle réservoit tous ses baisers.* Le barbon est maintenant de contraire avis. Il fait combattre fable contre fable, poëte contre poëte, et Grec contre Grec, pour perdre de réputation cette bonne et vertueuse princesse. Mais il ne court pas seulement après les nouvelles opinions; entre les nouvelles, il choisit les plus injurieuses; il ne se contente pas de croire, avec quelques-uns, que ce fut le dieu Mercure qui eut part aux bonnes grâces de Pénélope (l'auteur du péché seroit une excuse pour la pécheresse); il publie malicieusement, avec quelques autres, que les trois cents amoureux qui la re-

15..

cherchoient, car il y en avoit autant, selon la supputation d'Eustathius, couchèrent tous avec elle, et que de cette multitude de pères naquit un monstre, dont la théologie des païens a fait un dieu.

Retournons en Asie, d'où nous ne faisons que d'arriver. Il n'est point d'homme si nouveau dans le monde, et nourri dans une si épaisse ignorance des choses passées, qui n'ait ouï parler des guerres de Troie, et des querelles d'Achille et d'Hector. Les nourrices bercent et endorment les enfans en leur contant ces vieilles nouvelles. Ceux qui ne sçavent rien sont sçavans en cette matière, et il vaudroit autant dire que dom Philippin tua en duel le maréchal de Créqui, que de dire qu'Hector eut de l'avantage sur Achille dans le combat qui termina leurs querelles. Notre docteur néanmoins s'est déclaré en faveur de cette dernière opinion : pour elle il a fait schisme en plus de trois universités. A toute l'antiquité grecque et romaine il oppose un certain prêtre d'Égypte qu'il a rencontré par hasard dans un endroit écarté d'un livre que personne ne lit. Et quoique prêtre ou prophète égyptien ait passé il y a long-temps en proverbe pour imposteur et pour charlatan, il ne laisse pas de se fier à celui-ci, comme à un très-homme de bien, et qui aimeroit mieux mourir que de déguiser la vérité.

Il assure donc, après cette vénérable personne, qu'Achille fut tué par Hector en défendant les vaisseaux des Grecs, où Hector vouloit mettre le feu; que les Grecs, s'étant accordés avec les Troyens, levèrent le siége par un traité, et se retirèrent en leurs pays ; qu'après la mort de Priam, Hector régna long-temps en Asie; qu'étant parvenu à une extrême vieillesse, il laissa son fils Scamandre successeur de son royaume, et ce qui s'ensuit.

Il ne fait pas mieux son profit du commerce qu'il a avec les historiens, que de la connoissance qu'il a des poëtes. Un mot de Tite-Live est cause que, contre le sentiment universel et la créance publique, il débite pour chose assurée que c'étoient les trois Curiaces qui étoient originaires Romains, et qu'un équivoque a mis en leur place les trois Horaces, quoiqu'ils fussent du parti contraire. Ainsi votre histoire, nous dit-il, a fait un faux pas dès sa première sortie! ainsi les choses ont été corrompues dans leur source! ainsi est servie la pauvre vérité, par ceux qui se disent ses prêtres et ses ministres!

Un autre mot mal entendu de l'histoire de Dion, l'a obligé à calomnier la chasteté de Lucrèce, c'est-à-dire à jeter de la boue sur la plus belle fleur de l'antiquité, et à salir le principal ornement de Rome naissante. Et bien que la réputation d'une si honnête dame soit venue pure et entière jusques à nous, cet accusateur de la vertu a l'effronterie d'agir tout seul contre le témoignage de tous les siècles, et de disputer à cette héroïne la possession de sa gloire, par un procès intenté mal à propos. Il prétend que Tarquin commença véritablement par la force, mais qu'il acheva par la persuasion; que Lucrèce refusa son consentement au crime, mais qu'elle apporta quelque complaisance à la qualité; qu'après avoir été vaincue, elle fut gagnée, et que le remords de la faute qu'elle avoit faite, autant que le regret de l'affront qu'elle avoit reçu, la fit résoudre à ne pas survivre à son déshonneur.

Par malheur il lui est tombé entre les mains un manuscrit du faux Callisthène, auteur de nul prix et de nul mérite, qui a composé un mauvais roman de l'histoire d'Alexandre; en suite du roman, beaucoup plus ample que celui que j'avois vu dans la bibliothèque vaticane, il y a encore un commentaire d'un autre Grec qui n'a point de nom et qui enchérit presque toujours sur l'impertinence du premier. Depuis cette découverte, le barbon ne fait autre chose que parler du trésor qu'il a trouvé. Il rompt la tête à tout le monde des aventures prodigieuses d'un Nectabis ou Nectanebo, roi d'Égypte, qui, par le moyen d'une herbe inconnue et de quelques fleurs enchantées, dont il bailla un bouquet à la reine Olympias, lui fit accroire qu'il étoit Jupiter Hammon, et entra sous ce masque dans sa plus étroite et dernière confidence. Il a toujours été le fléau des oreilles et la tempête des conversations; mais il faut avouer qu'il ne fut jamais si ennuyeux, si importun, si persécuteur, que sur le sujet de ce prince magicien. Il n'en conte que des choses impossibles et impertinentes; et entre autres celle-ci, par laquelle on pourra juger de tout le reste.

Le roi Nectabis ayant été averti de la venue d'une grande flotte ennemie, qui paroissoit sur les côtes de son royaume, sans armer pas un de ses sujets, sans donner seulement l'alarme aux officiers de sa maison, sans partir de son cabinet, ni même de sa ruelle de lit, coula lui seul à fond cette grande flotte qui menaçoit ses États, et voici comment. Il se fit apporter une houssine d'ébène, un bassin plein d'eau du Nil, et une masse de cire vierge, de laquelle il forma quantité de marmouzets, qui représentoient la flotte en petit ; et à même temps qu'avec la houssine il renversa les marmouzets dans le bassin, l'armée navale des ennemis fit naufrage sur la mer. Le barbon rapporte quantité d'histoires de pareille étoffe sur la foi de Callisthène, Mais particulièrement...

Je le surpris un jour bien ému et bien échauffé
avec deux docteurs du mont Sainte-Geneviève,
qui l'étoient venus visiter au collége de Harcourt.
Il suoit à grosses gouttes, quoique ce fût au mois
de janvier; et ses adversaires n'étoient guère
plus froids ni plus tempérés que lui. Aussi dis-
putoient-ils pour une vérité très-importante à la
république, et de laquelle dépendoient apparemment les destinées de la Grèce. La question étoit
de sçavoir *si Bucéphale avoit été ou cheval entier,
ou hongre, ou jument.* Après plusieurs autorités
des bons livres, apportées de part et d'autre, le
barbon alla quérir finalement son répertoire de
nouveautés, je veux dire son histoire ridicule,
où il est écrit en termes formels que Bucéphale
n'étoit rien de tout cela. Nous pensions, nous
arrêtant à l'origine de son nom, que la forme de
sa tête eût été semblable à celle d'un bœuf. Callisthène, qui le voyoit tous les jours, nous apprend davantage. Il tient affirmativement que
Bucéphale étoit un véritable bœuf, mais que de
bonne heure il avoit été dressé au manége, et
qu'Alexandre lui faisoit faire merveilles, aussi-
bien que Porus à son éléphant : tant est puissante, s'écrie en cet endroit ce moral et tragique
historien, la bonne et soigneuse éducation, puisqu'elle sçait vaincre la nature, puisqu'il n'est
point de dureté, de paresse, de résistance, de

contraire inclination, qui ne cède à la force de
la discipline ! etc.

Il traite les princes avec cette belle familiarité. Il
ne porte pas plus d'honneur aux Romains qu'aux
Grecs, et parle des uns et des autres d'une plaisante façon. Tantôt il appelle Alexandre, ce bienheureux étourdi , quelquefois ce jeune fou, et
le plus souvent ce brave bâtard ou ce généreux
fils de p...... Car il ne doute point que Nectabis n'ait été le naturel et le véritable père
d'Alexandre : et n'en déplaise à l'usage, qui règle
toutes les langues, n'en déplaise à Plutarque, à
Arrien et à Quinte-Curce, qui sont un peu plus
croyables que Callisthène, il aime bien mieux
dire *Alexandre*, *fils de Nectabis*, *roi d'Égypte*,
qu'*Alexandre*, *fils de Philippe*, *roi de Macédoine*.
Cela s'entend, quand il n'est pas en mauvaise
humeur contre la reine Olympias, et quand il a
dessein...

Ayant à nommer Jules César, au commencement d'une harangue qu'on le pria de faire à Ca-
hors, où il enseignoit la rhétorique en françois,
il usa de ces termes étranges, et dont tout son
auditoire demeura scandalisé : *Ce vieux ruffien,
qui ne fit pas moins de c.... que d'orphelins et
de veuves.* Il crut traduire par *ce vieux ruffien ,*
et paraphraser par *qui ne fit pas moins de c....
que d'orphelins et de veuves,* le *Calvum Mœ-*

chum adducimus, que chantoient les soldats de
César le jour de son triomphe des Gaules.

Mais c'est le matin qu'il parle de cette sorte,
et quand le sommeil a radouci les aigreurs de
son esprit ; car quand, après avoir déjeûné, son
humeur de républicain le prend, et qu'il est pos-
sédé du démon de la liberté, alors il tient bien un
autre langage. Il parle de César comme de Catilina, comme d'un ennemi public, comme d'un
sacrilége, d'un parricide, d'un homme qu'on devoit mettre dans un sac avec un serpent, un coq
et un singe, et le jeter au fond de la mer.

Toutefois, se ressouvenant que ce même
homme qui a été tyran, a été aussi grammairien, et qu'avant que de s'être souillé du sang
de ses citoyens à la bataille de Pharsale, il avoit
fait un livre de l'analogie, dans lequel il prenoit
soin de l'instruction de ces mêmes citoyens, il
est en doute s'il ne révoquera point le cruel arrêt qu'il vient de donner ; il délibère s'il ne faut
point ici peser le bien et le mal.

Se fondant sur un texte de Salluste, il conclut
que c'est grand dommage qu'un si bel esprit se
soit amusé si long-temps au métier du corps. Par-
là il entend la profession de la guerre. Il est bien
fâché qu'il ait préféré la partie inférieure et matérielle, qui nous est commune avec les bêtes, à
celle qui s'élève par la connoissance au-dessus

du Ciel, et qui nous donne rang parmi les dieux immortels. «Il valoit bien mieux, ajoute-t-il, » chasser de la terre la barbarie, par l'introduc- » tion d'une grammaire régulière, que de faire » entrer les Barbares en Italie par la porte des » guerres civiles. Au lieu de chercher avec tant » de bruit et tant de danger une mauvaise répu- » tation, un nom envié et odieux, une autorité » qui ne dura pas trois mois et demi, il eût bien » mieux fait de travailler doucement et en repos » à l'acquisition d'une gloire qui n'auroit point été » contestée, à l'établissement d'une puissance qui » n'auroit point eu de fin, telle qu'est la gloire » et la puissance de Diomède, de Carisius, de » Priscien, et de Despautère. Car en effet, ne » sont-ce pas ces gens-là, qui, à proprement » parler, et en quelque sens qu'on le puisse pren- » dre, sont des dictateurs perpétuels? Ce sont des » princes qui ne meurent point, qui comman- » deront, qui régneront, qui seront obéis jus- » ques à la fin du monde. Il faut que les enfans » des empereurs et des rois, voire même que les » empereurs et les rois, deviennent leurs sujets » et leurs tributaires, se soumettent à leurs lois » et à leur autorité s'ils veulent apprendre le la- » tin. Ils ont fait donner le fouet plus d'une fois » aux..... pour avoir contrevenu à leurs ordon- » nances..... N'en doutez pas, ce sont eux qui

» sont ces maîtres des choses, qui sont ces sei-
» gneurs romains du premier livre de l'*Énéide*;
» c'est cette nation de robes longues, à qui Ju-
» piter a promis un empire sans fin et sans bor-
» nes, quand il a dit à Vénus :

> A ceux-là je ne mets ni termes, ni limites,
> Les terres et les mers pour eux seront petites.

ou selon l'original de l'oracle,

> *His ego nec metas rerum, nec tempora pono,*
> *Imperium sine fine dedi.*

» Cette prophétie ne se peut vérifier qu'en la
» personne de ces seigneurs, dont il semble que
» l'empire ne connoisse ni vieillesse, ni déclin;
» ne soit point sujet à la révolution des choses
» humaines; ne.... et si le Jupiter de Virgile n'en-
» tendoit parler de tels souverains et de tels maî-
» tres, ce seroit un Jupiter menteur, puisque
» Rome païenne, de laquelle...., et que l'éter-
» nité de celle qui fut appelée l'éternelle, a fini
» il y a long-temps. » Ce sont toujours ou les termes, ou l'intention de notre homme qui prenoit
les choses à cœur, comme vous voyez, et s'inté-
ressoit dans sa matière.

AVERTISSEMENT.

Après ceci il n'y a pas seulement des lacunes dans le manuscrit, il y a un pays perdu, c'est-à-dire un cahier entier tout effacé, et un autre qui étoit le dernier de la relation, duquel il ne s'est sauvé que ce qui s'ensuit.

Il y en a qui sont tombés de leur trône, et d'autres qui en sont descendus. La nécessité fait d'un prince un courtisan; elle apprend la complaisance et la cajolerie aux âmes les plus libres et les plus altières. Le barbon fut avec le grand sacrificateur près de quatre mois, et fut durant ce temps-là son unique favori. Jamais deux personnes ne parurent plus satisfaites l'une de l'autre. Ils s'admiroient, ils se louoient depuis le matin jusqu'au soir. Le sacrificateur parloit du barbon, comme Tibère faisoit de Séjan; c'étoit le compagnon de ses peines et de ses soucis; c'étoit celui que Dieu lui avoit envoyé pour le soulager en ses grands travaux. En revanche, à chaque mot qui sortoit de la bouche du sacrificateur, le barbon crioit à pleine tête; *vivat, bellè, beatè, Sophós, et nunquam sic locutus est homo.* Il ne lui applaudissoit pas seulement, mais il se rompoit les mains à lui applaudir. *Admirable, inimitable, incomparable,* lui sembloient trop peu de chose. Il voulut le traiter à la grecque, il lui donna du *Chrysostôme*, du *Trismégiste* et du *Thaumaturge*.....

Mais cette complaisance ne dura pas. Une si belle amitié, qui s'étoit sauvée des écueils et de la tempête, qui avoit passé Scylle et Charybde, se vint briser un jour contre un grain de sable. S'étant séparés fort bons amis, après la conférence qu'ils eurent ensemble sur la Grâce et sur les autres points contestés qui partagent aujourd'hui notre théologie, ils se brouillèrent pour deux syllabes qui ne signifioient rien, et pour la transposition d'un mot, qui étoit aussi-bien où il étoit qu'où le prétendoit mettre le barbon. Il ne put souffrir au sacrificateur de dire *Virgile*, *Aule-Gelle* et *Sidonius Apollinaris*. Il vouloit absolument qu'il dît : *Vergile*, *Agelle* et *Apollinaris Sidonius*. Et comme le sacrificateur prononçoit anathème contre ceux qui n'étoient pas de son avis, le barbon condamnoit à boire de l'encre, ou à quelque autre pareil supplice, quiconque osoit parler autrement que lui. La dispute s'échauffa peu à peu en ma présence, et monta à tel excès de fureur, qu'il se fit entre eux une rupture avec éclat et scandale, dans laquelle on vit voler en l'air livres, écritoires et portefeuilles....

Sur quoi je m'imaginai, que si un jour la langue françoise devenoit langue classique, et qu'elle s'enseignât au collége, il pourroit aussi y avoir

divers partis pour le gros Guillaume et pour
Guillaume-le-Gros, et qu'il se trouveroit peut-
être quelqu'autre barbon et quelqu'autre sacrificateur qui prendroient une semblable querelle,
quand il s'agiroit des acteurs illustres qui ont
parù sur notre théâtre, etc.

Quelle volupté d'esprit, quelle débauche innocente pour les religieux mêmes les plus austères et les plus tristes ! Quel spectacle seroit-ce
de voir disputer le barbon avec le Erti, de les voir
traiter ensemble des choses de l'autre monde,
des secrets de la nature, de la substance de l'âme,
de la métempsycose de Pythagore, des générations, des éternités, des destinées, etc. ! Quel plaisir de lire les actes d'une conférence tenue entre
deux hommes si rares, qui ont des opinions si
particulières, qui proposent des dogmes si nouveaux, qui sont si persuadés de l'infaillibilité de
leur doctrine? Pourvu qu'un greffier conscien-
cieux écrivît fidèlement ce qui se diroit de part et
d'autre, je m'assure que l'avantage de la confusion et du galimathias ne demeureroit point du
côté des Petites-Maisons; je crois que l'unique
héritier de l'antiquité, quoiqu'il ne soit point enfermé, et que la police et les lois le laissent courir, parleroit encore moins raisonnablement et
moins intelligiblement que le grand-prévôt divin.

Son anti-raison est si vague et si diffuse; elle

embrasse tant de sujets, et paroît sous tant de formes....; parlons franchement, sa folie est si universelle, qu'il y a quelque apparence que le Ciel l'a réservée en ces derniers temps pour l'opposer à la sagesse de Salomon, et à la gloire du premier âge. S'il en faut croire le poëte Marin, qui avoit commencé une *Barbonéide* peu de jours avant sa mort, c'est une des marques de la décadence des choses, de la vieillesse du monde, de l'infirmité de la nature. C'est un faux germe, c'est un avorton de cette bonne mère, qui n'en peut plus. Mais si le poëte Marin va trop haut, comme d'ordinaire il se laissoit emporter à l'enthousiasme, s'il est vrai que le monde ne s'empire point en vieillissant, et que son déclin ait encore de la force et de la vigueur, regardons ce monstre par un autre endroit, et cherchons le véritable dessein du Ciel dans une si vilaine production. Ne seroit-ce point...? ne seroit-ce point....? Sans doute le barbon est né afin que sa naissance rabattît l'orgueil de notre siècle, qui eût été trop glorieux de celle du grand président de Thou, du grand cardinal du Perron, de notre incomp.....

Il ne mérite pourtant ni le zèle et les exclamations des prédicateurs, ni la colère et les invectives des avocats. Le sujet n'est pas assez sérieux pour cela. Ce doit être la matière éter-

nelle des épigrammes et des satires ; mais des
satires du style d'Horace, qui étoit un bon compagnon, et qui entendoit raillerie, et non pas
de celui de Juvénal, qui étoit un fâcheux, et qui
prenoit toutes choses au criminel. Il peut fournir de contes et de bons mots l'abbé de... pour
les conversations de tout un hiver. Théophraste
en eût fait le plus divertissant de ses caractères,
et Bernia le plus agréable de ses chapitres. Pour
moi, j'en fais un des remèdes de mon chagrin.
Par son moyen, je me donne moi-même la comédie ; je l'ai choisi tout exprès pour rire ; et si
j'y eusse songé de meilleure heure, j'eusse beaucoup mieux passé mon temps. Mais c'est une faute
faite ; il faut pourvoir à la joie de l'avenir. Toutes
les fois que je dormirai plus mal, et que je serai
plus triste qu'à l'ordinaire, j'espère que le barbon me consolera de la longueur de mes nuits,
et m'aidera à chasser ma mauvaise humeur.

DE

LA GLOIRE.

LA GLOIRE.

A MADAME

LA MARQUISE DE RAMBOUILLET.

Madame,

On a aimé l'honneur, lorsqu'on aimoit les choses honnêtes. Cicéron avoit composé un Traité de la Gloire, et Brutus un autre de la Vertu : ils se sont tous deux perdus dans le naufrage des belles lettres, que causa le débordement de la barbarie; et je ne vois pas que cette perte soit fort regrettée. Un livre qui découvriroit le secret de faire de l'or, ou qui apprendroit à trouver les trésors cachés, de quoi vos Romains font une étude particulière, seroit bien plus curieusement recherché que tout ce qui a jamais été écrit de la gloire ni de la vertu. L'une et l'autre ne sont considérées aujourd'hui que comme des biens de théâtre, qui ne subsistent

qu'en apparence, ou comme des fantômes de
romans, après lesquels courent leurs héros, qui
sont d'autres spectres et d'autres fantômes.

J'ai vu même un grand seigneur, Madame,
qui crut qu'Alexandre n'avoit pas plus été qu'A-
gramant et qu'Amadis, quand on lui dit qu'il
faisoit ses aumônes en talens, et qu'il sut qu'un
talent revient à six cents écus de notre monnoie. Cela lui sembla plus ridicule et plus incroyable que les éléphans fendus en deux d'un
seul coup d'épée, et les autres miracles de l'histoire fabuleuse.

Tous les temps ont eu leurs défauts, et leurs
maladies ; mais il faut avouer qu'il y a des maladies plus sales les unes que les autres. Celle de
notre siècle est de ces sales et de ces vilaines.
Quand le monde étoit jeune, il étoit vain, téméraire et ambitieux : à cette heure qu'il penche
sur sa fin, il s'est fait autre au dernier degré, et
a tous les autres vices de la vieillesse.

Pardonnons, Madame, l'ambition à ceux qu'on
appelle sages. Ne nous étonnons point qu'ils désirent le commandement, et qu'ils veuillent occuper les premières places : plaidons même leur
cause en quatre paroles. Il faut donner du crédit
et de l'autorité à la raison, afin que le hasard ne
soit pas le maître ; il faut armer les bons conseils,
de peur que la folie ne soit plus forte que la sa-

gesse. D'ailleurs, les âmes extraordinaires doivent connoître ce qu'elles valent. Elles doivent sçavoir que le gouvernement leur appartient de droit naturel, et qu'elles viennent au monde, ou pour régner, ou pour conseiller les rois. Quelle apparence donc de laisser périr dans la solitude et dans le repos les priviléges du Ciel et les avantages de la nature, les vertus destinées à l'action, et au bien de la société? De refuser la félicité aux peuples, qui vous la demandent, c'est être cruel; de quitter la place aux méchans, c'est être lâche; d'aimer mieux être mal conduit que de bien conduire, c'est manquer de sens commun.

Nos ambitieux, Madame, peuvent parler de la sorte; mais de quelles paroles se peuvent servir les avares que nous connoissons, pour colorer l'infamie de leur épargne, pour justifier l'ardeur et l'avidité de leurs désirs? Que veulent-ils dire, de travailler jour et nuit inutilement à remplir un abîme et à contenter l'infinité? Que veulent-ils faire dans leurs coffres, des larmes amassées de tous les endroits d'un grand royaume; de tant de sang qui crie vengeance contre eux, et qui portera malheur à leur race? A quoi bon la continuation de ce funeste trafic, quand ils ont déjà assez de bien, non-seulement pour fournir à leur dépense ordinaire, mais aussi pour donner, et pour perdre, et pour demeurer encore riches?

Je ne puis certes comprendre comme des personnes, qui, sont appelées à la conduite du monde, et qui en cette souveraine administration, peuvent avoir de très-pures et de très-parfaites voluptés, dont il y a de l'apparence que Dieu même se délecte, je veux dire du contentement qu'il y a de rendre les peuples heureux, et de recevoir des remerciemens et des bénédictions de toutes les langues; je ne puis, dis-je, m'imaginer, comme ces personnes-là préfèrent le profit à la gloire, et aiment avec tant de passion une chose morte; une chose, Madame, qui ne peut répondre à leur amour; qui n'a, ni sentiment, ni intelligence; qui n'est que de la terre, que l'opinion et la couleur distinguent de l'autre terre.

Néanmoins j'ai regret de le dire, et de reprocher à une nation si noble et si estimée que la nôtre, un vice si bas et si méprisable que l'avarice. Il n'est que trop vrai que ce malheureux intérêt, qui devroit n'être connu que des banquiers de Gênes et d'Amsterdam, et n'avoir lieu qu'aux places du change, est maintenant le Dieu de la Cour, est l'objet et la fin du courtisan. Il n'est que trop vrai, qu'on lui sacrifie pensées, paroles et actions; qu'on lui fait servir l'esprit, le courage, la vertu, le vice, les bonnes actions et les mauvaises.

De l'âme des fermiers et des receveurs, il a passé ce malheureux intérêt en celle des gentils-hommes et des Princes. Il entre dans les professions, qui en sont apparemment les plus éloignées. Et que dira la postérité, qui sera peut-être meilleure que nous, si elle voit, dans l'histoire, la guerre mise en parti, et les capitaines devenus marchands? Que dira-t-elle, si elle sçait qu'ils ont été de moitié avec les trésoriers et les commissaires des vivres, pour ne pas laisser échapper les plus petits gains; qu'ils ont eu leur part à toutes les grivelées, et à toutes les friponneries des officiers inférieurs, et des derniers valets de l'armée?

Il est certain que l'ambition même d'aujourd'hui ne travaille plus que pour l'avarice. Elle s'élève ou s'abaisse, selon qu'il y a plus ou moins à gagner; et celle qui se proposoit autrefois pour fin les applaudissemens du peuple, l'estime du Prince, et le témoignage de la renommée, n'a maintenant devant les yeux que l'argent du Roi, le profit d'une charge, et les deniers revenans bons de la guerre.

Si c'est être fin que de vivre de la sorte, il y avoit bien de la simplicité en ces premiers hommes, qui sont les ornemens et les lumières de tous les siècles; en vos ancêtres, Madame, avant que la succession d'Attalus leur fût échue, et que les richesses de l'Asie les eussent gâtés. En ce temps-là, la récompense des services rendus au public, n'étoit autre que la simple satisfaction d'avoir servi le public gratuitement. C'étoient des gueux adorés des souverains et des peuples que les consuls et les dictateurs de ce temps-là. Leur pauvreté fait tout ensemble envie et pitié dans la première décade de Tite-Live. Ces pauvres consuls, après avoir acquis à la république plusieurs villes et plusieurs provinces, après lui avoir envoyé des flottes chargées de la dépouille de ses ennemis, ne laissoient pas en mourant de quoi payer le mariage d'une fille, ni faire les frais de leurs funérailles.

Ils entreprenoient les fameuses actions dont encore la mémoire nous étonne. Ils venoient à bout des choses apparemment impossibles, et dont la seule proposition feroit peur à la plupart des princes de notre siècle : ils devenoient vieux dans les armées, et cherchoient par une infinité de combats l'occasion d'une bataille, et, par mille périls, un plus grand péril. Mais pourquoi, à votre avis, tant de périls et tant de combats ? Vous plait-il, Madame, que je vous le die ? C'étoit pour obtenir le triomphe; pour voir une de leurs statues en public; pour avoir un nouveau nom. Et ce triomphe n'étoit que la beauté d'une journée, et cette statue ne leur servoit pas plus qu'un

meuble inutile ; et ce nom n'ajoutoit à leur fortune que trois ou quatre syllabes.

D'un pareil présent ont été récompensés les
Illyriques, les Macédoniques, les Numantins,
les Achaïques, les Africains, les Asiatiques ; et
pour cela ils ont donné de bon cœur à la république les peines et les sueurs de plusieurs années. Un petit mot leur a coûté une partie de
leur sang, tout leur courage et tout leur esprit,
et si vous les en voulez croire, il ne leur a pas
coûté ce qu'il vaut. Il ont plus estimé cette vaine
et imaginaire acquisition, que la véritable conquête qu'ils venoient de faire.

Or, de dire maintenant, Madame, qu'ils man-
quassent de jugement en la conduite de leur vie,
et qu'ils n'eussent pas assez de connoissance des
choses, pour sçavoir, aussi-bien que nous, celles
qu'il faut négliger et celles qui doivent être es-
timées, la vertu n'a pas encore si peu de crédit
parmi ses ennemis, qu'il y ait personne qui ose
proférer un si mauvais mot. Mais c'est véritablement que leurs pensées étoient moins terrestres
que les nôtres. C'est qu'ils mettoient le souverain bien en un lieu plus haut que nous ne faisons, et qu'ils avoient un autre goût que nous
de l'honneur. C'est qu'ils croyoient que la gloire
étoit l'unique salaire que les dieux et les gens

de bien devoient attendre de la reconnoissance des hommes.

Aristote le dit et le redit dans ses livres des Ethiques. Il tient que l'honneur est la seule chose qui se peut donner à ceux qui ont tout. Les Grecs ont eu ces sentimens, comme les Romains; et si nous nous figurions que la pauvreté de leur siècle fut cause de leur intégrité, et qu'un bien ne pouvoit pas être aimé, avant que d'être connu, nous ne nous souviendrions pas qu'après que le tyran d'une simple ville eut donné des millions d'or à un médecin, pour l'avoir guéri d'une maladie, Athènes ne donna que deux branches de laurier à celui qui l'avoit délivrée de trente tyrans.

Les sept gentilshommes perses qui tuèrent les mages usurpateurs, ne voulurent non plus, pour eux et pour leur postérité, que le privilége de porter un bonnet pointu, penchant sur le devant de la tête, à cause que ce bonnet pointu avoit été la marque de leur entreprise. Et d'autres, ayant conquis le pays de l'ennemi, se sont contentés d'autant de terre qu'en mesureroit le jet de leur javelot, après l'avoir lancé, en présence de l'armée qu'ils avoient conduite.

Au contraire, nous sçavons, Madame, que le tableau d'un peintre a beaucoup plus valu qu'une semblable conquête, et qu'un bouffon a eu davantage d'un de ses bons mots, et que les grandes fortunes ont été faites par des charlatans, qui ont tiré tribut de l'ignorance des princes. Nous avons appris de l'antiquité, que des femmes de mauvaise vie ont laissé des édifices aussi superbes que peuvent être les galeries du Louvre : il y en a eu qui se sont offertes à rebâtir les murailles de Thèbes à leurs dépens : il y en a eu d'autres qui ont fait fondre des simulacres d'or, du gain qui étoit provenu de leur beauté et de l'intempérance de leur siècle.

Autrefois on vendoit et on achetoit les personnes qui n'étoient pas libres : le travail des mercenaires coûtoit cher : la volupté n'étoit point à bon marché, et les arts faisoient riches ceux qui les sçavoient. Tout produisoit, comme vous voyez, et rapportoit du fruit et de l'avantage ; mais la souveraine vertu, jouissant d'elle-même au-dedans, et ne rendant que de l'éclat au-dehors, étoit remarquable par une illustre et glorieuse stérilité. Il n'y avoit rien, Madame, d'assez grand au monde, pour être le prix des services rendus à la patrie; si bien que, ne pouvant pas les reconnoître, elle se contentoit de les honorer, et au lieu de payer les gens de bien, elle leur demeuroit obligée.

Et en conscience n'étoit-ce pas un trop digne paiement pour qui que ce soit, de pouvoir dire en soi-même, le peuple romain est mon débiteur;

ma victoire est une des fêtes de Rome; je n'ai
point perdu les avances que j'ai faites; la patrie
me paie de la même sorte dont elle s'acquitte de
ce qu'elle doit aux dieux immortels?

Un particulier n'étoit-il pas trop récompensé
de ses services, de voir, par son moyen, une
grande nation, ou esclave, ou affranchie de la
république, ou sous son joug, ou sous sa protection; de regarder une multitude infinie de
citoyens, dont les uns lui étoient obligés de la
vie, les autres de la fortune, les autres de la liberté, et tous ensemble de la gloire du nom romain; d'ouïr proposer son exemple à tous les
jeunes gens, et chanter sa vaillance par la bouche
de toutes les dames?

C'étoit, Madame, un étrange chatouillement
d'esprit à un général qui triomphoit, de n'ouïr
par les rues que des vœux pour sa personne,
et des louanges pour ses actions; de tirer après
soi des cris de joie et des applaudissemens continuels; de faire naître par sa présence une musique d'amour et d'admiration, qui l'accompa-
gnoit jusqu'au Capitole; et enfin, après tout cela,
d'être couronné dans le Capitole même, c'est-
à-dire presque dans le Ciel, et presque de la
propre main de Jupiter. Car vous sçavez, Madame,
qu'on croyoit que ce lieu fatal étoit la seconde
demeure de ce grand dieu, et qu'il y étoit tou-

jours présent , voire qu'il y étoit quelquefois visible à ceux qui avoient la vue bien purgée des nuages de la terre. On tenoit que de-là il avoit tonné et foudroyé en diverses occasions , et qu'il n'étoit pas moins le capitolin que l'olympien et que le céleste.

Mais d'autant que quelques-uns, plus ignorans que dévots , et plus paresseux que véritablement humbles , voudroient excuser leur peu de courage , en condamnant la gloire du monde et soutenant qu'elle est contraire à celle du Ciel ; ils doivent sçavoir, Madame, que Dieu met l'infâmie au nombre des supplices de sa justice. Qu'ils consultent les livres qu'il a dictés. Là-dedans il menace les méchans , ou d'effacer leur mémoire de dessus la terre , ou de la rendre de mauvaise odeur à toute la terre; et au contraire il promet aux gens de bien, de l'honneur, de la renommée et de la gloire , ce que sans doute il ne feroit pas , si ce n'étoient de très - bonnes choses.

De qui est-ce en effet que nous révérons les cendres , et que nous saluons les images ? A qui chantons-nous des hymnes et des cantiques ? De qui est-ce que Rome célèbre encore aujourd'hui les apothéoses et les triomphes, si ce n'est de ceux qui ont agi ou souffert courageusement pour le service de Dieu, et pour la défense de sa cause?

Il fit porter cette parole par Samuël, au grand sacrificateur Hely, *quiconque me glorifiera, sera honoré, et celui qui me méprisera, sera méprisé, et rendu infâme*. Ne voilà-t-il pas en termes formels l'ignominie pour peine, et la gloire pour récompense?

Voilà la gloire du monde, canonisée par le propre suffrage de celui qui fait les saints. Mais, Madame, n'avez-vous jamais pris garde que la plus parfaite des choses créées, la très-sainte mère de notre Sauveur, n'a point dissimulé la joie qu'elle sentoit dans son âme, de voir qu'à l'avenir toutes les générations la devoient appeler bienheureuse; et après avoir admiré ce que Dieu avoit fait pour elle, a compté pour quelque chose ce que le monde en diroit?

Sans faire violence à son intention, il se peut conclure de ses paroles, que la belle passion dont il s'agit, s'accorde avec la plus haute sainteté, avec celle qui est la plus proche de la divine. Et si la bonne renommée est la possession des morts, comme l'a assuré Aristote, il s'ensuit encore que cette passion monte dans le Ciel, avec les esprits bienheureux. Mais je dis plus, Madame; elle est sur la terre une marque et un caractère de leur noblesse. Et nos philosophes, aussi bien que les philosophes païens, ont apporté ce désir commun et naturel, qui pique les hommes

de l'amour d'une gloire reculée, et qui les porte
à vouloir être loués après leur mort, pour une
sensible et certaine preuve de l'immortalité de
leur âme.

Mais pourquoi tant d'inutiles paroles; je n'ai
que faire de me donner de la peine à justifier
la gloire. Quand elle seroit aussi dangereuse
qu'elle est désirable, il ne faut point avoir peur
qu'elle corrompe les chrétiens de notre temps.
J'aurois beau la parer, elle ne trouvera guères
de serviteurs. Et si j'en faisois un livre exprès,
comme Cicéron, mon livre ne passeroit que
pour un maigre et mauvais roman : je n'aurois
rang, Madame, que parmi les faiseurs de contes
et les vendeurs de fumée.

On ne se laisse plus prendre à un appât qui
a si peu de corps, et qui est si subtil et si délié.
Les belles opinions ne font plus de secte : elles
ne gagnent rien sur des esprits qui veulent toucher et compter leur félicité ; qui n'estiment que
ce qui tombe sous les sens, et qui est de mise
dans le commerce. Les maximes de Rome triomphante ne sont pas des maximes à notre usage;
et de penser les introduire dans le monde, ce
seroit y vouloir apporter de vieilles modes, qu'on
a quittées depuis la mort des Fabrice et des Scipion.

II.   17

La plupart même de nos gens pensent que ces gens-là n'ont jamais été. Ils les mettent avec les Amadis et les Agramans, et leur histoire parmi les fables. L'honnêtté du vieux temps est le ridicule de celui-ci. Aussi je n'en parle qu'à vous, Madame, qui êtes digne d'un meilleur temps que le nôtre, qui au milieu de la cour ne servez pas le Dieu que la cour adore ; qui ne vous moquez point du bonnet des Perses, ni du laurier des Athéniens ; qui ne méprisez pas les statues et les triomphes de vos ancêtres ; qui trouvez beaux les noms d'Africains et d'Asiatiques.

Vous avez dans l'âme tous les principes de la haute et ancienne générosité, de celle que suivoient les Romains et les Spartiates, tant qu'ils se conservèrent dans la pureté de leurs lois et de leur police. Vous croyez que la vertu se tient lieu de digne et de suffisante récompense ; mais que néanmoins elle accepte la gloire, sans l'exiger ; que la gloire n'est pas tant une dette, dont s'acquitte le public, qu'un aveu de ce qu'il doit, et tout ensemble une protestation qu'il est insolvable ; qu'elle n'est pas tant une lumière étrangère, qui vient de dehors aux actions héroïques, qu'une réflexion de la propre lumière de ces actions, et un éclat qui leur est renvoyé par les objets qui l'ont reçu d'elles. Ainsi, Madame, ni en vos sentimens, ni en vos affections, vous ne

séparez point deux choses , qui sont naturellement unies. Vous estimez la vertu pour l'amour
d'elle-même, et la gloire pour l'amour de la
vertu.

LE ROMAIN.

LE ROMAIN.

A MADAME

LA MARQUISE DE RAMBOUILLET.

Ce qu'on vous a dit, Madame, est très-véritable,
et si vous voulez un témoin illustre qui vous le
confirme, César vous en assurera en deux ou trois
lieux de ses Commentaires. Il n'y a point de doute
que les grandes âmes, dont nous avons parlé
tant de fois étoient logées dans des corps de médiocre grandeur. Vos ancêtres ont été des héros,
mais il n'ont pas été des géans ; et la plupart
même de leurs ennemis ont eu sur eux l'avantage de la taille et de l'apparence. Cette vérité
historique ne recevant point de difficulté, il n'est
rien de plus juste que la conséquence qui en
fut tirée. « Que si on eût pesé les hommes en
» ce temps-là, et qu'on les eût estimés au poids,
» un Allemand eût valu près de deux Romains. »

Les Allemands étoient donc plus longs et plus
larges ; les Gaulois étoient plus forts et en plus
grand nombre ; les Africains plus riches et plus
rusés ; les Grecs plus polis et plus adroits aux

exercices de la lutte et de la course ; mais les Romains étoient plus propres au commandement,
étoient mieux disciplinés et plus entendus à la
guerre. Et avec cette discipline, que quelqu'un a
nommée le fondement de l'empire et la source
des triomphes, ils ont assujetti la force, le nombre, les richesses, la politesse et la vertu même
des autres peuples.

Il y avoit de la vertu dans les provinces, n'en
doutez pas ; le mépris de la mort étoit vulgaire
parmi les Barbares ; l'amour de la liberté et le
désir de la gloire ne leur étoient pas inconnus ;
mais, Madame, le vrai usage de toutes ces
choses se trouvoit à Rome. Rome étoit la bouti-
que où les dons du Ciel étoient mis en œuvre,
et où s'achevoient les biens naturels. Elle a fait
voir la première, au monde, des armées judicieu-
ses et dés guerres sages ; elle a sçu mêler comme il
faut l'art avec l'aventure, la conduite avec la fureur, la qualité divine de l'intelligence dans les
actions brutales de la partie irascible.

Cela veut dire que l'esprit est le souverain
artisan des grandes choses, des actions militaires,
aussi-bien que des affaires civiles. La principale
pièce de la vaillance ne dépend point des organes du corps, et n'est pas une privation de raison
et un simple regorgement de bile, ainsi que le
peuple se le figure. Ce ne sont ni les yeux qui

voient, ni les oreilles qui entendent, ni les bras
qui se remuent : c'est l'esprit, comme dit un poëte
allégué par Aristote, c'est l'esprit qui fait tout
cela. Sans lui les yeux sont aveugles, les oreilles
sourdes et les bras paralytiques ; il est le principe
et l'auteur de toutes les opérations de l'homme.

Par l'esprit, un enfant a mis un géant par terre,
et on mène les taureaux avec un filet ; par l'esprit, un architecte assis conduit la besogne de
mille maçons, et bâtit les temples et les palais ;
par l'esprit, un pilote immobile travaille plus que
toute la chiourme, et on sueroit inutilement à
baisser les voiles et à les lever, s'il ne trouvoit
sa route dans les étoiles ; par l'esprit, Madame,
un consul ayant eu commandement d'aller faire
la guerre contre un roi ennemi de la république,
étudia si bien par les chemins, et se rendit si
sçavant en une profession qu'il ignoroit, qu'é-
tant parti de la ville homme de paix, il arriva
grand capitaine à l'armée, et devêtit sa robe
longue pour gagner d'abord une bataille. Ainsi
commençoient vos prédécesseurs ; ils faisoient
ainsi leurs premières armes : leur apprentissage
étoit un chef-d'œuvre.

Vous voudriez bien voir, je m'assure, un de
ces gens-là. Y auroit-il point moyen de vous
montrer un consul romain, et de chercher quelque voie plus innocente et plus sûre que celle

de la magie, pour le tirer tout entier du lieu où il est? Car, sans doute, vous le voudriez voir en corps et en âme, avec cette gravité qui mettoit le respect dans le cœur des rois, et transissoit les peuples d'admiration. Vous le voudriez voir avec cette autorité visible et reconnoissable qui le suivoit en prison et en exil, qui lui demeuroit, après qu'il avoit tout perdu, de laquelle la fortune ne l'avoit pas désarmé quand elle l'avoit mis en chemise. Le voici, Madame, qui ne vient pas des Champs-Élysées et d'une demeure fabuleuse; il sort des histoires de Polybe, ou de quelque autre semblable pays, et il me semble qu'il mérite bien d'être regardé.

Premièrement, il ne sçait pas moins obéir aux lois qu'il sçait commander aux hommes, et dans une élévation d'esprit qui voit les couronnes des souverains au-dessous de lui, il a une âme tout-à-fait soumise à la puissance du peuple: il révère la sainteté de cette puissance entre les mains d'un tribun, ou furieux, ou ennemi, ou peut-être l'un et l'autre. Croyant que faillir est le seul mal qui puisse arriver a l'homme de bien, il croit qu'il n'y a point de petites fautes; et, se faisant une religion de la moindre partie de son devoir, il pense qu'on ne peut pas même être négligent sans impiété. Il estime plus un jour employé à la vertu qu'une longue vie délicieuse; un moment de gloire qu'un siècle de volupté : il mesure le temps par les succès, et non pas par la durée.

Agissant sur ce principe, il est toujours préparé aux entreprises hasardeuses ; il est toujours prêt à se dévouer pour le salut de ses citoyens, à prendre sur soi la mauvaise fortune de la république. Et soit que l'oracle le lui ordonne, soit que l'inspiration vienne de son propre esprit, il remercie les dieux, comme de la plus grande grâce qu'il ait jamais reçue d'eux, de ce qu'ils veulent qu'il soit le général qui sera tué, de l'armée qui gagnera la bataille. Ensuite de cela, Madame, il n'est rien qui ne lui soit aisé, et rien qui ne nous doive être croyable. Il ne connoît ni nature, ni alliance, ni affection, quand il y va de l'intérêt de la patrie; il n'a point d'autre intérêt particulier que celui-là, et n'aime ni ne hait que pour des considérations publiques.

Un esprit sans corps et désembarrassé de la matière n'agiroit pas d'une autre façon, et ne seroit pas moins incommodé de ses passions. Mais disons davantage : il ne seroit pas moins touché de la vaine apparence des choses humaines, de ce qui étonne et de ce qui éblouit. Les bravades d'aujourd'hui ne font pas plus d'impression sur sa fermeté que les caresses d'hier. Les princes sont aussi foibles contre lui avec

leurs bêtes féroces qu'avec leurs trésors; et quand
il n'auroit jamais vu d'éléphans, s'il est possible
qu'on fasse sortir de derrière une tapisserie tous
ceux qui sont aux Indes et en Afrique, il les
considérera comme un jeu et une bouffonnerie
de Pyrrhus, et non pas comme un épouvantail
et une menace pour Fabrice. Tout ce qu'il y a
dans le monde d'effroyable et de terrible n'est
pas capable de lui faire cligner un œil ; tout ce
qu'il y a d'éclatant et de précieux ne lui peut pas
donner une tentation : on ne sçauroit le vaincre;
on ne sçauroit le gagner.

Il est des courages, Madame, qui seroient in-
vincibles si on ne les attaquoit que de vive force, et s'il falloit toujours combattre et toujours
faire la guerre ; mais se proposant pour objet de
leur valeur de surmonter ce qui est de plus à
craindre en leurs ennemis, ils ne s'imaginent pas
qu'il soit besoin de se défier du reste, et sont
moins soigneux aux choses qu'ils croient les
moins difficiles. D'où vient peut-être cette fantaisie des poëtes, que les demi-dieux avoient une
partie sur eux sujette à la mort, et un endroit
par lequel ils étoient hommes : à cause, à mon
avis, qu'il y a toujours de l'imperfection aux
œuvres de la nature, et qu'elle n'apporte jamais
tant de soin à l'achèvement de ce qu'elle fait,
qu'elle ne laisse quelque côté plus foible que

l'autre. Or il est certain, Madame, que d'ordinaire c'est ici le foible des grands courages ; et leur cœur est ici de chair, qui partout ailleurs est de diamant. Il ne faut point tant de résolution pour résister à la violence des tyrans que pour se défendre de leurs faveurs, et la puissance qui leur a été donnée de faire du mal est bien moins dangereuse, que les moyens qu'ils ont d'obliger les hommes.

Tous ces moyens manquent néanmoins, quand il est question de les employer contre un Romain : cette partie mortelle ne se trouve point en son âme. Il est également fort de tous côtés ; il est impénétrable à la vanité, comme à la peur et à l'avarice. Sa sévérité ne sçauroit être adoucie, non pas même par les complimens et par les flatteries du roi des Parthes. En même temps il renverse les efforts découverts, et se garantit des artifices cachés. Rien n'est contagieux à une âme si saine naturellement, et si bien purgée par la discipline de son pays. Ni le poison apporté d'un lieu éloigné, ni l'air corrompu de son voisinage, ni l'étranger, ni le citoyen, n'ont de quoi altérer sa bonne constitution.

Les malcontens perdent leur temps et leur peine, s'ils pensent lui faire venir le goût des choses nouvelles, en lui donnant mauvaise opinion des choses présentes. Quelque spécieux

prétexte qu'on lui propose, de quelque liberté
et de quelque bien public qu'on lui parle, il
n'entend point ce langage ; il vaudroit autant
parler d'amour à une vestale. Ce n'est pas une entreprise humaine que d'ébranler son immobile
fidélité. Un poëte a dit que le Capitole n'est pas
plus ferme, et que Rome changeroit aussitôt de
place. Il aime mieux détruire la tyrannie que la
partager, et pouvant être collégue de l'usurpateur, il se déclare son ennemi.

Sçauroit-on rien ajouter à un si grand mot ?
Encore celui-ci, pour vous faire voir la dernière
épreuve de sa vertu. La république, Madame, ne
le peut perdre, quelque négligente qu'elle soit à
le conserver. Il souffre non-seulement avec patience, mais encore avec gaieté, ses mépris et ses
injustices. Jamais il ne lui est venu en l'esprit de
se venger d'elle par une guerre civile; et il trouve
bien plus honnête le nom d'innocent banni, que
celui de coupable victorieux. On lui a persuadé
dès son enfance, et depuis il n'en a pas douté,
qu'un fils ne se peut jamais acquitter de tout ce
qu'il doit à une mère, voire à une mauvaise mère,
et qui est devenue sa marâtre, et qu'un citoyen
est toujours obligé à sa patrie, voire à son ingrate patrie, et qui l'a traité en ennemi.

Voilà à peu près, Madame, le fonds de l'âme
de notre consul, et la racine des choses merveil-

leuses que vous lirez dans les histoires de Polybe
et de Tite Live. Regardons-le maintenant un peu
au-dehors et par un endroit qui soit plus exposé
à la vue des hommes.

On ne remarque en ses actions, ni une froideur
lâche et pesante, ni une véhémence téméraire et
précipitée. Il se hâta lentement, et s'avance d'un
mouvement insensible. Sans s'inquiéter, il remue
les choses inférieures ne plus ne moins que les
intelligences meuvent les sphères célestes sans se
lasser. A le voir si peu empêché à l'entour de sa
besogne, on diroit que ce n'est pas lui qui en est
l'entrepreneur, et il a tant de facilité aux plus
pénibles fonctions de la charge qu'il exerce,
qu'encore qu'il ne fasse rien médiocrement, il
ne fait rien néanmoins avec effort.

Considérez comme il conduit toute l'armée
avec les yeux; comme un signe de sa tête tient
tout le monde en devoir; comme sa seule présence établit l'ordre et chasse la confusion. Certes
il y a du plaisir, pour les philosophes même, et
pour ceux qui ne prennent point d'intérêt aux
affaires humaines, de l'observer en ces occasions. Les moindres mouvemens de son corps
sont accompagnés de quelque vertu qui le fait
aimer. Il scroit difficile de dire s'il est plus nécessaire à la république qu'agréable aux citoyens.
Il commande bien, mais lui sied bien de com-

mander; il a, Madame, le commandement si beau, qu'il y a presse, qu'il y a ambition, qu'il y a quelque volupté sensible à lui obéir.

Cette bonne grâce, qui reluit sur tout ce qu'il fait, étant infuse dans des qualités solides, et se trouvant avec l'intelligence et les autres parties nécessaires, lui est un charme et un enchantement admirable pour adoucir l'amertume des ordres fâcheux ; pour les faire exécuter sans peine d'esprit ni répugnance de volonté. Elle a une étrange force pour lui gagner le cœur des soldats et pour attirer leur inclination, fussent-ils plus durs à émouvoir et plus insensibles que le fer et l'acier, dont ils se servent.

Par ce charme ils ne s'attachent pas seulement à lui, mais ils se détachent de tout le reste. Ils ne se soucient ni de paye, ni de butin, ni de récompense ; ils ne songent, ni aux fêtes de Rome, ni aux délices d'Italie ; ils ne veulent et ne demandent que leur général duquel ils sont si amoureux, voire si jaloux, qu'ils appréhendent la fin de la guerre de peur de le perdre par la paix ; ils murmurent contre le sénat qui le rappelle, et ne se peuvent consoler de la victoire qui leur ravit le victorieux.

Quelle doit être, bon Dieu, une milice si passionnée ! Ce n'est pas obéissance qui suit le commandement, c'est zèle qui le prévient ; ce n'est pas affection qui les jette dans la cause de leur chef, c'est transport qui les sépare d'eux-mêmes et qui lui fait dire : « Je m'en vais contre l'ennemi » avec la dixième légion, de laquelle je ne suis » pas moins assuré que de ma propre personne. » Je sçais qu'elle passera toute nue au milieu des » flammes, si l'honneur le veut, ou si la nécessité » le demande. » Tellement, Madame, que ce ne sont plus les soldats de son armée qui marchent avec lui : ce sont comme les membres de son corps qui se meuvent quand il se remue; ce sont, pour le dire ainsi, des parties étrangères de lui-même, qui lui sont plus unies que les naturelles.

De l'autre côté, le respect qu'ils lui portent, n'est pas moins puissant que l'amour qu'ils ont pour lui; au moins est-il plus puissant que le droit de vie et de mort qu'il a sur eux. Ce respect gouverne et règle toutes les troupes, il les pousse ou les arrête selon qu'on a besoin de leur différente obéissance, il leur pourroit tenir lieu de discipline. Qu'on ne pense pas que ce soient les loix de la guerre et les ordonnances militaires qui empèchent les soldats de faire des fautes; c'est sa présence et son témoignage. Quand ils ont manqué, ils craignent plus qu'il le sache, qu'ils ne craignent qu'on les châtie; et plusieurs sont retenus en leur devoir par l'appréhension de

II   18

lui déplaire, qui ne le seroient pas par la crainte
de la peine et du déshonneur.

C'étoit-là, Madame, la seule chose que craignoit l'armée romaine, et jamais soldats ne mé-
prisèrent si fort l'ennemi, ni ne redoutèrent si
fort leurs chefs; jamais âmes ne furent tout
ensemble si fières et si dociles, ne se débordèrent avec tant d'impétuosité à la campagne, et
ne reprirent leur place dans le camp avec moins
d'apparence d'en être sorties. Après avoir fait
des miracles de courage, ces gens-là venoient sçavoir s'ils avoient bien fait ou non. Ils venoient
rendre compte de la victoire, de laquelle il falloit
quelquefois se justifier, et laquelle étoit quelquefois punie.

Cette crainte de piété et de religion a produit
des exemples à milliers dans la pure antiquité,
et on marche dessus au collége, tant ils sont vulgaires et en grand nombre; mais il faut choisir
ce qu'on vous présente. Il faut que je vous
montre, Madame, une belle marque de cette
généreuse crainte, dans la caducité même de
l'empire, lorsque Rome n'étoit plus que le sé-
pulcre de Rome; la nature voulant, à mon avis,
conserver ses droits, et faire voir que les cendres
des matières souverainement excellentes, sont
encore riches et précieuses.

Sous l'empire de Justinien, un capitaine nommé Fulcar , s'étant jeté inconsidérément dans les ennemis, et ayant engagé sa troupe à un combat désavantageux , comme en cette extrémité quelqu'un lui représentoit que, s'il vouloit, il pouvoit encore se retirer avec une bonne partie des siens ; il vaut mieux mourir, répondit-il , *car quel moyen y auroit-il après ceci de soutenir le visage de Narsès ?* Ce n'est pas que Narsès fût cruel, mais c'est que la souveraine vertu est redoutable ; c'est que la mine d'un général de l'armée romaine donne de l'effroi à ceux qui n'en ont pas des épées nues et de la mort assurée. D'une œillade il perce les coupables jusqu'au cœur ; et en les regardant, il les punit.

N'est-ce pas là, Madame, un effet de cette autorité qui vient du Ciel, de cette autorité inhérente à la personne de celui qui l'a distincte et séparée de l'autre autorité ; qui naît du pouvoir donné par la république ; qui a été vérifiée par le sénat ; qui se lit dans des patentes de parchemin ; qui se remarque par des aigles et par des dragons en peinture, par des verges, par des haches et par des archers.

Cette seconde autorité dont vous prétendez que je vous dise quelque chose qui n'ait jamais été dit, est une certaine lumière de gloire, et un certain caractère de grandeur que la vertu hé-

18..

roïque imprime sur le visage des hommes ; et ce
caractère et cette lumière corrigent les défauts
et les imperfections de la nature, font que les petits hommes paroissent grands, embellissent les
visages laids, défendent la solitude et la nudité
d'une personne exposée aux outrages de la fortune, accablée sous les ruines d'un parti détruit,
abandonnée de ses propres vœux et de sa propre espérance. Ce caractère, Madame, est à cette
personne une sauve-garde du Ciel, contre les violences de la terre, la rend inviolable à des ennemis irrités, lie les mains à des traîtres qui
viennent à elle avec un mauvais dessein, trouve
du respect et de la tendresse parmi les Scythes et
les Tartares.

A cette marque, les ennemis ont reconnu à la
guerre les princes romains, quoiqu'ils se fussent
déguisés, quoiqu'ils fussent mêlés dans la foule
des soldats, quoiqu'ils ne les eussent jamais vus.
Rien n'est capable d'effacer ce caractère, ni
d'obscurcir cette lumière, non pas même les
disgrâces, la prison et les chaînes d'un pauvre
captif. Le bourreau tombe à la renverse à la vue
de son patient, et peu s'en faut qu'il ne lui demande la vie. Il s'imagine qu'il voit sortir de
ses yeux une grande flamme, qui illumine tout
le cachot, et qu'il entend une épouvantable voix
qui lui crie : *Qui es-tu malheureux, qui oses*

mettre la main sur la personne de Caïus Ma-
rius ?

Ne sont-ce pas là, Madame, trouvez bon que
je vous interroge encore une fois, ne sont-ce pas
là les dernières et les plus chères faveurs qui se
peuvent recevoir de la suprême vertu? Et cette
seconde autorité, qui survit à la première; cette
autorité qui se conserve dans les ruines de la
puissance, qui consacre la mauvaise fortune, les
chaînes et le cachot; qui rend l'affliction sainte
et vénérable; n'est-ce pas une chose bien plus
noble que l'indigne prospérité des heureux, que
tous les sceptres, toutes les couronnes, et toute
la magnificence des rois fainéans?

Sans doute l'autorité est beaucoup plus noble
que la puissance; et celle qui se forme de la révérence de la vertu, beaucoup plus honnête que
celle qui s'établit par la terreur des supplices.
Le triomphe pur et innocent d'une infinité de
cœurs soumis, est bien plus illustre et plus beau
à voir que le sanglant et misérable trophée de
quelques têtes abattues, j'entends abattues sans
une extrême nécessité et pour la seule montre
d'un pouvoir sauvage et tyrannique. Et si les fables des poëtes sont les mystères des philosophes,
il me semble, Madame, que leur Jupiter fait une
action bien plus admirable et plus digne du père
des dieux et du roi des hommes, quand il re-

mue toutes choses avec un de ses sourcils, et qu'il fait trembler l'Olympe en branlant la tête, que quand à force de foudres et de tempêtes il arrache des arbres et casse des tuiles.

La puissance est une chose lourde et maté-rielle, qui traîne après soi un long équipage de moyens humains, sans lesquels elle demeureroit immobile. Elle n'agit qu'avec des armées de terre et de mer. Pour marcher, il lui faut mille ressorts, mille roues, mille machines : elle fait un effort pour faire un pas. L'autorité, au contraire, qui tient de la noblesse de son origine, et de la vertu des choses divines, opère ses miracles en repos ; n'a besoin ni d'instrumens, ni de matériaux, ni de temps même pour les opérer ; est toute re-cueillie en la personne qui l'exerce, sans cher-cher d'aide, ni se servir de second. Elle est forte toute nue et toute seule : elle combat étant dé-sarmée.

Il ne faut qu'un mot à l'autorité pour persua-der ; trois de ses syllabes, Madame, humilient les audacieux ; donnent de la repentance aux re-belles ; arrêtent l'impétuosité des légions muti-nées ; étouffent une sédition en naissance ; et ceux que le général avait accoutumé de nommer mes compagnons, ne peuvent souffrir qu'il les nom-me ou mes amis, ou messieurs de Rome, ou com-me il vous plaira de traduire *quirites*. Ils se figurent que ce mot les a dégradés; que ces trois syllabes leur ont ôté l'épée et le baudrier; qu'elles les ont mis dans la lie de la plus impure et de la plus vile populace.

Je vous demande, Madame, si le nom de *Quirites*, sorti d'une autre bouche que de celle de César, fût entré aussi avant dans le cœur des légions, et eût eu la même force sur leur esprit? Pour moi, je le croirois difficilement. Je sçais la portée de la rhétorique, et connois la vertu des mots les mieux prononcés; mais elle ne va pas jusques-là. L'autorité est incomparablement plus persuasive que l'éloquence. Les soldats se fussent moqués d'une douzaine d'oraisons de Cicéron, et ils se rendent à une parole de César.

Je pense même qu'ils se fussent rendus à son silence, s'il se fût contenté de leur faire signe de sortir du camp, sans prendre la peine de parler à eux. Par cette muette condamnation, les traitant comme des maudits et des excommuniés de la patrie, et les déclarant indignes de toute sorte de société avec leur général, jusqu'à celle des plaintes et des reproches qu'il leur pouvoit faire; un tel mépris leur eût fait tant de douleur, que, pour grâce, ils eussent demandé la mort, et se fussent jetés à ses pieds, pour le prier de les vouloir perdre plus honnêtement.

Mais il me fâche qu'une si grande parole, qui

fut une grande action, ne soit pas de quelque
Romain du bon temps, et de la saine république, afin de ne vous point alléguer de vertu
douteuse, et dont la cause soit indécise comme
celle de César. Je voudrois, Madame, que cet
exemple de l'autorité militaire fût de Scipion ou
de Fabrice, pour le joindre plus justement à
cet autre exemple de l'autorité civile, après lequel vous me permettrez de finir.

Vous connoissez bien le bon homme Appius
Claudius. Regardez-le, je vous prie, accablé
d'années et de maladies, qui ne part, il y a si
long-temps, de la chambre, et ne peut que se
traîner de son lit à son foyer. En cet état-là
néanmoins il se résout de se faire porter au sénat pour quereller tous les sénateurs, pour
s'opposer tout seul à la paix honteuse qu'ils alloient conclure. Il est à croire, Madame, qu'ils
ne furent pas moins épouvantés de voir ce hideux vieillard, que si c'eût été un spectre qui
fût entré dans la chambre du conseil. Et, à
mon avis, ils ne le prirent pas d'abord pour
Appius Claudius, ils le prirent pour son ombre
et pour son fantôme, qui venoit de l'autre
monde leur faire des leçons et des remon-
trances; qui leur venoit dire, avec un ton de
commandement et une parole forte, que la colère lui fournissoit dans la foiblesse d'un corps

confisqué. « Quiconque a été auteur d'une si
» sale proposition, n'est point un vrai et un lé-
» gitime Romain; il faut que ce soit un étranger
» ou un bâtard : ce doit être le fils d'un de nos
» esclaves, ou il ne lui reste pas une goutte du
» sang de nos pères, que la lâcheté n'ait cor-
» rompue. »

Que n'eût pas fait ce fâcheux aveugle, s'il eût
eu des yeux, et le reste de son corps en liberté?
N'eût-il pas voulu battre ceux qu'il se contenta
de gourmander? N'eût-il pas voulu déposer Pyrrhus, et mettre son royaume en interdit, bien
loin de lui laisser par un traité un pouce de terre
en Italie? Je ne sçais pas ce qu'il eût pu faire;
mais je sçais bien, Madame, qu'il fit beaucoup.
Rome et Pyrrhus sont d'accord des conditions
du traité de paix. Claudius s'y oppose, et le vient
rompre dans sa conclusion. Ainsi il est plus fort
que Rome et Pyrrhus tout ensemble, et l'emporte sur l'un et sur l'autre.

Lorsque l'on compta à Cynéas une si étrange
nouvelle, il y a de l'apparence qu'il s'écria: « Voici
» quelque chose de plus grand que tout ce que
» j'ai admiré à Rome. J'avais vu une multitude
» de rois, mais je n'avois pas vu leur précep-
» teur. C'est cet aveugle qui est la lumière de la
» république; c'est ce malade qui nous fait la

» guerre; c'est ce bon homme qui ne bougeoit de
» son lit, qui nous chasse d'Italie ; c'est cette
» chaise, dans laquelle il se fait porter au sé-
» nat, qui est plus redoutable que nos tours
» pleines de soldats, que nos éléphans et que
» nos machines. »

CONVERSATION DES ROMAINS.

LA CONVERSATION DES ROMAINS.

A MADAME

LA MARQUISE DE RAMBOUILLET.

Mais cela fut jadis au temps de vos aïeux,
Et de cette vertu si voisine des dieux,
Quand la jeune nature, en miracles féconde,
D'un peuple de héros fit habiter le monde.
Maintenant que notre âge, épuisé de vigueur,
De l'infirme vieillesse a senti la langueur;
Que votre Rome est morte et sa gloire cessée,
Et la vertu suprême aux histoires laissée,
C'est assez d'admirer l'effort des actions
Qui fit ce lieu fatal maître des nations.
Adorons ces grands morts, ces antiques exemples,
Et portons notre encens où l'on cherche vos temples.

C'est à peu près, Madame, ce que je vous répondis hier en langue vulgaire, lorsque je pris congé de vous. J'ai depuis trouvé le sens de ma prose dans les vers d'un poëte qui ne fit jamais que ceux-là, et je me suis imaginé qu'il n'y avoit

point de mal d'entrer de la sorte en notre conférence d'aujourd'hui, et de lier avec un nœud,
qui peut-être ne vous déplaira pas, les choses
que je vous ai dites, et celles que vous voulez
que je vous écrive.

A vouons-le de rechef, Madame, il est certain
que les grandes largesses de Dieu ont été faites
au commencement, et qu'encore que son bras
ne soit pas plus court qu'il étoit, ses mains sont
moins ouvertes qu'elles n'étoient. Outre le droit
d'aînesse qu'a eu l'antiquité sur les derniers
temps, elle a eu d'autres avantages qui ont fini
avec elle, et ne se sont point trouvés dans sa
succession; elle a eu des vertus dont notre siècle
n'est point capable. Ce n'est pas à nous à faire
les Camille ni les Caton; nous ne sommes pas
de la force de ces gens-là. Au lieu d'exciter notre
courage, ils désespèrent notre ambition; ils nous
ont plutôt bravés, qu'ils ne nous ont instruits par
leurs actions. En nous donnant des exemples,
ils nous ont obligés à une peine inutile; ils nous
ont donné ce que nous ne sçaurions prendre,
ces exemples étant de telle hauteur qu'il n'y a
pas moyen d'y atteindre.

Je ne veux pas dire, Madame, qu'aux plus misérables saisons, Dieu ne puisse envoyer quelque
âme choisie, pour nous faire souvenir de sa première magnificence. Je ne nie pas qu'il ne puisse

prendre un soin particulier de cette âme, et qu'il n'ait moyen de la préserver des vices de la Cour, et de la contagion de la coutume. Dans le plus général assoupissement du monde, il se trouve quelqu'un qui vient réveiller les autres, qui franchit les bornes de son siècle, qui est capable de concevoir l'idée de l'ancienne vertu, et de nous montrer que les miracles des histoires sont encore des choses possibles.

Il est vrai, Madame, ce quelqu'un se trouve; mais ce quelqu'un ne fait point de nombre : il marque même stérilité; il n'empêche pas la solitude. Il peut y avoir une âme privilégiée, une personne extraordinaire, un héros ou deux en toute la terre; mais il n'y a pas une multitude de héros; il n'y a pas un peuple de personnes extraordinaires : il n'y a plus de Rome, ni de Romains. Il les faut aller chercher sous des ruines, et dans des tombeaux; il faut adorer leurs reliques dans les livres dont je vous ai parlé, et aux endroits que vous avez désiré que je vous marquasse.

Je pensois d'abord en être quitte pour vous avoir marqué ces endroits, et pour vous avoir choisi des livres; vous n'êtes pas néanmoins satisfaite de cela, et il semble que vous prétendiez que j'ajoute ce qui manque au livre. La gloire et les triomphes de Rome ne suffisent pas à votre

curiosité : elle me demande quelque chose de plus
particulier et de moins connu. Vous désireriez,
Madame, que je vous montrasse les Romains,
quand ils se cachoient, et que je vous ouvrisse
la porte de leur cabinet. Après les avoir vus en
cérémonie, vous les voudriez voir en conversation ; et sçavoir de moi, si cette grandeur si
droite et si élevée a pu se plier à l'usage de la vie
commune, a pu descendre des affaires et de
l'emploi, jusqu'aux jeux et au divertissement.

Je n'en fais point de doute, Madame : toutes
les heures de la vie des sages ne sont pas également sérieuses ; leur âme n'est pas toujours ten-
due, ni toujours guindée ; et c'est bien la même
vigueur, mais ce n'est pas la même action. Croi-
roit-on qu'il n'y ait eu que les Sybarites qui aient
aimé les fêtes et qui aient été joyeux ? Les Romains l'ont été aussi ; mais ils l'ont été d'une autre
sorte, et ont aimé d'autres fêtes que les Sybarites.

La volupté, qui monte plus haut que les sens ;
celle qui va chercher la partie supérieure, pour
la remplir de belles images ; cette volupté toute
chaste et toute innocente, qui agit sur l'âme sans
l'altérer, et la remue, ou avec tant de douceur,
qu'elle ne la fait point sortir de sa place, ou avec
tant d'adresse, qu'elle la met en une meilleure
place qu'elle n'étoit : cette volupté, Madame,
n'a pas été une passion indigne de vos Romains.

Scipion et Lælius en ont usé sans scrupule ; Auguste et ses amis ont été de ces honnêtes voluptueux.

Le sénat et la campagne, les affaires civiles et les actions militaires avoient leur saison ; la conversation, le théâtre, et les vers avoient la leur. Jamais les plaisirs de l'esprit ne furent mieux goûtés que par ces gens-là ; et des mêmes mains dont ils gagnoient des batailles, et signoient le destin des nations, ils écrivoient des comédies, ou applaudissoient à ceux qui en jouoient devant eux.

Il n'y avoit pas tous les jours un Annibal à vaincre, ni une Afrique à assujettir. Antoine et le fils de Pompée ne moururent chacun qu'une fois, et après cela vint ce calme général, dans lequel les plus inquiets furent de loisir, et le monde se laissa gouverner aussi paisiblement que s'il n'eût été qu'une famille.

Ils ont donc quelquefois manqué d'ennemis ; on les a laissés quelquefois en paix. Et en cet état-là, Madame, pourquoi se fussent-ils fait la guerre à eux-mêmes, et eussent-ils cherché des ennemis dans leur propre cœur ? Pourquoi se donner en proie à un chagrin, pire qu'Annibal, et plus cruel que l'Afrique ? Pourquoi appréhender de se réjouir, n'y ayant plus personne qui troublât leur joie ; la mer de Sicile étant

II.   19

nettoyée, l'Égypte étant réduite en province, Sexte-Pompée et Marc-Antoine n'étant plus que deux noms et deux fantômes?

Je vous avoue, Madame, que le désir de la gloire étoit leur passion dominante; mais les tyrans mêmes ne règnent pas toujours tyranniquement. C'étoit la fièvre de leur esprit; mais cette fièvre ne les brûloit pas toujours d'une égale ardeur; elle avoit ses relâches, aussi-bien que ses redoublemens. Et ne pensez-vous pas que Scipion fût hors de son grand accès, quand il amassoit des coquilles au bord de la mer avec son ami, ou qu'il prêtoit ses paroles à Chrèmes et à Micio dans les fables de Térence?

Je ne décide point en cet endroit si lui et son ami ont été les vrais auteurs de ces fables : il me suffit de dire probablement qu'ils en ont été les premiers approbateurs, et qu'ils les ont aimées, s'ils ne les ont faites. Il se pourroit bien même que le poëte auroit changé la disposition de quelque scène par leur avis, et qu'il y auroit quelque demi-vers de leur façon, et que ce que nous trouvons de plus fin et de plus juste, ne seroit pas tant ce qu'il a emprunté des ouvrages de Ménandre, que ce qu'il avoit appris dans la conversation de Scipion.

Pour l'empereur Auguste, en la personne duquel je considère la fin du bon temps, comme sa fleur en celle de Scipion, il est très-vrai, Madame, qu'il a jugé très-sainement du prix et du mérite de chaque chose, et qu'il a aimé la gloire, mais qu'il n'a pas haï la volupté. Je parle de la volupté en général, parce qu'il essaya de toutes, et qu'ayant donné beaucoup à ses sens, il ne refusa rien à son esprit. Il voulut connoître le bon et le beau, en tous les sujets où il est, et où il semble être; et pour cette recherche il employa de si adroits et de si curieux espions, qu'ils n'ont rien laissé à découvrir aux siècles qui sont venus depuis eux.

Je n'oserois pas dire, comme a fait quelqu'un, que les Muses furent ses bouffonnes et ses bateleuses; ce mot est déshonnête et injurieux : je dirai seulement qu'elles eurent l'honneur d'être ses domestiques et ses familières et qu'en ce temps-là elles étoient de la Cour et du cabinet. Pour le moins les faisoit-on venir aux heures de conversation, si on ne les appeloit à la délibération des affaires, et si c'est trop de dire que Virgile fût le quatrième de ce conseil, tenu entre Auguste et ses deux amis, pour sçavoir s'il garderoit l'empire ou s'il rendroit la liberté.

L'histoire de ce conseil m'est un peu suspecte; et j'ai de la peine à me persuader que les beaux esprits de ce temps-là fussent si avant dans la confidence de l'Empereur, et qu'il leur fît part

19.

des affaires de cette nature. Je me contente de croire qu'ils avoient l'intendance de ses plaisirs vertueux, sans aspirer à une plus importante direction, et qu'il leur faisoit ouvrir la porte du palais, quand on la fermoit aux supplians et à leurs requêtes.

Mais quand, dans les provinces éloignées, et au milieu même du palais, il s'éleva des nuages qui brouillèrent le calme dont j'ai parlé, ce fut alors, Madame, que les Muses ne furent pas moins nécessaires à Auguste, qu'elles lui avoient été auparavant agréables; ce fut alors qu'elles furent de service, et qu'elles aidèrent Livia à soutenir son mari, qui commençoit à plier sous les soins et sous les affaires.

En cette saison de chagrin et d'inquiétude, elles n'étoient occupées qu'à lui chercher de la joie et des divertissemens; elles ne songeoient qu'à enchanter ses peines par leurs chansons; elles ne s'étudioient qu'à apaiser et mettre en repos cette partie impatiente de son âme, qui se tourmentoit et veilloit sans cesse; qu'à éloigner son imagination des débauches de sa fille, et de la défaite de ses légions; qu'à lui ôter la vue des sujets qui le fâchoient, par l'interposition d'autres sujets qui lui pouvoient plaire.

Or, Madame, comme ce n'étoit pas peu mériter du genre humain, que d'endormir quelquefois Auguste, et quelquefois de le réjouir, ces bonnes déesses se justifioient par-là de la calomnie des barbares, qui les accusent d'être inutiles à la république, et de n'avoir point de rang dans le monde. Ce bon Prince aussi, souffrant qu'elles détendissent la trop grande force de ses pensées, et prenant quelque intervalle de relâche dans les spectacles qu'elles prenoient le soin de lui préparer, faisoit plusieurs bonnes choses en même-temps. Car outre que les avouant à lui, il protégeoit des innocentes contre la licence des vieux soldats et la cruauté de la victoire civile, il s'acquéroit des parleuses, qui sont écoutées de tous les siècles; et les honorant de sa familiarité, il les rendoit tributaires de sa gloire. Mais principalement, Madame, il suivoit le conseil de la nature, qui veut que tout ce qui travaille se repose; qui entretient la durée par la modération, et menace la violence de fin.

Je sçais bien que cette souveraine intelligence, qui a été donnée aux grands princes, pour la conduite des choses humaines, n'est point capable de lassitude, et qu'elle agiroit continuellement si elle pouvoit agir toute seule; mais étant engagée avec le corps, et tenant à des organes qui sont extrêmement frêles et délicats, il faut qu'elle les ménage pour s'en servir, et qu'elle s'accommode, malgré elle, aux nécessités d'une

société dans laquelle elle est entrée. Les princes
ne peuvent pas être toujours anges, séparés des
sens, et jouissant de la pureté d'un être simple.
Il faut qu'ils soient hommes quelquefois, mêlés
dans la matière, et sujets aux charges du composé. Il faut, Madame, qu'après les tempêtes
des affaires, et les fâcheux objets des maux qu'ils
ont à combattre, on ait soin de leur chercher
des ports agréables, pour séjourner et rafraîchir
leur esprit, et des perspectives attrayantes, qui
leur délassent et réjouissent les yeux.

Ce sont des besoins de la vie humaine, quelque riche et suffisante à soi-même qu'elle puisse
être d'ailleurs. Le travail accableroit les plus
fortes âmes, si elles n'avoient de ces aides et de
ces appuis à se soutenir ; la mélancolie les suf-
foqueroit, si elles ne respiroient de cette sorte.
Ce sont, à proprement parler, les voluptés de
la raison, et les délices de l'intelligence ; et celui
qui a trouvé toutes les vérités qui sont au-dessous du ciel, et n'a rien ignoré de ce qui se peut
sçavoir sans révélation, en a fait si particulier
état au quatrième livre de ses éthiques, qu'il n'a
point craint de dire que le jeu et le divertissement n'étoient pas moins nécessaires à la vie que
le repos et la nourriture.

Il est vrai qu'il fait différence, aussi-bien que
nous, de divertissemens et de jeux. Ce n'est pas

un conseiller de toute sorte de débauches, et il ne veut pas que les sages passent le temps comme le vulgaire. Il a découvert, entre la mauvaise humeur et la bouffonnerie, un milieu approuvé de la raison, dans lequel l'âme se dilate par un mouvement modéré, et ne s'énerve pas par une dissolution violente. Et de ce milieu, Madame, il a fait une vertu morale, qui regarde le bien de la compagnie, en suite de deux autres, qu'il nous propose dans le même chapitre pour la même fin.

La première de ces trois vertus est une certaine douceur et facilité de mœurs, qui sçait être accommodante, sans être servile, et n'approuve pas sans choix tout ce qui se dit, ni ne le désapprouve aussi par dégoût. La seconde est une franchise naïve et une coutume de dire vrai aux choses mêmes indifférentes, éloignée en pareil degré de la vaine ostentation, et de la retenue affectée. J'ai dit d'abord quelle est la troisième; et ces trois habitudes vertueuses, selon l'opinion d'Aristote, règlent tout le commerce des paroles, et s'étendent dans tous les entretiens que les hommes ont les uns avec les autres, soit qu'on y tienne des propos complaisans ou fâcheux, soit qu'ils soient véritables ou faux, soit qu'ils soient joyeux ou tristes.

Tellement, Madame, que, sans la première de

ces trois vertus, les assemblées des hommes ne seroient que des troupes d'ennemis mêlés ensemble, qui s'égratigneroient et se sauteroient au visage ; ou des cercles d'amoureux, qui adoreroient leurs défauts, et trouveroient leurs rides belles. Sans la seconde, ce ne seroient que des écoles de dissimulés, qui ne veulent pas dire quelle heure il est, ni qu'il est jour à midi, tant ils ont peur de se méprendre ; ou des théâtres de Capitans, qui disent plus qu'ils ne sçavent, et plus qu'il n'ont fait, et plus qu'il ne se peut faire. Enfin sans la troisième, de laquelle nous parlons, les assemblées des hommes étant trop tristes, ou trop gaillardes, sembleroient, Madame, ou des convois de personnes affligées, et la représentation d'un deuil public, ou des spectacles de personnes nues, et l'image de ces fêtes licencieuses, qui n'osoient paroître devant Caton.

Le milieu de ces deux mauvaises extrémités est une vertu, non pas, à la vérité, si éclatante ni si haute que la sagesse et la magnanimité ; mais c'est néanmoins une vertu avouée par la philosophie, et par la philosophie même de Caton. Et si nous l'avions chassée de notre morale, la communication que nous avons les uns avec les autres n'auroit rien que de sec et d'épineux ; le discours seroit plutôt une corvée et un travail de la bouche, qu'un soulagement et une décharge du cœur ; et la société, où nous n'aurions per mission que de disputer et de contredire, nous ennuyeroit bien plus que la solitude, où nous pouvons au moins rire de mémoire et nous réjouir avec nos pensées.

Je ne voudrois pas assurer, Madame, que les Romains eussent connu une si louable qualité dans l'enfance de la république. Et quoiqu'un de leurs poëtes parle des bons mots du roi Numa et de la nymphe Égérie, les conférences qu'ils avoient ensemble s'étant passées sans témoins, il n'en peut parler que par conjecture.

Ces paysans victorieux, ne sachant que labourer et se battre, n'étoient sensibles qu'à des plaisirs grossiers et proportionnés à la dureté de leur naissance. Il n'y a pas beaucoup d'apparence qu'ils possédassent une vertu qui est directement opposée à la rudesse dont ils faisoient profession, et n'accompagne guères la pauvreté, que la mauvaise humeur suit presque toujours.

Tant que leur éloquence, pour user des termes de Varron, a senti les aulx et les ognons, on n'en devoit rien attendre de fort exquis ; et il étoit difficile qu'une si triste austérité que la leur entendît raillerie, et se laissât toucher à la joie. Il falloit premièrement que, sans s'affoiblir, ils se ramollissent; qu'ils s'adoucissent le courage et se dérouillassent les mœurs, qu'ils s'avisassent à la fin de se cultiver, comme ils cultivoient leurs jardins et leurs héritages.

Ils le firent, certes, avec tel succès et trouvèrent un fonds si heureux, que, d'abord, le bon esprit fut parmi eux une chose populaire. La politesse passa du sénat aux ordres inférieurs, voire au plus bas étage du menu peuple ; et si, en leur cause, on doit croire leur témoignage, ils ont effacé ensuite toutes les Grâces et toutes les Vénus de la Grèce, et ont laissé son *atticisme* bien loin derrière leur *urbanité*.

C'est ainsi, Madame, qu'ils appelèrent cette aimable vertu du commerce, après l'avoir pratiquée plusieurs années, sans lui avoir donné de nom assuré. Et quand l'usage aura mûri parmi nous un mot de si mauvais goût, et corrigé l'amertume de la nouveauté qui s'y peut trouver, nous nous y accoutumerons comme aux autres que nous avons empruntés de la même langue.

Or, soit qu'en la nôtre ce mot exprime un certain air du grand monde, et une couleur et teinture de la Cour qui ne marque pas seulement les paroles et les opinions, mais aussi le ton de la voix et les mouvemens du corps ; soit qu'il signifie une impression encore moins perceptible, qui n'est reconnoissable que par hasard ; qui n'a rien qui ne soit noble et relevé, et rien qui paroisse, ou étudié, ou appris, qui se sent et ne se

voit pas, et inspire un génie secret que l'on perd
en le cherchant; soit que, dans une signification
plus étendue, il veuille dire la science de la conversation et le don de plaire dans les bonnes
compagnies; ou que, le mettant plus à l'étroit,
on le prenne pour une adresse à toucher l'esprit par je ne sçais quoi de piquant, mais dont la
piqûre est agréable à celui qui la reçoit, parce
qu'elle chatouille et n'entame pas, parce qu'elle
laisse un aiguillon sans douleur, et réveille la
partie que la médisance blesse. Tant y a, Madame, qu'au jugement d'un grand juge de pareilles choses, c'étoit une connoissance dont les
Grecs ont abusé, que les autres peuples ont
ignorée, et de qui les seuls Romains ont sçu le
vrai et le légitime usage; leur ayant été si propre et si incommunicable à leurs plus proches
voisins, que ceux d'Italie même n'ont pu l'acquérir sans quelque déchet, ni la contrefaire si
finement, que la ressemblance n'en fît remarquer la diversité.

C'étoit donc, à ce compte-là, une plante domestique, qui ne pouvoit venir que sur le rivage
de leur Tybre, ou sur leur mont Palatin, ou au
pied de leur Capitole, ou proche de leur Champ-
de-Mars, ou en quelque autre quartier de la capitale ville du monde.

Est-il possible que le ciel et le soleil de Rome

eussent tant de force et tant de vertu? Agissoient-
ils si sensiblement sur l'esprit des hommes?
Étoient-ils si absolument nécessaires pour les
rendre de bonne compagnie?

Je n'ai garde de le dire de mon chef, ni de faire
ce tort au reste de l'Italie et aux autres provinces
civilisées. Mais, généralement parlant, il est certain, Madame, que les citoyens de Rome appor-
toient de grands avantages dans le monde, devoient beaucoup à leurs mères et à leur naissance,
sçavoient quantité de choses que personne ne
leur avoit apprises.

Il n'y a point de doute que dans leur plus familier entretien, il n'y eu des grâces négligées et
des ornemens sans art, que les docteurs ne
connoissent point, et qui sont au-dessus des règles et des préceptes. Je ne doute point qu'après
les avoir vus tonner, et même le ciel et la terre,
dans la tribune aux harangues, ce ne fût un
changement de plaisir très-agréable de les considérer sous une apparence plus humaine, étant
désarmés de leurs enthymèmes et de leurs figures, ayant quitté leurs exclamations feintes et
leurs colères artificielles, paroissant en un état
où l'on pouvoit dire qu'ils étoient véritablement
eux-mêmes.

C'étoit-là par exemple, Madame, où Cicéron
n'étoit ni sophiste, ni rhétoricien, ni idolâtre de

celui-ci, ni furieux contre celui-là, ni de l'un ni de l'autre parti; il étoit là le vrai Cicéron, et se moquoit souvent en particulier de ce qu'il avoit adoré en public.

C'étoit-là où il définissoit les hommes et ne les embellissoit pas, où il parloit de Caton comme d'un pédant du Portique, ou pour le plus d'un citoyen de la république de Platon; où il disoit que la pourpre du sénat étoit la plus fine, mais que le fer des rebelles étoit le meilleur; où il avouoit que César étoit l'ouvrier de sa fortune, et que Pompée n'étoit que l'ouvrage de la sienne.

Ces sentimens qui partoient du cœur, étoient cachés dans les grandes assemblées, et ne se découvroient qu'entre deux ou trois amis, et autant de fidèles domestiques, à qui ils faisoient part de cette secrète félicité. Et s'il a été dit de quelques-uns d'eux qu'ils ont régné toutes les fois qu'ils ont harangué, tant étoit souverain le pouvoir qu'ils exerçoient sur les âmes, on peut dire de ceux-là mêmes que, dans leur conversation, ils rendoient la liberté qu'ils avoient ôtée dans leurs harangues; qu'ils mettoient au large et à leur aise les esprits qu'ils venoient de presser et de tourmenter, et qu'ils les tiroient de l'admiration qui les avoit agités avec violence, pour leur faire sentir un transport plus doux et les ravir avec moins de force.

J'ai vu un grand prince aux Pays-Bas qui en-
vioit en cela la fortune de leurs affranchis, et
de ces amis inférieurs et du second ordre qu'ils
avoient tirés de la servitude pour les mettre dans
la confidence. Et en effet, c'étoit un contentement merveilleux de pouvoir être témoin de leur
vie intérieure et d'assister aux plus particulières
heures de leur loisir ; et ce seroit une satisfaction
sans pareille, de sçavoir les bonnes choses qui se
disoient entre Scipion et Lælius, Atticus et Cicéron, et les autres honnêtes gens de chaque siècle ;
d'avoir, dis-je, une histoire de la conversation et
des cabinets, pour ajouter à celle des affaires et
de l'État.

Étant nés dans l'Empire et nourris dans les
triomphes, tout ce qui sortoit d'eux portoit un
caractère de noblesse qui les distinguoit de leurs
sujets ; tout sentoit le commandement et l'autorité, quoiqu'il ne fût question ni de gouverner
ni de conduire ; tout étoit remarquable et de bon
exemple, voire leur secret et leur solitude.

Ayant vu, dès leur enfance, traîner des rois
captifs par les rues, et d'autres rois supplians
et solliciteurs venir en personne demander justice, et attendre à la porte du sénat leur bonne
ou leur mauvaise fortune, ils ne pouvoient garder rien de bas dans des esprits émus et purgés
par de tels spectacles ; la lie même d'un tel peuple

étoit précieuse ; et si par malheur il se fût trouvé quelques gentilshommes qui eussent eu des âmes vulgaires, il est à croire que de si grands objets les eussent incontinent relevées. Il est vraisemblable qu'étant non-seulement couverts et environnés, mais pénétrés, mais remplis de tant de lumières, il en rejaillissoit jusque sur leurs moindres actions, et qu'ils ne les pouvoient pas adoucir ni cacher si bien qu'elles ne fussent toujours fortes et illustres.

Je le dis comme je le pense, et vous sçavez bien que les morts n'ont point de flatteurs. Il leur étoit impossible de se défaire tout-à-fait de leur grandeur, parce qu'elle tenoit à leur cœur et à leur esprit, parce qu'elle avoit racine en eux, et n'étoit pas appliquée sur leur fortune. Ils ne faisoient pas un geste, ni ne poussoient un mouvement au-dehors, qui fût indigne de la souveraineté du monde ; ils rioient même, et se jouoient avec quelque sorte de dignité.

Ce que je ne crains point, Madame, d'avancer devant vous, qui descendez non-seulement du même principe et du même sang, mais qui êtes de plus fille de leur discipline et de leur esprit, et ne tenez pas moins de la magnanimité des César et des Scipion, que de l'honnêteté des Livie et des Cornélie.

Ils étoient donc grands, vos ancêtres, dans

les plus petites choses. Et puisqu'autrefois une secte a cru que le sage dormant étoit semblable à soi-même, et ne laissoit pas d'être sage (c'étoit une idole et un sage fait à plaisir qu'elle se formoit); puisque cette secte a laissé pour dogme que les songes de ce sage imaginaire étoient raisonnables et judicieux, il nous sera bien permis de croire que les véritables sages ont pu régler par la raison et conduire avec gravité une partie de la vie, qui est plus capable de l'une et de l'autre que le dormir, et que leurs exercices, moins violens et moins sérieux, étoient animés de la vigueur et de la majesté de la république.

Vous plaît-il que je vous vérifie ce que je vous dis, et que je monte même plus haut que le siècle des Scipion, pour vous montrer qu'il y a toujours eu de l'esprit à Rome, mais qu'il y a toujours eu aussi de l'autorité et de la grandeur qui se sont mêlées dans cet esprit? Ce ne sera point un autre que le bon Fabrice, dont vous avez vu la lettre à Pyrrhus, qui nous fournira l'exemple que nous cherchons; et considérez-le, je vous prie, Madame, dans cette célèbre conversation qu'il eut avec le même Pyrrhus et avec Cynéas, chef de son conseil.

Cynéas ayant fait un long discours à la louange de la vie contemplative, et ayant dit, entre autres choses, qu'il y avoit un grand personnage à

Athènes, nommé Épicure, qui prêchoit le repos
et la volupté, et tenoit que le gouvernement des
États étoit indigne de l'occupation des sages,
parce que les sages ne se doivent point mettre
en peine pour des fous, pour des ingrats, pour
des hommes. Fabrice eut la patience d'ouïr ces
vanités grecques, quoiqu'il ne les approuvât
pas; mais avec un souris dédaigneux qu'il adressa
à celui qui les débitoit : *Oh que les Romains*, dit-
il, *auroient bientôt fait, si toute la terre vouloit
être épicurienne!*

Ne pensez-vous pas, Madame, que Cynéas fut
bien surpris d'une réponse si peu prévue et si
éloignée de l'admiration qu'il attendoit d'un
homme sans lettres, qu'il croyoit avoir ravi par
son éloquence? Ce petit mot renversa d'un même
coup les opinions du grand personnage d'Athènes et l'éloquence du beau parleur. Et une réfu-
tation régulière de la philosophie épicurienne,
entreprise par un stoïque, venu préparé à cela,
n'eût point eu tant de force que cette exclama-
tion d'une ligne, qui rendit Épicure ridicule, qui
mit Cynéas en confusion, et donna de l'étonne-
ment à Pyrrhus.

Mais, Madame, c'étoit la coutume de Fabrice
d'étonner Pyrrhus par ses réponses. Il rioit d'ordinaire des propositions que le Roi lui faisoit
sérieusement; et un jour qu'il lui offrit la pre-

mière place en son royaume après lui, s'imaginant qu'il n'auroit garde de délibérer sur un parti
si avantageux, et qu'il ne feroit point de difficulté
de changer de la pauvreté pour des richesses, le
pauvre citoyen répondit au riche prince ces paroles, que j'ai tirées d'une histoire grecque écrite
à la main.

« Je vous aime trop, Pyrrhus, pour accepter
» la condition que vous me faites. Si j'étois au-
» jourd'hui votre favori, qui vous a assuré que je
» ne fusse pas demain votre maître? Vous valez
» beaucoup, à la vérité, mais vous coûtez encore
» plus; et croyez-vous que si vos sujets m'avoient
» connu, ils n'aimassent pas mieux recevoir de
» moi des exemptions et la sûreté de tout ce
» qu'ils ont, que de vous payer des tributs et
» de n'avoir rien qui soit à eux? Ne me faites
» donc plus des offres qui vous ruineroient si je
» vous prenois au mot, et ne me promettez pas
» ce que vous ne me pouvez tenir que par la perte
» de votre couronne. »

Un républicain farouche et né avec la haine
de la monarchie, eût répondu tout crûment qu'il
n'avoit que faire du Roi, ni de la lieutenance-gé-
nérale de son royaume; mais Fabrice, qui n'étoit
farouche que dans le combat, et ne sçavoit offenser que des rois armés, ne voulant pas accepter ce qui lui avoit été offert, le voulut re-

fuser de bonne grâce. Il voulut, par ce refus galant et ingénieux, se faire désirer encore une fois
à Pyrrhus, et lui montrer qu'il n'eût pas eu seulement en lui un homme de très-grand service,
mais aussi un homme de très-bonne compagnie.

Ce sont-là, Madame, les premiers traits de la
politesse, et comme le dessein de l'urbanité, dans
une république de fer et de bronze, parmi de
simples et d'innocens citoyens, mais simples et
innocens de telle façon, qu'on peut dire que leur
simplicité a été fine et leur innocence spirituelle.
Les consuls et les dictateurs rioient de cette façon; ils parloient ainsi, quand ils ne parloient
pas sérieusement; et la sériosité des Grecs a-t-elle
rien qui vaille cette raillerie fière et impérieuse
de vos Romains?

Les censeurs mêmes, Madame, quoiqu'il semble que la tristesse fût une des fonctions de leur
charge, ne renonçoient pas absolument à toute
sorte de raillerie. Ils ne s'opiniâtroient pas dans une
éternelle sévérité; et ce fâcheux et insupportable
homme de bien, le premier Caton, dis-je, a cessé
quelquefois d'être fâcheux et insupportable. Il
a eu des rayons de joie et des intervalles de belle
humeur; il lui est échappé des mots qui ne sont
pas mal plaisans; et, s'il vous plaît, Madame,
vous jugerez des autres par celui-ci.

Il avoit épousé une femme fort bien faite; et l'his-

toire remarque que cette femme craignoit extrêmement le tonnerre, comme elle aimoit extrêmement son mari. Ces deux passions lui conseil-
lant une même chose, elle choisissoit toujours
son mari pour son asyle contre le tonnerre, et
se jetoit entre ses bras au premier murmure du
Ciel qu'elle s'imaginoit d'avoir ouï. Caton, à qui
l'orage plaisoit, et qui n'étoit pas fâché d'être
caressé plus qu'à l'ordinaire, ne put retenir sa
joie dans son cœur ; il révéla ce secret domestique à ses amis, et leur dit un jour, parlant de sa
femme : « Qu'elle avoit trouvé le moyen de lui
» faire désirer le mauvais temps, et qu'il n'étoit
» jamais si heureux que quand Jupiter étoit en
» colère ».

C'est la sévérité elle-même qui s'est égayée de
cette sorte ; c'est l'extrême rigueur, c'est la souveraine justice, qui a voulu rire. Et de fait, Madame, bien que lui et les autres fussent des juges
incorruptibles, ce n'est pas à dire pour cela que
leur bonne justice procédât de leur mauvaise
humeur. Ils sçavoient changer de vertu, selon la
diversité des temps et des lieux ; ils recevoient
le soir, dans le cabinet, les grâces qu'ils avoient
rejetées le matin sur le tribunal. Mais les grâces
étant chez eux, elle n'y étoient pas affectées ni
licencieuses ; elles y étoient sages et modestes ;
elles ne fardoient pas la majesté, elles l'ajus-

toient le moins du monde, et l'empêchoient seulement de faire peur.

Ces grâces, Madame, et cette majesté se séparèrent à la fin. Et les grâces parurent encore sous les empereurs; mais elles parurent toutes seules; car la majesté, j'entends la majesté des paroles, se perdit avec la liberté. Le style de Fabrice ne dura que jusqu'à Brutus et Cassius, et il est certes bien reconnoissable, soit dans quelques-unes de leurs lettres, qui se voient encore, soit dans le propos qu'ils eurent ensemble la veille de la bataille de Philippes.

Il n'y a point d'homme si étranger dans l'antiquité, qui ne connoisse le mauvais ange de Brutus, et qui ne sçache leur dialogue. Le lendemain de cette funeste conférence, Brutus la conta à Cassius, avec plus de trouble et d'émotion qu'il n'en avoit eu quand le démon s'étoit apparu à lui. Mais voici, Madame, de quel biais Cassius tourna une matière si peu agréable, et comme il la mit à profit pour l'usage de la conversation.

Sans faire l'admirateur étonné, ni l'incrédule opiniâtre, il dit en riant à son ami : « Que les » soins de l'âme, la contention de l'esprit, la lassi- » tude du corps et les ténèbres de la nuit, pou- » voient bien être cause de sa vision et lui avoir » formé cette image étrange. Que pour lui, par

» les principes de la philosophie dont il faisoit
» profession, il ne croyoit point qu'il y eût de
» démons, et beaucoup moins qu'ils fussent vi-
» sibles; qu'il voudroit néanmoins qu'il y en eût,
» et que sa philosophie fût fausse, parce qu'appa-
» remment ces esprits, sans corps, devant être
» justes et vertueux, l'action des Ides de mars
» étoit si belle, et leur cause si honnête, que sans
» doute ils voudroient y prendre part : qu'ainsi
» ce seroient des amis et des alliés de la répu-
» blique, auxquels ils n'avoient point songé, qui
» viendroient à son secours, et des troupes de
» réserve qui combattroient pour eux au besoin.
» Que cela étant, ils ne devoient pas compter seu-
» lement dans leur parti tant de compagnies de
» gens de pied, tant de cornettes de cavalerie,
» tant de légions et tant de vaisseaux; mais qu'il
» y avoit encore un peuple immortel et des sol-
» dats bienheureux, à qui il ne faudroit point
» donner de solde, qui se déclareroient pour la
» bonne cause, et qui n'auroient garde de servir
» Antoine contre Brutus, ni de préférer la tyran-
» nie à la liberté. »

Ces paroles, Madame, sont les dernières paroles de la république, qu'elle prononça avant
que de rendre l'âme, et après lesquelles elle expira.
C'étoit le caractère de l'esprit de Rome; c'étoit
la langue naturelle de la majesté. Et ne trouvez-

vous pas que Cassius étoit bien éloquent en cette langue? Ne seriez-vous pas bien aise de connoître plus particulièrement cet excellent homme, et de le voir en d'autres conversations que celle-ci, et de l'ouïr parler sur des sujets moins désagréables, et un autre jour que la veille de la bataille de Philippes?

Le mal est que la vive voix meurt en naissant, et ne laisse rien qui reste après elle, ne formant point de corps qui subsiste en l'air. Les paroles ont des ailes; vous sçavez l'épithète qu'Homère leur donne, et un poëte syrien en a fait une espèce parmi les oiseaux. De sorte, Madame, que si on n'arrête ces fugitives par l'écriture, elles échappent fort facilement à la mémoire.

Tout ce qui s'écrit même n'est pas assuré de demeurer, et les livres périssent, comme la tradition s'oublie. Le temps, qui vient à bout du fer et des marbres, ne manque pas de force contre des matières plus fragiles; et les peuples du Septentrion, qui sembloient être venus pour hâter le temps, et pour précipiter la fin du monde, déclarèrent une guerre si particulière aux choses écrites, qu'il n'a pas tenu à eux que l'alphabet même ne soit aboli.

Il y a d'ailleurs, Madame, un destin des lettres, qui perd et sauve sans choix les monumens de l'intelligence humaine; qui pardonne à de mauvais vers et à des fables mal inventées, pour supprimer les oracles et priver le monde de la lumière des histoires nécessaires. Les anciens ont reconnu un démon qui préside à la naissance des livres, et dispose si souverainement de leur fortune et de leur succès, qu'ils réussissent bien ou mal, et vivent beaucoup ou peu, selon qu'il leur est favorable ou ennemi.

Or, il est certain que, si ce démon a été malfaisant au public, et envieux des curiosités honnêtes, et contraire à la réputation des grands personnages, ç'a été principalement en cette partie de leur mémoire, qui eût été le portrait de leur humeur, qui nous eût appris les goûts et les délicatesses de leur esprit, qui eût découvert à la postérité la vérité de leurs mœurs et le secret de leur vie privée.

Quel malheur, Madame, de ne pouvoir les aborder par cet endroit accessible et proportionné à la débilité de nos forces, d'avoir perdu cet objet aisé, et qui seroit bien plus de notre portée qu'une plus haute élévation de leur gloire; de sçavoir la plupart de leurs batailles et l'ordre de leur milice, et d'ignorer leurs conférences tranquilles et la méthode qu'ils avoient de traiter ensemble, d'être de leurs fêtes solennelles et de leurs grandes cérémonies, et de n'avoir point de part

en leur familiarité, ni aux affaires de leur maison!

A la vérité, Madame, ce ne seroit pas un petit
malheur, s'il nous étoit entièrement arrivé. Mais
il me semble que nous ne pouvons pas nier avec
raison que quelques-uns d'entre eux n'aient eu
soin de nous, ni nous plaindre justement d'avoir
été frustrés de tout ce qui nous appartenoit de
leur succession. Deux ou trois, par le moyen de
la comédie, nous ont laissé des crayons de vingt-
quatre heures, je veux dire la représentation de
quelque journée passée agréablement, et d'autres
se sont montrés à nous dans leurs dialogues et
dans leurs lettres.

Ce sont, Madame, leurs entretiens immortels
que ces dialogues et que ces lettres; ce sont des
conversations qui durent encore, où nous avons
liberté d'entrer à toute heure, où se conserve
l'idée de la vertu dont parle Aristote, au quatrième livre de ses Éthiques, où se trouve la manière de cette raillerie noble et patricienne,
comme ils la nommoient, qui compatissoit si
bien avec la gravité romaine.

Ces copies sont plus correctes et plus nettes
que n'étoient peut-être leurs premiers originaux;
et si elles n'ont pas l'avantage de la vive voix et
de la présence, qui persuadent les sens et don-

nent de l'éclat aux choses viles, elles ont celui de l'attention et de la seconde vue, qui polissent le rude et démêlent le confus; qui ajoutent ce qui manque ordinairement aux actions soudaines et fortuites.

Voilà bien, Madame, de quoi satisfaire une âme qui n'a que de languissantes passions, et dequoi contenter une faim à qui peu de nourriture suffit. Mais étant désireux de beaucoup, et avides de nouvelles connoissances, et amateurs de changement, il faut avouer qu'il n'y en a que pour nous mettre en appétit. Nous ne sommes pas des enfans tout-à-fait déshérités; mais nous ne sommes pas des héritiers extrêmement riches; et les biens qui nous restent n'ont garde d'être si grands que les pertes que nous avons faites.

Ce n'est pas mon dessein de pleurer ici les calamités de la république des lettres : je ne dirai rien de la mauvaise fortune de l'histoire, de ses brèches et de ses ruines. A peine le nom de Lucceius est venu jusques à nous, de ce Lucceius, Madame, dans les histoires duquel Cicéron a brigué et demandé une place. Notre Salluste n'est qu'une petite partie du Salluste de vos pères. Où est la seconde décade de Tite-Live ? où sont ses guerres civiles ? où sont celles d'Asinius Pollio et de Cremutius Cordus, qui étoient des chefs-d'œuvre de la liberté et de l'éloquence ro-

maine? Tout cela n'est plus, Madame; et si nous
voulons apprendre des nouvelles d'une saison
qui a tant de rapport et de conformité avec les
temps que nous avons vus, il faut que nous nous
en enquérions à quelque étranger de Grèce, qui
nous dit d'ordinaire ce qu'il ne sçait pas.

Je vois bien néanmoins qu'en l'humeur où nous
nous trouvons aujourd'hui, et dans le dégoût
d'un siècle malade, qui préfère les sauces aux
viandes, et sa fantaisie à sa santé, ce n'est pas le
grave et le sérieux des Romains que nous regret-
tons davantage, et qu'il nous fâche le plus d'a-
voir perdu. Nous nous passerions aisément des
annales de leurs guerres et de leurs campagnes,
s'il y avoit un journal de leurs divertissemens et
de leurs quartiers d'hiver; et nous nous console-
rions sans beaucoup de peine du naufrage des histoires nécessaires, si les belles fables s'étoient pu
sauver.

Ce seroit, certes, une excellente consolation
à des esprits affligés de la perte des décades de
Tite-Live, que le recouvrement des comédies de
Plaute et de Térence, que nous n'avons plus,
sans parler des autres poëtes de théâtre, du débris desquels il ne nous reste que quelques vers
boiteux et quelques sentences estropiées.

Les satires de Varron, qui étoit un autre peintre
de la vie et de l'esprit, nous donneroient aussi,

Madame, des connoissances bien agréables ; car
quoique la plus sérieuse philosophie fût dans
ces satires, elle y étoit comme sur des fleurs, et
comme en un lieu de débauche, toute peinte et
toute parfumée de la galanterie de ce temps-là.

Nous verrions là-dedans les pères conscripts,
désembarrassés de leurs cliens, devêtus de leurs
longues robes, en la pureté de leur naturel, tels
qu'ils étoient dans les plaisirs de la bonne chère
et dans la liberté d'après souper, tels que vous
me les avez demandés à voir quand vous avez cru
que je pouvois ajouter quelque chose aux livres.
Nous aurions les lions tout entiers, dont nous
n'avons que les ongles, et si le destin des livres
avoit voulu, les conversations de Brutus et de
Cassius, les entretiens de Volumnius et de Pa-
pyrius Pætrus, auroient été d'aussi longue vie
que les controverses des rhétoriciens de Sénèque et les déclamations de Quintilien. Nous ju-
gerions, Madame, de l'urbanité par elle-même,
et sur des figures entières et achevées, au lieu
que nous n'en pouvons juger que par nos soupçons, et sur des traces obscures et imparfaites.

S'il avoit plu au même destin, le premier César seroit encore un des auteurs que je vous
alléguerois sur cette matière. Il avoit recueilli
avec soin ce qui s'étoit dit et ce qui se disoit
tous les jours de plus remarquable. Tyron avoit

fait aussi un recueil des bons mots de Cicéron ;
et un ancien grammairien parle de deux livres
de Tacite qui avoient pour titre *les Facéties*.

Mais particulièrement, Madame, la Cour du
second César, de laquelle il a été parlé au commencement de ce discours, cette Cour galante et
spirituelle qui se moquoit des bons mots de
Plaute et de la raillerie de l'antiquité, me fourniroit de quoi vous entretenir des jours entiers
d'une vertu qui lui appartenoit en propriété, et
qui avoit reçu d'elle sa dernière forme ; car il
faut avouer, avec la permission de la république,
que le siècle d'Auguste a jugé des choses bien
subtilement, a achevé de purifier la raison, a
donné à l'esprit des lumières qu'il n'avoit pas,
a été le siècle d'or des arts et des disciplines,
et généralement de toutes les belles connoissances. Tout s'est poli et s'est raffiné sous ce
règne ; tout étoit savant et ingénieux en cette
Cour, depuis Auguste jusqu'à ses valets.

On a écrit qu'il sortoit du feu et des éclairs
de ses yeux : à quoi je voudrois ajouter, Madame, qu'il en sortoit aussi de sa bouche, mais
beaucoup plus vifs et plus brillans que ceux qui
éblouissoient les courtisans de ce temps-là, et
qui obligèrent un d'eux à se plaindre, qu'il
n'y avoit pas moyen de le regarder au visage.
Il composoit des vers, et les supprimoit, et en

les supprimant il disoit un mot du mauvais ouvrage qu'il avoit fait, qui valoit autant que le
meilleur ouvrage qui se pouvoit faire. Il répondoit quatre paroles à la longue harangue des ambassadeurs d'Espagne; mais ces quatre paroles
méritoient une autre harangue, encore plus longue pour les louer.

Outre les Commentaires de sa vie, il y a eu
long-temps dans le monde un volume de ses lettres; et comme vous pouvez croire, elles n'étoient
pas toutes d'affaires d'État, ni toutes adressées
au sénat et aux légions. Il y en avoit de raillerie
et de confidence à ses amis; il y en avoit d'amour
et de galanterie à ses maîtresses, et du style de
celles que son oncle écrivoit à la reine Cléopâtre
sur des tablettes de cornaline et de saphirs.

Mais je m'en vais, Madame, vous bien étonner : Croiriez-vous qu'il se trouve aujourd'hui
en quelque lieu quelques restes de ces lettres
écrites à Cléopâtre, et que l'amour et les poulets
de César ont survécu à sa haine et à ses anti-Ca-
tons? Cette rareté s'est conservée dans un vieux
manuscrit grec, qui m'est tombé heureusement
entre les mains, et j'en ai pris ce que je vous ai
déjà donné de Fabrice, de Caton et de Cassius.

L'auteur de ce manuscrit n'est pas un inconnu
et un enfant de la terre, il a un nom et un pays,
et porte des marques de sa naissance. Il vivoit

sous l'empire des Antonins. Il semble avoir le même dessein que le sophiste Ælian ; mais sa façon d'écrire est un peu plus étendue, et son ouvrage se peut nommer un mélange de choses communes et de choses rares.

Il est vrai pourtant, Madame, que je ne vous parle pas si affirmativement de la vérité de ces lettres, qu'il ne vous soit permis de suspendre encore votre jugement ; je ne voudrois pas vous assurer qu'elles aient été trouvées dans la cassette de Cléopâtre, quand on fit l'inventaire de ses meubles par l'ordre d'Auguste. Outre que les sophistes sont des personnes en qui je ne me fie que de bonne sorte, le poëte romain nous avertit de craindre les Grecs, lors même qu'ils nous font des présens ; et le cardinal historien de l'Église s'est servi de son avis sur le sujet de la donation de Rome, faite au pape Sylvestre par l'empereur Constantin.

Puis donc que les largesses qui viennent de Grèce nous doivent être suspectes, et qu'en ce pays-là il y a quantité de gens de bonne volonté et de grand loisir ; puisque les sophistes ont servi de secrétaires à Phalaris et à d'autres princes, je ne sçais combien de siècles après leur mort, ils pourroient bien avoir rendu le même service à César en cette occasion ; et avant que de rien déterminer là-dessus, il n'y aura point de mal de consulter l'infaillible monsieur de Saumaise.

Les réponses qui se rendoient autrefois à Delphes n'étoient point plus certaines que les siennes. Tous les imposteurs de l'antiquité, tous les Synons et tous les Ulysse de Grèce ne sont point assez fins pour lui faire prendre l'un pour l'autre; et il nous dira d'abord si ce que nous lui présenterons est légitime ou bâtard, si c'est or de mine ou or d'alchimie.

Quoi qu'il en soit, je pense que c'est antiquité; et quand les pièces qu'allègue le sophiste grec auroient été contrefaites, ç'auroit été, à mon avis, peu de temps après César, et peut-être au siècle d'Auguste. Nous les verrons une autre fois avec ce qui reste de ce siècle-là. Si ce n'est, Madame, que vous les teniez pour vues, et le siècle aussi, et que me faisant grâce d'un second discours, vous me vouliez épargner la peine de me lasser en vous ennuyant.

MÉCÉNAS.

MÉCÉNAS,

A MADAME
LA MARQUISE DE RAMBOUILLET.

MADAME,

LA dernière fois que j'eus l'honneur de vous voir, l'empereur Auguste fut le principal sujet de notre entretien. Je vous le fis considérer dans les commencemens, dans le progrès et dans la perfection de sa gloire. Vous vîtes comme à l'âge de dix-neuf ans il donna le change à la vieillesse et à l'expérience de Cicéron ; comme dans une même pièce il joua trois ou quatre personnages différens ; comme il montra aux Pères-Conscripts qui le vouloient traiter de jeune homme, qu'encore qu'il n'eût pas si long-temps étudié qu'eux, il en avoit appris davantage; et comme il se servit adroitement de leurs forces pour faire réussir ses desseins, au lieu qu'ils pensoient se servir de son nom et de son crédit, pour rétablir leur autorité.

Je passai le plus légèrement que je pus sur le sanglant acte du Triumvirat, dont il n'y eut pas moyen de nettoyer sa réputation, et souhaitai, pour son honneur, que cette partie de son histoire fût rayée de la mémoire des choses. Je m'arrêtai sur les fréquentes brouilleries, les réconciliations plâtrées, et la dernière rupture de lui et de Marc-Antoine, et l'accompagnai jusqu'à Rome, et jusqu'au jour de son triomphe, après le fatal voyage d'Egypte. Ce ne fut pas sans vous faire prendre garde par les chemins, que la dextérité de son esprit se mêla toujours avec le bonheur de ses armes; et qu'ayant abattu dans la plaine de Philippes les deux chers enfans de la république, il crut n'avoir rien fait, s'il ne se sçavoit défaire des deux cohéritiers qu'il avoit en la succession de la puissance de son oncle, afin d'assurer ce qu'il avoit fait.

Il conduisit cette œuvre admirablement. Il alla plus loin que son oncle, et se mit en une meilleure assiette. La vertu qui s'y opposa fut malheureuse. La force se trouva impuissante. Les empêchemens lui servirent de passage pour y arriver. Et alors, Madame, les Romains commencèrent à connoître le dessein de la Providence, et la maladie mortelle de leur vieille république. A la fin ils aimèrent mieux un maître certain

et une paisible servitude , que des changemens tous les jours, et une perpétuelle frayeur de guerre civile. Le repos , qu'ils crurent être un bien essentiel , leur tint lieu de liberté , qui ne leur sembla plus qu'un plaisir de fantaisie. Chacun fut bien-aise d'être de loisir, après tant de fâcheuses affaires; et la douceur de l'oisiveté se coula si agréablement dans leur âme, qu'ils n'eussent pas voulu de leur première condition, quand Auguste la leur eût voulu rendre de bonne foi. Ils étoient si las de brigues et de partis, qu'ils reconnoissoient pour bienfaiteur celui qui leur ôtoit la peine de se gouverner eux-mêmes; et bénissoient son usurpation, qui les avoit délivrés de leur mauvaise conduite. « Puisqu'il nous mène, disoient-ils ,
» dormons en assurance dans notre vaisseau ;
» faisons la débauche, si nous voulons ; moquons-
» nous des bancs et des pirates ; il n'est pas pos-
» sible de nous perdre ; César nous répond de
» notre salut. »

Les petits-fils mêmes des consuls et des dictateurs oublièrent leur honneur, pour aller après leur intérêt , et laissèrent là une liberté ruineuse et imaginaire, pour se tenir à une obéissance commode et pleine d'avantages effectifs. Ils furent les plus souples et les plus assidus courtisans. Et quoiqu'ils portassent des noms, qui avoient fait trembler les rois de la terre, ils ne

se soucioient point qu'on les remarquât dans la
foule des donneurs de bonjours, demandant des
grâces à la porte d'un de leurs citoyens. Ils disoient que la fortune leur avoit montré l'exemple de leur devoir et le chemin du palais d'Auguste; qu'ils alloient où les dieux étoient allés
les premiers, et que s'ils avoient changé de parti,
le destin des choses et le démon de Rome avoient
changé devant eux.

Ainsi, cette âme véritablement souveraine et
du premier ordre, qui avoit un empire naturel
sur toutes les autres âmes, ne trouva plus de contradiction ni de résistance. Les plus superbes re-
çurent le joug, cédèrent à la supériorité de l'esprit, ne firent point difficulté de passer sous une
hauteur si élevée, ni de soumettre des vertus
humaines à quelque chose de divin qu'ils reconnoissoient en la personne d'Auguste. Il ne
resta plus, Madame, de courage farouche à domp-
ter, plus de Caton ni plus de Brutus, pour res-
susciter un parti mort. La mutinerie perdit jusqu'à son soufle et à son murmure; l'envie se
changea en admiration.

D'où je conclus, s'il m'en souvient bien, que
l'envie ne va pas toujours si avant que la vertu;
que cette opiniâtre se lasse enfin de suivre cette
constante, et qu'il y a un degré où le mérite étant
parvenu, il est hors de la portée des mauvais

souhaits et de la mauvaise volonté des hommes. Ensuite de quoi, Madame, un juge sans reproche, comme vous diriez M. Chapelain, élevant tant soit peu sa voix plus qu'à l'ordinaire, pronônça ce beau décret en faveur d'Auguste et de sa nouvelle domination. « Qui est le présomp- » tueux qui se puisse plaindre que le Ciel soit » au-dessus de lui, qui puisse trouver étrange » que la plus lumineuse des créatures soit la » plus haute, et que le plus digne soit le plus » grand? »

Personne n'appela de cet arrêt. Auguste fut couronné par le suffrage de toute la compagnie, après que sa vie eut été faite en petit de ma façon. Mais parce qu'Agrippa et Mécénas furent oubliés en cette vie, vous me témoignâtes à la sortie de votre cabinet, que vous ne seriez pas fâchée que je vous contasse ce que je pouvois sçavoir de l'un et de l'autre ; et que je vous ferois encore plus de plaisir, si je vous voulois faire une particulière relation de Mécénas, de qui tant de gens parlent sans le connoître. Vous serez obéie à ma mode : je voudrois bien que ce pût être à votre contentement; mais, comme de coutume, Madame, je vous donnerai les choses que vous me demandez, selon qu'elles me viendront à l'esprit, et dans la liberté de la conversation, plutôt que dans l'ordre de l'histoire.

Agrippa étoit hardi et sage à la guerre, infa-
tigable dans les travaux militaires, religieux ob-
servateur de la discipline, et avoit toutes les autres parties d'un bon capitaine ; mais d'ailleurs
il manquoit des vertus douces et sociables, qui
sont nécessaires à un habile courtisan. Il entendoit mieux la science de la campagne que celle
du cabinet, les stratagèmes que les intrigues ; et
ce qui étoit en lui vaillance durant le trouble,
devenoit rudesse dans le repos.

On ne peut pas dire la même chose de Mécénas. Il a été estimé le plus honnête homme
de son temps, et n'avoit rien en sa personne que
la nature n'eût formé avec soin, et que les bonnes
lettres et le grand monde n'eussent poli. Vous
remarquerez néanmoins, Madame, que la teinture qui se prend en cette grande lumière, et
qui donne couleur aux biens naturels, fut prise
de lui avec réserve, et n'alla pas jusqu'au fard
et jusqu'au déguisement des intentions, beaucoup moins jusqu'à l'entière altération de la probité. Il avoit les grâces de la Cour, mais il n'en
avoit pas les vices, et ses actions furent toujours
aussi droites que sa façon d'agir étoit agréable.

Quoique la Cour sache débaucher les saints,
et d'ordinaire infecte d'abord ce qu'elle reçoit
de pur, elle ne gâta point Mécénas. Il lui fit voir
qu'outre l'usage des préservatifs que fournit l'é-

tude de la sagesse, il peut y avoir de si bonnes
dispositions au-dedans, qu'elles sont plus fortes
que toute la corruption de dehors. Ce fut lui qui
donna au monde le premier exemple qu'il ait
vu d'une innocente et modeste prospérité. Il conserva dans le palais les maximes qu'il y avoit apportées, et en un lieu où tout est faux et masqué,
il voulut paroître ce qu'il étoit.

Mais il n'avoit garde, Madame, de contrefaire
le libéral et le généreux ; il eût eu bien de la
peine à s'empêcher de ne l'être pas. Pour cela, il
ne lui falloit ni travailler, ni combattre. Se laissant aller à la pente de son inclination, il ne tom-
boit jamais que dans le bien et dans la vertu. Et
ainsi ses bonnes actions venant de source, et n'é-
tant pas tirées à force de bras, comme celles de
quelques héros de notre siècle, on n'en estimoit
pas moins l'aisance et la liberté que l'éclat et la
magnificence.

On a dit de lui qu'il faisoit l'honneur de son
siècle et de l'empire romain ; qu'il étoit le bien
général du monde ; que le soleil se lasseroit plutôt de luire, et les rivières de couler, que Mécénas
de faire du bien. Un galant homme de son temps
lui crie, dans un poème qu'il lui adresse : *C'est
trop donner, Mécénas ; je suis trop riche.* Et de fait
il n'y avoit que la seule discrétion de ceux qui recevoient ses bienfaits, qui pût mettre fin à sa li-

béralité. Si ses amis l'eussent voulu croire, il ne se fût rien laissé de reste ; et on n'osoit plus louer chez lui, ni un tableau envoyé de Grèce par rareté, ni une statue d'airain de Corinthe, ni un service de vaisselle de cristal, de peur qu'à l'heure même il ne dépouillât son palais de ces meubles précieux et ne les fît prendre par force à celui qui les avoit loués.

L'excès et la vanité pourroient imiter Mécénas ; la simple bonté naturelle pourroit aller jusque-là ; mais il se faut souvenir, Madame, que cette noblesse d'esprit n'étoit pas solitaire et sans compagnie ; toutes les vertus marchoient à sa suite. C'étoit une bonté forte et courageuse, une bonté habile et intelligente ; et la même fontaine où les particuliers puisoient les faveurs et les courtoisies, fournissoit le public de conseils et de résolutions.

Le grand docteur qu'étoit cet homme en la science de gouverner ! Jamais la face des affaires ne le trompa ; jamais il ne fut politique à faux, ni ne s'égara pour paroître beau parleur dans les vastes espaces de la vraisemblance ; il alloit toujours tout droit à la vérité, et voyoit si nettement la suite des choses en leur première disposition, que les succès les plus irréguliers ne démentoient guère les conjectures qu'il en avoit faites.

N'est-il pas vrai que l'Empereur eût fait tort
à une si excellente personne, s'il ne l'eût pas
honorée de sa confidence, et s'il ne lui eût pas
donné part en la conduite du monde ? Étant,
comme il étoit, juste estimateur des hommes, et
sçachant le prix de chaque chose, il ne pouvoit
pas faire légitimement que douze ne valussent
plus que deux, que quantité d'éminentes qualités
ne fussent de plus grand usage qu'une médiocre
suffisance ; que le plus puissant en raison n'eût
la première place dans les affaires ; en un mot,
Madame, Auguste ne pouvoit pas faire que Mécénas ne fût favori d'Auguste ; et, bien qu'il fallût
donner de longs et d'opiniâtres combats contre
la retenue d'un esprit si modéré, pour lui faire
accepter ce qu'il méritoit, et qu'il y eût beaucoup
de peine à le surmonter, si est-ce qu'il fut digne
de la magnanimité du plus grand prince du
monde, de ne se laisser point vaincre en cette occasion, et de ne pas souffrir que sa reconnoissance
fût inférieure à la modestie d'un de ses amis.

Il fit donc de grands biens à cet ami ; mais ce
fut, comme vous avez déjà vu, pour les distri-
buer et pour les épandre de tous côtés, pour
éclairer et pour réjouir toute la terre de la lumière de ses richesses. De ces biens, Mécénas
acheta à Auguste tous les esprits et toutes les
langues, et par conséquent les lui rendit en de

meilleures, de plus nobles et de plus durables espèces; tellement, qu'à bien considérer un commerce si nouveau, celui qui donnoit étoit moins libéral que bon ménager; et celui qui recevoit de lui étoit plutôt son facteur que son favori.

Au reste, Madame, ce que je m'en vais vous dire mérite bien d'être remarqué : il eut toujours la religion de ne rien recevoir qui ne pût être donné justement, il ne voulut rien qui lui pût être reproché, non-seulement par les plaintes publiques de la renommée, mais aussi par les soupirs secrets d'un particulier intéressé. Ceux qui depuis eurent la même faveur, sous les autres règnes, n'en usèrent pas de là même sorte. Leur morale fût plus large et plus indulgente à leurs passions ; ils n'eurent pas de ces délicatesses de conscience.

Quand on ne mouroit pas assez tôt de mort naturelle, ils avoient recours aux accusations, pour avancer le terme du compte qu'ils avoient fait. Ils faisoient condamner les innocens, pour faire vaquer leurs charges, et à la vue des orphelins affligés, ils portoient les marques de la fortune de leur père, qui n'étoient pas encore sèches de son sang. Le procédé de Mécénas étoit très-différent de celui-là : il eût cru être souillé de la confiscation du bien d'un proscrit. Et, à votre avis, combien de charges et de maisons a-t-il refusées, pour ne vouloir pas toucher à des dépouilles funestes et recueillir la succession des malheureux?

Je dis davantage, et son scrupule alloit plus avant; il a renvoyé souvent les présens et les gratifications des provinces qu'il avoit fait soulager, de peur que la plus légère marque de leur gratitude, et qu'un bouquet reçu en telle rencontre, ne fît paroître en ses avis la moindre ressemblance d'intérêt. Il a souvent rejeté l'utile, qui n'étoit point déshonnête, pour embrasser l'honnête, stérile et infructueux; il a préféré une simple satisfaction d'esprit, aux choses que le monde estime solides et essentielles.

Je pense, Madame, qu'une grandeur si discrète et si mesurée ne donnoit point de jalousie à son prince. Il ne falloit point craindre de trahison d'une si superstitieuse intégrité. Comment eût-il été pensionnaire de Marc-Antoine, s'il n'acceptoit pas toutes sortes de grâces d'Auguste? Et comment eût-il désiré les choses nouvelles, pour rendre sa condition meilleure, puisqu'il se contentoit d'une petite partie des avantages que les choses présentes lui offroient? O le rare exemple pour les heureux! ô l'homme qui ne se trouve point! ô la forte et la solide pièce dans les fondemens d'une principauté naissante! La tyrannie même eût pu être justifiée par l'innocence de ce ministre, comme elle eût pu être soutenue par ses autres vertus plus vives et plus ardentes.

Je ne voudrois pas pourtant nier que sa complexion délicate ne le rendît quelquefois moins propre aux fatigues du corps et aux corvées de la guerre, et ne fût cause qu'il ne pouvoit d'ordinaire travailler que de l'esprit. Mais, Madame, sans faire l'empressé, il ne laissoit pas de faire beaucoup et de rendre à l'État d'aussi utiles services que son collègue, quoiqu'ils ne fussent pas suivis de tant de bruit et de tant de pompe. La solitude qu'il se bâtit dans la ville, et les ombrages de ses jardins, cachoient la moitié de sa vertu ; ses occupations étoient couvertes d'une apparence extérieure d'oisiveté ; et peut-être qu'on louoit Agrippa qui paroissoit, de la conduite de Mécénas qui étoit retiré.

L'Empereur avoit plus d'inclination pour celui-ci : mais se souvenant des batailles gagnées en Sicile et en Égypte, il avoit plus d'estime pour l'autre. Il croyoit que l'un l'aimât davantage, et que l'autre l'eût plus obligé. Ils délibéroient tous trois des affaires générales. Mais quelquefois il délibéroit avec Mécénas de la vie et de la fortune d'Agrippa. Témoin, Madame, ce petit mot sur lequel un disciple de Machiavel composeroit un grand discours : *Vous devez le faire mourir, ou le faire votre gendre;* c'est-à-dire, il faut, ou le perdre, ou le gagner tout-à-fait; il faut s'assurer d'une grandeur qui vous peut être suspecte, ou en l'ôtant du monde, ou en le mettant en votre maison.

Vous voyez par là que Mécénas ne regardoit que son maître, je parle ici en François, et ne songeoit qu'à l'affermissement de son autorité. Agrippa avoit quelque goût de la liberté perdue, et tournoit la tête de temps en temps vers l'ancienne république. Celui-ci ne proposoit que des conseils purement honnêtes; mais son compagnon, quand il y alloit du bien de l'État, vouloit ajouter le profit à l'honnêteté. Le premier avoit le commandement des armées, et combattoit les ennemis de l'empire; le second exerçoit son pouvoir sur l'âme même de l'Empereur, et apaisoit les mouvemens qui s'y élevoient contre la raison.

Ce qu'il faisoit, Madame, avec tant de liberté, que le prince étant un jour en son lit de justice (je ne puis encore m'empêcher de parler françois), où il voyoit quelques procès criminels, et commençoit à se laisser emporter aux ruses et aux calomnies des accusateurs, Mécénas arrivant là-dessus, et ne pouvant fendre la presse qui l'empêchoit de pénétrer jusqu'à lui, lui envoya de main en main un billet, dans lequel ces paroles étoient écrites : *Bourreau*, *ne veux-tu point partir de là?* Auguste, au lieu de s'offenser de la hardiesse de ce mot, et d'une familiarité si piquante, prit en bonne part le zèle de son ami, rompit l'assemblée à l'heure même, et descendit du tribunal, d'où possible il ne fût pas descendu innocent, s'il y eût demeuré davantage.

Il recevoit souvent de semblables preuves de fidélité. C'étoit Mécénas qui tempéroit la chaleur de ses passions, qui adoucissoit les aigreurs de son esprit, qui guérissoit ses blessures cachées, quand il n'avoit pu aller au devant du coup qui lui donnoit de la consolation, quand il n'étoit pas en état de recevoir de la joie.

Auguste connoissoit bien le mérite et le prix de cette amitié; il voyoit bien que, sa personne lui étant plus proche que sa fortune, ces sortes de services devoient valoir davantage en son esprit, que des villes prises et des batailles gagnées : aussi lui en témoignoit-il tout le ressentiment que vous pouvez vous imaginer en un prince juste, et qui sçavoit distinguer l'inclination d'avec le devoir, et ceux qui n'aimoient que César, d'avec ceux qui mêloient d'autres passions parmi celle-là. Après même qu'il fut mort, il continua d'être reconnoissant envers sa mémoire, et toutes les fois qu'il lui survenoit quelque affliction domestique, ou quelque déplaisir de dehors, il disoit en soupirant : *Cela ne me fût point arrivé, si Mécénas eût été en vie.* Il croyoit être malheureux de posséder l'empire du monde, parce qu'il avoit perdu Mécénas.

Il avoit certes beaucoup de raison de regretter une personne également bonne et intelligente, qui ne pouvoit ni tromper, ni être trompée ; qui ne pouvoit faire mal, ni par infirmité, ni par dessein. Il avoit grand sujet de pleurer la perte d'un ami, si utile tout ensemble et si agréable, d'un ami de toutes les heures et de tous les temps, dans lequel il trouvoit tout ce qu'il cherchoit, qui étoit ses tablettes et ses lieux communs, le témoin et le dépositaire de ses pensées, le trésor de son esprit, voire son second esprit.

En effet, Madame (pour achever de vous faire voir ce que vaut un ami fidèle auprès d'un grand prince), combien pensez-vous que, par sa raison, il assurât, il fortifiât, il augmentât la raison d'Auguste? Combien d'épines lui a-t-il tirées des affaires qu'il avoit à démêler? Combien lui a-t-il proposé d'expédiens pour faciliter ses desseins? Combien de plans lui a-t-il dressés pour élever ses ouvrages? Ne doutez point que plusieurs fois il ne lui ait épargné la peine de la prévoyance, et ne se soit chargé des soins et des inquiétudes de l'avenir, afin de le laisser tout entier dans l'action, afin que la force de son âme ne se diminuât point en se divisant, afin que je puisse dire aujourd'hui avec vérité qu'ils ont partagé ensemble les diverses fonctions d'un même devoir, et qu'ils n'ont vécu tous deux qu'une seule vie.

Plusieurs fois, Madame, le fidèle Mécénas a soutenu Auguste, harassé dans la recherche du bien difficile, et lui a présenté l'image de la vertu jouissante et couronnée, pour détourner sa vue du triste objet de la vertu pénible et laborieuse. Après une conjuration découverte, et lorsqu'il a jugé la clémence meilleure que la justice, il lui a figuré la gloire encore plus belle et plus attrayante qu'elle n'est, pour le piquer davantage de son amour, pour l'obliger à changer des méchans en gens de bien, en changeant des arrêts de mort en abolitions ; pour faire en sorte qu'il préférât les louanges de la bonté, qui durent autant que les maisons et les races conservées, au plaisir de la vengeance, qui passe aussi vîte qu'un coup de hache peut être donné et une tête mise par terre.

Et, après cela, croyez, s'il vous plaît, Sénèque qui condamne le style et l'éloquence de Mécénas ? Il me semble, Madame, que, pour obtenir de pareilles grâces d'une âme irritée, il ne falloit pas manquer d'éloquence, je dis de la bonne et de la sage éloquence, de l'éloquence d'affaires et d'action, nourrie au soleil et à la lumière du grand monde, plus forte sans comparaison que la rhétorique des sophistes, quoiqu'elle sçache mieux cacher et dissimuler sa force.

Il n'y a point de doute que le bien dire ne soit absolument nécessaire pour agir avec les princes, qui d'ordinaire ne peuvent goûter la raison, si elle ne leur est très-délicatement apprêtée. Ce n'est pas assez que les remèdes qu'ils doivent prendre aient de la vertu, ils veulent qu'ils n'aient point d'amertume; il ne suffit pas que les choses qu'on leur présente soient bonnes, si elles ne sont bonnes aussi-bien en la forme qu'en la matière.

Mais ce ne sont pas seulement les princes qui demandent des paroles agréables, et qui se cabrent contre la raison qui les gourmande. Généralement parlant, n'y ayant rien de si franc et de si relevé que l'âme de l'homme, elle veut être traitée selon la noblesse de sa nature, je veux dire avec douceur, méthode et adresse. Par là, Madame, on emporte la volonté sans beaucoup de résistance, et de la volonté on passe à l'entendement, qui est si ennemi de la contrainte, que, pour l'éviter, il s'éloigne même de son propre objet et rejette la vérité, quand on la lui veut faire recevoir par force.

Il est certain que l'intelligence d'un art si né-

22..

cessaire au gouvernement, a été souveraine en la personne de Mécénas. Comme il étoit très-clairvoyant au discernement des esprits, il étoit très-adroit en leur conduite, et n'avoit pas moins de souplesse à les manier, que de lumière pour les connoître. Avec cette éloquence efficace, qui n'est autre chose que le droit usage de la prudence, qui se communique aux hommes par la parole, il fit à Auguste une infinité de serviteurs, et après lui avoir persuadé la modération, il persuada aux autres l'obéissance.

Toutes les conférences qui se faisoient en son palais, étoient des sacrifices de louange et de gloire pour Auguste : tous les jours il y étoit adoré en prose et en vers. On commença là dedans à réformer l'ancien langage de la république, et à jurer par le génie et par la fortune du prince. Les temples qui lui furent bâtis en Espagne et en Asie au commencement, et depuis dans les autres provinces du monde romain, furent désignés en ce lieu-là. Et, à prendre la chose dans son principe, on peut dire, Madame, que Mécénas, avec ses orateurs et ses poëtes, fut le fondateur de tous ces temples, fut l'instituteur de cette nouvelle religion qui consacra un homme vivant.

Croyez-moi, et toute l'antiquité plutôt que Sénèque, cet incomparable favori laissoit toujours dans le cœur je ne sçais quel aiguillon qui excitoit les courages les plus durs à l'amour du prince et de la patrie, à l'étude de la vertu et de la sagesse. On ne partoit point d'auprès de lui sans en remporter une douce émotion, capable de réveiller l'assoupissement de ceux qui ne sentoient pas la félicité du règne d'Auguste, et qui n'avoient jamais songé à la beauté des choses honnêtes. L'air de son visage, le son de sa voix, et ce que les rhétoriciens ont compris sous l'éloquence du corps, gagnoient les sens extérieurs en un instant, et donnoient passage jusqu'à l'âme, par la facilité de ses gardes, qui d'abord se laissoient prendre.

Il persuadoit même avec la négligence de l'entretien le plus familier. En sa plus libre conversation, quand il se dépouilloit de la pompe de la Cour et de la gravité du ministère, quand il quittoit ce qui éblouit le peuple, il lui restoit encore beaucoup d'ornemens qu'il ne pouvoit pas quitter : il avoit sur lui des charmes involontaires, et auxquels il ne prenoit pas garde, qui l'accompagnoient partout. Ces charmes, Madame, inspiroient particulièrement tout ce qu'il disoit ; ils suppléoient au défaut de sa faveur, et sans qu'il accordât les demandes, ne laissoient pas de donner satisfaction ; car vous sçavez bien que toutes choses ne sont pas toujours possibles,

et qu'il faut quelquefois refuser. Mais, je vous
prie, quels devoient être les présens qu'enri-
chissoit une bouche si charmante, puisque les
refus qui en sortoient n'étoient pas désagréables, et qu'en parlant il plaisoit de telle sorte,
que de ses seules paroles il eût pu payer ses
dettes?

Toutefois le précepteur de Néron ne veut pas
que le confident d'Auguste ait sçu bien parler. Il
lui reproche la délicatesse et l'afféterie, voire la
mollesse et la débauche de sa diction ; et, à son
dire, ç'a été le premier corrupteur de l'éloquence
romaine. Il met certaines pièces sur le tapis, qui
lui semblent plus gaillardes qu'il ne faut, mais
qu'il a coupées d'un ouvrage dont nous ne sça-
vions ni la matière, ni le dessein. Et là-dessus,
sans nous dire si Mécénas parloit de sang-froid,
ou s'il avoit seulement envie de rire, il déclame
contre la liberté de son style, avec toute l'aigreur
et toute la colère du sien.

A vous dire le vrai, Madame, je crois qu'il y a
du Phylarque et de la mauvaise foi au procédé
de Sénèque. Si les pièces qu'il attaque se voyoient
en leur entier, nous verrions qu'il ne distingue
pas les deux caractères, et qu'il prend un habillement qu'on a porté une fois en masque, pour
une robe avec laquelle un sénateur doit aller tous
les jours au conseil. Sans doute il fait semblant

de n'entendre pas raillerie ; il est sans doute de ces hypocrites chagrins qui voudroient que les jeux fussent aussi sérieux que les affaires, et les comédies aussi tristes que les oraisons funèbres. Récusons-le en toutes les causes de Mécénas : l'aversion qu'il a pour lui est trop visible et trop découverte ; et après avoir égratigné ses écrits, il se jette sur ses mœurs avec tant de passion, qu'il est aisé à voir que l'esprit de sa secte le possède, et qu'il a dessein de faire le stoïque réformé, aux dépens du plus honnête épicurien qui fût jamais.

Je ne dis point, pour affoiblir le témoignage de Sénèque, que c'étoit un docteur de Cour qui philosophoit dans la pourpre et causoit à son aise de la vertu ; que peut-être même il décrioit la volupté afin qu'elle fût toute pour lui et que personne n'en eût envie ; je dis seulement, à la justification de Mécénas, qu'il n'est pas impossible que l'âme se relâche sans s'énerver et que, comme il y a une folie composée et mélancolique, il peut y avoir une sagesse libre et joyeuse.

J'ai ouï dire, Madame, à notre sçavant Monsieur..., mais il le disoit beaucoup mieux que je ne sçaurois vous le dire, qu'il y a un art d'user innocemment de la volupté ; que cet art avoit été enseigné en Grèce par Aristippe ; que depuis il fut corrompu à Rome par Pétrone et par Ti-

gillin qui en abusèrent comme les empoisonneurs ont abusé de la médecine. Il ajoutoit que
la pratique de cet art n'étoit point défendue par
les lois de votre pays, qu'au contraire elles avoient
créé des magistrats tout exprès, pour avoir soin
des plaisirs du peuple ; qu'outre les édiles de la
république, il étoit parlé, sous les empereurs,
d'un tribun des voluptés, et qu'il avoit vu une
science et une discipline des voluptés dans les
formules de Cassiodore. Il concluoit, Madame,
qu'il n'est pas juste d'accuser la pureté des choses de l'intempérance des hommes, et qu'il n'est
pas croyable que les biens de cette vie n'ayent
été faits que pour les méchans.

Il n'est pas croyable, je suis de l'avis de ce
rare esprit, que Dieu ait envoyé la vertu au
monde pour la punition des pauvres hommes,
et qu'elle ne soit point vertu, si elle ne combat
contre la douleur, si elle ne marche sur les épines, si elle ne loge à l'hôpital, si elle n'habite
même dans les sépulcres. Mécénas vouloit attendre qu'il fût mort pour prendre possession d'une
demeure si mal plaisante ; et, s'il étoit en vie, et
qu'il eût changé Rome pour Paris, je suis certain qu'on le trouveroit plus souvent en quelque
lieu que je sçais, où il n'y a rien qui ne contente
les yeux et l'esprit, qu'en d'autres lieux que je

ne veux pas nommer, où il n'y a rien qui ne les choque.

Que vous auriez de plaisir d'apprendre de lui-même son histoire ! Qu'il recevroit de gloire d'avoir quelques-unes de vos audiences ! Que votre modeste conversation lui toucheroit l'esprit ! Vous avez beau vous cacher, Madame, il découvriroit cette souveraine intelligence que vous couvrez de toute la retenue et de toute la douceur de votre sexe. Il vous admireroit en dépit de vous : nous réconcilierions son ennemi avec lui à la première prière que vous lui en feriez, et sans même que vous lui en fissiez de prière, tant je suis assuré de la douceur et de la facilité de ses mœurs. La sérénité de son âme ne seroit point troublée par les fumées et par les boutades des sophistes violens ; il ne feroit que rire du chagrin et des paradoxes de Sénèque.

Il vous diroit seulement, Madame, qu'il faut tout souffrir de la race de Zénon et de la nation des Stoïques; que tout doit être permis à un philosophe qui a appelé Alexandre sot, qui a cru être roi des rois, à meilleur titre que le roi de Perse ; et, ce qui fait particulièrement à notre sujet, qui a été si ennemi de la vie, qu'il a conseillé aux hommes de s'aller pendre, pour peu qu'ils s'ennuyassent ou qu'ils fussent en mauvaise humeur.

DE

LA GRANDE ÉLOQUENCE.

LA GRANDE ÉLOQUENCE.

A M. COSTAR.

Votre magnificence est cause de ma disette, et je ne trouve point de belles choses à vous rendre, parce que vous les avez toutes prises. Cet enlèvement, qui ne m'a honoré que pour m'appauvrir, me fait souvenir d'un festin que je vis à Rome lorsque j'y étois. La profusion en fut telle, qu'elle épuisa une partie de l'Italie, qu'elle affama huit jours durant le peuple romain, qu'elle empêcha qu'on n'en pût faire de long-temps un autre. Je remarque ici, Monsieur, je ne sçais quoi encore de plus. Vos excès n'ont pas d'espace à les contenir, et tout ce qu'en un jour de largesse une âme extrêmement noble pourroit tirer, soit de son propre fonds et des richesses de sa naissance, soit des hâvres étrangers et de la continuation d'un heureux commerce, vous l'avez tout versé sur deux feuilles de papier.

Quel moyen après cela d'avoir sa revanche, et de parler après vous qu'à sa confusion! En me demandant des exemples, vous me les donnez; sous le nom d'autrui, vous vous représentez vous-même; et j'ai bien ouï parler des aiguillons de cet homme qui fut souverain dans un pays libre, mais je sens les vôtres. Ils m'ont entamé l'esprit; je suis percé de leurs pointes.

En cet état-là, et blessé déjà de votre main, je serois mal conseillé de me présenter aujourd'hui sur la carrière, et de faire assaut de réputation avec vous. Il vaut beaucoup mieux que l'avantage vous demeure par ma modeste déférence que par mes inutiles efforts. Et en tout cas, Monsieur, s'il faut que je sois de la partie, il faut que ce soit en me rangeant de votre côté; il me sera bien plus sûr d'entrer dans vos sentimens que d'en rechercher de nouveaux, et de vous copier, que de vous répondre.

L'idée que vous avez formée de l'éloquence, est véritablement admirable; mais supprimons-en l'application, elle n'est pas juste. Otons-en mon nom, et tout le reste ira bien. Trouvez bon que je remette dans la thèse ce que vous en avez tiré pour me faire honneur, et qu'au lieu d'une réponse à vos paroles, qui regardent ma per-

sonne particulière, je vous envoie une paraphrase
de votre sens, qui a sans doute un objet plus
noble et moins limité.

Vous dites vrai, Monsieur, on trouve partout
de l'imposture. L'éclat ne présuppose pas toujours la solidité, et les paroles qui brillent le
plus sont souvent celles qui pèsent le moins. Il
y a une faiseuse de bouquets et une tourneuse
de périodes, je ne l'ose nommer *éloquence*, qui
est toute peinte et toute dorée ; qui semble toujours sortir d'une boëte ; qui n'a soin que de s'a-
juster, et ne songe qu'à faire la belle ; qui, par
conséquent, est plus propre pour les fêtes que
pour les combats, et plaît davantage qu'elle ne
sert, quoique néanmoins il y ait des fêtes dont
elle déshonoreroit la solennité, et des personnes
à qui elle ne donneroit point de plaisir.

Ne se soutenant que d'apparence, et n'étant
animée que de couleur, elle agit principalement
sur l'esprit du peuple, parce que le peuple a
tout son esprit dans les yeux et dans les oreilles. A faute de raisons et d'autorité, elle use de
charmes et de flatterie ; elle est creuse et vide de
choses essentielles, bien qu'elle soit claire et ré-
sonnante de tons agréables. Elle est au moins
plus délicate que forte ; et, ayant sa puissance
bornée et ses coups d'ordinaire mesurés, ou
elle ne porte pas plus loin que les sens, ou, pour

le plus, elle ne touche que légèrement le dehors de l'âme.

Si elle prend courage et si elle se déborde quelquefois, ses efforts et ses torrens ne font que passer. Au lieu d'apporter de l'abondance avec eux, ils ne laissent après eux que de l'écume. Leur impétuosité est une lâcheté qui menace; elle ressemble à la colère des personnes foibles, qui les remue, sans toucher les autres; ils n'emmènent que les pailles et les plumes, et s'écoulent au pied des arbres et des murailles, sans les ébranler.

Cette éloquence de montre et de vanité a eu cours dans la servitude de la Grèce, lorsque la paix et la guerre n'étoient plus en sa disposition, et que, n'ayant plus d'affaires à s'occuper, elle cherchoit de quoi divertir son oisiveté. La plupart des sophistes, dont Philostrate et Eunapius ont écrit les vies, étaloient cette sorte d'éloquence au milieu des places publiques, et entretenoient les passans qu'ils y assembloient, de certains discours vagues où ils n'avoient autre dessein que de discourir.

Ces discours, Monsieur, comme vous sçavez, étoient remplis de tout ce que l'orateur possédoit et de tout ce qu'il avoit emprunté. Il ne laissoit pas un seul enjolivement, ni une seule afféterie au logis; en dix mots il vouloit employer douze figures, il enfloit sa matière de lieux communs et de pièces cent fois rejouées. Pour éviter la pauvreté, il se jetoit dans le luxe. Toutes ses locutions étoient pompeuses et magnifiques; mais cette magnificence étoit si éloignée de la sobriété et de la modestie du style oratoire, que la plus téméraire poésie, et la plus prodigue des biens qu'il faut ménager, ne sçauroit rien concevoir de plus déréglé.

A la vérité, si c'étoit-là l'éloquence, l'opinion de ce philosophe, qui mettoit la rhétorique au nombre des connoissances voluptueuses, auroit quelque fondement. On l'eût chassée avec justice de la république de Sparte et des autres États bien policés, et il ne la faudroit estimer guère davantage que l'art qui enseigne à faire les confitures, et a pour objet le plaisir du goût, ou celui qui flatte un autre sens et travaille à la composition des parfums.

Mais il n'en va pas ainsi : il faut conserver à chaque chose la noblesse de sa fin et la dignité de son usage. Les biens de l'esprit ne nous ont pas été donnés pour la simple volupté du corps; le plaisir des oreilles est en ceci plus que rien, mais ce n'est pas tout. L'éloquence n'est pas le spectacle des oisifs et le passe-temps du menu peuple. Un orateur est quelque autre chose qu'un danseur de corde et qu'un baladin. Nous ne devons pas nous jouer de la raison, ni faire passer pour plaisante celle à qui nous avons l'obligation d'être sérieux.

Disons donc, Monsieur, que la vraie éloquence est bien différente de cette causeuse des places publiques, et son style bien éloigné du jargon ambitieux des sophistes grecs. Disons que c'est une éloquence d'affaires et de service, née au commandement et à la souveraineté, tout efficace et toute pleine de force. Disons qu'elle agit, s'il se peut, par la parole, plus qu'elle ne parle; qu'elle ne donne pas seulement à ses ouvrages un visage, de la grâce et de la beauté, comme Phidias; mais un cœur, de la vie et du mouvement, comme Dédale.

Elle ne s'amuse point à cueillir des fleurs et à les lier ensemble; mais les fleurs naissent sous ses pas, aussi-bien que sous les pas des déesses. En visant ailleurs, en faisant autre chose, en passant pays, elle les produit; sa mine est d'une amazone, plutôt que d'une coquette; et la négligence même a du mérite sur elle, et ne fait point de tort à sa dignité. Elle ne laisse pas toutefois de se parer, quand il est besoin; quoiqu'elle soit moins curieuse de ses ornemens que de ses charmes, et qu'elle songe davantage à gagner l'âme pour toujours par une victoire entière, qu'à la débaucher pour quelques heures par une légère satisfaction.

C'est encore ce qui l'oblige à ne pas chercher dans ses discours, des fredons efféminés, et une mollesse compassée, semblable à cette nouveauté vicieuse, dont les premiers sages se sont plaints, qui corrompit la vigueur de la musique et préféra la délicatesse à la gravité.

Ayant reçu de la seule grâce de la nature la justesse des nombres et des mesures, elle n'a que faire de compter scrupuleusement les syllabes, ni de se mettre en peine de placer les dactyles et les spondées, pour trouver le secret de l'harmonie. Un pareil secret ne s'acquiert point, il faut qu'il vienne au monde avec celui que nous nommons éloquent; les préceptes lui sont inutiles en cette occasion; et, n'en déplaise aux maîtres de l'art, qui se veulent mêler de tout, il ne doit qu'au Ciel la bonté de ses oreilles et la parfaite disposition de leurs ressorts.

Le reste véritablement se fait ou s'achève en lui par le soin et par la méditation. Et il faut avouer que ce soin, quand il est opiniâtre et continuel, est capable d'appuyer les foiblesses de la nature, de refaire les brèches de l'infirmité humaine, de nettoyer les ouvrages de l'esprit de toutes les taches et de toute la terre de la matière, de tous les défauts et de toutes les imperfections, soit de la besogne, soit de l'artisan. Il est certain que cette méditation, quand elle est violente et bien guidée, trouve dans l'âme des trésors cachés, réveille les vertus assoupies, exerce l'adresse négligée, ajoute l'opulence à la noblesse, la fécondité au bon fonds, et le choix à la fécondité.

L'antiquité appeloit cela puiser ses discours dans l'estomac et avoir l'âme éloquente; elle a donné cette qualité à Ulysse, après lui avoir donné la doctrine et l'expérience, comme si la vertu de discourir devoit être l'effet et la créature de celle de connoître et de sçavoir.

Et certes, il n'est rien de plus véritable. Un homme qui a vu et qui a écouté long-temps avec de l'attention et du dessein; qui a fait diverses réflexions sur les vérités universelles; qui a considéré sérieusement les principes et les conclusions de chaque science; qui a fortifié son naturel de mille règles et de mille exemples; qui s'est nourri du suc et de la substance des bons livres; un homme, dis-je, si plein, a bien de quoi débiter; ayant tant de fonds et tant de matière de parler, il a de grands avantages, quand il parle; et personne ne peut trouver étrange que d'une infinité de hautes et de rares connoissances, sortent et fleurissent les diverses grâces de ses paroles, comme de leur tige et de leur racine.

Ce n'est pas qu'il suffise, Monsieur (plaidons toujours la cause du Ciel), d'avoir cet art et ces connoissances, pour être orateur, si on les a solitaires et dans un lieu stérile de sa nature. Comme ce ne sont pas les maîtres d'escrime, voire les maîtres d'escrime de père en fils, qui réussissent grands capitaines : aussi ne sont-ce pas les grammairiens, voire les grammairiens de race et les enfans des maîtres d'école, qui sont d'ordinaire fort éloquens. Ce ne sont ni les armuriers, ni les fourbisseurs, ni les vivandiers de l'armée, qui combattent l'ennemi et qui gagnent les batailles ; ce ne sont pas non plus les compilateurs des lieux communs, ni les copistes des rhétoriques d'autrui, ni les traducteurs de quelques chapitres de Quintilien, qui attaquent et qui emportent les âmes.

Ils ont eu pourtant leur faction et leur peuple, qui leur a fait accroire que c'étoit eux, et ils sont morts très-persuadés de leur opinion, et très-satisfaits des applaudissemens de leur peuple. Mais toutes ces victoires en peinture, tous ces triomphes de mascarade, tous ces faux miracles ne font pas d'ombrage à la vérité. Le monde est devenu raisonnable, et la pédanterie des compilateurs ayant perdu son crédit dans l'université même, je dis dans le plus bas étage de l'université et dans la cinquième du collége, elle ne nous empêchera plus de faire avouer au Louvre et aux parlemens, qu'il y a souvent grande différence entre un docteur et un animal raisonnable.

On ne doutera plus qu'un tel ne puisse parler mal et écrire mal, avec autant de langues que la confusion de Babel en produisit, et autant de dialectes que le mélange des peuples en a formé; et qu'un autre tel ne puisse être de son chef mauvais auteur, et avoir lu autant de volumes imprimés et autant de livres manuscrits, qu'il y en a dans la bibliothèque vaticane, depuis même qu'elle a été grossie du débris de la bibliothèque palatine.

Il faut donc de nécessité une heureuse naissance, pour se servir d'une longue étude. Il faut, et ici et à la guerre, de la force et du courage, aussi-bien que des armes et de l'adresse. Cette adresse est nécessaire, je ne le nie pas, et la bonne éloquence doit recevoir instruction de la bonne philosophie. Il faut que notre éloquent soit élevé sous la discipline d'Aristòte, qui, entre autres soins qu'il prendra de lui, lui tracera le plan et la carte du petit monde.

Ce souverain artisan lui découvrira les différentes avenues du siége de la raison, et le fort et le foible de l'esprit humain. Avec la méthode et les adresses qu'il lui donnera, les endroits par

(359)

où l'âme est prenable lui seront connus; les moyens d'y former des intelligences ne lui manqueront point; il sçaura irriter et modérer les passions, selon qu'il faudra pousser ou arrêter les courages; il s'assujettira l'intellect par la force du raisonnement, et emportera l'appétit par la violence des figures.

Aristote fera tout cela, je ne le nie pas; mais Aristote ne sçauroit rien faire sans les étoiles. Il ne peut travailler qu'après le Ciel; et, disons-le une bonne fois, il faut que ce soit quelque chose de céleste et d'inspiré qui intervienne dans l'éloquence, pour exciter les transports et les admirations qu'elle cherche. Disons qu'il faut qu'un grand esprit naisse, et un grand jugement avec lui, pour le conseiller, afin qu'Aristote réussisse; et qu'Aristote, par conséquent, n'entre que le troisième dans l'œuvre de la nature, puisqu'il est besoin de quelque autre que de l'art, afin que l'art opère efficacement; afin que la spéculation se rende sensible, et qu'elle tienne ce qu'elle a promis; afin que les règles deviennent exemples; afin que la connoissance soit action, et que les paroles soient des choses.

Et pour vous faire voir, Monsieur, que je ne vous perds point de vue, et que je veux que ma paraphrase suive toujours votre texte, ces paroles ne sont pas de simples bruits et de simples voix

dont l'air est frappé, et qui se perdent après
avoir plu un petit moment. Ce ne sont pas des
paroles fugitives et passagères, ainsi que le poëte
les appelle; elles durent et se conservent après
le son; elles vivent dans les plus ingrates mé-
moires; elles se font voir dans la plus secrète partie de l'homme; elles descendent jusqu'au fond
du cœur; elles percent jusques au centre de
l'âme, et se vont mêler et remuer là-dedans avec
les pensées et les autres mouvemens intérieurs.
Ce ne sont plus les paroles de celui qui parle ou
qui écrit, ce sont les sentimens de ceux qui écoutent ou qui lisent; ce sont des expressions, don-
nez-moi congé de le dire; si contagieuses, si
pénétrantes et si tenaces, qu'elles s'attachent in-
séparablement au sujet étranger qui les reçoit,
et deviennent partie de l'âme d'autrui.

Voilà quelles sont les paroles que vos ergo-
teurs estiment si peu; voilà comme s'exprime la
grande éloquence, et telle autrefois que la Grèce
l'a vue lorsqu'elle vivoit en liberté, et que la puissance romaine ne lui avoit pas opprimé l'esprit
avec le courage. De cette sorte, et par des efforts
plus qu'humains, elle ravissoit le consentement
des princes et des républiques, et rangeoit à la
raison les volontés les plus opiniâtres et les plus
dures.

Et de fait, Monsieur, les aiguillons que votre

Périclès laissoit dans les âmes, les tonnerres qu'il excitoit dans les assemblées, les noms de Jupiter et d'Olympien que l'on lui donna, et le temple de la déesse Persuasion, qu'elle-même, selon le dire commun, avoit bâti sur ses lèvres, que sont-ce autre chose que des marques et des images de cette monarchie spirituelle, fondée par la parole dans un État populaire, et de cette espèce de divinité qu'un homme représentoit sur la terre ?

La souveraine éloquence gouverna ainsi long-temps la plus fine partie du genre humain et présida aux affaires de la Grèce. C'est ce que vous avez compris en deux mots, et ce que vous appelez *vaincre et régner,* car il est très-vrai qu'elle tenoit lieu de grandeur et de majesté, à des seigneuries aussi petites que sont celles de Luques et de Genève. Elle ne souffroit rien de servile dans l'esprit même des artisans ; elle élevoit les pensées d'un particulier, au-dessus du trône et de la tiare du roi de Perse ; et pour passer du spécieux à l'utile, elle réunissoit les Grecs divisés, et formoit les ligues contre les Barbares ; elle étoit la liaison du sénat avec le peuple, et la barrière entre Philippe et la liberté.

Philippe ne le dissimuloit pas : Il reconnoissoit que Démosthène pouvoit plus que lui, et avoit coutume de dire que les harangues de cet

orateur renversoient les entreprises des rois, et
que sa rhétorique étoit l'arsenal et le magasin
d'Athènes. Il disoit qu'en vain on députoit des
ambassadeurs pour résister à Démosthène aux
assemblées où il se trouvoit, vû qu'ils n'y pouvoient servir leurs maîtres qu'en s'accommodant
à ses opinions; que la valeur pouvoit combattre
la force et avoir de l'avantage sur le nombre;
mais qu'il étoit également impossible au nombre,
à la force et à la valeur, d'ériger des trophées
contre l'éloquence de Démosthène.

Pour avoir ce Démosthène en son pouvoir, ce
Philippe offrit aux Athéniens la ville d'Amphipo-
lis; et il ne s'en faut point étonner, Monsieur, puisque, par cet échange, il mettoit en danger celle
d'Athènes, et qu'il assuroit toutes celles de son
royaume. Il estimoit un homme plus que vingt
mille hommes, parce qu'il sçavoit qu'un homme
est quelquefois l'esprit et la force d'un État; et
que celui-ci, selon la relation que lui en avoit
faite Antipater, tout nud et désarmé qu'il étoit,
sans vaisseaux, sans soldats et sans argent, com-
battant seulement avec des lois, des ordonnances
et des paroles, attaquoit la Macédoine de tous
côtés, investissoit ses meilleures places, et rendoit inutiles ses plus puissantes armées.

Un homme de ce mérite n'étoit pas le bouffon
et le bâteleur de ceux d'Athènes, comme notre

Apulée de ceux de Carthage, quand il leur réci-
toit ses Florides. C'étoit leur magistrat naturel;
c'étoit un maître qui s'accordoit avec la liberté;
qui se faisoit obéir, quoiqu'il ne leur fît point de
commandement absolu; quoiqu'il n'eût ni archers, ni hallebardes; quoiqu'il ne les haranguât
point de dessus les bastions d'une citadelle.; ce
n'étoit point le flatteur et le parasite du peuple;
c'étoit son censeur et son pédagogue, qui le
tançoit quelquefois de cette façon :

« Ne secourons plus de nos fautes notre en-
» nemi; ce sont ses principales forces et sa plus
» grande puissance. Que ne la ruinons-nous en
» nous corrigeant? Mais, au lieu de faire ce qu'il
» faut, vous ne faites rien que vous enquérir de
» ce qu'on dit, et toute votre vie se passe à de-
» mander des nouvelles. A quoi bon cette vaine
» curiosité? Voulez-vous sçavoir quelque chose
» de bien nouveau et de bien étrange? Je vais
» vous le dire : *Un homme de la Macédoine se*
» *rend maître de la Grèce, et commence par les*
» *Athéniens.* Mais le bruit court, me répondez-
» vous, que cet homme est mort ou, pour le
» moins, qu'il est bien malade. Quand cela seroit,
» je ne vois pas que vous en puissiez tirer aucun
» avantage. Si vous ne changez de procédé, vous
» ne manquerez jamais de Philippe, et quand la
» fièvre ou la guerre vous défera aujourd'hui de

» celui-ci, vous en ferez demain un autre par
» votre mauvaise conduite. »

Que ces grâces austères me plaisent! Que cette
sévérité est attrayante! Que cette amertume me
semble bien de meilleur goût que toutes les douceurs fades et tout le sucre des beaux parleurs.
Les paroles que notre flatterie a nommées puissantes et pathétiques, n'étoient que de la cendre
et des charbons morts, au prix d'un feu si pur
et si vif.

Semblables éclairs sortoient de la bouche de
Démosthène, et n'échauffoient pas moins qu'ils
éblouissoient. Ils faisoient passer la vérité en un
instant d'un bout de la Grèce à l'autre, et découvroient le tyran qui se cachoit. Parmi les ténèbres, et dans la confusion des plus mauvais temps,
les citoyens et les alliés ont reconnu, à la lueur
de pareils éclairs, leur devoir, leur intérêt et leur
honneur, qu'on leur déguisoit avec artifice, et
dont on ne leur montroit que de fausses apparences. Les enfans mêmes ont été éclaircis par-là
de l'état des choses; ils ont sçu ce que l'on vouloit que leurs pères ignorassent.

Que si une sage éloquence, soit de mon Démosthène, soit de votre Périclès, n'a pas toujours
été heureuse, il suffit, pour la perfection de sa
fin, qu'elle a toujours mérité de l'être, et qu'il
n'a pas tenu à l'art que le succès ne l'ait suivie

mais à la matière sur laquelle elle a été employée.
Si, traitant avec les étrangers, elle a conclu la paix
pour Athènes, et qu'Athènes n'ait pas joui de la
paix conclue, ce n'est pas la faute de l'éloquence,
et les bons conseils ne sont point coupables des
mauvais événemens. Elle a fait ce qu'il a fallu
pour persuader; elle a même persuadé, quoique
la persuasion n'ait pas produit le fruit que raisonnablement elle en attendoit, et quoiqu'il ait
grêlé sur son labourage. Mais qui est capable de
garantir l'avenir? Quel dieu peut empêcher que
l'homme ne change? Quel moyen de faire un
fondement assuré sur l'incertitude des choses du
monde?

Il suffit à Démosthène que, dans les négociations où il a agi, il ait toujours fait venir les princes
et les États aux termes qu'il a voulu; et que, s'ils
n'y ont pas toujours acquiescé par l'exécution
des propositions résolues, ils n'aient pu s'en défendre que par le violement de leur foi. Car, de
cette sorte, les princes et les États n'ont pas ré-
sisté à l'éloquence de Démosthène, mais ils se
sont mutinés contre elle; ils n'ont pas maintenu
leurs opinions, mais ils se sont dédits des choses
qu'ils avoient accordées, et ont avoué tacitement
qu'il étoit impossible d'éviter les effets de la
puissance qu'elle exerçoit, qu'en violant la paix
qu'ils avoient signée, qu'en se moquant des dieux

qu'ils avoient jurés, et trompant les hommes qui s'étoient fiés en eux.

Et ainsi l'éloquence eût fait beaucoup moins d'arriver à sa fin par ses routes ordinaires et par ses moyens accoutumés, que de demeurer au-deçà par un si lâche manquement de la part d'autrui. Et ce manquement a montré que ses coups étoient bien certains, puisqu'il se falloit perdre, pour s'en sauver; et que ses poursuites étoient bien vives, puisqu'on ne pouvoit les fuir qu'à travers le feu et les flammes de la guerre; et que ses raisons étoient bien puissantes, puisqu'on n'y opposoit que des parjures.

Mais parce que jusqu'ici il n'a été fait mention que des guerres de l'esprit et des combats sédentaires, il ne faut pas que les braves, que vous et moi connoissons, se figurent que la qualité de laquelle nous traitons, soit indigne de leur profession, et que j'aie dessein de la renfermer dans les assemblées de ville, et de la laisser aux robes longues. Son usage ne se restreint pas à certains endroits et à un petit nombre d'occasions; il s'étend universellement partout; il est de saison en l'un et en l'autre temps, et a lieu aussi-bien à la campagne qu'au cabinet.

La vaillance muette peut frapper et peut obéir; mais cette sorte de vaillance manque d'une pièce tout à fait nécessaire au commandement et à la conduite ; et je ne vois pas comme quoi on peut faire obéir les autres, sans l'assistance de la parole.

S'il y a donc dans le monde quelque instrument qui soit propre, pour mouvoir une infinité de personnes tout à la fois, et pour animer d'un même esprit ces grandes masses composées de différentes humeurs, et tirées de divers peuples, c'est sans difficulté celui-ci. Mais si on croit de plus que de certains tuyaux d'airain et de certaines peaux étendues, il sorte je ne sçais quoi qui encourage les âmes, peut-on douter de la vertu de ces trompettes raisonnables et intelligentes, de ces organes sages et judicieux qui se font écouter devant les batailles ? Et qui ne préférera de si nobles et de si honnêtes artifices, aux moyens grossiers et matériels qu'on emploie pour réveiller les esprits à l'entour du cœur, et réchauffer le sang dans les veines ?

Les cris et les hurlemens servent à la guerre : l'éloquence y sera-t-elle inutile ? Avouons plutôt qu'elle y est utile en plusieurs façons, et qu'on en tire plusieurs services considérables. Tantôt elle apaise les séditions, tantôt elle les prévient ; elle inspire la hardiesse aux timides ; elle augmente le courage des vaillans ; elle adoucit la peine aux délicats par la représentation de la gloire ; elle amoindrit le danger par la mauvaise opinion qu'elle donne de l'ennemi ; elle agrandit les récompenses par l'espérance de davantage; et avec huit sols de paye par jour, elle fait concevoir des millions et des Indes à chaque soldat. Enfin, elle prie, elle promet, elle loue, elle blâme, elle menace, jusqu'à ce qu'elle se soit assurée de tous les cœurs, et qu'elle ait toute la certitude de la victoire, qui se peut avoir humainement avant le combat.

Il se trouve quelques harangues de cette nature dans le trésor de l'antiquité, qui nous donnent encore aujourd'hui, en les lisant, des désirs de gloire et des pensées magnanimes; je dis aux ermites et aux philosophes. Et quoique je ne voulusse pas assurer que toutes les harangues que nous lisons aient été prononcées dans les mêmes termes qu'elles sont écrites; et que je sçache que souvent les historiens prêtent leur éloquence aux capitaines, personne toutefois ne sçauroit nier qu'on ne parlât en semblables occasions, que les princes grecs et romains ne fussent sçavans en l'art de parler, et qu'ils ne se servissent de cet art pour seconder celui de la guerre.

Notre siècle même, qui a laissé perdre tant de louables coutumes, n'a pas négligé toujours celle-ci. Et, sans faire d'énumération ennuyeuse des exemples que les histoires modernes nous

peuvent fournir, bien que d'ordinaire Henri-le-
Grand se contentât de dire aux gens qu'il menoit au combat : *Faites comme je ferai*; il est très-
vrai néanmoins qu'en certaines rencontres il a harangué, et qu'il a harangué efficacement; non pas
qu'il s'assujettît avec scrupule aux préceptes des
rhétoriciens, ni qu'il fît le prôneur, au lieu de
faire le capitaine. Son style n'endormoit pas ceux
qu'il falloit exciter ; il n'étoit ni languissant, ni
émoussé, comme le style d'Asie; il étoit brusque
et tranchant, comme celui de Lacédémone.

Pour le grand Gustave, il n'est pas de merveille, si le feu dont son âme étoit composée
étinceloit en toutes les actions qui en procédoient,
si principalement il se faisoit sentir sortant de sa
bouche, et s'il allumoit le courage de ses soldats.
Mais comme il avoit ajouté aux avantages de sa
naissance une multitude de biens acquis et de
vertus étrangères, et que, par la connoissance
des langues et la lecture des livres, il avoit fortifié sa raison de toute celle des autres ; outre
l'éloquence militaire, qui ne veut pas tant d'appareil et tant de cérémonie, il possédoit à un degré imminent l'éloquence politique, qui désire
plus de pompe et plus d'ornemens. Et certes, il
faudroit, ou sortir de dessous terre, ou être d'un
autre siècle, pour demander des preuves d'une
vérité si connue que celle-ci, et pour ignorer

qu'il n'a guère plus vaincu que persuadé en ses expéditions d'Allemagne.

Quand il se mettoit quelquefois en belle humeur, il comptoit pour ses deux grandes prouesses, la défaite du comte de Tilly à la guerre et celle de l'électeur de Saxe à table; mais il se pouvoit vanter d'une autre victoire bien plus honnête, qu'il avoit remportée sur le même prince, lorsqu'ils s'abouchèrent la première fois : car, avec une douzaine de paroles, il le gagna tout à fait à la bonne cause, et le poussa dans le parti de la liberté, sur le bord duquel il eût voulu délibérer toute sa vie, si l'éloquence du roi ne l'eût résolu.

Ainsi l'éloquence de Gustave faisoit progrès conjointement avec ses armes, et travailloit de son côté à la ruine de la tyrannie. Par les charmes de sa bouche, il changeoit les Impériaux en Suédois, il renouveloit le monde, il conquéroit les esprits, il redressoit la mauvaise disposition de quelques-uns, il suspendoit l'obstination inflexible de quelques autres, il confirmoit les bons, il appuyoit les débiles, il engageoit les indifférens.

N'étoient-ce pas là, Monsieur, des miracles de la langue et des chefs-d'œuvre de l'intelligence humaine? N'étoit-ce pas l'empire de la raison usurpé par un barbare, et les foudres d'Athènes

qui sortoient d'une nuée du Septentrion? N'é-
toit-ce pas ce que vous avez entendu par votre
régner et par votre *vaincre*, deux mots qui m'ont
fait ressouvenir de deux rois victorieux, et qui
sont cause que je vous viens d'alléguer le grand
Henri et le grand Gustave?

Mais il n'est pas question de l'éloquence des
rois, qui prend force de leur autorité et se co-
lore de l'éclat de leur fortune; il s'agit de la
royauté de l'éloquence qui, tombant en partage
à une personne privée, se doit soutenir de sa
propre force et luire de ses propres rayons. Cette
royauté n'est pas dans la fantaisie des spéculatifs,
et hors de la nature des choses, comme leurs
princes et leurs républiques : elle a toujours été
visible en quelques hommes choisis du Ciel, depuis Périclès jusques à nous, et a produit, en ces
derniers temps, les mêmes merveilles qui ont
étonné les siècles passés.

Qu'ainsi ne soit, Monsieur, pour ne point
parler de ceux qui vivent encore, quand, de la
mémoire de nos pères, celui qui défendit Metz
et reprit Calais, opinant un jour dans le conseil,
changea tout ce qu'on y avoit résolu, effraya la
jeunesse de François, déconcerta la dissimula-
tion de Catherine, ôta la parole au chancelier
de l'Hôpital, dont le métier étoit de parler, et
rompit un édit qui avoit été publié solennelle-

24.

ment; par cette action ne régna-t-il pas en présence du Roi et sur le Roi même? La voix d'un
particulier ne prévalut-elle pas à l'oracle de
l'État? Son bien dire ne fut-il pas plus fort que
les lois? Et ne conserva-t-il pas dans le cabinet la
qualité de victorieux qu'il avoit acquise à la
campagne?

Et quand le pape Paul, voyant entrer en sa
chambre cet incomparable cardinal, qui récon-
cilia le Roi avec l'Église, avoit coutume de dire :
*Dieu veuille inspirer l'homme que je vois, car il
est assuré de nous persuader ce qu'il lui plaira,*
je vous demande, Monsieur, de quel côté étoit
alors la supériorité, et qui étoit véritablement le
souverain, ou celui qui craignoit, ou celui qui
étoit craint? ou le pape avec ses trois couronnes,
qui rendoit témoignage au pouvoir absolu d'un
de ses sujets, ou ce sujet qui, sans sceptre visible
et sans couronne matérielle, exerçoit son pouvoir
absolu jusque dans la chambre de son prince?

Et quand encore l'excellent capucin du pape
Grégoire, ayant prêché un jour à Rome de l'obligation de la résidence, fit tant de peur à trente
ou quarante évêques qui l'écoutoient, qu'ils s'en-
fuirent tous dès le lendemain en leurs diocèses;
et quand une autre fois la conversion de toute
une ville fut le succès d'un de ses carêmes, et
qu'à la sortie de l'église on crioit *miséricorde* par

les rues; et qu'il fut compté, la Semaine-Sainte, qu'il s'étoit vendu pour deux mille écus de cordes à faire des disciplines, quoique ce ne soit pas une marchandise qui soit fort chère; dites-moi, s'il vous plaît, que manquoit-il à ce pauvre philosophe chrétien, de l'essentiel de la monarchie et de la parfaite soumission qu'elle exige de la part de ceux qui obéissent? Ne triomphoit-il pas avec ses haillons et dans une robe déchirée? Sa bassesse n'étoit-elle pas pleine de grandeur et environnée de majesté? N'étoit-il pas maître et presque tyran du peuple qui lui donnoit l'aumône?

Ces gens-là exerçoient bien adroitement notre bel art, ou le contrefaisoient bien subtilement. C'étoient d'excellens maîtres ou d'habiles imposteurs; et s'ils ne possédoient pas la vraie éloquence, quel étoit, bon dieu! ce fantôme lumineux et cette image admirable qui causoit de si étranges illusions?

Mais, pour leur honneur, croyons le plus beau et le plus honnête. Ces gens-là, Monsieur, se pouvoient appeler éloquens; on pouvoit dire que la déesse Persuasion avoit choisi sa demeure sur leurs lèvres; il sortoit de leur bouche des aiguillons et des flèches, des filets et des chaînes, de la grêle et des orages; ils blessoient les cœurs les moins sensibles, les cœurs de fer et d'acier; ils

s'assujettissoient les âmes les plus impatientes de
domination, les âmes royales et souveraines. Que
voulez-vous davantage? Ils méritoient les louanges que vous m'avez données ; ils étoient dignes
d'être couronnés de votre main.

Tant de hautes et de magnifiques qualités,
tant d'illustres et de superbes titres, que je dois
à votre courtoisie, leur appartiennent beaucoup
mieux qu'à moi. Aussi je les leur cède de fort bon
cœur; et n'ayant point ici d'intérêt particulier, j'ai
voulu seulement vous témoigner que je ne négli-
geois pas celui de mon siècle et de ma patrie.
Ce me sera assez, si j'ai pu concevoir l'idée d'une
chose dont je n'ai pu acquérir la possession; et
ce me sera trop, si je vous ai étudié avec succès, si
ma paraphrase n'est point indigne de votre texte;
s'il vous semble, Monsieur, qu'en étendant vos
opinions, je n'ai point dissipé la force que vous
aviez ramassée.

DEUX DISCOURS

ENVOYÉS A ROME,

A MONSEIGNEUR

LE CARDINAL BENTIVOGLIO.

LE CARDINAL BENTIVOGLIO.

M<small>ONSEIGNEUR</small>,

Je ne puis croire ce que M. Maynard m'a écrit de
la bonté de votre Eminence. Seroit-il possible qu'elle
eût admiré à Rome des orateurs et des poëtes de
province ? Aimeroit-elle si ardemment les choses médiocres, elle qui connoît et qui sait faire les excellentes ? Elle loue donc jusqu'à notre charbon et à notre
craie, quand nous essayons de contrefaire ses couleurs.
Si nous représentons quelque ombre et quelque lueur
de cette vive lumière, qui brille dans ses écrits, elle
s'écrie avec joie que nous avons de l'avantage sur
elle. Vous prenez plaisir, Monseigneur, à nous voir
amuser le peuple avec nos fleurets ; vous faites cas
de notre industrie et de notre adresse ; vous qui avez
en votre puissance toutes les machines de la persuasion, et qui agissez sur l'âme des hommes, avec une
force plus qu'humaine ; vous qui êtes entré par la parole, dans la confidence des princes, vers lesquels vous
aviez été envoyé par le Saint-Siège, et qui avez changé auprès d'eux votre ministère en autorité. Il est

certain, et c'est un témoignage que vous rend la voix
publique de la chrétienté, qu'en toutes les Cours
où vous avez été nonce, vous êtes devenu favori ; je
ne dis pas favori par l'extravagance de la fortune,
par la fantaisie du prince, par un prodige du temps,
mais par votre vertu, par votre éloquence, et par votre
esprit. Après cela, Monseigneur, quelle apparence de
chercher de l'esprit et de l'éloquence hors de vous-
même, et de me demander mes dernières compositions, avec autant de chaleur que nous attendons les
vôtres deçà les monts? Il faut néanmoins obéir, puisque votre volonté m'a été déclarée par M. Maynard.
Je ne trouve point de résistance pour opposer à une
si douce force ; des prières qui commandent si obli-
geamment que les vôtres, ne me permettent pas même
de remettre mon obéissance à une autre fois. Sans dif-
férer davantage, ce sera, Monseigneur, par cet ordinaire, que vous recevrez les deux discours, que vous
avez particulièrement desirés.

Ce sont des discours de contradiction et de combat, dans le genre que l'école nomme polémique : et
la nécessité, qui aguerrit les plus paisibles esprits, a
porté le mien en cette occasion, au-delà de ce que je
croyois qu'il pouvoit aller. Je sais bien qu'un galant
homme qui a l'honneur d'approcher votre Éminence,
lui a conté des merveilles de mes adversaires et de
leurs forces ; à ce qu'il dit, quiconque pourra défendre les passages qu'on attaque, pourra soutenir une
armée royale dans un moulin et lui disputer un pont
rompu. Vous verrez, Monseigneur, si j'ai fait ce que

le galant homme n'a pas estimé faisable; mais si ce que j'ai fait vous pouvoit persuader, je croirois que ce seroit beaucoup plus que d'avoir convaincu mes adversaires. Ce ne seroit pas seulement finir un procès, ce seroit empêcher de naître une infinité de procès, et l'arrêt d'un si grand juge imposeroit silence à toute la chicane présente et future. En attendant cette nouvelle faveur, que je me promets de votre justice et de mon bon droit, je prierai Dieu au désert pour la prospérité de votre Éminence, et demeurerai, avec le respect et la gratitude que je lui dois,

Monseigneur,

Son très-humble et très-obéissant serviteur,

BALZAC.

A Paris, ce 15 juillet 1627.

DEUX DISCOURS

ENVOYÉS A ROME,

A MONSEIGNEUR

LE CARDINAL BENTIVOGLIO.

DISCOURS PREMIER.

OU IL EST PARLÉ DE LA FOI PUBLIQUE, DE LA PROBITÉ DES PARTICU-
LIERS, DE LA PROFANATION DES TERMES DE L'ÉCRITURE SAINTE,
DE LEUR LÉGITIME APPLICATION, etc.

JE ferai aujourd'hui une chose bien nouvelle : je commencerai ma défense, en excusant mon accusateur.

Ces messieurs ne trompent pas toujours; ils sont quelquefois trompés, et s'efforcent seulement de donner aux autres les impressions qu'ils ont reçues. Il est certain que le plus souvent leur zèle est artificiel, et lorsqu'on pense qu'ils soient fort émus, ils n'ont que des exclamations feintes et une colère de théâtre; mais aussi en certains lieux, comme en celui-ci, leurs ressentimens sont

naturels, et viennent de l'abondance du cœur. Il
n'y a plus d'imitation ni de masque, et c'est tout
de bon que s'écrie le docteur de la Franche-
Comté, copiste du grand Phylarque : *Qui est-ce
qui ne frémira point d'horreur d'entendre cette
impie comparaison, d'une simple parole de compliment, avec tout ce qui a jamais été juré sur la
sainteté des autels et sur la vérité des Évangiles?
Qui est-ce qui pourra souffrir qu'on die de la parole d'un particulier, qu'elle est plus assurée que
la foi publique, et qu'elle demeurera, quoique le
ciel et la terre passent?*

Sans doute ces grands mots de foi publique,
de jurer, d'autels et d'Évangiles, lui ont fait peur;
il a été frappé de cette subite frayeur qui saisit
les âmes les moins religieuses à l'entrée d'un lieu
de dévotion; il s'est scandalisé de voir la parole
d'un homme si près des autels et des Évangiles.
Mais ne nous étonnons pas, comme lui, à la rencontre de ces termes illustres et spécieux ; soute-
nons un peu l'éclat extérieur qui en rejaillit,
nous trouverons que, quoiqu'ils sonnent, ils ne
signifient rien d'extraordinaire, et que ni Dieu
n'est offensé en ma comparaison, ni les choses
saintes profanées.

La foi publique devroit être inviolable, je l'a-
voue : c'est le fondement sur lequel le monde se
repose; c'est elle qui ôte la cruauté à la guerre

et la foiblesse à la paix; elle est gardienne de
ce qui ne peut se défendre, ni par la prudence,
ni par la force; et sans elle les États, qui doivent
avoir pour fin une durée éternelle, ne pourroient s'assurer d'une seule heure de l'avenir.
Néanmoins, cette foi publique, si nécessaire à
la conservation du monde, n'est souvent autre
chose qu'une publique infidélité. D'ordinaire on
n'emploie l'entremise de l'Église, dans les négociations civiles, que pour prendre avantage de
la piété d'autrui, en donnant le scrupule qu'on
n'a pas. On met en œuvre les anciens sermens;
on en forge de nouveaux, quand il est question
de mentir efficacement et de faire les grandes injustices. Il faut être bien écolier en politique, et
bien étranger dans le monde, pour ne sçavoir
pas cela.

.Toutes les histoires sont pleines de ces dangereux exemples; et, sans sortir de la nôtre, ni
toucher aussi à l'honneur de notre siècle, que
j'épargne toujours le plus que je puis, qu'on jette
les yeux sur les fatales divisions qui travailloient
la France sous le règne de Charles VI; on verra
que les chefs des deux partis, les Orléanois et les
Bourguignons, jurèrent dix fois une même paix
sur les mêmes Évangiles, et que dix fois ils se
moquèrent du nom de Dieu, en rompant cette
paix, si souvent et si solennellement jurée.

C'est-à-dire, qu'entre les mains des trompeurs, la Religion est un instrument de perfidie, et non pas une assurance de fidélité. Il faudroit voir notre âme, pour voir des marques certaines de notre intention ; c'est folie que d'en demander de sensibles et de corporelles. Et si nous manquons de bonne foi, ni la présence de cet arbitre terrible que nous appelons à témoin, ni la sainteté des autels que nous touchons, ni la vérité des Évangiles sur lesquels nous faisons nos sermens, ne les rendent pas nécessairement véritables. Tout cela n'accomplit pas les choses que nous avons promises. Sans la bonne foi, toutes ces actions pompeuses et solennelles ne sont que des représentations et des spectacles pour amuser le vulgaire.

Ces paroles, qui s'appellent articles de paix, qu'on grave sur le cuivre et qu'on autorise du nom de Dieu, sont des paroles comme les autres, sont des chansons gravées sur le cuivre, quand elles ne partent pas du cœur et qu'on n'a pas intention de les observer. Ce sont des caractères mieux formés et mieux imprimés que les ordinaires ; mais néanmoins des caractères impuissans, des lettres mortes et immobiles, si la probité ne les anime et ne leur donne de l'action. Or, quelquefois le citoyen a plus de probité que la république. Des nations entières ont été accu-

sées de trahison par l'antiquité. Qui n'a point ouï
parler des menteurs de Candie et des infidèles
Liguriens, de la foi grecque, de la foi punique
mise en proverbe depuis tant de siècles? Pour
moi, je me serois plus fié à un billet d'un Romain qu'à tous les traités des Carthaginois, et à
ce que Régulus m'auroit promis d'un signe de
tête, qu'à ce qu'Annibal m'auroit juré par tous
ses dieux et par toutes ses déesses.

Ce n'est pas de la religion publique, c'est de
la probité des particuliers, dont il est parlé dans
ces belles lignes, sur lesquelles il se pourroit faire
de longues méditations; *en ce temps-là on faisoit
serment par les dieux, quoiqu'ils ne fussent que
de terre cuite, et ceux qui avoient juré sur telles
images retournoient vers l'ennemi, afin de ne
lui rompre pas sa foi promise.* Mais pour un Régulus, et pour quelques autres en fort petit nombre, combien d'infidèles et de parjures en tout
temps et en tout pays? Ne nous imaginons pas
que ces gens de bien craignissent ces sortes de
dieux; je suis assuré qu'ils ne les estimoient que des
marmousets et des poupées. Mais ils se craignoient
eux-mêmes; mais ils révéroient leur conscience;
ils lui rendoient compte de leurs actions, dans
toute la rigueur de leur devoir. Le serment et la
foi publique n'avoient garde d'être si fermes que
la simple parole de ces gens-là.

II.   25

Je ne suis donc pas d'avis de me rétracter encore pour cette fois; et tout ce que je viens de dire
m'apprend que tout ce qu'on jure sur les autels et
sur les évangiles, n'est point plus assuré que la
parole d'un homme de bien. Et certes, traitant
avec un prélat, à la vertu duquel les deux premières Cours de la chrétienté rendent des témoignages également glorieux, et dont la mémoire
est sainte dans l'église qu'il a gouvernée, je pense
que je n'ai point fait un excès, le mettant au
nombre des gens de bien : et je pense encore que
la promesse qui m'avoit été faite par une personne sacrée, mais dont la fidélité ne m'étoit pas
moins connue que le sacre, ne me devoit pas être
en moindre considération que les promesses qui
se font en des lieux sacrés, mais d'ordinaire par
des parjures et des sacriléges.

En cet endroit, je supplie nos amis de ne se
laisser point aller aux persuasions de mon ennemi, et de ne se pas imaginer que la parole
dont je fais tant d'état, soit, comme il l'assure,
*une simple parole de compliment, qui se dit
plus par civilité, que par intention qu'on ait de
l'accomplir.* Ces petits jeux, qui sont peut-être
permis au docteur de Besançon, sont défendus
aux véritables chrétiens et aux véritables philosophes. Ces gens rudes et de mauvaise humeur
aiment mieux être incivils, que de faire profes-

sion d'une civilité qui approuve le mensonge,
tant ils sont simples et du temps passé ; ils
croyent être obligés de tenir ce qu'ils promettent et de faire ce qu'ils disent. Mais lorsqu'à
cette justice si ponctuelle et si scrupuleuse,
qu'ils exercent indifféremment à l'endroit de
tout le monde, il se joint une parfaite amitié, et
qu'outre ce droit des gens qu'ils étendent si
avant, il y a encore une étroite communication
d'intérêts et de pensées qui les lie ensemble,
alors ils n'ont garde de négliger deux devoirs
réunis en un, ni de traiter leurs amis plus mal
qu'ils ne traitent les autres hommes.

Pour celui dont je suis contraint de défendre
la fidélité, laquelle, n'ayant jamais été soupçon-
née, n'avoit jamais eu besoin de défense; quand
il m'eût promis quelque chose dans un désert,
et qu'il m'eût parlé à l'oreille, me la promettant,
je ne me fusse pas moins assuré en sa parole,
que si la présence des juges et du greffier l'eût
publiquement autorisée. Et bien que la mort
finisse tous les contrats et toutes les promesses
de cette nature, et qu'il ne me reste rien d'un si
excellent ami qu'une mémoire très-précieuse
que je conserve très-chèrement, je veux croire
que, du lieu où il est, il jette encore les yeux
sur moi; qu'il préside encore à la conduite de
ma vie; que je ne m'adresse point à lui inutile-

25..

ment, *et que sa parole demeurera, quoique le
ciel et la terre passent.*

IL ne faut pas faire tant de bruit, ni redoubler
les exclamations tragiques; ce que j'ai dit se peut
dire de toute affirmation véritable ; et si le soleil à cette heure nous éclaire, et que je dise *il
est jour,* ma parole subsistera, quoique le ciel
et la terre passent ; elle sera vraie, lors même
qu'il n'y aura plus de soleil, ni de lumière ;
et si les choses retournoient en leur première
confusion, ce désordre universel de la nature ne
seroit pas capable de la rendre fausse. La vérité
n'est sujette, ni à la vieillesse, ni à la mort :
elle doit durer plus que le temps; elle se
conservera dans les ruines du monde; et quand
le ciel et la terre ne seront plus, deux et deux
seront quatre, le tout sera plus grand que ses
parties, les lignes tirées du centre à la circon-
férence seront égales.

Mais la vérité n'est pas seulement éternelle
dans les mathématiques, elle l'est aussi ailleurs;
et une proposition conforme à son objet, et qui
exprime une chose vraie, survivra sans difficulté
à tout ce qu'il y a de matériel et de corruptible.
Tellement que la promesse qui m'a été faite n'é-
tant point fausse, elle doit demeurer, quoique
le ciel et la terre passent ; et je réserverai à une

autre fois, et contre une autre personne que celle d'un évêque, l'avertissement que me donne le docteur de Besançon de la part du roi David : *Qu'il n'est point d'homme qui ne soit menteur.*

Il a mal pris l'intention du Saint-Esprit qui, à mon avis, ne nous veut pas obliger par-là à nous défier de tout le genre humain, et à croire faux tout ce qui se dit comme véritable. Si cela étoit, et si les hommes ne pouvoient jamais dire la vérité, nous serions tous barbares les uns aux autres ; on ne s'entendroit pas mieux qu'on faisoit quand les langues furent confondues ; la société civile se dissoudroit de soi-même, et s'il y avoit encore quelques-uns qui habitassent la terre, il n'y auroit plus pourtant, ni de citoyen, ni de famille, ni de république.

Il me semble donc que le mensonge auquel tous les hommes sont sujets, n'est pas tant un défaut de leur volonté que de leur entendement, ni tant un vice qu'une ignorance. Ils sont plutôt blâmés de ne pas sçavoir la vérité, que de la corrompre, et de se tromper eux-mêmes, que de tromper leur prochain. On n'entend pas que les principes de tout bien soient si altérés en eux, qu'ils parlent toujours contre leur conscience ; mais que la connoissance qu'ils ont des choses est si petite, qu'ils ne peuvent guère parler sans erreur.

Ou certes ce mensonge doit être pris pour une simple inclination à mentir, et non pas pour une habitude formée de mentir toujours. Tout homme est menteur, de la même sorte que tout homme est injuste, que tout homme est intempérant ; mais non pas de la même sorte que tout homme est raisonnable. Les Candiots peuvent dire quelquefois la vérité, et il n'est point de poëte si fabuleux qui ne devienne véritable historien, s'il écrit qu'*il y a un Dieu et que le Monde est la créature de ce Dieu.*

Cette objection renversée, il ne peut en ceci rester qu'un scrupule, que j'espère lever sans beaucoup de peine. C'est qu'encore qu'il soit certain qu'une proposition véritable demeurera, quoique le ciel et la terre passent, il n'est pas bon toutefois de l'exprimer en ces termes qui sont comme consacrés à la parole de Dieu, et dont, par conséquent, il ne se faut pas moins abstenir en notre langage ordinaire, que des vases de l'Église au service de notre maison.

Je ne doute point que la profanation des mystères et du texte des livres saints ne mérite l'indignation des fidèles. Cette sorte d'impiété est d'autant plus dangereuse, qu'elle est plus déguisée et plus difficile à reconnoître. Car quoiqu'on témoigne n'estimer pas saint ce qu'on emploie indifféremment à tous usages, et quoiqu'on nie tacitement en la Religion les choses qu'on ne révère pas ; si est-ce que cette licence a toujours le visage plus doux et plus modeste que l'athéisme : elle se coule avec moins de difficulté dans l'âme des hommes, que ne feroit une négation absolue et découverte.

Il n'y a guère de gens qui ne soient soldats en temps de guerre, et qui ne se mettent en devoir de défendre les vérités de la foi, lorsqu'elles sont ouvertement combattues : au contraire, quand on ne les dispute, ni on ne les nie, et que seulement on les profane, ceux qu'on ne pourroit vaincre se laissent quelquefois gagner ; ils résistent aux argumens et sont foibles contre la raillerie ; ils se rendent plutôt à qui les chatouille, qu'à qui les attaque de vive force. Et le malheur est que notre siècle est fertile en ces esprits qui, ne considérant pas les choses de la Religion dans leur naturelle majesté, et ne les voyant que comme on les leur fait voir, en conçoivent du mépris, si elles ne sont pas assez honorées. Après en avoir perdu le respect, ils viennent peu à peu à en perdre la créance.

Tout cela est vrai ; mais tout cela regarde un autre que moi. L'ombre même des lieux saints touche mon esprit de quelque sentiment de piété, et j'adore jusqu'aux points et jusqu'aux syllabes de l'Écriture. C'est la profaner que de s'en servir à défendre le mensonge, à faire entendre des choses sales, éloignées de la chasteté de son sens et de la dignité de son style; c'est en abuser que de lui donner des interprétations ridicules, et d'appliquer à des personnes infâmes les paroles qu'elle a dites de Dieu et des saints. Mais de rapporter ces mêmes paroles à d'autres saints, à ceux qui sont assis sur les trônes des apôtres, aux princes de l'État du fils de Dieu, sur les lèvres desquels il a mis sa vérité, et à qui il a dit : *Quiconque vous entendra, il m'entendra; quiconque vous méprisera, il méprisera ma personne;* je ne pense pas que ce soit violer l'Écriture sainte, ni la détourner fort loin de son vrai et de son légitime usage.

Je ne suis pas le premier qui emploie la Sainte-Écriture de cette sorte, et qui prends la hardiesse de m'en servir, pour exprimer mes pensées, en des choses sérieuses. Les Pères de l'Église m'ont montré le chemin que je tiens, et si le docteur dit que je me suis égaré, il faut qu'il dise par conséquent que les Pères de l'Église sont des guides dangereux, que leur exemple est mauvais, que l'imitation n'en est pas bonne.

Il semble en effet que les saints ayent cru avoir droit de s'approprier toute l'Écriture sainte; vous diriez qu'ils ont eu dessein de se faire une langue particulière de ses termes et de ses locu-

tions. Ils sont reconnoissables à cette marque
parmi les auteurs du même temps qu'eux, et ce
caractère les sépare des profanes. Encore aujour-
d'hui, la plupart des contemplatifs écrivent ainsi;
ils sèment, comme ils disent, leurs écrits des
fleurs qu'ils cueillent dans les jardins de l'épouse.
De ces belles fleurs, on voit mille bouquets et
mille couronnes dans l'antiquité ecclésiastique,
et nos bons prédécesseurs en ont composé de
longs discours, où souvent ils n'ont rien apporté
du leur que la façon de les attacher ensemble.
Serai-je anathême, pour avoir écrit une ligne
de leur style, pour avoir dit en des termes qui
ne sont pas populaires, que la parole d'un évêque étoit véritable?

Saint Grégoire de Nazianze, qui, par excellence, a été nommé le Théologien, fait bien quelque
chose de plus que de comparer sa parole à celle
du fils de Dieu, car il se prend lui-même pour
le fils de Dieu, et met son confident en la place
de saint Pierre. C'est dans un discours où il se
plaint de ses disgrâces, et où il dit, entre autres
choses, *que ses plus chers amis se sont éloignés
de lui ; qu'ils ont tous souffert scandale en cette
triste nuit de sa mauvaise fortune ; que Pierre
même l'a renié ; et qu'il ne pleure point amère-
ment, pour laver sa faute de ses larmes.*

Si j'étois aussi grand traducteur que mon adversaire, l'Église latine et l'Église grecque me donneroient à l'envi de quoi le confondre, et je lui pourrois faire un livre de pareilles allégations. Je pourrois le faire fuir au seul nom de mes témoins et l'accabler de leur multitude. Mais il ne faut pas imiter la rapsodie que nous reprenons. Et pour ne lui rien donner que ce que je prends dans ma mémoire, il me suffira de lui alléguer un saint du même pays que lui, célèbre ouvrier de semblables pièces. Ce saint bourguignon, c'est Saint-Bernard, qui ne parle presque jamais aux papes, ni aux évêques, que par la voix des prophètes et des apôtres.

En l'Épître 327, au pape Innocent, il dit de l'évêque d'Arras ce que le prophète dit expressément de Jésus-Christ; et au même Innocent, lui écrivant pour ceux de Milan, qui s'étoient brouillés avec lui, il les nomme, en la langue de l'Écriture, *le peuple de l'acquisition*, comme si le pape Innocent étoit mort pour le salut de ceux de Milan. En beaucoup d'autres lieux il ne fait point de difficulté de communiquer aux hommes les paroles que l'Écriture a premièrement adressées à Dieu; mais en ces lieux-là, et en celui-ci, son intention n'a pas été dé prendre ces termes en toute l'étendue de leur signification, ni de leur faire plus dire que ce que la vertu d'un homme peut recevoir, laquelle étant infiniment inférieure à la grandeur de Dieu, n'est pas capable d'une si haute élévation que celle où se trouvent ces passages en leur premier sens.

Il a donc pu appeler ceux de Milan, à l'égard du pape, *le peuple de l'acquisition*, qui sont les mots dont use Saint-Pierre, parlant du peuple chrétien, racheté par le sang de Jésus-Christ; mais il ne les a pu appeler ainsi, au sens de Saint-Pierre. Car l'un parle du rachat du salut et de la rédemption de l'âme; l'autre parle d'une faveur temporelle, et d'une grâce purement humaine. Aussi quand je dis que la parole d'un évêque demeurera, quoique le ciel et la terre passent, je ne prétends pas de comparer la parole d'un homme à celle de Dieu; mais j'abaisse ces termes jusques à mon sens, et n'en prends que l'extérieur et l'écorce pour y enfermer ma conception, qui n'est ni profane, ni ridicule.

Ce fâcheux, qui trouve tout profane et tout ridicule, qu'eût-il dit de l'apostrophe que fit un prédicateur de la Ligue à l'âme de M. le duc de Guise, s'adressant à madame la duchesse de Nemours, sa mère, qui étoit à son sermon : *O saint et glorieux martyr de Dieu, béni est le ventre qui t'a porté et les mamelles qui t'ont allaité.* Qu'eût-il dit du compliment de cet ambassadeur d'Espagne en Angleterre, qui reçut une visite du roi Jacques, avec ces paroles de la Messe : *Domine non sum dignus ut intres sub tectum meum.* Qu'eût-il dit encore de cet autre ambassadeur d'Espagne résidant à Rome, qui, voyant passer la princesse de Sulmone par une rue , s'écria, comme s'il eût été transporté d'une divine fureur : *Ave Regina cœlorum*, *Ave Domina Angelorum.* Qu'eût dit le docteur de Besançon de ce prince de Bretagne qui prit pour devise : *Antequam Abraham esset, ego sum*, et crut seulement exprimer par-là l'antiquité et la noblesse de sa Maison. Qu'eût-il dit, enfin, s'il eût ouï dire, *Et homo factus est*, de cet autre prince qui, étant parvenu à l'empire, se relâcha de la sévérité des maximes qu'il avoit tenues, étant personne privée, et laissa adoucir sa vertu sauvage aux affections du sang et aux tendresses de la nature.

Je n'approuve, ni l'apostrophe du prédicateur de la Ligue, ni le compliment du premier ambassadeur, ni l'enthousiasme du second, ni la devise du prince, ni la licencieuse application des paroles tirées du Symbole des apôtres. Mais ce n'est pas à dire que je désapprouve généralement toutes les autres applications. Je ne rejette pas tous les complimens qui sentent le style de l'Écriture sainte ; je ne condamne pas l'usage de certains mots qui peuvent passer de Dieu aux hommes, sans que l'honneur que les hommes doivent à Dieu en souffre pour cela de diminution.

Dans les livres' saints, Jésus - Christ n'est - il pas appelé, par similitude, lion, panthère, ours et agneau; et saint Denis n'a-t-il pas fait cette re-marque avant moi? La théologie, néanmoins, ne respecte point ces mots, comme s'ils avoient été voués à Dieu par ces similitudes; elle ne ré-serve point les images de ces choses pour la per-sonne du Fils de Dieu, ni ne nous défend d'en tirer des comparaisons humaines pour notre usage. C'est plutôt la parole de Dieu qui nous ôte ce scrupule, si nous l'avons; et c'est l'Église, interprète de cette parole, qui se sert du même nom et de la même figure en des occasions extrê-mement différentes. Car comme Notre-Seigneur est le lion de la tribu de Juda, notre ennemi est le lion rugissant, toujours prêt à dévorer les fi-dèles. Aussi la malédiction donnée au serpent, et sa tête brisée par la semence de la femme, n'em-pêchent pas que le serpent d'airain du désert ne soit l'emblême du Dieu du Calvaire.

L'infinité n'appartient qu'à Dieu, et la création est un droit qui lui est si propre, que même il ne le peut communiquer à un autre; il n'y a personne qui en doute. Les hommes pourtant s'appellent tous les jours infiniment bons ou in-

finiment méchans, s'aiment ou se haïssent infiniment, ont un nombre infini de vices ou de
vertus. On crée aussi tous les jours, dans les assemblées civiles et militaires, des magistrats, des
syndics et des officiers; les princes font tous les
jours des créatures, je dis les plus chastes princes, et ceux qui ne se marient point.

A Rome, les cardinaux qui sont obligés de
leur promotion au cardinal Barberin, se nom-
ment vulgairement les créatures de Barberin. Et
la première fois qu'un nouveau venu en ce pays-
là se trouve aux cérémonies publiques, où le
pape assiste et les cardinaux, pour lui donner
quelque connoissance de la Cour, on lui montre,
parmi ces princes de la robe longue, les créatures
d'Aldobrandin, les créatures de Borghèse, celles
de Ludovico, etc. Les jurisconsultes et les théologiens, les séculiers et les prêtres, parlent ainsi :
C'est l'usage de la Cour, c'est la langue du Consistoire et du Conclave. Mais le docteur Besançon est plus régulier en ses paroles, que la Cour,
que le Consistoire et que le Conclave. Il condamne les coutumes, les usages et les langues.
Les locutions les plus reçues lui sont suspectes
d'impiété; les plus nobles lui semblent pleines
d'extravagance, comme nous allons voir tout à
l'heure.

DISCOURS SECOND.

OU L'AUTEUR DÉFEND QUELQUES FAÇONS DE PARLER
HARDIES.

———

Voici une de ces nobles locutions, et il faut la soutenir contre les forces de mon ennemi. Si je ne me trompe, ce sera un lieu funeste à sa réputation, et devant lequel il recevra un affront. S'il prend la peine de bien considérer mes défenses, je ne pense pas qu'il ait jamais envie d'attaquer.

Il trouve étrange que j'aie dit du premier ministre de la chrétienté, *que, pour en avoir un pareil à lui, il est besoin que toute la nature travaille, et que Dieu le promette long-temps aux hommes, avant que de le faire naître.* Mais vous qui lisez des livres et qui en faites, que trouvez-vous de si étrange en ce que j'ai dit d'un homme qu'on appelle extraordinaire à Paris, à Rome et à Madrid? Quel excès remarquez-vous en une façon de parler, qui est si commune à ceux qui parlent avec ornement?

Je sçais bien qu'à prendre les choses à la ri-

gueur et dans la tyrannie de l'école, les effets
que nous voyons dans le monde ne désirent pas
un plus grand travail en Dieu, les uns que les
autres. Il est certain que la sagesse de Dieu n'a
pas opéré avec plus d'effort en la création du
soleil, qu'en celle du moindre feu de la nuit, et
que les hommes ne lui coûtent pas plus que les
insectes ; mais parce que le mérite de ces pièces
du monde, si différentes, nous touche diverse-
ment, il est certain aussi que nous les considérons d'une différente sorte. Nous remarquons en
quelques - unes, comme des ombres obscures
et une faculté épargnée, et en d'autres, des images parfaites et une plénitude de puissance. Il
nous semble que cette souveraine force se relâche en certaines actions, et qu'en d'autres elle
se roidit ; qu'elle n'est pas si dignement occupée en cet ouvrage qu'en celui-là ; que l'emploi
de la création est quelquefois plus noble et quelquefois moins.

Partout et toujours, sans excepter Rome, depuis même qu'elle a abjuré l'idolâtrie et qu'elle
s'est faite chrétienne, le soleil a eu des adorateurs
et des hymnes : j'ai vu des homélies qui s'en
plaignent, et qui reprochent ce reste de superstition aux chrétiens de Rome. Ceux qui n'avoient
pas connoissance de l'incarnation du Verbe, ont
cru et ont dit que le soleil étoit *le fils visible*

du père invisible. Et pour ne point parler des beautés et des richesses de l'âme de l'homme, la seule composition du corps humain a été trouvée si ingénieuse et si pleine d'art, que le prophète s'écrie en quelque lieu de ses psaumes, *que c'est par elle que la science divine se rend admirable*, comme s'il disoit que l'homme est la merveille de Dieu.

Et de fait, en la naissance du Monde, Dieu ayant commandé absolument que la lumière fût faite et que la terre produisît, on a remarqué qu'il changea de termes quand il vint à l'homme. Il ne dit pas qu'il soit fait, mais faisons-le; comme s'il eût voulu entrer en délibération et prendre du temps et du loisir, pour se résoudre sur la structure de ce superbe animal qui devoit être le roi des autres. Non pas qu'au respect de Dieu il faille, ni plus de temps, ni plus de conseil, ni plus de peine, pour produire le grand que le petit, et les créatures animées que celles qui n'ont point d'âme ; mais l'Écriture-Sainte a eu égard à notre façon de concevoir et de dire ; elle a voulu exprimer l'excellence de l'effet, par une action plus étudiée et plus sérieuse qu'elle semble attribuer à la cause.

Or, puisque nous ne sçavons pas la langue du Ciel, et que les saintes lettres même traitent en termes humains des choses divines ; puisque, dans la Genèse, Dieu se repose le septième jour, ce qui semble présupposer qu'il a travaillé les six précédens ; puisqu'il est fait mention du doigt de Dieu en quelques événemens étranges, comme s'il y laissoit son impression et ses marques, et qu'aux effets communs il ne poussât que légèrement les choses ; puisqu'ailleurs il est parlé de son bras étendu, comme s'il le retiroit et le déployoit selon l'exigence des occasions, et que tous ses coups ne fussent pas d'une égale force ; puisque quelquefois il paroît moins de différence de l'homme à la bête, que de l'homme à l'homme ; et que Mercure Trismégiste, ou quiconque fut auteur de l'astronomie, ne semble pas être de même fabrique que Méletides, qui ne put jamais compter que jusques à trois, et qui ne sçavoit de son père ou de sa mère, lequel des deux étoit accouché de lui ; puisque sur tant de bons fondemens, un illustre Italien du temps de nos pères a écrit que *l'entendement éternel étoit en une haute pensée, et avoit un grand dessein, lorsqu'il fit le cardinal Hyppolite d'Est* ; pourquoi ne mettant point Dieu en mon discours, et m'abstenant de ce redoutable mot, ne pourrai-je user d'une liberté beaucoup plus modeste, et dire d'un cardinal tout-puissant, avec lequel il n'y a point de cardinal qui puisse entrer en comparaison sans recevoir de la faveur, *que la*

nature a travaillé davantage en sa personne
qu'en celle des hommes ordinaires.

Je n'apporte rien de nouveau, ni de prodigieux dans le monde; je ne me mets point à quartier du chemin public. Ce sont des locutions familières aux poëtes, aux historiens et aux orateurs; et, pour être surpris de ces vieilles nouveautés, il faut avoir peu de communication avec ces messieurs du temps passé. On ne voit dans leurs ouvrages que la nature mère, la nature marâtre, la nature qui forme les uns avec soin, qui jette les autres sur la terre comme par dépit; la nature qui se joue en des opérations extravagantes; qui fait son apprentissage par une fleur de moindre beauté, avant que d'entreprendre le lis; qui est tantôt maîtresse de l'art et tantôt imitatrice; qui se lasse, qui s'efforce, qui devient stérile, qui reprend sa fécondité, qui vieillit, qui rajeunit.

Personne n'a appelé Averroës en jugement pour avoir dit qu'avant qu'Aristote fût né, *la nature n'étoit pas entièrement achevée; qu'elle a reçu en lui son dernier accomplissement et la perfection de son être; qu'elle ne sçauroit plus passer outre; que c'est l'extrémité de ses forces et la borne de l'intelligence humaine.* Un autre philosophe a enchéri sur Averroës, et a dit depuis, qu'Aristote étoit *une seconde nature.*

Nous souffrons ce mauvais mot d'un auteur romain, *que Caton et la probité sortirent tout à la fois, comme deux jumeaux, du ventre de la nature.* On lit dans les harangues d'un grand personnage de notre temps, que la nature se donna trop de licence et entreprit plus qu'elle ne devoit, en la naissance d'un autre grand personnage dont il fait le panégyrique. *Il lui semble qu'elle pouvoit être plus retenue et plus modérée.*

Mon style n'est-il pas lâche, en comparaison de celui-là? Si on considère le vol que prend le philosophe Averroës, et l'autre philosophe qui a été encore plus loin que lui, mes conceptions ne sont-elles pas basses et languissantes? N'ai-je pas été trop timide dans la liberté du genre démonstratif, vu les exemples de ceux qui ont écrit devant moi, qui en semblables occasions ont été hardis jusqu'à l'insolence et n'ont rien refusé à leur matière?

Il y a des âmes fatales, n'en doutons point, qui sont d'un ordre supérieur, qui naissent maîtresses et souveraines des autres âmes, qui viennent renouveler le monde, et changer la face de leur siècle. Ces âmes ne viennent, ni en foule, ni partout, ni tous les jours. Un ancien a dit d'elles, *que tout le Ciel étoit occupé à faire leur destinée.* Thèbes a été mère d'un capitaine, mais ce fut un fils unique. La Scythie porta un philosophe, et après cela elle fut stérile. Un âge n'est souvent remarquable que par un homme; et il y a quelquefois un homme si regardé dans le monde, qu'il se peut dire l'objet et la fin des autres hommes. Ceux dont je parle ne sont donc pas les plus communes productions de la nature; ce ne sont pas ses actions les plus négligées. Quoi que dise le docteur de Besançon, ils peuvent bien être promis avant que d'être donnés.

Il s'imagine pourtant qu'il n'y a point de moyen que je me puisse tirer de ce mauvais pas, et il pense tout de bon m'avoir pris. Mais si cela est, il sera bientôt emmené par son prisonnier; et s'il me demande, croyant me proposer une énigme, qui sont ceux-là, outre Jésus-Christ et son précurseur, qui ont été promis, avant leur naissance, je lui répondrai, me renfermant dans les bornes de l'Écriture sainte, qu'Isaac a été promis, que Samson a été promis, que Samuel l'a été, que Josias l'a été encore.

Mais je lui demande à mon tour qui lui a dit que Dieu n'ait que ce seul moyen de nous faire entendre sa volonté, et que toutes ses promesses soient écrites. N'a-t-il rien promis aux hommes depuis la mort des premiers fidèles et depuis la publication de l'Évangile? N'a-t-il pas un nombre infini de messagers? Ne se sert-il plus de l'entremise des anges? N'envoie-t-il plus de songes et de présages qui annoncent ses grâces et ses bienfaits? Combien se lit-il de saints dans l'histoire ecclésiastique, qui ont été promis à leurs mères! Combien voyons-nous de fils de leurs larmes, de fils de leurs prières, de fils de leurs vœux! L'Église n'a jamais manqué de personnes divinement inspirées. Elle a toujours eu des apôtres, des martyrs et des prophètes; et si le docteur de la Franche-Comté avoit lu avec attention la seconde lettre que saint Paul écrivit aux Corinthiens, il ne me feroit pas de ces mauvaises objections.

J'ai pitié d'un homme si foible et si querelleux, qui trouble la paix et ne sçait pas faire la guerre. Il me fâche que ce soit le grand ami d'un de nos amis, qui m'oblige à l'instruire sur des choses si communes. Oh! que je traiterois mal un homme qui lui seroit indifférent, s'il avoit besoin d'une si vulgaire instruction. Ce n'est pas tout, néanmoins, car sa doctrine est encore plus grande que son jugement. Comme la calomnie est imprudente et malavisée, il se brise en me touchant, il s'enferre de ses propres armes.

Le docteur trouve mauvais ce que j'ai écrit de M. le cardinal de Richelieu, et ne considère pas qu'il a écrit lui-même dans le même livre, où il trouve mauvais ce que j'ai écrit, que M. le cardinal de Bérulle et M. l'évêque de Nantes *sont ces deux chandeliers ardens*, prédits et figurés par les Saintes-Écritures. Je parle en termes généraux d'une chose possible, et qui arrive extra-

ordinairement, quand il vient au monde des âmes
extraordinaires ; mais lui passe bien outre et me
laisse derrière lui. Il assure de ces deux dignes
prélats, qui se sont moqués de lui et de ses louanges, que les prophéties ont parlé d'eux en indi-
vidu , c'est-à-dire en leur propre personne ; et
que saint Jean les a vus, les a marqués et les a
presque nommés dans l'Apocalypse. Il veut à
toute force qu'ils aient été promis à l'Église en
l'île de Patmos , environ quinze cents ans avant
qu'ils soient nés, et ne veut pas qu'il y en ait d'autres dont la naissance puisse être signifiée, ou
par un songe, ou par un présage, ou par quelque
autre avertissement du Ciel.

Vous voyez la licence de ce scrupuleux, et
vous avez vu l'ignorance de ce docteur. Celle-ci
est si lourde et si épaisse, que de lui donner un
autre nom, ce seroit la nommer trop impropre-
ment, ce seroit parler trop ouvertement contre
sa conscience. La civilité a des limites qui ne s'é-
tendent pas jusque-là ; et d'ailleurs, il m'a défendu
l'usage de l'ironie, dans laquelle il eût peut-être
trouvé son compte. A parler donc tout de bon,
quelle âme fut jamais plus aveugle naturellement,
et moins éclairée de dehors? Qui eût cru que le
docteur de Besançon eût ignoré assez de choses
pour me faire paroître sçavant? Qui se fût imaginé

qu'il eût pu faillir si grossièrement en sa profession, que je pusse remarquer ses fautes?

Il pêche, ce grand docteur, contre les principes des lettres saintes; il est étranger chez les saints Pères; il s'égare dans l'antiquité ecclésiastique; il me donne mille moyens de le combattre, en des lieux où il devoit avoir tous les avantages de son côté. Or, apparemment il doit encore moins sçavoir la rhétorique que la théologie. Celle-ci est son affaire et sa possession, et je ne sçais comment il s'est trouvé engagé dans l'autre; il y a été jeté par une tempête; ce lui est une région inconnue.

De cela il est aisé de tirer la conséquence, et de juger de mon adversaire grammairien et orateur, par mon adversaire philosophe et théologien. N'est-ce pas un préjugé pour le bon succès des paroles et du style, de voir qu'il réussit si mal, contre la doctrine et contre les choses? N'est-ce pas avoir défendu le tout, que d'avoir défendu cette partie? Et à quoi serviroit la publication de l'examen que j'ai fait de sa chicane, qu'à lasser des esprits qui sont satisfaits et à replaider un procès qu'il a perdu? Il n'y a pas beaucoup d'apparence qu'il sçache mieux mon art qu'il ne sçait le sien, ni qu'il fasse des objections raisonnables en des matières qui sont à autrui, puisqu'il en fait de si absurdes en celles qui lui sont propres. Et si un maître d'escrime est battu en sa salle, et de ses fleurets, quel avantage peut-il espérer ailleurs, et que doit-il devenir étant hors delà?

Je m'en rapporte aux François et aux Bourguignons, à M. Brun, le Démosthène de Dôle, aussi-bien qu'à monsieur Le Maître, le Cicéron de Paris. Je n'en veux pas moins croire les amis du docteur que les miens. J'en croirois même le docteur, s'il pouvoit obtenir du Ciel un intervalle de lumière, pour voir que souvent il y a grande différence entre un docteur et un animal raisonnable. Nous serions d'accord lui et moi, s'il s'étoit réconcilié avec le bon sens; mais c'est une querelle qui n'est pas aisée à accommoder.

ACHEVONS donc de dire la vérité, et disons-la avec la confiance qu'elle nous donne, après avoir combattu pour elle. Tout ce qu'il y a de raisonnable sur la terre, tout ce qui sçait parler, tout ce qui sçait lire, s'élevera contre ce lâche corrupteur des paroles et de l'Écriture. Il sera condamné par tous les hommes du siècle présent; mais j'espère de plus que difficilement trouvera-t-il de la faveur chez les hommes de l'âge à venir. Sans doute la postérité me fera raison.

Cette bonne postérité ne sera, ni envieuse, ni

partiale; il n'y aura point de faction ni de brigue, pour corrompre son intégrité à mon préjudice. Le moins que j'en doive attendre, c'est qu'elle me mettra au nombre des innocens, qui ont eu des délateurs, et qui ont souffert persécution; et le plus qu'elle puisse faire pour mes ennemis, ce sera de les ajouter à ces téméraires, qui se sont précipités par vanité et qui ont cherché de la réputation par leur chute. Si le libelle de celui-ci va jusques à elle, elle en jugera d'un esprit désintéressé et libre de passion. Elle ne sera éblouie, ni de l'éclat de ses dorures, ni des promesses de son titre, ni de la qualité de son auteur.

Elle prononcera, mais elle prononcera souverainement, que c'est dans cette satire, *où l'on voit en même lieu, l'audace de l'ignorance et le peu d'adresse de la calomnie; les efforts qu'elle a faits et l'impuissance qu'elle a montrée. Que c'est ici où l'on trouve du sérieux à faire rire, de la raillerie à faire pitié, une déplorable dialectique, une plus malheureuse grammaire, une extrême foiblesse, soutenue par une extrême présomption. En un mot, que le docteur de Besançon est le vrai homme de qui Pline a dit, qu'il n'est rien de plus superbe, ni tout ensemble de plus misérable;*

HOMINE NIL SUPERBIUS ESSE, NIL MISERIUS.

ENTRETIENS.

ENTRETIENS.

QU'IL N'EST PAS POSSIBLE D'ÉCRIRE BEAUCOUP,

ET DE BIEN ÉCRIRE.

A MONSIEUR CHAPELAIN,

CONSEILLER DU ROI EN SES CONSEILS.

Il faut peu de livres pour être sçavant, mais avouons qu'il en faut beaucoup moins pour être sage ; et il est certain que les gens dont je veux parler se servent d'ordinaire de la science contre la raison. Ils chargent toujours leur mémoire, et ne songent jamais à former, ni à cultiver leur jugement. Copistes, récitateurs, allégateurs éternels, ils ne disent rien, ils ne sçavent que redire ; à peu près comme ces messagers d'Homère, qui rapportent toujours en mêmes termes le commandement qu'on leur a fait.

Mais ils font un livre en moins de huit jours. Ce n'est pas chose si difficile, puisque, pour faire ainsi des livres, il ne faut qu'avoir la patience de transcrire ceux d'autrui ; il ne faut qu'une aiguille et du fil pour coudre les étoffes qu'ils ont dérobées de tous côtés. Ils ne travaillent que des doigts et de la mémoire, quelquefois de la première pointe de l'imagination qui agit promptement et à la hâte, au lieu que les opérations du jugement sont le plus souvent lentes et tardives. Ils n'emploient pas beaucoup de temps à leurs ouvrages, parce qu'ils les bâtissent sans art et d'une matière fortuite. Les bornes de leur esprit étant courtes, il n'est pas merveille, s'ils y arrivent incontinent et s'ils les touchent du premier coup.

Tous les animaux ne ruminent pas, tous les esprits ne sont pas capables de méditation ; il y en a qui jettent d'abord toute leur vertu, il y en a qui n'ont rien que la superficie et le dessus ; s'ils veulent passer outre, ils trouvent la lie dès le milieu, sans aller jusqu'au fond. Ceux qui ne se donnent point de peine à faire leurs livres, en donnent souvent à ceux qui les lisent : pour le moins, il n'est pas possible qu'ils écrivent avec les grâces et les ornemens qui ne se doivent qu'à l'art, qui sont tirés de la bonne imitation, qui ne se trouvent point si on ne les cherche. C'est trop peu estimer le public de ne prendre pas la peine de se préparer, quand on traite avec lui ; et un homme qui paroîtroit en bonnet de nuit et en robe de chambre un jour de cérémonie, ne feroit pas une plus grande incivilité, que celui qui expose à la lumière du monde des choses qui ne sont bonnes que dans le particulier et quand on ne parle qu'à ses familiers ou à ses valets.

Cette négligence n'est pas supportable; et j'eusse encore plutôt pardonné à la superstition de cet ancien orateur qui ne plaidoit, ni ne haranguoit jamais, qu'outre l'étude et la méditation qu'il y apportoit, il ne consultât les devins pour sçavoir quel succès auroit une action qu'il estimoit une des plus importantes de sa vie.

Mais s'il est besoin de se préparer, quand on parle en public et qu'on n'a qu'à contenter une assemblée composée d'un certain nombre de personnes, qui se laissent tromper au son de la voix et à la grâce de la prononciation, et qui ne peuvent asseoir de jugement assuré sur des choses passagères et qui fuient; que faut-il faire quand on a un théâtre qui n'est point borné, et qu'on se présente devant une multitude infinie de spectateurs qui vous regardent d'un esprit tranquille et reposé, qui considèrent vos ouvrages en la pureté de leur naturel, dépouillé de tous les avantages de l'action, sans lesquels ce qui a paru beau l'est quelquefois aussi peu que ces femmes qui sont si bien peintes et si bien coiffées, quand elles ont laissé leur beauté sur leur toilette?

L'auteur de l'art poétique veut qu'on fasse et qu'on défasse, qu'on écrive et qu'on raye dix fois une chose avant que de la laisser en l'état où il faut qu'elle demeure. Mais ce n'est pas tout, car, après tant de travail et tant de façon, il veut encore qu'on garde cette chose neuf ans entiers dans le cabinet, avant que de la produire aux yeux du peuple.

Cet avis n'a pas été méprisé par ceux qui ont voulu aller plus loin que les autres, et qui ont visé à la perfection de l'art; et sans alléguer Isocrate pour les anciens, qui employa quinze ans à la composition d'une harangue, ni Sannazar pour les modernes, qui en mit vingt aux trois livres qu'il a faits de l'enfantement de la Vierge, ni ce grand espace de temps que vous avez déjà donné à votre pucelle, sans compter celui que vous lui donnerez encore (car vous connoissant comme je fais, il m'est permis de comparer votre poème à tout ce qui s'est fait ou se fera jamais de plus beau), il faut que je vous dise quelque chose de notre Monsignor de la Casa.

Cet excellent homme jouissoit d'une santé assez vigoureuse; il vivoit dans le loisir, tantôt de Rome, et tantôt de Venise; et néanmoins il n'a laissé en toute sa vie qu'un livre de l'épaisseur de deux almanachs. Ce n'est pas qu'il eût l'esprit stérile et qu'il cultivât une terre ingrate, car jamais homme n'apporta au monde de plus grands avantages naturels, ni plus de disposition à l'éloquence; mais c'étoit l'éloquence attique qu'il cherchoit, et non pas l'éloquence asiatique. Il aimoit mieux une petite pièce de terre où il n'y eût que de belles fleurs, des simples exquis et des plantes rares, que de grandes campagnes de blé noir, que des pays tout entiers où il ne se recueillît que de l'avoine et du gland.

Cet excellent homme avoit accoutumé de dire, en riant avec ses amis, qu'il rejetoit les premières pensées qui lui venoient, comme autant de tentations du malin esprit; qu'il ne se servoit pas indifféremment de toutes les bonnes choses; mais qu'entre les bonnes, il choisissoit les meilleures; et que, celles-ci étant en fort petit nombre, il étoit bien difficile d'en composer de gros livres. Aussi a-t-il écrit d'un style si religieux et si chaste, et a exprimé la force et la dignité de ses pensées avec une diction si noble et si relevée, qu'il est aisé à voir qu'il ne se contentoit pas si facilement que ceux qui nous ont donné le sujet de ce chapitre.

Si l'homme que vous connoissez, et qui fait toute sa gloire d'être en votre approbation, vouloit enfler ses écrits de ceux d'autrui; s'il vouloit à

II.   27

tout propos user de redites importunes; faire
entrer par force dans ses discours de longues et
ennuyeuses traductions; en un mot, Monsieur,
s'il vouloit déplier ses lieux communs, je puis
dire, sans exagérer les choses, qu'il pourroit faire
des livres de la taille de Calepin. Mais son ambition, non plus que la vôtre, n'est pas de remplir les bibliothèques, et parce qu'il a souvent
ouï dire qu'il faudra rendre compte au dernier
jugement de la moindre parole oisive, il aime
mieux en dire et en écrire moins, et n'avoir pas
à rendre un si grand compte à Notre Seigneur.
Il fait assez d'autres péchés, sans aller grossir
un volume de synonimes, d'amplifications, de
digressions qui seroient sujettes à correction.

D'ailleurs, n'est-il pas vrai qu'on trouve des
charmes dans la paresse? Et ne vous souvient-il
pas d'avoir lu dans votre Tacite, *Invisa primùm
inertia, postremò amatur.* Il y a une certaine
douceur à ne rien faire, une certaine mollesse
voluptueuse, de la nature de celles qui se trou-
voient dans les palais enchantés, au siècle des
Amadis. Quand on a une fois goûté de cette douceur, il est aisé de s'en enivrer, et étant ivre, de
perdre la mémoire de toutes choses; elle nous
fait oublier le soin que nous devons avoir de
notre réputation, les promesses que nous avons

faites au public, et les avantages que l'envie peut prendre de notre silence.

Celui que vous connoissez se fonde sur ces principes, et cherche ainsi des prétextes et des raisons pour être légitimement paresseux ; mais quand il seroit le plus diligent de tous les ouvriers, et qu'il aimeroit les écritures autant qu'il les appréhende, comment veut-on qu'un corps languissant et abattu puisse suivre les mouvemens rapides d'un grand courage? Qu'un homme travaille d'un côté, et qu'il soit travaillé de l'autre? Ne seroit-ce pas une espèce de miracle qu'entre la fièvre et tant d'autres maux, cet esprit si empêché de son corps et si accablé de ses maladies, pût rendre quelque service à point nommé? Si on pouvoit séparer de la vie de votre ami, les jours que la douleur et la tristesse en ont retranchés, il se trouveroit que, depuis qu'il est au monde, il n'a pas vécu un an tout entier, et quand il auroit employé à se délasser de ses peines et à se consoler des maux passés, le peu de temps qu'il a eu de bon, il lui semble qu'il ne lui doit point être envié, et que personne n'a droit de lui demander ses œuvres, puisqu'en l'état où il est, il n'en fait point que de surérogation, comme il croit vous l'avoir dit autrefois.

27.

Néanmoins, certaines gens ne laissent pas de le tourmenter et de vouloir qu'il ait toujours quelque chose de nouveau pour les divertir. Ils exigent de lui ces choses nouvelles, comme si c'étoient des dettes auxquelles il fut obligé pardevant notaire ; ils se plaignent de ce qu'il ne paye pas à point nommé. Après la première et la seconde partie, ils demandent incontinent la troisième ; ils disent qu'il se fait trop attendre, et qu'il ne faut pas ainsi faire languir les gens.

Chose étrange ! on s'étonne qu'un artisan mette six ans à faire une pièce, et on ne s'étonne point que la plupart des hommes en mettent soixante à ne rien faire. On blâme la longueur qui produit, et on souffre celle qui ne produit point. D'autres peuvent jouer, badiner et dormir impunément tout un siècle, et on nous reproche le temps que nous employons à des veilles honnêtes et vertueuses. Vous voyez, Monsieur, que la fainéantise et la lâcheté sont bien mieux traitées que notre industrie et notre travail, car on n'attend pas moins de vous que de moi.

DE MONTAIGNE,

ET DE SES ÉCRITS.

A M. GRANDILLAUD,

CONSEILLER DU ROI EN SES CONSEILS, ET PRÉSIDENT D'ANGOULÊME.

Voici donc la réduction de notre conférence de dernièrement, que vous m'avez demandée, pour en faire part à monsieur de la Thibaudière votre cher oncle. Vous pouviez, Monsieur, la donner en meilleure forme, si vous aviez voulu l'écrire vous-même, et y mettre cent jolies choses que vous nous dîtes. Mais puisque vous ordonnez que ce soit moi, je le ferai sans façon, et dans les simples termes de la conférence.

Nous demeurâmes d'accord que l'auteur qui veut imiter Sénèque, commence partout et finit partout. Son discours n'est pas un corps entier ; c'est un corps en pièces ; ce sont des membres coupés ; et, quoique les parties soient proches les unes des autres, elles ne laissent pas d'être séparées. Non-seulement il n'y a point de nerfs

qui les joignent, il n'y a pas même de cordes
ou d'aiguillettes qui les attachent ensemble ;
tant cet auteur est ennemi de toutes sortes de
liaisons, soit de la nature, soit de l'art; tant il
s'éloigne de ces bons exemples que vous imitez
si parfaitement. Car à vous dire ce que je crois
des choses que vous m'avez montrées, je suis
assuré qu'elles auroient reçu à Paris les applaudissemens qu'on leur a donnés dans la province.
Mais ce n'est pas ici que je veux faire votre éloge,
et il faut passer au second article. Je l'appréhende
comme un écueil, parce qu'il n'est pas en tout
favorable à Michel de Montaigne. Néanmoins
vous voulez que j'en écrive, dans la même liberté
qu'il en fut parlé, et il n'y a point moyen de
s'en excuser.

Ma pensée étoit donc, et je suis encore de
même avis, que Montaigne sçait bien ce qu'il
dit ; mais, sans violer le respect qui lui est dû, je
pense aussi qu'il ne sçait pas toujours ce qu'il va
dire. S'il a dessein d'aller en un lieu, le moindre
objet qui lui passe devant les yeux le fait sortir
de son chemin pour courir après ce second
objet. Mais l'importance est qu'il s'égare plus
heureusement, qu'il n'alloit tout droit. Ses digressions sont très-agréables et très-instructi-
ves. Quand il quitte le bon, d'ordinaire il rencontre le meilleur, et il est certain qu'il ne

change guère de matières, que le lecteur ne gagne en ce changement. Il faut avouer qu'en certains endroits il porte bien haut la raison humaine, il l'élève jusques où elle peut aller, soit dans la politique, soit dans la morale. Pour le jugement qu'il fait des livres et des auteurs, c'est une autre chose. Assez souvent il prend la fausse monnoie pour la bonne, et le bâtard pour le légitime. Il hasarde les choses, comme il les pense d'abord, au lieu de les examiner après les avoir pensées; au lieu de se défier de sa propre connoissance, et de s'en rapporter à son Turnèbe, plutôt que de s'en croire soi-même.

Aux autres lieux de son livre, je suis tout-à-fait pour sa liberté. Ce qu'il dit de ses inclinations, de tout le détail de sa vie privée, est très-agréable. Je suis bien aise de connoître ceux que j'estime, et, s'il y a moyen, de les connoître tout entiers et dans la pureté de leur naturel. Je veux les voir, s'il est possible, dans leurs plus particulières et leurs plus secrètes actions. Il m'a donc fait grand plaisir de me faire son histoire domestique.

Mais vous souvient-il, Monsieur, du manquement qu'y trouva ce galant homme qui étoit de notre conversation, et qui eût bien voulu que Montaigne, étant lui-même son historien, n'eût pas oublié qu'il avoit été conseiller au parlement de Bordeaux. Il nous disoit, ce galant homme, qu'il soupçonnoit quelque dessein en cette omission, et que Montaigne avoit peut-être appréhendé que cet article de robe longue fît tort à l'épée de ses prédécesseurs et à la noblesse de sa Maison. Nous ne fûmes pas de ce sentiment, ni vous, ni moi, et soutînmes que cette pensée ne pouvoit être venue à M. de Montaigne, qui voyoit de ses propres yeux, que M. de Foix, nommé à l'archevêché de Toulouse, étoit conseiller au parlement de Paris.

J'ajoute à ce propos une chose qui ne fut point dite de feu Malherbe, et jugez de-là combien il se piquoit de noblesse. Sans ce grand exemple de M. de Foix, Malherbe ne se fût jamais résolu à traiter pour son fils d'un office de conseiller au parlement de Provence. Ses amis lui représentèrent, en cette occasion, qu'après un gentilhomme parent des rois, et allié de toutes les Maisons souveraines de l'Europe, le fils d'un gentilhomme de Caen, quoique de la race de ceux qui suivirent en Angleterre Guillaume le Conquérant, pouvoit sans scrupule exercer une charge de conseiller.

Mais pour revenir à Montaigne, soit dessein, soit oubli, qui nous prive de cette partie de sa vie, j'ai toujours bien de la peine à m'en consoler. Il nous eût dit mille choses plaisantes de ce qu'il avoit remarqué au Palais, de l'humeur des juges, de la misère des plaideurs, des artifices et des stratagèmes de la chicane. Après tout, j'eusse bien mieux aimé qu'il eût conté des nouvelles de son clerc, qui ne s'appeloit point en ce temps-là *secrétaire*, que de son page.

N'est-ce pas en effet se moquer des gens, de faire sçavoir au monde qu'il avoit un page. Quelque amitié et quelque estime que j'aie pour lui, je ne sçaurois lui souffrir ce page. C'eût été une vanité de capitan de la comédie, de dire qu'il en avoit, s'il n'en eût pas eu ; mais s'il en avoit, je soutiens qu'il n'en devoit pas avoir. Il me semble qu'un page est une personne assez inutile et assez hors d'œuvre dans une Maison de cinq à six mille liv. de rente. Un gentilhomme de la Beausse, qui n'eût pas eu plus de revenu, ne se fût jamais chargé d'un tel officier. Aussi, quand il auroit voulu cacher son pays, comme Homère cacha le sien, je l'aurois découvert à cette marque de Périgord. De-là il fut conclu que Montaigne avoit fait deux fautes : la première, d'avoir eu un page, et la seconde, plus grande que la première, d'avoir imprimé qu'il en avoit eu.

Le même homme qui accusa Montaigne de vanité, nous en fit aussi un conte que nous eûmes de la peine à croire, quelque assurance qu'il nous donnât de le sçavoir de fort bon lieu. Il nous dit que Montaigne s'habilloit quelquefois tout de blanc, et quelquefois tout de vert, et paroissoit ainsi vêtu devant le monde. Force gens graves aiment les couleurs qui réjouissent la vue aussi-bien que lui; mais ils ne s'en servent qu'en robe de chambre et dans le particulier. Telle singularité ne peut être approuvée, étant contre la bienséance; et j'ai ouï dire, il y a long-temps, que si les actions extraordinaires ne sont grandes, elles passent le plus souvent pour ridicules. J'ai vu, à la vérité, delà les monts, de pareilles fantaisies, qui même étoient appuyées de quelque prétexte de religion; et on me disoit d'un homme tout vêtu de gris depuis la tête jusqu'aux pieds, d'un autre vêtu de tanné, et d'un autre de feuille morte: Ces gens que vous voyez ont fait vœu de s'habiller de la sorte, les uns pour tant de temps, et les autres pour toute leur vie. Mais les fantaisies d'Italie ne justifient pas celles des autres pays.

Notre homme tâcha bien encore de nous persuader que le même Montaigne n'avoit pas trop bien réussi en sa mairie de Bordeaux.

Cette nouvelle ne surprendra pas monsieur de la Thibaudière, et il se souviendra bien qu'il dit un jour en ma présence à monsieur de Plassac Méré, admirateur de Montaigne, qui le louoit ce jour-là au désavantage de Cicéron: Vous avez beau estimer votre Montaigne plus que notre Cicéron, je ne sçaurois m'imaginer qu'un homme qui a sçu gouverner toute la terre, ne valût pour le moins autant qu'un homme qui ne sçut pas gouverner Bordeaux.

Je vous dirai demain quelle est mon opinion du style de Montaigne, quoiqu'il n'en fût point parlé en notre conférence de l'autre jour. Vous sçaurez cependant que c'est un personnage que je révère partout, et que je tiens comparable à ces anciens qu'on appeloit *maximos ingenio et arte rudes* ; et partant, non plus qu'à eux, on ne lui doit pas imputer les fautes de son siècle.

QU'AU TEMPS DE MONTAIGNE NOTRE LANGUE ÉTOIT ENCORE RUDE.

AU MÊME.

CELUI de qui je vous parlois hier, vivoit sous le règne des Valois, et de plus, il étoit gascon. Par conséquent il ne se peut pas que son langage ne se sente des vices de son siècle et de son pays. Il faut avouer, avec tout cela, que son âme étoit éloquente; qu'elle se faisoit entendre par des expressions courageuses; que, dans son style, il y a des grâces et des beautés au-dessus de la portée de son siècle.

Je n'en veux pas dire davantage, et je sçais bien que ce seroit une espèce de miracle qu'un homme eût pu parler purement françois, dans la barbarie de Quercy et de Périgord. Un homme qui est assiégé de mauvais exemples, qui est éloigné du secours des bons, pourroit-il être assez fort pour se défendre tout seul contre un peuple tout entier, contre sa femme, contre ses parens, contre ses amis qui sont autant d'enne-mis du bon françois? Quelle difficulté seroit-ce de garder, parmi tant d'embûches et tant de larrons, les saines opinions qu'on auroit apportées de la Cour?

Mais d'ailleurs, lorsque Montaigne écrivoit, la Cour étoit aussi indulgente qu'elle est aujourd'hui rigoureuse. Sa délicatesse va jusqu'au dégoût et jusqu'à la maladie. De la plupart des viandes qu'elle rejette, on en eût fait des festins sous le règne de Henri III. L'incomparable Malherbe n'étoit pas encore venu corriger et dégasconner la Cour, comme il disoit, faire des leçons aux princes et aux princesses ; dire cela est bon, et cela ne l'est pas. On ne sçavoit point qu'il y eût deux usages, dont l'un s'appelle le beau. Il ne se parloit, ni de Vaugelas, ni d'Académie. Cette compagnie, qui juge souverainement des compositions françoises, étoit encore dans l'idée des choses. Ainsi il n'y avoit rien d'assuré ni de résolu en notre langue. Et par toutes ces raisons, il me semble que Montaigne est excusable, s'il n'a pas toujours écrit comme le voudroient nos délicats. De son temps, il n'étoit pas défendu de faillir, et les fautes sont innocentes qui sont plus anciennes que les lois.

Vous avez ici les jugemens d'autrui, et le mien particulier, sur le sujet de Montaigne. Ajoutez-y du vôtre ce qu'il vous plaira, et ce que j'aurai sans doute oublié de mettre au premier chapitre ; car

ma mémoire ne m'est plus fidèle comme elle l'é-
toit autrefois. Surtout, Monsieur, cultivez toujours ces excellentes dispositions qu'a ma chère
cousine, votre fille, à l'intelligence des langues et
des sciences Elle ne sera ni vaine, ni incommode
pour cela; sa modestie et sa discrétion m'en répondent.

PORTRAIT OU ÉLOGE

DU

DUC DE GUISE.

A PROPOS de la Ligue, dont nous venons de parler, et le duc de Guise dont le monde parlera toujours, il n'y aura point de mal que je vous communique quelques lignes qui en ont été écrites, il y a déjà assez long-temps, et que j'ai trouvées depuis peu dans mes magasins.

Les éloges, aussi-bien que les harangues, sont les écueils des historiens modernes. Au lieu de faire de bonnes harangues, ils font d'ordinaire de mauvais sermons; et, dans les éloges, ils déclament au lieu de juger. Celui du duc de Guise participe des deux genres; il tient de l'historique et de l'oratoire : et avant que de passer outre dans nos matières, vous me ferez l'honneur de me dire, s'il vous plaît, si vous goûtez ces sortes d'éloges; car il s'en pourra trouver d'autres dans mes magasins.

La France étoit folle de cet homme-là; car c'est trop peu de dire amoureuse. Il ne faut pas s'é-

tonner si elle s'éloigna de son devoir, comme elle
fit. Une telle passion alloit bien près de l'idolâtrie : il y avoit des gens qui l'invoquoient dans
leurs prières; d'autres mettoient sa taille-douce
dans leurs heures. Pour son portrait, il étoit
partout; quelques-uns couroient après lui dans
les rues, pour faire toucher leur chapelet à son
manteau, et un jour qu'il revenoit d'un voyage
de Champagne, entrant à Paris par la porte Saint-
Antoine, non-seulement on lui cria : *Vive Guise!*
mais plusieurs personnes lui chantèrent : *Hosanna filio David.*

On a vu des assemblées, qui n'étoient pas petites, se rendre en un instant à sa bonne mine.
Il n'y avoit point de cœur qui pût tenir contre
ce visage ; il persuadoit avant que d'ouvrir la
bouche ; il étoit impossible de lui vouloir mal en
sa présence.

Le premier regard qu'il jetoit sur ses ennemis ôtoit d'abord de leur esprit toute l'aigreur
qu'ils avoient portée contre lui, et faisoit une
telle émotion en leur sang, et un si étrange changement en leurs humeurs, qu'après cela ils
avoient besoin de s'exciter long-temps eux-mêmes, pour reprendre la haine qu'ils n'avoient
plus. De sorte que ce que j'ai ouï dire à un courtisan de ce règne là ne me semble pas mal dit :

que *les huguenots étoient de la Ligue quand ils regardoient le duc de Guise.*

Je laisse à l'histoire à compter les choses qu'il a faites, et à porter même sa curiosité sur celles qu'il a pensées. Je ne me hasarde point de déchiffrer ces énigmes de la Cour, et ne suis pas spéculatif jusque-là. Il me suffit de croire, sans deviner, qu'il falloit bien que ce fût un homme fort extraordinaire, puisque son seul nom, après sa mort, a été capable de continuer la guerre à deux puissans rois, et que le premier capitaine de l'Europe, le second fondateur de cet État, Henri le Grand, de glorieuse mémoire, n'a pris des villes, ni n'a gagné des batailles, que pour faire perdre le crédit à un homme qui n'étoit plus.

Je ne veux pas oublier un mot que vous ne serez pas fâché de sçavoir; il est détaché de l'éloge, et on l'attribue à madame la maréchale de Retz. *Ils avoient si bonne mine*, disoit-elle, *ces princes Lorrains, qu'auprès d'eux les autres princes paroissoient peuple.* Cette façon de parler est un peu hardie, et un grammairien scrupuleux diroit, paroissoient bourgeois ; mais la Cour est au-dessus de l'école, et ne reconnoît point, non plus que l'Église, la jurisdiction de la grammaire.

II.   28

QUE LES DONS DU CORPS ET DE L'ESPRIT NE SONT, NI DE LA PUISSANCE, NI DE LA JURISDICTION DE LA FORTUNE.

En continuant de vous entretenir de mes vieilles nouveautés, en voici une qui ne sera peut-être pas indigne de votre curiosité; et je serai bien aise si elle en demeure satisfaite. Ce qui vous fut dit hier, après la lecture du sècond discours d'Aristippe, ne me semble pas mal plaisant: que le temps n'avoit pas rendu sage la fortune; que c'étoit une folle incorrigible, et que les dernières de ses folies étoient toujours les plus grandes et les plus considérables.

Pour confirmer ce qui vous fut dit, nous ne manquerions pas d'exemples si nous en cherchions. Toute la terre en est pleine, parce que cette folle se trouve partout, et qu'il n'y a point d'endroit où elle ne règne. Mais, sans descendre de la thèse à l'hypothèse, méprisons aujourd'hui, en ce petit coin du monde, celle qui règne de tous côtés. Vengeons-nous de la fortune, nous autres malheureux, à tout le moins par ce petit

mot de vérité, et disons d'abord, pour fondement
de ce que nous dirons ensuite, que quelque peu
borné que soit son pouvoir, que quelque vaste
que soit son empire, nous devons avoir cette
consolation, qu'il y a beaucoup de choses qui
lui sont impossibles, et beaucoup d'autres qui
ne sont pas de sa jurisdiction.

La fortune peut tirer un faquin de la cuisine,
ou de l'écurie, pour le loger dans le plus bel ap-
partement du palais; elle peut mettre une couronne sur la tête d'un esclave; elle peut faire
triompher les méchans de l'innocence des gens
de bien; elle peut quantité de semblables choses,
et tout cela se voit dans les histoires passées;
mais avec toute sa puissance, elle n'a pu, ni ne
pourra jamais embellir un laid, et refaire un visage qui fait peur, apprivoiser un brutal et polir
la rudesse de ses mœurs, donner de l'esprit à un
sot, ni faire d'un poltron un vaillant homme.

Voilà des choses qui sont impossibles à la fortune; en voici qui sont hors de sa jurisdiction.
Elle peut ôter le bien, les dignités et la vie;
mais elle ne sçauroit ôter la réputation, l'honneur, ni la gloire. Elle ne sçauroit imposer silence à la voix publique, qui a toujours justifié
les innocens opprimés, ni empêcher que la vertu
qu'elle persécute ne soit estimée, et que ceux
qu'elle aime ne soient haïs.

En dépit de la fortune, Pasquin se moque de l'indigne, et le poursuit par ses rimes, bonnes ou mauvaises. Elle a beau mettre des barrières, et poser des corps-de-garde devant la porte du palais qu'elle a bâti à l'esclave qu'elle a couronné, la Vérité force tout cela pour aller découvrir, dans le cabinet, ses inclinations serviles, et les venir exposer à la vue du monde. Quoiqu'il soit redoutable, il ne laisse pas d'être ridicule. On tremble devant lui, et on lui fera la moue quand il aura tourné le dos; on lui reprochera toujours la misère de sa première condition et les ordures de sa naissance; on opposera toujours son ancien collier, à sa nouvelle couronne. La fortune ne sçauroit obtenir grâce pour lui, ni des orateurs, ni des poëtes, ni du peuple, etc.

La comparaison des reines hypocondriaques, qui ont eu de l'amour pour un nain et pour un Maure, est assez heureusement conçue; mais elle n'est pas telle que s'imagine M. Mainard, qui la préfère à toutes nos autres comparaisons. Quoi qu'il en soit, elle est mienne, et je ne la veux pas désavouer; mais elle n'est pas ma grande, ni mon unique inclination. Le philosophe Épictète, dans ses réponses à l'empereur Adrien, avoit dit auparavant, que la Fortune étoit une femme de bonne maison, qui se prostituoit à des valets.

Quelques-uns appellent cela des jeux de la Fortune. Epictète, plus sévère qu'eux, dit que ce sont des péchés et des débauches de la Fortune. Le bonhomme Heinsius, pour le distinguer du jeune, parlant d'elle en quelques-unes de ses Oraisons, s'est servi du mot de *meretricula*.

Après cela, qu'on trouve étrange que Cléopâtre soit appelée par un ancien poëte,

. . . . . *Incesti meretrix regina Canopi.*

La Fortune, que Heinsius traite de femme de mauvaise vie, est bien plus grande dame que Cléopâtre; elle est bien plus véritablement la reine des rois que n'étoit cette superbe Égyptienne, qui prenoit une si insolente qualité, et la mettoit dans ses titres, du consentement de Marc-Antoine. C'étoit, à mon avis, pour disputer de la grandeur avec le roi de Perse, qui se faisoit appeler le roi des rois, aussi-bien que le géant des géans, et le frère du soleil et de la lune.

Quand il vous plaira, je vous ferai voir cette vanité de Cléopâtre, dans une vieille inscription trouvée en Levant, et alléguée par Leunclaïus, sur l'histoire d'Auguste. Mais il faut sçavoir finir, et se garder d'être importun, à force d'être obéissant.

DE

DE
L'UTILITÉ DE L'HISTOIRE AUX GENS DE COUR.

Je pensois avoir fini, et j'allois fermer la cassette où sont mes papiers, quand celui-ci s'est fortuitement trouvé entre mes mains. Je ne l'y ai pas voulu remettre sans vous le communiquer, m'imaginant qu'il pourra être de votre goût. Ce que je vous envoie est tiré d'un plus grand discours, qui fut fait, il y a long-temps, pour détourner un homme de qualité du mauvais chemin qu'il prenoit pour l'instruction de ses enfans. Il cherchoit un maître, pour leur enseigner les règles de la politique, et il l'avoit trouvé. Le maître et les écoliers eussent passé toute leur vie à ne rien faire, si le père n'eût été désabusé par ce peu que vous allez voir; et si ce peu vous fait désirer le reste, il faudra contenter votre désir.

Dans les livres que les anciens ont écrits de la prudence civile, il faut avouer qu'il y a bien du galimathias de l'école et de la chicane philosophique. En ce pays-là, que de terres vagues et de déserts! que de lieux incultes et sauvages, éloignés de l'usage et du commun des hommes ! La République de Platon, les Politiques d'Aristote, tant qu'il vous plaira; mais surtout je recommande l'histoire à nos jeunes gens.

Sans l'histoire, la politique n'est qu'un spectre creux et plein de vide, qu'on remue par je ne sçais quelles petites distinctions et divisions de l'école, pour jouer et amuser les enfans. Cette belle politique, étant séparée de l'action et de l'exemple, ne s'entend pas elle-même. Il lui faut un guide dans le monde; elle a besoin d'interprètes dans les assemblées des hommes. Il n'y a donc que l'histoire qui informe et organise la politique, qui lui donne corps et subsistance; il n'y a qu'elle qui soit digne du loisir d'un homme extrêmement occupé, et de la spéculation d'une âme agissante.

Par-là, le bon courtisan, ne se contentant pas de sçavoir les pensées et les desseins des rois d'aujourd'hui, il entrera dans le conseil et dans la confidence de tous les princes qui furent jamais. Il pénétrera dans les premières causes de leur conduite; il fera, pour ainsi dire, la dissection de leur âme et de leur esprit, dont les plus secrètes parties lui seront découvertes. S'étant enrichi de la succession de tous les siècles, il ajoutera à son expérience celle de toute l'antiquité.

Ce n'est point un paradoxe, ce que je dis. Par

le moyen de l'histoire, toute la sagesse d'autrui est nôtre. Les sages n'ont vécu que pour nous. Les Perses, les Grecs et les Romains n'ont fait de grandes actions que pour nous laisser de grands exemples.

Ainsi, quoique le courtisan soit jeune, et qu'il n'ait pas été de la vieille Cour, l'histoire suppléera au défaut de ses années et fera beaucoup plus que cela pour lui; il se souviendra d'une antiquité bien plus éloignée, et verra bien davantage que ceux qui n'ont vu que les premiers troubles de la Ligue, que le règne de Henri III, que les tragédies des Guise et des Coligni.

Il verra l'enfance, le progrès et le déclin de plusieurs États; il remarquera les causes, la conduite et le succès de leurs guerres; il prendra garde sur quels fondemens ils se sont élevés, par quelle forme de police ils se sont accrus, et par quel défaut ils sont tombés en ruine; il sçaura les artifices de Philippe pour diviser les communautés, les inventions de Démétrius pour prendre les villes, les ruses d'Annibal pour donner le change aux ennemis, l'ordre et la discipline des Romains pour emporter et pour garder la victoire.

Il n'ignorera pas les diverses transmigrations des peuples, les changemens des sectes et des religions, les moyens qu'ont tenus les conquérans pour établir leur puissance, et ceux qu'il falloit tenir pour s'y opposer. Il apprendra de quelle façon l'empire est passé d'une nation à l'autre, par quelle fortune les maîtres ont eu leurs valets, et non pas leurs enfans pour leurs successeurs, en quelle part on n'a pu supporter la monarchie, et où l'on n'a pas sçu user de la liberté. Enfin, ne s'étant rien fait d'important, depuis le commencement du monde, jusques à cette heure qui lui soit inconnu, et voyant presque pourquoi et comment les choses ont été entreprises et exécutées, il ne sera pas étrange si, par une application judicieuse du temps passé au présent et de la spéculation à la pratique, il s'aquitte très-dignement, non-seulement des actions civiles, mais aussi des actions militaires. Ses essais seront des chefs-d'œuvre. Un tel apprenti sera maître dans une profession à laquelle il viendra avec de si excellens préparatifs, avec un si bon guide et tant de science.

Comme vous voyez, le courtisan tire de grands avantages de la connoissance de l'histoire; mais il me semble qu'elle est encore plus utile au Prince qu'au courtisan, et nous le ferons voir une autre fois dans un chapitre particulier. Disons cependant que le Prince doit quelquefois consulter les morts, qui sont de sûrs et de fidèles conseillers.

Nous avons appris de nos amis de Stockholm
que la reine de Suède, qui n'a guère plus de dix-
huit ans, lit Polybe et Thucydide en leur langue; qu'elle les explique en la sienne et en la
nôtre admirablement; qu'elle fait d'excellens
commentaires de vive voix sur ces excellens historiens. Je n'en demande pas tant de nos princes; et, sans rien entreprendre sur ces messieurs
qui font des livres pour l'instruction de Monseigneur le Dauphin, qui traiteront cette matière
à fond, je dirai seulement que les miracles ne
doivent point être tirés en exemple. Mais en vérité, dès leur enfance, on leur doit dire des nouvelles de leurs prédécesseurs, et leur lire leur
Philippe de Commines, qui n'est inconnu en aucun lieu du monde, qui a été traduit en toutes les
langues, et reçu en toutes les Cours de l'Europe.

A MONSEIGNEUR

LE MARQUIS DE MONTAUSIER,

GOUVERNEUR ET LIEUTENANT-GÉNÉRAL POUR LE ROI, EN ANGOUMOIS,
SAINTONGE, ET ALSACE.

Apologie de quatre paroles écrites.

JE vous envoie, par écrit, les exemples que je vous alléguai de vive voix au dernier voyage que vous fîtes en ces provinces. Vous êtes le seul, Monseigneur, qui pouviez m'obliger à entreprendre ce travail, quoique médiocre, et à faire un corps, quoique petit, des différentes parties que je viens de joindre. Mais je vous estime et vous honore si fort, que, sans attendre vos prières, votre seul désir est toujours capable de me persuader.

Je n'ai point dessein de justifier les impertinences, ni par leur nombre, ni par leur antiquité ; elles sont aussi vieilles que le monde ; il y a des impertinens partout où il y a des hommes ; partout il se trouve des esprits à faire pitié. L'Italie et la Grèce, la sage Italie, la sçavante Grèce, aussi-bien que les provinces barbares, ont été fertiles en extravagans et en ridicules.

Nous pourrions mettre en ce rang-là des sectes

entières de philosophes ; et , en premier lieu , que voulez-vous dire de ce chef d'ordre, qui fut pris par les pirates, et à qui la servitude et les fers ne donnèrent point de modestie ? Ayant été mis en vente avec les autres esclaves, quand on lui demanda ce qu'il sçavoit faire , il répondit qu'il sçavoit commander aux hommes, et cria ensuite à haute voix , afin d'être ouï de tout le marché : *Qui veut acheter son maître ?* Mais je suis las de maltraiter Diogène et de faire la guerre à Zénon ; accordons une trève aux cyniques et aux stoïciens, que nous avons battus en tant de rencontres. Sans même rechercher trop curieusement les autres vices des autres Grecs, je suis d'avis de ne considérer aujourd'hui que leur vanité.

Il faut commencer par ce galant homme de Psafon, qui faisoit instruire des perroquets, et d'autres oiseaux capables de discipline, et après qu'ils avoient appris à dire : *Psafon est un Dieu*, il les mettoit en liberté , afin qu'ils allassent publier par le monde sa divinité, et que les hommes l'adorassent sur le témoignage des oiseaux.

Le médecin Ménécrates prétendoit à la divinité aussi-bien que Psafon. Il se faisoit appeler *Ménécrates-Jupiter*. Il signoit ainsi toutes ses ordonnances, toutes ses attestations, et toutes ses lettres ; quelquefois il écrivoit à Philippe, père d'Alexandre; et , un jour qu'il étoit en plus belle humeur que les autres, il lui écrivit en ces beaux termes : *Philippe règne en Macédoine, et Méné-crates en médecine.*

Vous avez lu, Monseigneur, les Dialogues de Platon, et par conséquent vous connoissez ce sophiste, qui parloit sur-le-champ de toutes les matières proposées. Il s'enrichit, comme vous sçavez, du revenu de sa langue. Mais sçavez-vous qu'ayant acquis beaucoup de bien en l'exercice de la rhétorique, il en employa la plus grande partie à la fonte d'une statue d'or massif, qu'il se consacra lui-même dans le temple de Delphes, pour marque éternelle de sa vanité!

Un autre Grec, de la même profession, fit mettre sur la porte de son logis un écriteau, où il y avoit en grosses lettres : *Céans, il y a des remèdes pour toutes sortes d'afflictions ; on y guérit de toutes les maladies de l'âme.*

Je lisois dernièrement dans la Bibliothèque de Photius, patriarche de Constantinople, qu'un autre Grec, après avoir composé neuf lettres et trois oraisons, crut être accouché de douze déesses, et nomma ses neuf lettres les neuf Muses, et ses trois oraisons les trois Grâces. Dans la même Biblio-thèque, encore un autre Grec, dont les livres se sont perdus par le dégât de la barbarie en Grèce, et par le naufrage des Belles-Lettres, écrivant la vie d'Alexandre le Grand, promet d'égaler la grandeur de ses actions par celle de ses paroles, et d'être Alexandre sur le papier.

Idoménée étoit un des principaux ministres du roi son maître, et des plus employés aux grandes affaires. Voici néanmoins comme Épicure le traite dans une lettre qu'il lui écrit : *Si vous cherchez de la gloire, toute la grandeur de Perse, tout ce que vous suivez, et tout ce qui vous fait suivre, ne vous en donnera point, tant que les lettres que je vous écris.* Sénèque rapporte ces paroles d'Épicure, et y ajoute celles-ci : *Ce que promettoit Épicure à son ami, je vous le promets, Lucille. J'ai du crédit avec la postérité ; j'ai de quoi faire vivre ceux qu'il me plaira.* La Grèce nous fourniroit une infinité d'exemples de cette nature ; mais il ne faut pas tout prendre en un même lieu, et Sénèque nous a déjà ramenés en Italie.

J'y trouve d'abord l'épitaphe du poëte Nævius, qui certainement est un chef-d'œuvre de vanité. Il la composa en pleine santé et de sens rassis, et personne ne s'en offensa à Rome, bien qu'elle fût injurieuse à tous ceux qui étoient à Rome en ce temps-là. *S'il étoit bienséant aux dieux de pleurer la mort des hommes, les Muses prendroient le deuil de celle du poëte Nævius, depuis laquelle on a oublié à Rome à parler latin.*

Je laisse une infinité de fanfarons et de capi-

tans en prose et en vers, pour venir à Cicéron.
Tout le monde sçait que de quatre paroles qu'il
disoit, il y en avoit trois à son avantage. Il rompoit la tête au peuple romain de la conjuration
de Catilina, et du reste de l'histoire de son con-
sulat. Mais pour répondre à ceux qui assurent
qu'il ne s'est jamais vanté de son éloquence,
parce que cette gloire est puérile et au-dessous
de l'ambition d'un homme grave et d'un vrai Romain, je n'alléguerai qu'une ligne d'une lettre
qu'il écrit à son ami Pomponius-Atticus. Dans
cette lettre, après lui avoir rendu compte de ce
qui s'étoit passé au sénat quelques jours auparavant, il conclut qu'il s'étoit fait admirer à toute
la compagnie, et qu'il avoit traité divinement la
matière dont il s'agissoit.

Virgile n'est pas plus modeste que Cicéron,
quand il dit qu'il apportera à Mantoue les palmes
de la Palestine, et quand il appelle les vers qu'il
veut faire à la louange d'Auguste, des trônes d'or
et d'ivoire. Notre Paul Jove ne mettoit pas l'or à
si bon marché, et n'en avoit pas assez, à mon
avis, pour faire des trônes et des statues. Il se contentoit de dire qu'il avoit une plume d'or pour
ceux qu'il aimoit, et une de fer pour ses ennemis.

De tout temps ces sortes de vanités ont été
permises. Il n'y a point d'historien, il n'y a point
de poëte, qui ne promette la gloire et l'éternité

à qui en veut. La présomption est aussi ancienne que le mérite, et ce n'est pas moins le vice de nos pères, que le nôtre. C'est une des propriétés de la science, d'enfler ceux qu'elle remplit. Et ne vous souvenez-vous point d'avoir lu cette définition du philosophe dans les livres des saints Pères? *Le philosophe est un animal de gloire; le philosophe est le plus fier et le plus superbe des animaux.*

Pour ne point parler des autres philosophes que nous avons vus, de notre mémoire, Jules-César Scaliger a été extrêmement philosophe de ce côté-là. Quelle largesse, quelle profusion de louanges, ne se fait-il point en plusieurs endroits de ses ouvrages? Que ne dit-il pas de la grandeur de sa naissance, qui étoit une chose assez douteuse; du nombre de ses combats que personne n'avoit vus, et dont il falloit le croire sur son simple témoignage; de l'infinité des livres qu'il avoit composés, et qui par malheur s'étoient perdus; des merveilles de son corps et de son esprit; des autres avantages qu'il avoit sur les autres hommes? *Qu'on mette*, dit-il, *Xénophon et Massinisse ensemble, et que des deux on n'en fasse qu'un, ce qui se formera d'un composé si excellent n'approchera point encore de moi. Vix mei ideam exprimet.*

Or, vous sçavez, Monseigneur, que ce Xéno-

phon possédoit en un degré éminent trois qualités également grandes, et qu'on ne sçavoit s'il
étoit, ou plus éloquent orateur, ou plus subtil philosophe, ou plus sage capitaine. Il n'est point de
conquête, dans la mémoire des temps, plus estimée que la retraite qu'il fit, ayant toujours eu à
dos une armée de plus de cent mille combattans,
qui ne pût pas seulement lui enlever un quartier.
Son langage, au reste, avoit tant de charmes et
tant de douceurs, qu'on l'appeloit la Sirène de
l'Attique. Et pour ce qui est de la connoissance
de la vérité des choses, il avoit été nourri dans le
sein de Socrate; il avoit été instruit de sa propre
bouche avec Platon : c'étoient les deux fils de
son esprit, et on ne sçait pas bien encore lequel
des deux a été l'aîné.

Massinissa est assez connu, pour avoir été le
grand ami du peuple romain, et pour avoir dressé
à l'armée romaine la planche sur laquelle elle
passa en Afrique. Nous avons parlé, en un autre
lieu, de l'adresse et de la force de son corps.
Tant y a que ces deux hommes extraordinaires
ne font pas la moitié de Scaliger, au jugement de
Scaliger.

Ce sont des vanités, celles-là, qui ne se peuvent
même défendre par un ami. Elles ont pourtant été
admirées par Juste Lipse, qui a fait l'éloge de ces
éloges. Elles sont souffertes de tout le monde,

II   29

et il ne s'est point élevé contre elles de censeur
public, point de Phyllarque, point de docteur
de Louvain ni de Bésançon; il ne s'est point imprimé de première ni de seconde partie du procès
qu'on a fait à leur auteur.

Ce seroit encore maître Charles Dumoulin, car
ainsi l'allégue-t-on au barreau, qu'il faudroit accuser de vanité; et certes, ce maître Charles fait
bien le maître, lorsqu'il se nomme lui-même le
docteur de la France et de l'Allemagne, et qu'il
met en tête de plusieurs consultations imprimées,
*moi qui ne cède à personne, et à qui personne ne
peut rien apprendre.* Ego qui nemini cedo, et qui
à nemine doceri possum.

N'est-il pas vrai qu'il n'est rien de plus modeste,
que l'homme que vous connoissez, si on le compare à ces insolens? Son orgueil est humble, si
on le considère auprès du leur. Vous sçavez,
Monseigneur, qu'à son avénement dans le monde,
il fut loué par la voix publique, et qu'il reçut des
applaudissemens dedans et dehors le royaume. Il
a été aimé, il a été caressé par d'aussi grands seigneurs que le pouvoit être Idoménée; il a eu commerce avec des princes et des officiers de la couronne; il a eu plus d'un Lucille et plus d'un
Attique à qui il a écrit des lettres; mais que n'eût-
on dit, s'il eût estimé ses Lettres comme Épicure
et Sénèque estimoient les leurs; s'il eût écrit aux

ducs et pairs que ses Lettres leur faisoient plus d'honneur que leurs couronnes ducales et leurs cordons bleus; qu'elles valoient plus que les brevets du Roi et que les rescriptions de l'épargne; et néanmoins, s'il avoit ainsi parlé de ses Lettres, il en auroit parlé moins avantageusement qu'Épicure et Sénèque n'ont fait des leurs.

Est-ce un si grand crime (car voici la ligne fatale qui a donné lieu à tant de libelles, et a mis en rumeur tant de beaux esprits), est-ce un si grand crime d'avoir écrit *qu'il avoit trouvé ce que quelques-uns cherchoient*, c'est-à-dire qu'il sçavoit un certain petit art d'arranger des mots ensemble, et de les mettre en leur juste place; qu'il sçavoit l'usage des particules, dont parle si souvent le cher M. de Vaugelas; qu'il n'usoit pas du prétérit, quand il falloit se servir du participe, et ainsi du reste? Ce sont des bagatelles et des jeux que tout cela. Et un homme ne peut-il pas dire sans orgueil : je sçais jouer au piquet, au tric-trac; je donne de l'avantage aux échecs à celui-là; j'ai gagné celui-ci à la paume. Il me semble que de parler de la sorte n'est pas une grande vanité.

Bien davantage, il n'y a point de médecin, point de droguiste, point d'apothicaire qui ne se vante de quelque secret; il n'y a point de maître d'escrime qui ne pense sçavoir quelque coup inconnu aux maîtres; point de mathématicien qui ne dise qu'il a trouvé quelque nouvelle figure. Néanmoins, personne n'accuse ces gens-là; au contraire, ils sont recherchés de tout le monde, et la hardiesse avec laquelle ils disent qu'ils sçavent, leur donne plus de réputation et plus de crédit que leur science. Depuis tant de siècles qu'on en use ainsi, et qu'on parle ce langage, un seul homme sera-t-il criminel, parce qu'une semblable parole lui est échappée? N'y aura-t-il que lui qui n'ait pu hasarder un petit mot de confiance et de belle humeur, qui n'ait pu être jeune impunément?

Lorsqu'il ne parloit pas désavantageusement de sa personne, il n'avoit pas encore vingt-deux ans, et ce que Jules-César Scaliger et maître Charles Dumoulin ont fait de sang-froid cinquante ans durant, il ne l'a fait que cinq ou six mois dans la liberté d'une conversation enjouée, et badinant avec ses amis. Il avoit l'esprit gai, les passions vives, et le sang chaud. Et, je vous prie, qui est-ce qui ne s'est pas trouvé honnête homme en cet âge-là? qui est-ce qui n'a eu de la complaisance pour son mérite véritable ou faux? qui est-ce qui n'a point été malade de l'amour-propre? Que si on ne peut pas nier que l'homme que vous connoissez ne se soit aimé en cet âge-là, on ne peut pas assurer aussi que son amour ait été injuste, et qu'il se soit aimé sans rival. S'il a eu bonne opinion de ses ouvrages, il n'a pas été tout seul de son opinion. Vous en avez été, Monseigneur, et pour combien de gens pensez-vous que je vous compte?

Toutefois, il y a long-temps qu'il n'est plus en ces termes-là; il a apaisé le trouble par son repos, il a fait cesser les murmures par son silence, il a donné satisfaction à l'envie; et s'il ne l'a vaincue, il s'est accommodé avec elle. Mais, présupposons qu'elle ne soit pas encore contente, il est tout prêt à achever de la satisfaire. S'il fâche encore à quelques-uns qu'il ait dit *qu'il a trouvé ce que quelques-uns cherchoient*, il consent de bon cœur que ce malheureux mot soit effacé de son premier livre, et qu'on mette en sa place : *qu'il cherche ce qu'ils ont trouvé.*

DEUX HISTOIRES.

PREMIÈRE HISTOIRE.

MONSIEUR l'amiral de Joyeuse donna une abbaye pour un sonnet; je l'ai ouï dire aussi-bien que vous. La peine que prit M. Desportes à faire des vers, lui acquit un loisir de dix mille écus de rente; mon père, qui l'a vu, m'en a assuré; mais il m'a assuré aussi que, dans cette même Cour où l'on exerçoit de ces libéralités, et où l'on faisoit de ces fortunes, plusieurs poëtes étoient morts de faim, sans compter les orateurs et les historiens, dont le destin ne fut pas meilleur. Dans la même Cour, Torquato Tasso a eu besoin d'un écu, et l'a demandé par aumône à une dame de sa connoissance. Il rapporta en Italie l'habillement qu'il avoit apporté en France, après y avoir fait un an de séjour; et toutefois, je m'assure qu'il n'y a point de stance de Torquato Tasso qui ne vaille autant, pour le moins, que le sonnet qui valut une abbaye.

Concluons que l'exemple de M. Desportes est

un dangereux exemple ; qu'il a bien causé du mal
à la nation des poëtes ; qu'il a bien fait faire des
sonnets et des élégies à faux ; bien fait perdre des
rimes et des mesures. Ce loisir de dix mille écus
de rente est un écueil contre lequel les espérances de mille poëtes se sont brisées ; c'est un
prodige de ce temps-là ; c'est un des miracles de
Henri III; et vous m'avouerez que les miracles
ne doivent pas être tirés en exemple.

Un prince étranger étant venu à Paris, l'année 1613, devint amoureux d'une des filles
d'honneur de la Reine mère, et la fit demander
en mariage. Ce second exemple fut cause aussi
de plusieurs désordres : il donna des pensées de
grandeur et de souveraineté à toutes les filles de
la Reine; il leur remplit l'esprit de sceptres et de
couronnes ; il n'y eut point de demoiselle à la
Cour qui ne crût pouvoir devenir princesse. Néanmoins, le Prince n'eut point d'imitateurs, et son
action ne fit point de conséquence. Une infinité
espérèrent en leur beauté, et la beauté d'une
seule fut récompensée.

Il en est de même de toute autre sorte de mérite ; et si vous n'avez une révélation très-certaine
que le vôtre réussira à la Cour, vous ne ferez pas
mal de demeurer ici en repos. Contentez-vous
d'avoir perdu vos premières espérances; ne faites
point naufrage encore une fois. Mais la Cour,

me dites-vous, n'est si malfaisante et si cruelle
qu'elle a été : elle est plus juste et plus reconnois-
sante qu'elle n'étoit. Il vous semble que la fortune
vous appelle sur le bord de Seine, comme la victoire appeloit le Roi sur les rives de Charente, et
qu'elle vous crie : *Il est temps de marcher.*

Voilà qui est le mieux du monde ; mais que
sçavez-vous si cette apparition de la fortune n'est
point une vision trompeuse et un fantôme mo-
queur? Qui vous a dit que les promesses de la
Cour ne soient point des piéges qu'elle vous
dresse et des filets qu'elle vous tend? Peut-être
qu'elle ne vous fait bonne mine que pour avoir
encore de vos élégies et de vos stances. Sur quoi
je vous prie de trouver bon que je vous conte une
aventure, de laquelle vous ferez vous-même
l'application.

Un pauvre homme de Sicile menoit à Palerme
une barque qu'il avoit chargée de figues ; mais
ayant été surpris de l'orage à la vue du port,
tout ce qu'il put faire fut de se sauver, en perdant sa barque. Quelque temps après, étant assis
au bord de la mer, qui étoit si calme et si riante,
qu'elle sembloit le convier à faire un nouveau
voyage : *Je sçais bien ce que tu veux*, dit le Sici-
lien à la mer, *tu demandes encore des figues.*

SECONDE HISTOIRE.

—

Dès son enfance il a paru dans le monde, et n'a pas déplu aux spectateurs. Il s'est approché des grands, et a été reçu en leur familiarité. M. le cardinal de la Valette l'aima avec chaleur, et cette chaleur eût duré toujours, sans les mauvais offices que lui rendit un bouffon que vous connoissez. Pour l'estime qu'il avoit pour lui, elle s'est conservée entière dans son esprit, jusques à sa mort, en dépit des mauvais offices et des bouffons.

La présence et l'absence de votre voisin plaisoient également au cardinal, parce que leurs entretiens de vive voix continuoient par écrit, et ceci suffira pour vous faire juger du reste. Les lettres qu'il recevoit de lui étoient si agréables, qu'il en avoit mis en proverbe le mérite. Il disoit ordinairement, quand il vouloit louer quelque chose : *Je ne fais pas plus d'état des lettres d'un tel ; les lettres d'un tel ne me sont pas plus chères que telle ou que telle chose.*

Feu M. le duc d'Épernon, avec lequel il fit le voyage d'Amadis, je veux dire le voyage de Blois, qui tient plus du roman que de l'histoire, le proposa à la Reine, mère du Roi, pour être secrétaire de ses commandemens, et il est certain que s'il eût voulut s'aider, il pouvoit d'abord remplir cette place. Vous sçavez qu'elle étoit vide par l'absence de M. Ville-Savin, et qu'en ce temps-là M. d'Épernon pouvoit tout auprès de cette princesse, M. de Luçon n'étant pas encore revenu du lieu où M. de Luynes l'avoit relégué.

Ce M. de Luçon avoit vu je ne sçais quoi de votre voisin, *qui lui avoit*, disoit-il, *chatouillé l'esprit*, et qui l'obligea de rechercher son amitié. Ayant apporté d'Avignon un désir passionné de le connoître, il lui fit une infinité de caresses à son arrivée à Angoulême. Il le traita d'illustre, d'homme rare, de personne extraordinaire ; et l'ayant un jour prié à dîner, il dit à force gens de qualité qui étoient à table avec lui : *Voilà un homme* (cet homme n'avoit alors que vingt-deux ans) *à qui il faudra faire du bien, quand nous le pourrons, et il faudra commencer par une abbaye de dix mille livres de rente.*

N'est-il pas vrai qu'on ne sçauroit guère voir de plus beaux commencemens? A Rome on lui eût, là-dessus, prêté de l'argent; on eût fait des gageures sur ces avances de la fortune. Toutefois, les choses en sont demeurées là. M. le cardinal de Richelieu ne s'est point souvenu de ce qu'avoit dit M. l'évêque de Luçon ; et votre voisin non plus ne s'est pas mis beaucoup en peine

de l'en faire souvenir. Véritablement, il lui a
écrit trois ou quatre lettres en cinq ou six ans,
et s'est présenté autant de fois devant lui; mais
je vous réponds qu'il ne l'a jamais fait sans se
faire violence. J'ai vu le fond de son âme; il a
toujours fui l'emploi, avec plus de soin que les
autres ne le cherchent. Il n'a adoré la faveur
que pour ne désobéir pas à la puissance paternelle, et par conséquent, s'il a été ambitieux,
ce n'a pas été de sa propre ambition, mais de
celle de son père. Aujourd'hui son père et lui
sont du même avis : le bonhomme s'est guéri de
la Cour sur ses vieux jours, et son fils fait bien
voir qu'il n'en fut jamais malade.

En l'état où il a mis son esprit, il n'a pas plus
de prétention à Paris qu'à Constantinople.. Il
n'est point des confidens du favori, mais il est
encore moins de ses importuns. Il ne demande
au Roi que la permission de se promener au soleil, quand il fait froid, et à l'ombre, quand il
fait chaud. Il dit qu'il connoît son peu de mérite, et la justice que lui fait la Cour de ne lui
faire point de grâce. En cela, il est d'accord avec
elle; mais, de plus, il proteste, et il me l'a juré
par tout ce qu'il y a de saint et de sacré dans le
monde, que s'il prenoit fantaisie à la fortune
de lui faire du bien présentement, elle trouveroit un homme qui ne voudroit point de ses faveurs.

Ce n'est ni humilité chrétienne, ni orgueil philosophique ; il confesse ingénuement que c'est une mauvaise honte, une paresse d'écolier, une infirmité de malade. Il est si accoutumé à la chambre, qu'il n'y a point de mître pour laquelle il voulût changer son bonnet de nuit, qui est aussi le plus souvent son bonnet de jour. Il s'accommode bien mieux avec sa tranquille pauvreté, qu'il ne feroit avec des richesses inquiètes ; ainsi parle-t-il de sa retraite et de la médiocrité de son bien.

DÉFENSE

CONTRE LES ACCUSATEURS DE LA POÉSIE.

A M. CHAPELAIN,

CONSEILLER DU ROI EN SES CONSEILS.

Je n'ai pas grand intérêt à la défense de la poésie; aussi ne parlerai-je que pour celui de la justice, et parce que vous me l'ordonnez. Ne m'étant érigé poëte que depuis six mois, il m'importeroit peu qu'elle fût en usage parmi nous, ou qu'elle en fût bannie, comme elle l'a été autrefois de certaine république. Ce seroit à vous, Monsieur, de justifier votre métier, et vous vous contentez de me faire vos plaintes contre ceux qui le veulent décrier. Je vous obéis à mon ordinaire, et ne suis pas fâché, étant redevable à la poésie d'une infinité de biens et de plaisirs qu'elle me fait tous les jours, par vous et par ses autres favoris, de trouver moyen de la défendre contre ses accusateurs.

Après quantité de foibles raisons, vous m'en alléguez une, que je tiens la moins considérable de toutes, et sur laquelle vous dites qu'ils insistent davantage; *il faut bannir la poésie, parce qu'on se sert d'elle à mauvais usage.* Faut-il lui vouloir mal, à cause qu'on lui fait tort? Au contraire, il me semble qu'il faudroit la plaindre, comme une innocente qu'on a outragée, comme une vierge à l'honneur de laquelle on a attenté. Faut-il condamner les fêtes, parce que l'oisiveté et la volupté n'en usent pas bien? Faut-il abolir les pompes et les spectacles honnêtes, parce que la débauche se mêle quelquefois avec la joie? A mon avis, cette rigueur est un peu trop grande.

Il doit y avoir des livres pour occuper et pour instruire; il doit y en avoir pour délasser et pour plaire; les uns sont utiles; les autres sont agréables; et l'esprit a besoin des uns et des autres. Que le droit canon et le code Justinien soient en honneur: qu'ils règnent dans les universités; mais qu'on n'en bannisse pas Homère et Virgile. A tout le moins, qu'on les laisse dans les cabinets et dans les bibliothèques, d'où Caligula voulut chasser le dernier, aussi-bien que Tite-Live. Cultivons les oliviers et les vignes, mais n'arrachons pas les myrtes et les rosiers.

Ce seroit une étrange réformation d'État, que la défense de tous les plaisirs honnêtes, que la destruction de toutes les belles choses. La politique ne doit pas se conseiller en cela avec la mauvaise humeur; et le chagrin de vos gens ne doit pas être la règle de la police. Si, comme ils disent, il ne falloit conserver dans les royaumes que *le fort et le solide*, rien ne seroit assuré de sa subsistance que les arsenaux et les citadelles, que les remparts et les bastions. Et quel dommage de laisser tomber en ruine toutes les maisons de plaisance d'auprès de Rome, tout ce qu'il y a de beau à Frescati et à Tivoli? quelle honte de voir périr les Tuileries et les jardins de Fontainebleau? Ce seroit un crime, quand on ne contribueroit que de la négligence à une si triste désolation.

Les gens de qui nous parlons sont pourtant de cet avis; ils concluent à la suppression des vers, comme aux autres abus de la république. Ils appellent les poëtes les empoisonneurs de l'âme, les profanateurs du christianisme; ils se fortifient de l'autorité du grand prince, qui avoit très-mauvaise opinion de leur piété.

Ce bon prince croyoit en effet que tous les poëtes qui étoient de son temps à Rome, n'étoient pas chrétiens, quoiqu'il y en eût de prêtres et de religieux. On lui persuada, ou il se persuada lui-même, qu'ils s'assembloient de nuit pour sacrifier aux idoles, et qu'en leur cœur ils adoroient les faux dieux, comme ils les invoquoient en

leurs poèmes. Nos gens s'imaginent quelque
chose de semblable; je le sçavois avant que vous
me l'eussiez dit. Du temps que nous nous voyions
à Paris, ils me parloient toujours de l'adoration
du bouc, faite solennellement à Arcueil ou à
Gentilly. Ils n'étoient pas assurés du lieu; mais
du fait, ils n'en doutoient nullement; ils ne traitoient jamais nos amis de delà les monts, que
d'impies et de païens, que d'hérétiques et de sacriléges : ils pensoient qu'on fît le sabat dans les
Académies d'Italie.

Le bon est qu'ils ne sont pas princes souverains,
et bien nous en prend : si cela étoit, il n'y auroit
point de sûreté pour les vers et pour ceux qui
en sçavent faire. Je vais plus avant, et un ancien
Grec me sert de guide : si pareilles gens avoient
la direction du monde, ils voudroient retrancher
le printemps et la jeunesse : l'un, de l'année;
l'autre, de la vie.

QU'IL Y A DES GENS NATURELLEMENT SÇAVANS.

A M. DE LA THIBAUDIÈRE.

N'EN déplaise à l'Université, il y a une logique naturelle et des sages ignorans. Nous en sommes demeurés d'accord, et la dispute doit cesser où se trouve l'expérience. En tout pays il y a des docteurs en langue vulgaire. La raison peut faire toute seule de grandes choses, sans l'assistance de l'art et de la science. Vous sçavez le nom que les Grecs ont fait pour signifier ceux qui se sont enseignés eux-mêmes, et qui ont été tout ensemble leurs maîtres et leurs disciples.

Les Turcs sont plaisans, quand ils disent des Tartares, que les autres peuples lisent les livres, mais que les Tartares les ont mangés; qu'ils ont leur doctrine dans l'estomac et dans les entrailles, et que nous avons la nôtre sur le bord des lèvres.

L'ambassadeur Busbequius m'a appris ce que je vous dis, et, à dire vrai, Monsieur, c'est une excellente chose que d'être bien né. L'heureuse naissance fait presque tout, et je soutiens qu'un

II.   30

grand orateur est plus obligé à sa mère qu'à ses
maîtres et à ses études, je dis de son éloquence et
de la noblesse de son style. Il y a des terres extrêmement fertiles qui ne sont cultivées que par le
Ciel; la main des hommes n'y touche jamais. Où
se trouve cette abondance? Qu'a-t-on que faire
de l'agriculture? Où l'on donne le bien pour
rien, à quoi bon travailler pour l'acquérir? La
libéralité de la nature enrichit bien plus que le
ménage des hommes.

Je pourrois vous fournir plusieurs exemples
de gens de ma connoissance, qui ne sçavent pas
un mot de grec ni de latin; qui n'ont étudié ni
en rhétorique, ni en logique, et qui font néanmoins des pièces où nous remarquons toutes les
règles de l'oraison et du raisonnement. Mais je me
contenterai de vous en alléguer un seul, et encore ne veux-je pas vous le nommer, qui brille
entre les autres, comme le soleil entre les astres;
pour parler Horace. En voilà assez pour vous le
faire connoître; j'en reçois très-souvent des choses
qu'il n'a point imitées, qui sont purement siennes,
et que vous jugerez, comme moi, dans la dernière perfection de bonté et d'ajustement, quand
je vous les aurai communiquées.

Son sens naturel est si fin et si assuré, que
quelqu'un lui ayant montré l'autre jour la traduction d'une oraison de Cicéron, il reconnut

que le traducteur s'étoit mépris en un endroit
qu'il trouva plus lâche que les autres. On lui al-
légua la supériorité que la langue latine avoit
sur la nôtre, et qu'il étoit impossible d'y rendre
élégance pour élégance; mais cela ne le satisfit
point. Il soutint que le passage de Cicéron devoit être conçu *de telle manière*, et qu'il étoit
impossible, par ce qu'il voyoit devant et après,
que ce grand personnage eût affoibli sa pensée
de la sorte qu'elle lui paroissoit. Le livre fut apporté, et on demeura d'accord que M.*** avoit
raison. Ainsi, vous voyez qu'il y a une logique
naturelle, et des docteurs sans avoir étudié.

Puisque nous sommes sur cette matière, je
suis d'avis d'y faire entrer l'histoire de Saintonge,
que vous me disiez dernièrement n'avoir pas
bien expliquée à votre voisin; car il me semble
qu'elle y viendra assez bien. N'en doutez pas,
sur ma parole, ni l'un, ni l'autre. Il n'est rien
de plus assuré que ce qui se passa à Xaintes,
entre le philosophe Pitard et le poëte Théophile.

J'en ai ouï faire le conte plus d'une fois à M. le
duc de la Rochefoucauld, qui étoit présent à la
conférence. Le philosophe, ennuyé des équivoques et des méprises du poëte, et ne voulant plus
entrer en raison avec lui : Monsieur Théophile,
lui dit-il, il me semble que vous avez beaucoup
d'esprit; mais il est dommage que vous ne sça-

30..

chiez rien. Théophile ne fut point surpris, et lui
répondit sur-le-champ : j'avoue ce que vous dites,
Monsieur Pitard, et ne trouve point mauvaise
votre liberté ; permettez-moi de vous dire seulement, avec la même liberté, qu'il me semble
que vous sçavez tout, mais qu'il est dommage
que vous n'ayez point d'esprit.

La témérité de la riposte du poëte fit que
les rieurs furent de son côté. Pitard en rit comme
les autres, et il n'y avoit autre chose à faire. S'il
n'eût eu de l'esprit, il se fût mis en colère, et
l'ignorance eût décontenancé la philosophie.

CONSOLATION

LE CARDINAL DE LA VALETTE,
GÉNÉRAL DES ARMÉES DU ROI EN ITALIE.

MONSEIGNEUR,

Quoique je sois le plus inutile serviteur que vous ayez, et que de vous le dire ce ne soit point une nouvelle qui mérite de passer les Alpes; néanmoins, puisque le zèle donne du courage à l'impuissance et de la valeur aux choses viles, je me hasarde encore de parler à vous, et de vous faire souvenir d'une vieille passion que je conserve toujours en mon âme, et qui vous a toujours pour objet.

Autant qu'il y a d'hommes dans le monde, autant à présent, ou peu s'en faut, il y a de spectateurs qui vous considèrent. Au moins, Monseigneur, êtes-vous regardé de tous les yeux du monde chrétien; et si c'est apparemment en

Italie, où le commun ennemi va faire ses grands
et ses extrêmes efforts, vous ne doutez pas que
vous n'ayez entre vos mains les espérances de
plusieurs princes et le destin d'une infinité de
peuples.

Je suis attentif, aussi-bien qu'eux, à la conclusion de cette fatale année, et nous tournons
nos vœux et nos souhaits du même côté. Mais
de vous souhaiter autre chose que des forces,
qui soient proportionnées à la puissance qui vous
attaque, ce seroit ignorer que la nature et l'art
vous ont donné tout le reste, et qu'ayant heureusement ajouté l'exercice à l'intelligence, rien
ne sçauroit manquer à la perfection de votre travail, si vous ne manquez d'instrumens pour y
employer.

Ce sont, Monseigneur, des moyens humains
qui sont entièrement nécessaires aux entreprises
humaines, et desquels les seuls faiseurs de miracles se peuvent passer. Sans ces moyens, la
valeur débile et impuissante commence seulement les siéges et menace les ennemis. Sans
eux on peut faire des duels, mais non pas des
guerres; et avec eux vous en pouvez achever
une, dont le succès étonnera la postérité et assurera le repos de notre siècle.

Cela encore ne suffit pas, et j'oubliois un mot
qu'il faut ajouter : outre que l'argent, les offi-

ciers, les soldats et les canons ont leur part en
ces choses éclatantes et publiques, il est nécessaire, Monseigneur, que la fortune s'en mêle,
qui est une puissante cause, mais une cause étrangère, absolument libre, tout-à-fait indépendante,
et dont les effets sont tellement séparés de
l'homme, que souvent il n'y contribue pas même
sa présence et son témoignage. S'il n'y a pas
moyen d'être aimé et favorisé d'elle, il faut pour
le moins n'en être pas haï ni persécuté.

De toutes ces pièces jointes ensemble se forme
la haute réputation et naissent les grands événemens. Les actions qui font le plus de bruit
dans l'histoire, ont eu besoin de toutes ces aides
pour être conduites à leur fin ; et si le ciel et la
terre ne les refusent à vos armes, vous aurez un
jour rang parmi les pères de la patrie, les libé-
rateurs des nations, les vengeurs des princesses
opprimées et des princes orphelins. Une vertu
semblable à la leur, et secondée de la même
sorte, produira de semblables actions. La France
les appellera sa gloire, et l'Italie son salut. La renommée les chantera, et moi, Monseigneur, je
les écrirai.

Trouvez bon cependant, s'il vous plaît, que je
vous regarde aujourd'hui par un endroit moins
exposé à la vue du monde, et que remettant à
une autre fois ces actions pleines de lumière,

j'en considère une, plus obscure à la vérité, mais que vous venez de faire sans le secours de personne, et qui, étant le pur ouvrage de votre raison, ne sçauroit être attribuée à votre fortune. Ç'a été au contraire cette infidèle fortune, à laquelle il a fallu tenir tête, et qui, ayant choisi dedans et dehors le royaume les malheurs qui vous devoient être les plus sensibles, vous a fourni matière d'affliction pour plusieurs années, mais n'a pu vous faire perdre une heure de ce que vous devez à votre charge.

L'armée n'en a pas marché plus lentement, ni plus en désordre; les ordres de la guerre n'en ont été baillés ni moins bien, ni moins à temps. On n'a point remarqué d'intervalle, dont le parti contraire eût pu profiter, quand il eût été averti de tout. Un feu égal a toujours donné chaleur aux affaires, et les mêmes yeux au même instant se sont acquittés d'un devoir par leurs larmes, et des autres par leur vigilance.

De cette sorte, Monseigneur, les sages vaillans supportent les pertes, et le deuil qu'ils prennent est funeste quelquefois à l'ennemi. Ils piquent et animent leur propre douleur contre la résistance qui leur est faite, et ne permettent pas qu'une passion lâche et paresseuse, comme la tristesse, gagne quelque chose sur la vigueur et sur l'activité de leur âme.

Les maux domestiques peuvent être insupportables à celui qui est tout enfermé en soi-même, et qui ne connoît point d'autre monde que sa maison ; mais de-là il s'ensuit qu'ils doivent toucher moins vivement celui qui s'épand en beaucoup d'endroits, et qui donne au public ses premières et ses plus importantes pensées. Vous êtes, Monseigneur, en cet état-là. Il n'y a plus pour vous d'intérêt particulier, plus de considération de famille, plus d'infirmité de nature. L'amour de la patrie ne veut pas des hommes partagés ; elle demande les âmes tout entières, aujourd'hui principalement qu'une petite distraction pourroit reculer une grande affaire, et que les besoins de l'État sont si pressans, qu'on le dessert pour peu qu'on s'amuse en le servant.

Mais quand il y auroit du temps pour tout. ; quand il faudroit que cette affection principale laissât quelque place au-dessous d'elle aux affections inférieures, vous avez bien montré que vous sçaviez les empêcher de rompre leur rang, et de donner de la peine à la raison. Vous sçavez les tenir, Monseigneur, où elles peuvent demeurer sans incommoder la souveraine partie de l'âme, cette partie d'où sortent les conseils et les entreprises ; qui délibère, qui ordonne et qui conduit.

Une si haute religion doit être pure de toutes

les vapeurs du bas monde, et jouir d'une perpétuelle sérénité. Le trouble et le désordre sont
pour les moyennes élévations et pour les hommes
ordinaires ; mais quelle apparence de voir des
brouillards et de la pluie au-dessus des nues ?
de voir des héros cachés dans la foule du menu
peuple, des héros infirmes et misérables, qui
crient encore à présent et se tourmentent dans
les tragédies d'Euripide et de Sophocle ; qui remplissent les théâtres de leurs longs et importuns
gémissemens ; qui, ayant eu plus de fougue que de
fermeté, sont tombés en des foiblesses qui ont
déshonoré leur affliction ? Ils énervoient et effé-
minoient la douleur, au lieu de l'aguerrir, et
d'en tirer du service, comme vous faites en cette
occasion : Et par-là, Monseigneur, vous faites
bien voir la différence qu'il y a entre la vertu
sauvage, et la vertu cultivée ; entre les forces
aveugles de la nature, et l'adresse avisée de la
bonne institution.

Il n'est pas certes peu utile, pour la campagne
même et pour les armées, d'avoir fréquenté le
lycée ou l'académie ; d'étudier quelquefois sa
vie et de méditer ses actions ; d'apprendre à
tempérer le feu par le flegme, et l'impétuosité
par la discipline. Il est nécessaire, si on veut aller
plus loin que la vertu de son siècle, de travailler

d'après les idées rares et parfaites, de se former sur les grands et anciens originaux.

C'est ce que vous pratiquez, Monseigneur, admirablement. La connoissance des choses passées, que vous vous êtes acquise, n'est pas une spéculation creuse qui vous a rempli l'esprit de vaines images. Vous n'avez pas fait de longues et de fréquentes courses dans l'antiquité, pour n'en rapporter que les noms des consuls et des empereurs, et la façon de leurs robes et de leurs couronnes. Votre dessein n'a pas été d'enrichir votre mémoire en ce pays-là; vous y avez voulu mûrir votre cœur; et ce n'est pas pour alléguer seulement de beaux exemples, que vous vous souvenez de ce Romain, qui, étant entré au sénat le jour de la mort de son fils unique, dit : « qu'il » sçavoit bien que la plupart des affligés ne pou- » voient souffrir ni la lumière du jour, ni la pré- » sence des hommes; qu'en cela il ne vouloit » point les accuser de foiblesse, mais que pour » lui, il cherchoit de fortes consolations entre » les bras et dans le sein de la république. »

Je n'ai garde, Monseigneur, de vous proposer cette sorte de consolation, comme une chose qui vous soit nouvelle, et beaucoup moins de me mêler de faire moi-même le consolateur. Je ne présume pas assez d'un art mal appris, et sçais trop le respect que je dois à une sagesse confir-

mée; mais véritablement j'ai pensé que je pouvois vous remettre devant les yeux ce que vous
avez lu autrefois de votre vertu en la personne
d'un autre; et j'ai pensé encore que vous ne pouviez trouver mauvais qu'on eût dit de vous par
avance, en la langue de la majesté et de l'empire:
Hunc casum neque ut plurique fortium virorum,
ambitiose; neque per lamenta ac mœrorem,
muliebriter tulit; sed in luctu bellum inter re-
media erat.

Voilà, Monseigneur, comme se purgeoient
les Romains, quand ils avoient quelque déplaisir
qui leur pesoit sur le cœur; voilà leurs remèdes
contre la tristesse, qui sont efficaces et puissans,
qui étoient propres à leur ferme et robuste constitution. Les Grecs en ont cherché de plus délicats et de plus subtils; et, sans parler de la musique et des vers, qu'ils ont souvent employés
avec succès en pareilles maladies de l'âme, il y
avoit parmi eux de pleines boutiques de persuasion; il y avoit à Athènes des magasins de philosophie et de rhétorique, c'est-à-dire de bon sens,
rafiné et doré par le discours.

Les Barbares ont aussi voulu se consoler; mais
étant plus faits de corps que d'esprit, leurs consolations ont été plus matérielles et plus grossières. Après avoir hurlé long-temps, et s'être arraché les cheveux et déchiré le visage, se lassant

enfin de l'affliction, ils se sont avisés de la noyer dans le vin, et de choisir la bonne chère pour le dernier charme de la mauvaise fortune. C'étoit en effet une espèce de charme et de sortilége, qui couvroit un mal par un autre, et ajoutoit la perte de la raison à celle du frère ou de l'ami.

Toutefois, vous m'avouerez, Monseigneur, qu'il y avoit encore plus d'innocence en ce remède barbare, qu'en celui que pratiqua l'ennemi et le victorieux des Barbares. Cet homme, qui vouloit traiter d'égal avec Dieu, et ne pouvoit reconnoître de supérieur en ce monde ni en l'autre, se figurant que le Ciel étoit auteur d'une perte qu'il avoit faite, se résolut d'en tirer raison. Il offensa pour cet effet toute la religion de son pays; il dit des injures à toutes les divinités de ce temps-là, et fit renverser leurs autels et leurs simulacres; mais il s'en prit particulièrement à Esculape, comme à l'inventeur de la médecine, et commanda qu'on mît le feu à son temple, parce qu'il avoit laissé mourir la personne qui lui étoit chère. Il s'imagina, ce prince superbe, que sa douleur trouveroit quelque satisfaction en une si extraordinaire vengeance, et qu'Alexandre se devoit consoler de cette façon.

Vous et les Romains l'entendez bien mieux; et lui-même connut bientôt qu'il n'y avoit rien à gagner contre le Ciel; car, après toutes ces extravagantes consolations, il revint à votre remède, Monseigneur, et s'en alla à la guerre contre les Cosseïens, qui fut appelée le sacrifice des funérailles d'Ephestion. Mais il n'essaya qu'à l'extrémité ce que vous avez éprouvé d'abord; et son chagrin ne se mit aux termes de la raison, qu'après avoir fait plusieurs folies.

Il faut donc dire, à sa honte et à votre gloire, que vous n'attendez pas, comme lui, le bienfait du temps, et la fin ou la diminution d'un accès, dont le commencement se peut empêcher. Il faut dire que vous êtes sage du premier coup, et sans tant marchander à l'entour de la vertu; que jamais homme n'a moins délibéré que vous à se bien résoudre, ni n'a sçu mieux user des maux qui arrivent en cette vie. Il faut à l'avenir vous alléguer aux héros qui voudront languir dans l'affliction, ou la porter hors des bornes de la bienséance, afin qu'ils voyent que quelqu'un a pu agir en souffrant et a souffert avec dignité. Il faut conclure, par votre exemple, qu'il n'est rien de si souverain contre les passions molles et oisives, que l'exercice des vertus viriles et laborieuses; et que les personnes bien occupées n'ont loisir, ni d'être malades, ni d'être tristes, ni de faire des plaintes, ni d'écouter des consolateurs.

Que la fortune, Monseigneur, se rende encore

plus ingénieuse et plus sçavante qu'elle n'est
à faire du mal, afin de vous rendre malheureux,
elle se retirera avec déshonneur de devant votre
vertu, et ne forcera point les retranchemens où
vous l'avez mise. Qu'elle vous apporte tous les
jours une mauvaise nouvelle, elle vous trouvera
toujours prêt à vous consoler dans une bonne
action. Qu'elle heurte votre vaisseau par tous
les endroits, et le couvre de toutes les vagues,
elle ne vous empêchera pas de tenir pour cela
le gouvernail droit.

Je parle hardiment d'une âme dont je connois, il y a long-temps, la solidité. L'obstination
de cette violente fortune, qui ébranleroit la constance d'un vieux Romain, se brisera sans doute
contre la vôtre. Mille malices de sa façon ne seront pas capables d'élever en votre esprit un mouvement d'impatience, ou un commencement de
murmure. Qu'a-t-elle gagné jusques à présent ?
Elle ne sçauroit vous reprocher, Monseigneur,
le moindre péché d'omission, soit contre la patrie, soit contre la parenté. Et quelque dangereux choix qu'elle semble vous présenter, en
vous montrant d'un côté, un père qui vous envoie des soupirs, et de l'autre, un roi qui vous
fait des commandemens, je la défie de me dire
ce que vous oubliez en cette rencontre, pour
vous acquitter de l'une et de l'autre obligation ;

pour satisfaire à la première et à la seconde piété, que la nature exige de vous.

Vous serez donc tous deux, si elle ne cesse, un continuel spectacle à toute la terre ; et on ne vous regardera pas moins sur le théâtre, vous et la fortune, que vous et les Espagnols. Elle suivra sa coutume, Monseigneur, et vous la vôtre ; elle fera ses désordres ordinaires, et vous ferez votre devoir comme auparavant.

FIN DU TOME SECOND ET DERNIER.